JOHN LE CARRÉ

uma verdade delicada

Outras obras do autor publicadas pela Editora Record

O espião que sabia demais
O espião que saiu do frio
Sempre um colegial
A garota do tambor
A vingança de Smiley
Uma pequena cidade da Alemanha
O peregrino secreto
A casa da Rússia
Um espião perfeito
O gerente noturno
Nosso jogo
O alfaiate do Panamá
O morto ao telefone
Um crime entre cavalheiros
Single & Single
Amigos absolutos
O canto da missão
O jardineiro fiel
O homem mais procurado
Nosso fiel traidor

JOHN LE CARRÉ

uma verdade delicada

tradução de
Heloísa Mourão

EDITORA RECORD
RIO DE JANEIRO • SÃO PAULO
2013

CIP-BRASIL. CATALOGAÇÃO NA FONTE
SINDICATO NACIONAL DOS EDITORES DE LIVROS, RJ

Le Carré, John, 1931-
C467v Uma verdade delicada / John le Carré; tradução de Heloísa Mourão. – 1. ed. – Rio de Janeiro: Record, 2013.

Tradução de: A Delicate Truth
ISBN 978-85-01-40387-2

1. Ficção inglesa. I. Mourão, Heloísa. II. Título.

13-05225 CDD: 823
CDU: 821.111-3

Título original em inglês:
A Delicate Truth

Texto revisado segundo o novo Acordo Ortográfico da Língua Portuguesa.

Editoração eletrônica: Abreu's System

Direitos exclusivos de publicação em língua portuguesa somente para o Brasil adquiridos pela
EDITORA RECORD LTDA.
Rua Argentina, 171 – Rio de Janeiro, RJ – 20921-380 – Tel.: 2585-2000,
que se reserva a propriedade literária desta tradução.

Impresso no Brasil

ISBN 978-85-01-40387-2

Para VJC

Nenhum inverno há de abater o florir da primavera

Donne

Se alguém diz a verdade, certo é que, cedo ou tarde, será descoberto.

Oscar Wilde

1

No segundo andar de um hotel ordinário na colônia da Coroa britânica de Gibraltar, um homem magro, ágil, no fim da casa dos 50, dava voltas incessantes por seu quarto. Embora agradáveis e evidentemente honradas, suas feições muito britânicas indicavam uma natureza colérica que estava chegando ao limite de sua tolerância. Um palestrante inquieto, poderíamos pensar ao ver a postura curvada de leitor, o passo nervoso e o topete errante de cabelos grisalhos que tinham de ser repetidamente disciplinados com gestos rápidos do pulso ossudo. Certamente não teria ocorrido a muitos, nem mesmo em seus sonhos mais fantasiosos, que se tratava de um funcionário público britânico de médio escalão, fisgado de sua mesa num dos departamentos mais prosaicos do Ministério das Relações Exteriores de Sua Majestade para ser despachado numa missão secreta de aguda sensibilidade.

Como ele insistia em repetir para si mesmo, às vezes quase em voz alta, seu primeiro nome supostamente era Paul; o segundo, não exatamente difícil de lembrar, era Anderson. Se ligasse a televisão, apareceria: *Seja bem-vindo, Sr. Paul Anderson. Por que não desfrutar de um aperitivo de cortesia antes do jantar em nossa Cantina Lorde Nelson!* O ponto de exclamação no lugar da interrogação, mais apropriada, era uma fonte ininterrupta de irritação para seu lado pedante. Ele estava vestido com o roupão branco do hotel, que vinha usando desde seu encarceramento, exceto quando tentava em vão dormir ou quando — uma só vez — partiu para o andar de cima numa hora antissocial para comer sozinho num bar na cobertura, dominado pelas emanações do cloro de uma piscina que ficava num apartamento de terceiro andar do outro lado da rua. Como a maior parte das coisas no quarto, o roupão — muito curto para suas longas pernas — fedia a fumaça de cigarro velho e purificador de ar de lavanda.

Enquanto dava voltas, ele expressava seus sentimentos sem rodeios para si mesmo, sem as habituais restrições da vida oficial; ora crispando o rosto com franca perplexidade, ora encarando o espelho de corpo inteiro aparafusado ao papel de parede xadrez. De vez em quando, falava sozinho em busca de alívio ou encorajamento. Quase em voz alta, também? Que diferença fazia quando estava enfurnado no quarto vazio, sem ninguém para ouvir além de uma fotografia colorizada de nossa jovem e amada rainha montada num cavalo marrom?

Em uma mesa de plástico jaziam os restos de um sanduíche que ele declarou morto logo na chegada e uma garrafa abandonada de Coca-Cola quente. Embora lhe fosse duro, não se permitiu beber nada de álcool desde que tomou posse daquele quarto. A cama, que aprendeu a detestar como nenhuma outra, era grande o suficiente para seis, mas tudo que precisava fazer era se esticar nela para que suas costas começassem a matá-lo. Por cima havia uma radiante colcha de seda sintética carmim e, sobre a colcha, um celular de aparência inocente que, segundo lhe garantiram, estava alterado até o mais alto grau de criptografia; embora ele tivesse pouca fé nestas coisas, só lhe restava acreditar que era verdade. Cada vez que passava ao lado do aparelho, seu olhar se fixava nele com um misto de censura, ansiedade e frustração.

Lamento lhe informar, Paul, que você estará totalmente incomunicável salvo para fins operacionais, ao longo de toda sua missão, ele é avisado pela laboriosa voz sul-africana de Elliot, seu autoproclamado comandante de campo. *Caso uma infeliz crise aflija sua bela família durante sua ausência, eles trans-*

mitirão suas preocupações ao departamento de auxílio de seu gabinete, a partir do qual será feito contato com você. Estou sendo claro, Paul?

Está, Elliot, aos poucos está.

Alcançando a exagerada janela panorâmica do outro lado do quarto e através das cortinas encardidas de filó, ergueu o rosto fechado para o lendário rochedo de Gibraltar, que, desbotado, crispado e remoto, devolvia a careta como uma viúva carrancuda. Por hábito e impaciência, examinou mais uma vez o relógio de pulso desconhecido e o comparou com os números verdes no rádio-relógio ao lado da cama. O relógio era de aço batido com um mostrador preto, um substituto para o Cartier de ouro que ele ganhou de sua amada esposa no 25° aniversário de casamento, pela força da herança de uma das muitas tias falecidas dela.

Espere um minuto! *Paul não tem esposa nenhuma!* Paul Anderson não tem esposa, não tem filha. Paul Anderson é a porra de um eremita!

— Não dá para você usar *isso*, dá, meu caro Paul? — dissera uma mulher maternal de idade semelhante à sua algum tempo antes, na mansão suburbana de tijolos próxima ao aeroporto de Heathrow onde ela e sua colega idêntica o prepararam para o papel. — Não com essas lindas iniciais gravadas nele, não? Você teria que dizer que surrupiou o relógio de alguém casado, não teria, Paul?

Partilhando da piada e mais determinado que nunca a ser um sujeito útil segundo sua própria concepção, ele assiste enquanto ela escreve *Paul* num adesivo e tranca seu relógio de ouro com sua aliança de casamento num cofre, por aquilo que ela chama de *o período*.

*

Primeiro de tudo, como eu vim parar neste fim de mundo, pelo amor de Deus?

Eu pulei ou fui empurrado? Ou foi um pouco dos dois?

Descreva, por favor, em algumas voltas bem-delineadas pelo quarto, as exatas circunstâncias de sua improvável jornada desde a abençoada monotonia ao confinamento solitário num rochedo colonial britânico.

*

— Então, como vai sua querida esposa, pobrezinha? — pergunta a pedra de gelo ainda não aposentada do Departamento Pessoal, agora rebatizado grandiosamente como Recursos Humanos sem nenhuma razão conhecida pela humanidade, após convocá-lo ao seu altivo recinto sem uma palavra de explicação numa noite de sexta, quando todos os cidadãos de bem estão correndo para casa. O dois são velhos adversários; se têm alguma coisa em comum, é o sentimento de que restam pouquíssimos de seu tipo.

— Obrigado, Audrey, nada pobrezinha, fico feliz em dizer — responde ele com a casualidade entusiasmada que finge em tais encontros de vida ou morte. — Querida sim, mas pobrezinha não. Ela continua em remissão completa. E você? Saúde de ferro, imagino?

— Então você pode deixá-la — sugere Audrey, ignorando a pergunta educada.

— Meu Deus, não! Em que sentido? — conservando resolutamente o tom de brincadeira.

— Neste sentido: será que quatro dias supersecretos no exterior, num clima salubre, talvez *possivelmente* chegando a cinco, seriam de algum interesse para você?

— Na verdade, seriam possivelmente de considerável interesse, obrigado, Audrey. Nossa filha adulta está morando provisoriamente conosco, então o momento não poderia ser melhor, considerando que por acaso ela é *doutora em medicina* — em seu orgulho, ele não resiste a este adendo, mas Audrey não parece muito impressionada com as realizações de sua filha.

— Eu não sei do que se trata e não tenho por que saber — diz ela, respondendo a uma pergunta que ele não fez. — No andar de cima há um jovem e dinâmico subministro chamado Quinn, de quem você talvez tenha ouvido falar. Ele gostaria de vê-lo imediatamente. Caso a história não tenha chegado a você lá nos confins das Contingências Logísticas, ele é novo, recém-adquirido da Defesa; não exatamente uma recomendação, mas é isso.

Do que diabos ela está falando? É *claro* que ouviu a notícia. Ele lê jornais, não? Vê o telejornal da noite. Fergus Quinn, MP,* Fergie para o mundo, é um valentão escocês, uma autoproclamada *bête intellectuelle* do estábulo do New Labour. Na televisão, é controverso, beligerante e alarmante. Além disso, se orgulha de ser o flagelo da burocracia de Whitehall — uma virtude louvável vista de fora, mas nada reconfortante caso você seja um burocrata de Whitehall.

— Você diz *agora*, neste minuto, Audrey?

— É o que eu acredito que ele queira dizer com *imediatamente*.

A antecâmara ministerial está vazia, a equipe já saiu há muito. A porta ministerial de mogno, sólida como ferro, está entreaberta. Bater e esperar? Ou bater e abrir? Ele faz um pouco de ambos, e escuta:

— Não fique aí parado. Pode entrar, e feche a porta atrás de você. — Ele entra.

A massa física do jovem e dinâmico ministro está espremida num smoking preto-azulado. Ele está parado com um celular grudado na orelha, diante de uma lareira de mármore com celofane vermelho fazendo o papel de fogo. Em pessoa, é como na televisão: robusto, de pescoço grosso, com cabelos ruivos de corte rente e olhos rápidos, ambiciosos, embutidos num rosto de pugilista.

Atrás dele ergue-se um retrato de 3 metros de altura de um fundador imperial do século XIX em suas calças justas. Por um instante sarcástico provocado pela tensão, a comparação entre os dois homens tão diferentes é irresistível. Embora Quinn exaustivamente alegue ser um homem do povo, ambos fazem o bico de insatisfação dos privilegiados. Ambos apoiam o peso do corpo numa perna e o outro joelho dobrado. Estaria o jovem e dinâmico ministro prestes a lançar um ataque punitivo contra os odiados franceses? Em nome do New Labour, censurará a insanidade das turbas revoltosas? Ele não faz nenhuma das duas coisas; com um áspero "Ligo depois, Brad" ao celular, marcha para a porta, tranca-a e dá meia-volta.

---

* MP: Membro do Parlamento. (*N. da T.*)

— Ouvi dizer que você é um *experiente membro do Serviço*, é verdade isso? — começa Quinn em tom acusatório e em seu sotaque de Glasgow cuidadosamente preservado, após uma inspeção da cabeça aos pés que parece confirmar seus piores medos. — *Cabeça fria*, seja lá o que isso signifique. Vinte anos *circulando por terras estrangeiras*, segundo os Recursos Humanos. *Alma discreta, não se abala com facilidade*. É um currículo e tanto. Não que eu necessariamente acredite no que me dizem por aqui.

— São muito gentis — responde ele.

— E você está pendurado. No banco de reservas. Com as barbas de molho. A saúde de sua esposa segurou você um pouco, está correto isso, por favor?

— Mas só nos últimos anos, ministro — não exatamente grato por *banco de reservas* —, e no momento tenho bastante liberdade para viajar, fico feliz em dizer.

— E seu trabalho atual é...? Refresque minha memória, por favor.

Ele está prestes a fazê-lo, enfatizando suas muitas responsabilidades indispensáveis, mas o ministro o interrompe com impaciência:

— Tudo bem. Esta é a minha pergunta. Você já teve alguma experiência direta com serviço secreto de inteligência? Você *pessoalmente* — adverte ele, como se houvesse outro ele, menos pessoal.

— *Direta* em que sentido, ministro?

— Missões secretas, o que você acha?

— Só como consumidor, infelizmente. E um consumidor ocasional. Do produto. Não dos meios de obtê-lo, se essa é a sua pergunta, ministro.

— Nem mesmo quando você estava circulando naquelas terras estrangeiras que ninguém teve a bondade de enunciar para mim?

— Tristemente, os cargos exteriores tendiam a ser amplamente econômicos, comerciais ou consulares — explica ele, recorrendo aos arcaísmos linguísticos que utiliza sempre que se sente ameaçado. — Obviamente, de tempos em tempos, houve acesso a um ou outro relatório secreto; nenhum de alto nível, apresso-me em esclarecer. Temo que isto seja tudo que há para contar.

Mas o ministro parece momentaneamente encorajado por essa falta de experiência conspiratória, pois um sorriso de algo como complacência cruza suas feições largas.

— Mas você tem um par de mãos firmes, certo? Inexperientes, talvez, mas firmes apesar de tudo.

— Bem, gosto de pensar assim — modestamente.

— O CT já passou pelo seu caminho?

— Perdão?

— Contraterrorismo, homem! Já cruzou seu caminho ou não? — dito como se a um idiota.

— Temo que não, ministro.

— Mas você se *importa*? Sim?

— Com o que exatamente, ministro? — tão atencioso quanto lhe é possível.

— Com o bem-estar de nossa nação, pelo amor de Deus! A segurança do nosso povo, onde quer que ele venha a estar. Nossos valores fundamentais em tempos de adversidade. Tudo bem, nossa *herança*, se prefere assim — usando a palavra como uma alfinetada antiTory. — Você não é um liberal enrustido de pulso mole que guarda ideias secretas sobre o direito dos terroristas de explodir a porra do mundo em pedaços, por exemplo.

— Não, ministro. Creio que posso dizer com certeza que não sou — murmura.

Mas, longe de partilhar de seu constrangimento, o ministro o aumenta:

— Pois bem. Se eu lhe dissesse que o projeto extremamente delicado que tenho em mente para você envolve privar o inimigo terrorista dos meios de lançar um ataque premeditado em nossa terra natal, você *não* tiraria o corpo fora na mesma hora, presumo.

— Ao contrário. Eu ficaria... bem...

— Você ficaria o *quê*?

— Grato. Privilegiado. Orgulhoso, na verdade. Mas um pouco surpreso, obviamente.

— Surpreso com o *que*, afinal? — como um homem insultado.

— Bem, não cabe a mim perguntar, ministro, mas por que eu? Tenho certeza de que o Ministério dispõe de um bom número de pessoas com o tipo de experiência que o senhor está buscando.

Fergus Quinn, homem do povo, afasta-se rumo à janela da sacada e, com o queixo agressivamente erguido acima da gravata-borboleta, e com o elástico da gravata se projetando desajeitadamente dos rolos de carne em sua nuca, contempla o cascalho dourado do Horse Guards Parade ao sol do entardecer.

— Se eu lhe dissesse *ainda* que, pelo resto de sua vida natural, você não revelará, por palavras, ações ou quaisquer outros meios, o fato de que determinada operação de contraterrorismo chegou a ser *cogitada*, quanto mais executada — olhando em torno indignadamente, em busca de uma saída do labirinto verbal em que se meteu —, você se *anima* ou *brocha*?

— Ministro, se o senhor me considera o homem certo, ficarei feliz em aceitar o encargo, seja ele qual for. E o senhor tem minha solene garantia de discrição permanente e absoluta — insiste ele, corando um pouco por irritação ao ver sua lealdade atirada na mesa e investigada diante de seus próprios olhos.

Ombros curvados ao melhor estilo Churchill, Quinn permanece emoldurado pela janela da sacada, como se esperando impacientemente que os fotógrafos terminem seu trabalho.

— Existem certas *pontes* que têm que ser cruzadas — anuncia ele severamente para o próprio reflexo. — Há um certo *sinal verde* que precisa ser dado por algumas pessoas bastante cruciais, subindo a rua ali — apontando sua cabeça de touro na direção de Downing Street. — Quando conseguirmos... *se* conseguirmos e não antes disso, você será informado. A partir daí, e durante o tempo que eu julgar apropriado, você será meus olhos e ouvidos no campo. Nada de dourar a pílula, está entendendo? Nada daquelas enrolações ou atenuantes das Relações Exteriores. Não sob a *minha* gestão, obrigado. Você me dará a informação *direta*, exatamente do jeito que vê. A visão fria, através dos olhos do velho profissional que estou acreditando que você é. Está me ouvindo?

— Perfeitamente, ministro. Estou ouvindo e entendo exatamente o que está dizendo — sua própria voz, falando como se de uma nuvem distante.

— Você tem algum *Paul* em sua família?

— Perdão, ministro?

— Jesus Cristo! É uma pergunta bastante simples, não é? Tem algum homem em sua família chamado *Paul*? Sim ou não. Irmão, pai, sei lá?

— Nenhum. Nenhum Paul em vista, creio.

— E nenhuma *Pauline*? A versão feminina. *Paulette*, ou coisa assim?

— Definitivamente não.

— E quanto a *Anderson*? Nenhum Anderson por perto? Nome de solteira, Anderson?

— Novamente, não do meu conhecimento, ministro.

— E você está razoavelmente em forma. Fisicamente. Uma caminhada pesada em terreno acidentado não vai amolecer seus joelhos como poderia afligir alguns outros por aqui?

— Caminho energicamente. E sou um jardineiro entusiasmado — da mesma nuvem distante.

— Espere por um telefonema de um homem chamado Elliot. Elliot será sua primeira indicação.

— E Elliot seria nome ou sobrenome, eu me pergunto? — Ele se ouve indagar pacificamente, como se falando a um maníaco.

— Como vou saber, porra? Ele está operando em total sigilo sob a égide de uma organização mais conhecida como Ethical Outcomes. Gente nova na área e já lá no topo com os melhores do ramo. Eles me dão garantia de aconselhamento especializado.

— Perdão, ministro. Qual ramo seria esse, exatamente?

— Iniciativa privada na defesa. Por onde você tem andado? É a bola da vez hoje em dia. A guerra foi privatizada, caso você não tenha notado. Exércitos profissionais permanentes são um lixo. Pesos-pesados, subequipados, um brigadeiro para cada dúzia de soldados em campo e custam os olhos da cara. Experimente passar alguns anos na Defesa, se não acredita em mim.

— Oh, eu acredito, ministro — alarmado com esta dispensa em massa das armas britânicas, mas mesmo assim ansioso por agradar ao homem.

— Você está tentando vender sua casa. Certo? Harrow ou cercanias.

— Harrow, está correto. — Agora mais que surpreso. — Norte de Harrow.

— Problemas de dinheiro?

— Ah, não, longe disso, fico feliz em dizer! — exclama ele, grato por ser reconduzido à terra, mesmo que apenas momentaneamente. — Eu tenho alguns fundos meus e minha esposa recebeu uma herança modesta que inclui uma propriedade rural. Planejamos vender nossa casa atual enquanto o mercado está em alta e viver com mais simplicidade até fazer a mudança.

— Elliot dirá que quer comprar sua casa em Harrow. Ele não dirá que é da Ethical nem de nenhum outro lugar. Ele viu os anúncios na vitrine do corretor de imóveis ou em algum outro lugar, examinou por fora, gostou, mas há questões que precisa discutir. Ele vai sugerir um local e uma hora para um encontro. Você deve aceitar o que quer que ele proponha. É assim que essa gente trabalha. Mais alguma pergunta?

Ele chegou a fazer alguma pergunta?

— Enquanto isso, você banca o homem totalmente normal. Nenhuma palavra a ninguém. Nem aqui no Ministério, nem em casa. Está bem compreendido?

Nada compreendido. Nada com pé ou cabeça. Apenas um sincero e perplexo "sim" para tudo e nenhuma lembrança muito clara de como ele voltou para casa naquela sexta à noite após uma revigorante visita a seu clube na Pall Mall.

*

Curvado diante do computador enquanto a esposa e a filha papeiam alegremente na sala ao lado, Paul Anderson escolhe resultados da busca por Ethical Outcomes na internet. *Você quis dizer Ethical Outcomes Incorporated de Houston, Texas*? Por falta de outras informações, sim, ele quis.

> *Com nossa novíssima equipe internacional de pensadores geopolíticos de qualificação única, nós da Ethical oferecemos análises inovadoras, intuitivas e revolucionárias de avaliação de riscos para grandes instituições empresariais e governamentais. Na Ethical, nós nos orgulhamos de nossa integridade, nossa apropriada diligência e nossas capacidades cibernéticas de última geração. Proteção pessoal e negociadores*

para situações de cativeiro disponíveis em caráter imediato. Marlon responderá suas questões pessoais e confidenciais.

Endereço de e-mail e caixa postal também de Houston, Texas. Número de telefone gratuito para suas questões pessoais e confidenciais a Marlon. Sem nomes de diretores, oficiais, conselheiros ou pensadores geopolíticos de qualificação única. Nenhum Elliot, nem primeiro nome nem sobrenome. A sócia majoritária da Ethical Outcomes é a Spencer Hardy Holdings, uma empresa multinacional cujos interesses incluem petróleo, trigo, madeira, carne, desenvolvimento imobiliário e iniciativas sem fins lucrativos. A mesma holding também patrocina fundações evangélicas, escolas religiosas e missões bíblicas.

Para mais informações sobre a Ethical Outcomes, digite sua senha. Não possuindo tal senha e assaltado por uma sensação de invasão, ele abandona suas pesquisas.

Uma semana se passa. A cada manhã durante o café, ao longo de todo o dia no escritório, a cada noite quando chega do trabalho, ele banca o Homem Totalmente Normal como instruído e espera pelo grande telefonema que pode vir ou não, ou que virá quando menos se espera: o que acontece no início de certa manhã enquanto sua esposa dorme devido à medicação e ele está arrumando a cozinha com sua camisa xadrez e calça cotelê, lavando a louça do jantar do dia anterior e dizendo a si mesmo que realmente precisa dar um jeito naquele gramado dos fundos. O telefone toca, ele atende, exclama um alegre "Bom dia" e é Elliot, que, obviamente, viu o anúncio na vitrine da corretora e está seriamente interessado em comprar a casa.

Só que o nome não é Elliot, mas *Illiot*, graças ao sotaque sul-africano.

*

Seria Elliot um membro da *novíssima equipe internacional de pensadores geopolíticos de qualificação única?* É possível, embora não aparente. No escritório vazio de uma transversal esburacada dos Paddington Street Gardens onde os dois homens se encontram apenas noventa minutos mais tarde, Elliot usa um sóbrio terno de passeio e uma gravata listrada com pequenos paraquedas.

Anéis cabalísticos adornam os três dedos mais gordos de sua mão esquerda manicurada. Ele tem um crânio lustroso, pele morena e de poros grandes, e é perturbadoramente musculoso. Seu olhar, ora interrogando seu convidado com piscadelas sedutoras, ora desviando-se para as paredes encardidas, é sem cor. Seu inglês falado é tão elaborado que daria para pensar que ele está no meio de um exame de precisão e pronúncia.

Extraindo um passaporte britânico quase novo da gaveta, Elliot lambe o dedo e solenemente vira as páginas.

— Manila, Cingapura, Dubai: estas são apenas algumas das belas cidades onde você participou de conferências de estatística. Você compreende isto, Paul?

Paul compreende isto.

— Se um indivíduo intrometido sentado ao seu lado no avião perguntar o que o leva a Gibraltar, diga que é mais uma conferência de estatística. Depois disso, mande-o cuidar da porra da vida dele. Gibraltar tem uma cena forte de jogos de azar on-line e nem tudo é limpeza. Os chefões do jogo não gostam que seu pessoalzinho fale fora de hora. Agora preciso perguntar, Paul, muito sinceramente, por favor, você tem alguma preocupação relacionada à sua cobertura pessoal?

— Bem, talvez apenas uma preocupação, na verdade, Elliot, sim, eu tenho — admite ele, após a devida consideração.

— Diga lá, Paul. Fique à vontade.

— É só que, sendo britânico *e* um funcionário externo que circulou um pouco por aí... entrar num território britânico primário como *outro* britânico, bem, é um pouco — buscando a palavra —, um pouco *vago* demais, para ser franco.

Os pequenos olhos circulares de Elliot se voltam para ele, fitando-o sem piscar.

— Quero dizer, eu não poderia ir como eu mesmo e ver no que dá? Ambos sabemos que tenho que ficar na encolha. Mas *se* acontecer, *ao contrário* de nossos melhores cálculos, que eu *de fato* tope com alguém que conheço, ou, mais ao ponto, alguém que me conhece, então ao menos eu posso ser quem sou. Isto é, eu. Em vez de...

— Em vez do que exatamente, Paul?

— Bem, em vez de fingir ser um falso estatístico chamado Paul Anderson. Quero dizer, como alguém vai acreditar numa historinha dessas se sabe perfeitamente quem eu sou? Isto é, honestamente, Elliot — sentindo o calor subindo ao rosto e vendo-se incapaz de detê-lo —, o Governo de Sua Majestade tem uma imensa sede dos três poderes em Gibraltar. Para não falar de uma presença substancial das Relações Exteriores e uma estação de escuta tamanho família. *E* um campo de treinamento das Forças Especiais. É só um sujeito que não previmos surgir do nada e me abraçar como um colega de longa data e eu estarei... bem, dedurado. E, por falar nisso, o que sei eu de estatística? Coisa nenhuma. Não é minha intenção questionar sua perícia, Elliot. E é claro que eu farei o que for preciso. Só estou perguntando.

— Esta é a soma total de suas inquietações, Paul? — pergunta Elliot, solícito.

— Claro. Absolutamente. Só levantando a questão. — E desejando não ter levantado, mas como diabos atirar a lógica pela janela?

Elliot umedece os lábios, franze a testa e, num inglês cuidadosamente fraturado, responde da seguinte forma:

— Paul, é um *fato* que, contanto que você mostre seu passaporte britânico e não chame atenção para si em nenhum momento, todo mundo em Gibraltar vai cagar para quem você é. No entanto: serão suas bolas diretamente na linha de fogo se nos depararmos com o pior dos cenários, que é meu dever moral considerar. Tomemos o caso hipotético de que a operação seja abortada de um modo não previsto por seus planejadores especializados, dos quais me orgulho de fazer parte. Eles talvez perguntem: houve um informante? E eles começarão a questionar: e quem era aquele babaca acadêmico chamado Anderson que se enclausurava num quarto de hotel lendo livros dia e noite? Onde esse Anderson pode ser encontrado numa colônia do tamanho da porra de um campo de golfe? Se essa situação viesse a surgir, suspeito que você ficaria realmente grato de não aparecer como a pessoa que é na realidade. Feliz agora, Paul?

Feliz como pinto no lixo, Elliot. Não poderia estar mais feliz. Totalmente fora de meu elemento, tudo vago como um sonho, mas firme com você. Contudo, percebendo depois que Elliot parece um pouco incomodado e temendo que a preleção detalhada que está prestes a receber comece com uma nota dissonante, ele tenta um pouco de aproximação:

— Então, onde um cara altamente qualificado como *você* se encaixa nesse esquema de coisas, se posso perguntar sem ser invasivo, Elliot?

A voz de Elliot adquire a solenidade do púlpito:

— Eu sinceramente agradeço a você por essa pergunta, Paul. Sou um homem de armas; é a minha vida. Lutei em grandes e pequenas guerras, principalmente no continente da África. Durante essas empreitadas, tive a sorte de encontrar um homem cujas fontes de inteligência são lendárias, para não dizer sobrenaturais. Seus contatos em todo o mundo falam com ele como nenhum outro, no seguro conhecimento de que usará a informação no fomento dos princípios de democracia e liberdade. A *Operação Vida Selvagem*, cujos detalhes agora desvelarei para você, foi obra dele.

E é a orgulhosa declaração de Elliot que puxa a pergunta, talvez bajuladora, mas óbvia:

— E é possível perguntar, Elliot, se este grande homem tem um nome?

— Paul, você agora é família, e será cada vez mais. Portanto, eu direi sem rodeios que o fundador e força motriz da Ethical Outcomes é um cavalheiro cujo nome, na mais estrita confidencialidade, é Sr. Jay Crispin.

*

Voltando a Harrow num táxi preto.

Elliot diz: *A partir de agora, guarde todos os recibos.* Pague ao taxista, guarde o recibo.

Pesquisemos Jay Crispin na internet.

Jay tem 19 anos e vive em Paignton, Devon. Ela é garçonete.

J. Crispin, fabricante de vernizes, começou a vida em Shoreditch em 1900.

Jay Crispin faz testes com modelos, atores, músicos e bailarinos.

Mas de Jay Crispin, a força motriz da Ethical Outcomes e cérebro orquestrador da *Operação Vida Selvagem*, nenhum vislumbre.

*

Parado mais uma vez diante da exagerada janela de sua prisão hoteleira, o homem que tem de se chamar Paul proferiu uma exaustiva série de palavrões impensados, de uma maneira mais contemporânea do que era seu hábito. *Merda* — depois *puta merda*. Depois mais *merdas*, disparados numa tediosa saraivada na direção do celular sobre a cama e terminando com um apelo — *Toca, seu filho da puta, toca* — apenas para descobrir que, em algum lugar dentro ou fora de sua cabeça, o mesmo celular, não mais mudo, trinava em resposta com seu enlouquecedor tralalá, tralalá, tralalá-lalá.

Ele permaneceu na janela, congelado pela incredulidade. Deve ser o grego gordo e barbado do quarto vizinho, cantando no chuveiro; são aqueles amantes safados do andar de cima: ele está gemendo, ela está gritando, e eu estou ficando alucinado.

Depois, tudo que queria no mundo era dormir e acordar quando a coisa estivesse terminada. Contudo, no instante seguinte já estava na cama, grudando o celular criptografado contra a orelha, mas, por algum sentido aberrante de segurança, sem falar.

— Paul? Está me ouvindo, Paul? Sou eu. *Kirsty*, lembra?

Kirsty, a assessora temporária na qual ele nunca pôs os olhos. A voz era a única coisa que ele conhecia dela: vívida, imperiosa, e o resto dela apenas imaginado. Às vezes se perguntava se estava detectando um sotaque australiano camuflado — para combinar com o sul-africano de Elliot. E às vezes se perguntava que tipo de corpo aquela voz podia ter e, em outras, se ela realmente chegava a ter um corpo.

Ele já sentia o tom aguçado, o ar de portento daquela voz.

— Ainda está bem por aí, Paul?

— Sim, muito, Kirsty. Você também, imagino?

— Pronto para um pouco de observação de aves noturnas, com corujas como especialidade?

Parte da patética fachada de Paul Anderson era a ornitologia como passatempo.

— Então esta é a atualização. Todos os sistemas a postos. Hoje à noite. O *Rosemaria* deixou o porto rumo a Gibraltar há cinco horas. *Aladdin* fez reserva no chinês da Queensway Marina para seus hóspedes a bordo, para um grande jantar fechado esta noite. Ele vai desembarcar os passageiros lá e depois zarpar sozinho. Seu encontro com *Punter* confirmado para onze e meia da noite. Que tal se eu buscá-lo em seu hotel exatamente às nove horas? Seriam nove em ponto. Sim?

— Quando me encontro com Jeb?

— Talvez logo, Paul — retrucou ela, com aspereza adicional sempre que o nome de Jeb era mencionado entre eles. — Está tudo marcado. Seu amigo Jeb estará esperando. Vista-se para os pássaros. *Não* faça check-out. De acordo?

Tudo já está combinado há dois dias.

— Traga seu passaporte e sua carteira. Arrume bem suas coisas, mas deixe-as em seu quarto. Entregue a chave na recepção como se fosse voltar tarde. Quer ficar nos degraus do hotel para que não tenha que fazer hora no saguão e ser observado pelas excursões de turistas?

— Ótimo. Vou fazer isso. Boa ideia.

Isso também já estava combinado.

— Espere por um Toyota azul quatro por quatro, lustroso, novo. Aviso vermelho no para-brisa do lado do passageiro dizendo CONFERÊNCIA.

Pela terceira vez desde que chegou, ela insistiu que comparassem relógios, o que ele considerava uma precaução desnecessária nesses tempos digitais, até que percebeu que estava fazendo a mesma coisa com o relógio de cabeceira. Uma hora e 52 minutos para sair.

Ela desligou. Ele estava de volta à solitária. Sou eu mesmo? Sim, sou. Sou eu, o par de mãos firmes, e elas estão suando.

Olhou em volta com a perplexidade de um prisioneiro, fazendo um balanço da cela que se tornou seu lar: os livros que trouxe consigo e dos quais não conseguiu ler nenhuma linha. Simon Schama sobre a Revolução Francesa. A biografia de Jerusalém por Montefiore: a essa altura, em circunstâncias melhores, ele teria devorado os dois. O manual de aves do Mediterrâneo que o obrigaram a trazer. Seus olhos deslizaram para sua arqui-inimiga: A Poltrona que Fedia a Mijo. Ele passou metade da noite anterior sentado nela, depois que a cama o expulsou. Sentar-se nela mais uma vez? Oferecer-se outra sessão de *Labaredas do inferno*? Ou talvez o *Henrique V* de Laurence Olivier poderia fazer um trabalho melhor em persuadir o Deus das Batalhas a fortalecer o coração de seu soldado? Ou que tal outra sessão de pornô softcore censurado pelo Vaticano, para fazer circular o velho sangue?

Escancarando o guarda-roupa bambo, pescou a mala verde de rodinhas coberta de etiquetas de viagens de Paul Anderson, e se pôs a enfiar nela a tralha que formava a identidade fictícia de um estatístico e observador de aves itinerante. Depois ele se sentou na cama, vigiando enquanto o telefone criptografado recarregava, porque tinha um medo incontornável de que o celular o deixasse na mão no momento crucial.

*

No elevador, um casal de meia-idade usando paletós verdes perguntou se ele vinha de Liverpool. Infelizmente, não vinha. Mas era parte do grupo? Temo que não: que grupo seria esse? Mas àquela altura sua voz pomposa e o figurino excêntrico para atividades ao ar livre foram o bastante, e eles o deixaram em paz.

Chegando ao térreo, adentrou um ruidoso e efervescente burburinho de humanidade. Entre enfeites de fita verde e balões, um letreiro luminoso proclamava o Dia de São Patrício. Um acordeão gania música folclórica irlandesa. Homens e mulheres robustos dançavam com seus chapéus verdes da Guinness. Uma bêbada com o chapéu torto agarrou sua cabeça, pregou-lhe um beijo nos lábios e disse que ele era seu garotinho lindo.

Entre empurrões e pedidos de desculpas, lutou para abrir caminho até a entrada do hotel, onde um grupo de hóspedes esperava por seus carros. Respirou fundo e captou os aromas de louro e mel misturados à fumaça de combustível. Acima dele, as estrelas enevoadas de uma noite mediterrânea. Estava vestido como fora instruído a se vestir: botas resistentes e não esqueça seu anoraque, Paul, o Mediterrâneo fica fresco à noite. E, fechado com zíper sobre seu coração no bolso interno do anoraque, o celular supercriptografado. Podia sentir o peso dele no mamilo esquerdo — o que não impediu que seus dedos fizessem sua própria checagem rápida.

Um reluzente Toyota quatro por quatro se juntou à fila de carros que chegavam, e sim, era azul, e sim, havia um cartaz vermelho dizendo CONFERÊNCIA no para-brisa do lado do passageiro. Dois rostos brancos na frente: o motorista, homem, de óculos, jovem; a moça, compacta e eficiente, saltando como uma navegadora, escancarando a porta lateral.

— Você é o Arthur, certo? — exclamou ela no melhor sotaque australiano.

— Não, eu sou o Paul, na verdade.

— Ah, certo, você é o Paul! Desculpe por isso. Arthur é na próxima parada. Eu sou a Kirsty. É um prazer conhecê-lo, Paul. Pode entrar agora mesmo!

Fórmula de segurança combinada. Típico excesso de produção, mas tudo bem. Ele entrou e se viu sozinho no banco de trás. A porta lateral bateu e o quatro por quatro embicou entre as colunas brancas do portão, ganhando a rua de paralelepípedos.

— E este aqui é o Hansi — apresentou Kirsty por cima do ombro. — Hansi é parte da equipe. "Sempre alerta", não é, Hansi? É o lema dele. Quer dizer olá ao cavalheiro, Hansi?

— Bem-vindo a bordo, Paul — saudou o Sempre-Alerta Hansi, sem virar a cabeça. Podia ser uma voz americana, podia ser alemã. A guerra está privatizada.

Passavam por entre altos muros de pedra e ele absorvia cada imagem e som imediatamente: o alarido do jazz de um bar no caminho, os casais de ingleses obesos tragando bebidas livres de impostos em suas mesas ao ar livre, o ateliê de tatuagem com o torso desenhado acima do jeans de cintura baixa, o salão do barbeiro com os penteados dos anos 1960, o velho curvado com um quipá empurrando um carrinho de bebê e a loja de lembrancinhas vendendo estatuetas de galgos, dançarinas de flamenco e Jesus e seus discípulos.

Kirsty se virou para examiná-lo sob as luzes passantes. Seu rosto ossudo, sardento desde as orelhas. Cabelos escuros e curtos enfiados no chapéu de safári. Nada de maquiagem e nada no fundo dos olhos: ou nada para ele. A mandíbula se enfiou na curva do braço enquanto ela o inspecionava. O corpo indecifrável sob o volume de um colete revestido para o ar livre.

— Deixou tudo em seu quarto, Paul? Como lhe dissemos?

— Tudo embalado, como você disse.

— Incluindo o livro de pássaros?

— Incluindo o livro.

Entram numa ruela escura, varais pendurados acima. Janelas decrépitas, reboco desmoronando, grafites ordenando FORA BRITS! De volta ao turbilhão de luzes da cidade.

— E você não fez check-out do seu quarto? Por engano ou algo assim?

— O saguão estava apinhado. Eu não conseguiria fazer check-out nem se tentasse.

— E quanto à chave do quarto?

Na droga do meu bolso. Sentindo-se um idiota, ele largou a chave na mão aberta de Kirsty e viu que ela a repassou para Hansi.

— Estamos fazendo o circuito, certo? Elliot disse para mostrar a você os fatos do território, para que tenha a imagem visual.

— Ótimo.

— Estamos indo para Upper Rock, por isso vamos tomar a Marina de Queensway no caminho. Aquele é o *Rosemaria* lá longe. Ele chegou há uma hora. Está vendo?

— Estou.

— É ali que *Aladdin* sempre ancora e aquela é sua escadaria exclusiva para o cais. Além dele, ninguém tem permissão de usá-la: ele tem interesses imobiliários na colônia. Ainda está a bordo e seus convidados estão atrasados, ainda se arrumando antes de descer à costa para o jantar fechado no chinês. Todo mundo admira o *Rosemaria*, então você pode fazer o mesmo. Apenas pareça relaxado. Não há nenhuma lei que diga que você não pode dar uma olhada relaxada num superiate de 30 milhões de dólares.

Seria a excitação da caçada? Ou apenas o alívio de estar fora da prisão? Ou era a simples perspectiva de servir a seu país de uma forma com que nunca sonhou antes? Fosse o que fosse, uma onda de fervor patriótico o dominava à medida que séculos de conquista imperial britânica o recebiam. As estátuas de grandes almirantes e generais, os canhões, fortes, bastiões, as decrépitas placas de alerta contra ataques aéreos direcionando nossos estoicos defensores ao abrigo mais próximo, os guerreiros ao estilo *gurkha* montando guarda com baionetas fixas do lado de fora da residência do governador, os guardas em seus uniformes britânicos largos: ele era herdeiro de tudo aquilo. Até as tristes fileiras de lanchonetes *fish and chips* construídas dentro de elegantes fachadas espanholas eram como um regresso ao lar.

Um vislumbre rápido de canhões, memoriais de guerra, um britânico, um americano. Bem-vindo a Ocean Village, um infernal vale de prédios com varandas de vidro azul imitando as ondas do mar. Entrando numa pista particular com portões e uma guarita, nenhum sinal de guarda. Abaixo, uma floresta de mastros brancos, uma cerimoniosa entrada acarpetada para carros, uma fileira de butiques e o restaurante chinês onde *Aladdin* reservou seu jantar fechado.

E ao mar em todo o seu esplendor, o *Rosemaria*, completamente aceso por luzes de fábula. As janelas no andar do meio, apagadas. As janelas do salão, translúcidas. Homens corpulentos perambulando entre mesas vazias. Junto dele, ao pé de uma escada de embarque dourada, uma sofisticada lancha com dois tripulantes em uniformes brancos esperando para transportar *Aladdin* e seus hóspedes para a terra.

— *Aladdin* é basicamente um polonês mestiço que assumiu cidadania libanesa — explicava Elliot na pequena sala em Paddington. — *Aladdin* é o polonês que eu pessoalmente não gostaria de encontrar num corredor, para usar um trocadilho. *Aladdin* é o mais inescrupuloso mercador da morte na face da terra, acima de todos, e, além disso, é também amigo íntimo da pior escória da sociedade internacional. O principal item em sua lista são os Manpads, até onde sei.

Manpads, Elliot?

— Vinte deles na última contagem. Última geração, muito duráveis, muito letais.

Um momento para o sorriso careca e superior e o olhar escorregadio de Elliot.

— Um Manpad é, tecnicamente, um sistema de defesa aérea individualmente portátil, Paul, *Manpad* sendo o que eu chamo de um acrônimo.* Como uma arma conhecida pelo mesmo acrônimo, o Manpad é tão peso-leve que uma criança poderia manejá-lo. Por acaso, também é o item exato se você está cogitando derrubar um avião de linha desarmado. Essa é a mentalidade desses assassinos de merda.

— Mas será que *Aladdin* tem isso consigo, Elliot, os Manpads? Agora? Na noite? A bordo do *Rosemaria*? — pergunta ele, bancando o inocente porque é disso que Elliot parece gostar mais.

— Segundo as fontes confiáveis e exclusivas de nosso líder, os Manpads em questão fazem parte de um inventário de venda um pouco maior, compreendendo antitanques e lança-foguetes top de linha, e rifles de assalto das melhores marcas saídos dos arsenais de Estados de todo o mundo do mal conhecido. Como no famoso conto de fadas árabe, *Aladdin* esconde seu tesouro no deserto, por isso a escolha do nome. Ele informa seu paradeiro ao licitante vencedor quando e *somente* quando fecha o negócio, neste caso ninguém menos que o próprio *Punter*. Me pergunte qual é o objetivo do encontro entre *Aladdin* e *Punter* e eu responderei que foi marcado para definir os parâmetros do negócio, as condições do pagamento em ouro e a inspeção final da mercadoria antes da entrega.

*

O Toyota deixou a marina e manobrava por uma rotatória gramada de palmeiras e amores-perfeitos.

— Meninos e meninas prontos, todos a postos — relatava Kirsty num tom monótono por seu celular.

Meninos, meninas? Onde? O que eu perdi? Ele deve ter feito a pergunta em voz alta:

— Dois grupos de quatro observadores sentados no chinês, esperando o grupo de *Aladdin* aparecer. Dois casais de transeuntes. Um taxista e dois

* Acrônimo para "*Man-portable air-defence system*". (*N. da T.*)

motoqueiros para quando ele se retirar da festa — recitou ela, como a uma criança que não estava prestando atenção.

Eles partilharam um silêncio difícil. Ela pensa que sou supérfluo para os requisitos. Ela pensa que sou o inglês tapado e careta que caiu de paraquedas para criar dificuldades.

— Então quando eu vou me encontrar com Jeb? — insistiu ele, não pela primeira vez.

— Seu amigo Jeb estará pronto e esperando por você no ponto de encontro conforme planejado, como eu lhe disse.

— Ele é a razão de minha presença aqui — disse em voz alta demais, sentindo sua ira crescendo. — Jeb e seus homens não podem entrar sem que eu dê o sinal verde. Esse foi o combinado desde o início.

— Estamos cientes disso, obrigada, Paul, e Elliot está ciente disso. Quanto mais cedo você e seu amigo Jeb se encontrarem e as duas equipes estiverem comunicadas, mais cedo poderemos resolver essa história e ir para casa. Ok?

Ele precisava de Jeb. Precisava dos seus.

O tráfego sumiu. As árvores eram mais baixas aqui, o céu maior. Ele contou os marcos históricos. A Igreja de São Bernardo. A Mesquita de Ibrahim-al-Ibrahim, com seu minarete iluminado de branco. O santuário de Nossa Senhora da Europa. Cada um deles gravado em sua memória após folheadas inconscientes no guia encardido do hotel. Ao mar, uma armada iluminada de cargueiros ancorados. *Os garotos ao mar vão operar a partir do navio-mãe da Ethical*, dissera Elliot.

O céu desapareceu. Este túnel não é um túnel. É a passagem de uma mina desativada. É um abrigo antiaéreo. Vigas tortas, paredes malfeitas de bloco de concreto e rocha bruta cortada. Faixas de olhos de gato correndo no teto, marcas rodoviárias brancas seguindo o mesmo ritmo. Emaranhados de cabos pretos. Uma placa dizendo PERIGO: DESLIZAMENTO DE PEDRAS! Buracos, filetes de água marrom transbordada, uma porta de ferro levando a Deus sabe onde. Teria *Punter* passado por aqui hoje? Estaria ele parado atrás de uma porta com um de seus vinte Manpads? Punter *não é apenas alto preço, Paul. Nas palavras do Sr. Jay Crispin,* Punter *é estratosférico*: Elliot novamente.

Como o portal de entrada para outro mundo, pilares surgem quando eles saem das entranhas da Rocha e aterrissam numa estrada cortada no penhasco. Uma rajada de vento balança a carroceria, uma meia-lua aparece no alto do para-brisa e o Toyota sacode à beira do acostamento. Abaixo deles, luzes de assentamentos costeiros. Além deles, as montanhas negras da Espanha. E ao mar, a mesma armada imóvel de cargueiros.

— Só as laterais — ordenou Kirsty.

Hansi baixou os faróis.

— Desligue o motor.

Ao som do murmúrio furtivo das rodas no asfalto esfarelado, eles rolaram para a frente. Adiante, uma fina lanterna vermelha piscou duas vezes, depois uma terceira vez, mais próxima.

— Pare agora.

Eles pararam. Kirsty escancarou a porta lateral, deixando entrar uma rajada de vento frio e o ruído constante dos motores ao mar. Do outro lado do vale, nuvens iluminadas pelo luar se acumulavam sobre as ravinas e rolavam como a fumaça de uma pistola ao longo do topo do Rochedo. Um carro acelerou para fora do túnel atrás deles e varreu a encosta com seus faróis, deixando uma escuridão mais profunda.

— Paul, seu *amigo* está aqui.

Não vendo nenhum amigo, ele deslizou pelo banco até a porta aberta. Diante dele, Kirsty estava inclinada para a frente, puxando o encosto do assento como se mal pudesse esperar para colocá-lo para fora. Ele começou a baixar os pés ao chão e ouviu o grasnado de gaivotas insones e o cricrilar dos grilos. Duas mãos enluvadas se projetaram da escuridão para firmá-lo. Atrás delas surgiu o pequeno Jeb, com o rosto camuflado brilhando sob a balaclava puxada para cima e uma lanterna presa à testa como um olho de ciclope.

— É bom vê-lo de novo, Paul. Experimente estes para ver se o tamanho está bom —murmurou ele em sua suave cadência galesa.

— E é mais do que bom ver *você*, Jeb, devo dizer — respondeu entusiasmado, aceitando os óculos de visão noturna e agarrando a mão estendida de Jeb. Era o mesmo Jeb de sua lembrança: um homem compacto, calmo, dono de si.

— E aí, hotel legal, Paul?

— Pocilga total e absoluta. Como é o seu?

— Venha dar uma olhada, cara. Tudo modulado. Pise onde eu pisar. Devagar e tranquilo. E se você vir uma pedra rolando pense rápido e se abaixe, na hora.

Era uma piada? Ele sorriu de qualquer maneira. O Toyota estava descendo a colina, dever cumprido e boa noite. Ele pôs os óculos e o mundo ficou verde. Pingos de chuva trazidos pelo vento se batiam como insetos diante de seus olhos. Jeb galgava a colina à frente, com a lanterna de mineiro na testa iluminando o caminho. Não havia nenhuma trilha exceto onde ele pisava. Estou de volta ao campo das perdizes com meu pai, lutando para atravessar arbustos de 3 metros de altura, com a diferença de que esta encosta não tem arbustos, apenas obstinados tufos de capim da praia que insistiam em se agarrar a seus tornozelos. Alguns homens você conduz e outros você segue, costumava dizer seu pai, um general aposentado. Bem, com Jeb, você segue.

O terreno se aplainou. O vento cedeu e voltou a correr, levantando a poeira consigo. Ele ouviu o ruído de um helicóptero acima. *O Sr. Crispin fornecerá cobertura total ao estilo americano*, proclamara Elliot, em tom de orgulho empresarial. *Mais completa do que você jamais precisará saber, Paul. Equipamento altamente sofisticado será padrão para tudo, e mais, um avião Predator não tripulado para fins de observação não está de forma alguma acima do orçamento operacional do Sr. Crispin.*

A subida se torna mais íngreme agora, o terreno composto em parte de pedras despencadas e em parte de areia arrastada pelo vento. Agora seu pé acerta um parafuso, um pedaço de uma haste de aço, uma âncora de capa. Num momento — com a mão de Jeb à espera para mostrar a ele —, uma extensão de rede de contenção de metal que ele teve que transpor.

— Você está indo muito bem, Paul. E os lagartos não mordem, não aqui em Gib. Chamam de lagartixas aqui, não me pergunte por quê. Você é um homem de família, não? — E ao obter um espontâneo "sim": — Então quem você tem, Paul? Com todo o respeito.

— Uma esposa, uma filha — respondeu ele, sem fôlego. — A menina é médica — pensando ah, Cristo, esqueci que eu era Paul e solteiro, mas dane-se. — E você, Jeb?

— Uma esposa maravilhosa, um menino, 5 anos na semana que vem. Primeiro da turma, espero que seja como a sua.

Um carro emergiu do túnel atrás deles. Ele fez menção de se agachar, mas Jeb o segurou na vertical com um aperto tão forte que ele engasgou.

— Ninguém vai nos ver a menos que a gente se mova, entende? — explicou ele com o mesmo murmúrio galês confortável. — Faltam 100 metros e é bastante íngreme agora, mas não é problema para você, tenho certeza. Um pedaço em zigue-zague e chegamos. Somos só eu e os três garotos — como se não houvesse nada de que se envergonhar.

E era de fato bastante íngreme, com arbustos e areia solta, e outra rede de contenção para contornar, e a luva de Jeb esperando caso ele tropeçasse, coisa que não fez. De repente, chegaram. Três homens com uniformes de combate e fones de ouvido, um deles mais alto que o restante, descansavam sob uma lona impermeável, bebendo em canecas de lata e observando telas de computador como se assistissem ao futebol de sábado à tarde.

O esconderijo estava inserido na estrutura de aço de uma rede de contenção. Suas paredes eram de folhagem e arbustos entrelaçados. Mesmo a poucos metros de distância, sem Jeb para guiá-lo, ele poderia ter passado batido por ali. As telas dos computadores estavam presas às extremidades de tubulações. Era preciso espiar dentro dos tubos para vê-las. Algumas poucas estrelas enevoadas cintilavam através do emaranhado do teto. Alguns feixes do luar brilhavam sobre o armamento, de um tipo que nunca tinha visto. Quatro mochilas de equipamento estavam alinhadas ao longo de uma parede.

— Então este é Paul, rapazes. Nosso homem do Ministério — murmurou Jeb entre o farfalhar do vento.

Um por um, cada homem se virou, tirou uma das luvas de couro, apertou sua mão forte demais e se apresentou.

— Don. Bem-vindo ao Ritz, Paul.

— Andy.

— *Shorty*. Olá, Paul. Então, conseguiu subir numa boa?

Shorty porque ele é meia cabeça mais alto que o restante deles: por que mais? Jeb lhe entrega uma caneca de chá. Adoçado com leite condensado. Uma fenda de mira lateral era emoldurada por folhagem. Os tubos dos computadores estavam fixados abaixo da fenda de mira, permitindo uma visão desimpedida desde a encosta até o litoral. À sua esquerda, os mesmos montes negros da Espanha, agora maiores e mais próximos. Jeb o conduz a olhar a tela do lado esquerdo. Uma sequência de imagens de câmeras escondidas: a marina, o restaurante chinês, o *Rosemaria* e suas luzes feéricas. Elas mudam para uma trêmula filmagem com uma câmera de mão dentro do restaurante chinês. O equipamento ao nível do chão. Da extremidade de uma mesa junto à janela da sacada, um imperioso gordo de 50 anos, num paletó náutico e penteado perfeito, gesticula a seus comensais. À sua direita, uma morena com metade da sua idade e cara amarrada. Ombros nus, seios vistosos, colar de diamantes e uma boca torcida.

— *Aladdin* é um encrenqueiro do cacete, Paul — confidenciava Shorty. — Primeiro passou um sermão em inglês no maître porque não tem lagosta. Agora a amiguinha leva o seu em árabe, sendo ele polonês. Fico surpreso por ele não perder a cabeça com ela, pela forma como ela está se comportando. É como estar em casa, não, Jeb?

— Venha aqui um minuto, Paul, por favor.

Com a mão de Jeb em seu ombro para guiá-lo, ele dá um passo largo para a tela do meio. Imagens aéreas e terrestres se alternam. Seriam cortesia do avião Predator não tripulado que não estava de modo algum acima do orçamento operacional do Sr. Crispin? Ou do helicóptero que ele ouvia pairando acima? Um terraço de casas brancas com deques de madeira na frente, situado na beira das falésias. Escadarias de pedra para a praia separando as casas. As escadas desciam até uma estreita meia-lua de areia. Uma praia pedregosa cercada por penhascos irregulares. Postes de rua com luzes laranja. Uma pista com cerca de metal levando do terraço para a principal estrada costeira. Nenhuma luz nas janelas das casas. Nenhuma cortina.

E através da fenda, o mesmo terraço a olho nu.

— Vai ser tudo demolido, viu, Paul — explicava Jeb em seu ouvido. — Uma empresa do Kuwait vai instalar um complexo de cassinos e uma mesquita. É por isso que as casas estão vazias. *Aladdin*, ele é um dos diretores da empresa kuwaitiana. Pois bem, pelo que andou dizendo a seus convidados, ele tem uma reunião privada esta noite com o desenvolvedor. Isso vai ser muito lucrativo. Concentrando os lucros para eles mesmos, segundo sua amiguinha. Ninguém imaginaria que um homem como *Aladdin* seria tão tagarela assim, mas ele é.

— Gosta de aparecer — explicou Shorty. — Típico de uma porra de um polonês.

— O *Punter* já está dentro da casa, então? — perguntou ele.

— Digamos que, se está, nós não o avistamos, Paul, vamos colocar dessa forma — respondeu Jeb no mesmo tom de conversa, constante e deliberado. — Não de fora, e não temos cobertura lá dentro. Não houve a oportunidade, segundo nos dizem. Bem, não dá para pôr escutas em vinte casas de uma só vez, dá? Acho que não, nem mesmo com equipamento de hoje. Talvez ele esteja instalado numa casa e passará a outra para o encontro. Não sabemos, sabemos? Ainda não. É esperar para ver e não entrar lá até que possamos saber quem estamos pegando, especialmente se estamos procurando um chefão da al Qaeda.

Ele recorda instantaneamente a confusa descrição de Elliot para a mesma figura furtiva:

Eu basicamente descreveria Punter *como o típico mercenário jihadista por excelência, Paul, para não dizer o típico fantasma. Ele evita todos os meios de comunicação eletrônica, incluindo celulares e e-mails de aparência inofensiva. Para* Punter *só serve mensagem de boca em boca, e um mensageiro por vez, nunca o mesmo duas vezes.*

— Ele poderia vir a nós de qualquer lugar, Paul — explicava Shorty, talvez para provocá-lo. — Das montanhas de lá. Pela costa espanhola num pequeno barco. Ou poderia chegar andando sobre as águas, se quisesse. Não é mesmo, Jeb?

Jeb concorda vagamente. Jeb e Shorty, o mais alto e o mais baixo dos homens da equipe: uma atração de opostos.

— *Ou* chegar do Marrocos passando bem debaixo dos narizes da guarda costeira, não é, Jeb? *Ou* colocar um terno Armani e voar na classe Club com um passaporte suíço. *Ou* fretar um iate particular, que é o que eu faria, francamente. Não sem antes encomendar de antemão meu menu especial com a recepcionista altamente atraente de minissaia. Dinheiro para queimar, isso *Punter* tem, segundo nossa incrível fonte top de linha, não é, Jeb?

Do lado do mar, o terraço escuro como breu era ameaçador em contraste com o céu noturno; a praia, uma negra terra de ninguém, rochedos escarpados e um turbilhão de ondas.

— Quantos homens na equipe do mar? — perguntou. — Elliot não parecia saber ao certo.

— Ele nos disse oito — respondeu Shorty, falando por cima do ombro de Jeb. — Nove quando eles voltarem para o navio-mãe com *Punter*. É o que esperam — acrescentou secamente.

Os conspiradores estarão desarmados, Paul, Elliot dizia. *Este é o grau de confiança entre uma dupla de canalhas totais. Nada de armas, nada de guarda-costas. Nós entramos na ponta dos pés, pegamos nosso homem, saímos na ponta dos pés, nem sequer estivemos lá. Os garotos de Jeb empurram da terra, a Ethical puxa do mar.*

Lado a lado com Jeb mais uma vez, ele viu os dois cargueiros através da fenda de mira e depois olhou para a tela do meio. Um cargueiro estava afastado dos companheiros. Uma bandeira panamenha se agitava no mastro. No convés, sombras passavam entre os guindastes. Um bote inflável pendia sobre a água, dois homens a bordo. Ele ainda os observava quando o celular criptografado começou a cantarolar sua melodia idiota. Jeb o arrancou de sua mão, baixou o som, e o devolveu.

— É você, Paul?

— Paul falando.

— Aqui é o Nove. Certo? Nove. Me diga se consegue me ouvir.

E eu serei o Nove, entoa solenemente o ministro, como uma profecia bíblica. *Não serei o* Alfa, *que está reservado para nosso edifício-alvo. Não serei* Bravo, *que está reservado para nossa localização. Serei o* Nove, *que é o código designado para seu comandante, e vou me comunicar com você através de um celular especialmente criptografado e engenhosamente ligado a sua equipe operacional por meio de uma rede expandida de RTP, o que, para sua informação, significa Rádio Transmissor Pessoal.*

— Ouço alto e claro, Nove, muito obrigado.

— E você está em posição? Sim? Dê respostas curtas a partir de agora.

— Estou sim. Seus olhos e ouvidos.

— Certo. Me diga exatamente o que pode ver de onde está.

— Estamos no alto da encosta observando diretamente as casas abaixo. Não poderia ser melhor.

— Quem está aí?

— Jeb, os três homens dele e eu.

Pausa. Voz masculina abafada ao fundo.

O ministro mais uma vez:

— Alguém tem alguma ideia do motivo por que *Aladdin* não saiu do chinês ainda?

— Eles começaram a comer tarde. Espera-se que ele saia a qualquer minuto. É tudo o que ficamos sabendo.

— E nenhum *Punter* a vista? Você está absolutamente certo disso? Sim?

— A vista ainda não. Tenho certeza. Sim.

— A mínima indicação visual, por mais remota que seja... a menor das pistas... possibilidade de um avistamento...

Pausa. O RTP expandido está falhando, ou Quinn é que está?

— ... Eu espero que você me informe *imediatamente*. Entendido? Vemos tudo que você vê, mas não de forma tão clara. Você tem o *olhar direto*. Sim? — Já de saco cheio do atraso na transmissão: — Vista total, porra!

— Sim, é verdade. Vista total. Olhar direto. Eu tenho o olhar direto.

Don lhe cutuca o braço para chamar sua atenção.

No centro da cidade, uma van de passageiros costura seu caminho através do tráfego noturno. Leva uma placa de táxi no teto e um único passageiro no banco traseiro, e um olhar é o suficiente para que ele saiba que o passageiro é o corpulento e exaltado *Aladdin*, o polonês que Elliot não gostaria de encontrar num corredor. Ele está segurando um celular ao ouvido e, como no restaurante chinês, gesticula pomposamente com a mão livre.

A câmera que o segue sacode, agitada. A tela fica em branco. O helicóptero assume, aponta para a van, lança um halo acima dela. A câmera terrestre em perseguição retorna. Um ícone de telefone pisca no canto esquerdo do alto da tela. Jeb entrega um fone de ouvido a Paul. Um polonês falando com outro. Eles se revezam nas gargalhadas. A mão esquerda de *Aladdin* encena um espetáculo de marionetes na janela traseira da van. As piadas masculinas polonesas são substituídas pela voz desaprovadora de uma tradutora.

— *Aladdin* está falando com o irmão Josef em Varsóvia — diz com desdém a voz da mulher. — É conversa vulgar. Estão falando da namorada de *Aladdin*, a mulher que ele tem no barco. O nome dela é Imelda. *Aladdin* está cansado de Imelda. Imelda tem uma boca grande demais. Ele vai abandoná-la. Josef precisa visitar Beirute. *Aladdin* vai pagar pela viagem desde Varsóvia. Se Josef for a Beirute, *Aladdin* vai apresentá-lo a muitas mulheres que vão querer dormir com ele. Agora *Aladdin* está a caminho de visitar uma amiga especial. Amiga especial *secreta*. Ele ama muito essa amiga. Ela vai substituir Imelda. Ela não é carrancuda, não é vaca, tem seios muito bonitos. Talvez ele compre apartamento para ela em Gibraltar. É uma boa notícia para impostos. *Aladdin* tem que ir agora. A amiga secreta especial está esperando. Ela o deseja muito. Quando ela abrir a porta, estará completamente nua. *Aladdin* ordenou isto. Boa noite, Josef.

Um momento de perplexidade coletiva, quebrado por Don.

— Ele não tem *tempo* para transar, porra — sussurrou, indignado. — Nem mesmo ele.

Ecoado por Andy, igualmente indignado.

— O táxi virou para o lado errado. Por que caralhos ele fez essa merda?

— *Sempre* dá tempo para transar — corrigiu-os Shorty firmemente. — Se Boris Becker pode engravidar uma garota dentro de um armário ou coisa parecida, *Aladdin* pode dar uma rapidinha a caminho de vender Manpads para seu colega *Punter*. É apenas lógico.

Ao menos isso era verdade: a van, em vez de virar à direita, em direção ao túnel, virou à esquerda, de volta para o centro da cidade.

— Ele sabe que estamos em cima — murmurou Andy em desespero. — *Merda*.

— Ou mudou a porra da ideia. — Don.

— Ele não tem ideias, meu caro. O que manda é a cabeça de baixo. — Shorty.

O monitor ficou cinza, depois branco, depois um negro fúnebre.

CONTATO TEMPORARIAMENTE PERDIDO

Todos os olhos em Jeb enquanto ele murmura as suaves cadências galesas ao microfone em seu peito.

— O que você fez com ele, Elliot? Pensamos que *Aladdin* era gordo demais para sumir.

Atraso e estática acima da escuta de Don. A voz sul-africana queixosa de Elliot, baixa e rápida.

— Há alguns conjuntos de apartamentos com estacionamentos cobertos lá embaixo. Nossa leitura é de que ele entrou em um e saiu por outro diferente. Estamos investigando.

— Então ele sabe que vocês estão em cima. — Jeb. — Isso não ajuda, não é, Elliot?

— Talvez ele esteja ciente, talvez seja hábito. Por gentileza, não me encha o saco. Certo?

— Se fomos descobertos, nós vamos para casa, Elliot. Não vamos cair numa armadilha, não se eles sabem que estamos chegando. Já vimos esse filme, obrigado. Estamos velhos demais para isso.

Estática, mas nenhuma resposta. Jeb novamente.

— Você não chegou a pensar em colocar um rastreador no táxi, pensou, Elliot? Talvez ele tenha trocado de veículo. Ouvi dizer que isso às vezes acontece, aqui e ali..

— Vá se foder.

Shorty, em seu papel de camarada e defensor indignado de Jeb, tirando o microfone.

— Eu definitivamente vou dar um jeito em Elliot quando isso acabar — anunciou para o mundo. — Vou ter uma palavrinha tranquila, razoável e em particular com ele, e vou botar naquele rabo sul-africano, é um fato. Não vou, Jeb?

— Talvez vá, Shorty — respondeu Jeb calmamente. — E talvez não, também. Então cale a boca, pode ser?

*

A tela voltou à vida. O tráfego noturno se resume a alguns carros, mas nenhum halo paira acima de uma van errante. O celular criptografado está vibrando de novo.

— Você consegue ver algo que nós não conseguimos, Paul? — em tom acusador.

— Eu não sei o que você pode ver, Nove. *Aladdin* estava conversando com o irmão, depois mudou de direção. Todos aqui estão perplexos.

— Nós também estamos. Pode acreditar nisso.

Nós? Você e quem mais, exatamente? Oito? Dez? Quem é esse que sussurra em seu ouvido? Que lhe passa bilhetinhos, ao que parece, enquanto você fala comigo? Que faz com que você mude de tática e recomece do zero? É o Sr. Jay Crispin, nosso suserano da guerra corporativa e provedor de inteligência?

— Paul?

— Sim, Nove.

— Você tem o olhar no local. Me dê um relatório, por favor. *Agora.*

— A dúvida parece ser se *Aladdin* se deu conta do fato de que está sendo seguido. — E após um momento de ponderação: — E também se ele vai visitar uma nova namorada que aparentemente instalou aqui em vez de comparecer a seu encontro com *Punter* — cada vez mais impressionado com a própria confiança.

Movimentação. O som se corta. Os sussurros novamente em ação. Conexão cortada

— Paul?

— Sim, Nove.

— Espere um pouco. Fique aí. Tem algumas pessoas aqui que precisam falar comigo.

Paul espera. Pessoas ou pessoa?

— Ok! Assunto resolvido. — O ministro Quinn em voz aberta agora — *Aladdin* não está, repetindo, *não* está a ponto de comer ninguém, nem homem nem mulher. Isso é um fato. Está claro? — sem esperar por resposta. — O telefonema que acabamos de ouvir para o irmão foi um disfarce para confirmar seu encontro com *Punter* por linha aberta. O homem na outra ponta *não* era o irmão. Era o intermediário de *Punter*. — Hiato para mais conselhos de bastidores. — Ok, era o *armador*. Ele era o *armador* de *Aladdin* — insistindo na palavra.

A linha emudece de novo. Para *mais* conselhos? Ou é o RTP não tão expandido quanto foi propagandeado?

— Paul?

— Nove?

— *Aladdin* estava apenas dizendo a *Punter* que está a caminho. Dando um alerta. Temos isto direto da fonte. Por favor, passe para Jeb imediatamente.

Foi o tempo de passar a Jeb imediatamente antes que o braço de Don se erguesse novamente.

— Tela dois, capitão. Casa sete. Câmera da orla. Luz na janela do térreo à esquerda.

— Venha cá, Paul. — Jeb.

Jeb está acocorado ao lado de Don. Agachando atrás dos dois, ele espia entre as duas cabeças, a princípio incapaz de distinguir que luz deveria ver. Luzes dançavam nas janelas do térreo, mas eram reflexos da frota ancorada. Removendo seus óculos de visão noturna e arregalando os olhos ao máximo possível, ele vê o replay da janela do térreo na casa número sete em close.

Apontando para cima como uma vela, uma espectral lanterna atravessa a sala. É carregada por um fantasmagórico braço branco. As câmeras terrestres registram a história. Sim, lá está a luz novamente. E o braço-fantasma se tinge de laranja pelas lâmpadas de sódio ao longo da rua de acesso.

— Ele está lá dentro, então, não é? — Don, o primeiro a falar. — Casa sete. Térreo. Acendendo uma merda de lanterna porque não tem energia elétrica. — Mas ele soa estranhamente hesitante.

— É Ofélia — Shorty, o erudito. — Em sua porra de camisola. Vai se jogar no Mediterrâneo.

Jeb se ergue ao máximo que o teto do esconderijo permite. Ele puxa sua balaclava, fazendo dela um cachecol. À espectral luz verde, seu rosto camuflado de repente parece uma geração mais velho.

— Sim, Elliot, também vimos. Tudo bem, concordo, uma presença humana. Presença de quem, já é outra questão, creio eu.

O sistema de som expandido está realmente apagado? Por um só fone de ouvido, ele ouve a voz de Elliot em modo beligerante:

— Jeb? Jeb, preciso de você. Está aí?

— Na escuta, Elliot.

O sotaque sul-africano muito forte agora, muito didático:

— Minhas ordens, recebidas há cerca de um minuto precisamente, são de colocar minha equipe em alerta vermelho para embarque imediato. Estou também instruído a retirar meus recursos de vigilância do centro da cidade e concentrá-los no *Alfa*. A abordagem ao *Alfa* será coberta por veículos estáticos. Seu destacamento descerá e se posicionará de acordo.

— Quem disse que vamos, Elliot?

— Esse é o plano de batalha. Unidades terrestres e marítimas convergem. Jesus, caralho, Jeb, você esqueceu suas ordens?

— Você sabe muito bem quais são minhas ordens, Elliot. Elas são o que eram desde o início. Encontrar, apreender e finalizar. Não encontramos *Punter*, vimos uma luz. Não podemos apreendê-lo se não o encontramos, e não temos uma IPO digna desse nome.

IPO? Embora ele deteste siglas, vem a iluminação: Identificação Positiva.

— Então não há finalização e não há convergência — insiste Jeb com Elliot, no mesmo tom constante. — Não até que eu concorde, não haverá. Não vamos atirar uns nos outros no escuro, muito obrigado. Confirme que está entendido, por favor. Elliot, você ouviu o que eu disse?

Ainda sem resposta, quando Quinn retorna às pressas.

— Paul? Aquela luz dentro da casa sete. Você viu? Você tinha o *olhar direto*?

— Tinha. Sim. Direto.

— Uma vez?

— Acredito que vi duas vezes, mas indistintamente.

— É o *Punter*. *Punter* está lá. Neste minuto. Na casa sete. Aquele era *Punter* segurando uma lanterna, atravessando a sala. Você viu o braço. Bem, viu, não? Você viu, pelo amor de Deus. Um braço humano. Todos nós vimos.

— Nós vimos um braço, mas o braço está sujeito a identificação, Nove. Ainda estamos esperando que *Aladdin* apareça. Ele está perdido e não há nenhuma indicação de que esteja a caminho daqui. — E trocando olhares com Jeb: — Também estamos esperando por provas de que *Punter* está no recinto.

— Paul?

— Ainda aqui, Nove.

— Estamos replanejando. Seu trabalho é manter as casas à plena vista. A casa sete em particular. Isso é uma ordem. Enquanto nós replanejamos. Entendido?

— Entendido.

— Se você vir a olho nu qualquer coisa fora do comum que as câmeras talvez tenham perdido, preciso saber instantaneamente. — Some e retorna. — Você está fazendo um excelente trabalho, Paul. Não vai passar despercebido. Diga a Jeb. Isso é uma ordem.

Eles parecem tranquilizados, mas ele não se sente calmo. O truque de desaparecimento de *Aladdin* lançou seu feitiço pelo esconderijo. Elliot talvez esteja reposicionando suas câmeras aéreas, mas eles ainda estão buscando na cidade, fechando aleatoriamente em carros perdidos para depois abandoná-los. Suas câmeras em terra ainda oferecem ora a marina, ora a entrada do túnel, ora extensões da estrada costeira vazia.

— Vamos logo, bicho feio, *apareça*! — Don, ao ausente *Aladdin*.

— Muito ocupado trepando, o tarado — Andy, para si mesmo.

Aladdin *é à prova d'água, Paul,* insistira Elliot do outro lado de sua mesa em Paddington. *Ninguém põe um único dedo em* Aladdin. Aladdin *é à prova de fogo, à prova de balas. Esse é o acordo solene que o Sr. Crispin fechou com seu valiosíssimo informante, e a palavra do Sr. Crispin a um informante é sagrada.*

— Capitão — Don novamente, desta vez com os dois braços para cima.

Um motociclista serpenteia ao longo da pista de serviço, lançando seu farol de um lado a outro. Sem capacete, apenas um *keffiyeh* preto e branco tremulando em torno do pescoço. Com a mão direita ele conduz a moto, enquanto a esquerda segura o que parece ser um saco. Sacudindo a sacola enquanto avança, exibindo, aparecendo, olhem para mim. Magro, cintura de vespa. O *keffiyeh* mascara a parte inferior do rosto. Quando ele entra no nível do terraço, a mão direita solta o guidão e se ergue numa saudação revolucionária.

Chegando ao fim da pista de serviço, ele parece prestes a entrar na estrada costeira, rumo ao sul. De repente, vira para o norte, a cabeça projetada à frente acima do guidão, o *keffiyeh* flutuando às suas costas e, acelerando, dispara rumo à fronteira espanhola.

Mas quem se preocupa com um motociclista desenfreado num *keffiyeh* quando seu saco preto espera como um pudim de ameixa no meio da pista de serviço, diretamente diante da entrada que leva à casa de número sete?

*

A câmera se aproxima do objeto. A câmera o amplia. E amplia novamente.

É um saco plástico preto de jardim, amarrado com um barbante ou ráfia. É um saco de lixo. É um saco de lixo com uma bola de futebol ou uma cabeça humana ou uma bomba dentro. É o tipo de objeto suspeito que, se você visse abandonado por aí numa estação ferroviária, avisaria a alguém, ou não, dependendo do quão tímido você fosse.

As câmeras competiam para chegar a ele. Em velocidade vertiginosa, tomadas aéreas se seguiam a closes no nível do solo e imagens da grande angular do terraço. Ao mar, o helicóptero baixara acima do navio-mãe como proteção. No esconderijo, Jeb clamava pela simples lógica:

— É um *saco*, Elliot, é isso que é — sua voz galesa em seu tom mais suave e persistente. — Isso é tudo que sabemos, entende? Não sabemos o que tem dentro, não podemos ouvi-lo, não podemos sentir o cheiro, podemos? Não há fumaça verde saindo dele, nenhum fio ou apêndice que possamos ver, e eu tenho certeza de que você também não pode. Talvez seja apenas um garoto fazendo um bico para a mãe... Não, Elliot, eu não acho que vamos fazer isso, muito obrigado. Acho que vamos deixá-lo onde está e deixar que ele faça o que quer que tenha sido trazido aqui para fazer, se você não se importa, e vamos continuar esperando até que isso aconteça, assim como estamos esperando por *Aladdin*.

Este silêncio é eletrônico ou humano?

— Foi tomar seu banho semanal — sugeriu Shorty entre os dentes.

— Não, Elliot, não vamos fazer isso — retrucou Jeb, a voz muito mais dura. — Nós enfaticamente *não* vamos entrar em campo para uma olhada mais de perto dentro daquela sacola. Não vamos interagir com o saco de maneira nenhuma, Elliot. Isso pode ser exatamente o que estão esperando que a gente faça: querem nos tirar da toca caso estejamos por perto. Bem, nós não estamos por perto, estamos? Não por uma isca dessas, não mesmo. O que é outro bom motivo para deixá-la quieta.

Outro silêncio, mais longo.

— Nós temos um *acordo*, Elliot — continuou Jeb com paciência sobre-humana. — Talvez você tenha esquecido. Uma vez que a equipe de terra tenha fixado o alvo, e não antes, nós vamos descer o morro. E sua equipe marinha, vocês vão entrar do mar, e juntos vamos terminar o trabalho. Esse foi o acordo. Você detém o mar, nós detemos a terra. Bem, o saco está na terra, não? E nós não visualizamos o alvo, e eu não estou interessado em ver nossas respectivas equipes entrando num prédio escuro de lados opostos, sem que ninguém saiba quem está lá ou não esperando por nós. Tenho que repetir isso, Elliot?

— Paul?

— Sim, Nove.

— Qual é a sua opinião pessoal sobre aquele saco? Me diga imediatamente. Você compra os argumentos de Jeb ou não?

— A menos que o senhor tenha um melhor, Nove, sim, eu compro — firme, mas respeitoso, pegando seu tom emprestado de Jeb.

— Poderia ser um aviso para que *Punter* suma. Então, que tal essa? Alguém pensou nisso aí do seu lado?

— Tenho certeza de que pensaram nisso muito profundamente, como eu também pensei. No entanto, a sacola poderia muito bem ser um sinal para *Aladdin*, para informá-lo de que é seguro vir. Ou poderia ser um sinal para ficar longe. A mim parece pura especulação na melhor das hipóteses. Muitas possibilidades juntas, na minha opinião — concluiu ele com ousadia, até acrescentando: — Nas circunstâncias presentes, a posição de Jeb me parece eminentemente razoável, devo dizer.

— Não me passe sermões. Todos esperem até que eu dê retorno.

— Claro.

— E nada dessa porra de "*claro*"!

A linha cai num silêncio de pedra. Nenhum ruído de respiração, nada de sons de fundo. Apenas um longo silêncio no celular apertado cada vez mais contra a orelha.

*

— Jesus, *puta que pariu*! — Don, com força total.

Mais uma vez, estão todos os cinco espremidos na fenda de mira quando um carro grande com faróis altos dispara para fora do túnel e corre para o terraço. É *Aladdin* em sua van, atrasado para seu compromisso. Não. É o Toyota azul quatro por quatro, sem a placa de CONFERÊNCIA. Desviando da estrada da costa, entrando aos solavancos na pista de serviço e rumando direto para o saco preto.

Ao se aproximar, a porta lateral desliza para trás, revelando Hansi e seus óculos ao volante e uma segunda figura — indefinida, mas poderia ser Kirsty — inclinada no limite da porta aberta, com uma das mãos agarrada à maçaneta como à própria vida e a outra esticada para o saco. A porta do Toyota bate novamente. Recuperando velocidade, o quatro por quatro continua para o norte e se perde de vista. O saco de pudim de ameixa se foi.

O primeiro a falar é Jeb, mais calmo que nunca.

— Isso que eu acabei de ver era seu pessoal, Elliot? Pegando o saco com tudo? Elliot, eu preciso falar com você, por favor. Elliot, acho que você está me ouvindo. Preciso de uma explicação, por favor. Elliot?

— Nove?

— Sim, Paul.

— Parece que o pessoal de Elliot acabou de pegar o saco — fazendo o melhor possível para soar tão racional quanto Jeb — Nove? Você está aí?

Com atraso, Nove volta, e é estridente:

— Nós tomamos a decisão executiva, caralho! Alguém tinha que tomar, certo? Tenha a bondade de informar a Jeb. Agora. A decisão está definida. Tomada.

Ele some novamente. Mas Elliot retorna com força total, conversando com uma voz feminina de sotaque australiano ao fundo e relatando sua mensagem triunfal para o restante da plateia:

— O saco contém *provisões*? Obrigado, Kirsty. O saco contém *peixe defumado*: ouviu isso, Jeb? *Pão*. Pão *árabe*. Obrigado, Kirsty. O que mais temos nesse saco? Temos *água*. *Água com gás*. *Punter* gosta de *gás*. Temos *chocolate*. *Chocolate ao leite*. Aguarde um segundo, Kirsty, obrigado. Por acaso você ouviu essa, Jeb? O filho da mãe estava lá o tempo todo, e seus colegas o alimentavam. Nós vamos entrar, Jeb. Eu tenho minhas ordens aqui na minha frente, confirmadas.

— Paul?

Mas quem fala não é o ministro Quinn, codinome Nove. Este é o rosto semienegrecido de Jeb, os olhos brancos como os de um minerador, apesar de serem castanhos. E a voz de Jeb, firme como antes, apelando a ele:

— Não deveríamos fazer isso, Paul. Vamos atirar em fantasmas no escuro. Elliot não sabe da missa a metade. Acho que você concorda comigo.

— Nove?

— Que diabos você quer agora? Eles vão entrar! Qual é o problema agora, homem?

Jeb o encara. Shorty o encara por cima do ombro de Jeb.

— Nove?

— O quê?

— O senhor me pediu para ser seus olhos e ouvidos, Nove. Eu só posso concordar com Jeb. Nada do que vi ou ouvi sugere entrar neste estágio.

O silêncio é deliberado ou técnico? De Jeb, um firme assentimento. De Shorty, um meio sorriso de desprezo, talvez por Quinn, por Elliot ou simplesmente por tudo. E do ministro, um chilique tardio:

— O homem está lá, porra! — Ele some de novo. Volta. — Paul, escute com atenção. Isso é uma ordem. Nós vimos o homem em traje árabe completo. Vocês também viram. *Punter*. Lá dentro. Ele tem um garoto árabe para trazer água e comida. Que diabos mais Jeb quer?

— Ele quer provas, Nove. Ele diz que não há provas suficientes. Eu tenho que dizer, sinto exatamente o mesmo.

Outro assentimento de Jeb, mais vigoroso que o primeiro, mais uma vez apoiado por Shorty e depois pelo restante dos companheiros. Os olhos brancos de todos os quatro homens o observam através de suas balaclavas.

— Nove?

— Ninguém ouve ordens por aí?

— Posso falar?

— Então fale logo!

Ele falará para que fique registrado. Está pesando cada palavra antes de pronunciá-la:

— Nove, é minha opinião que, sob qualquer padrão razoável de análise, estamos lidando com uma série de suposições não comprovadas. Jeb e seus homens aqui têm grande experiência. Sua visão é de que, do jeito que está, nada faz um sentido sólido. Sendo seus olhos e ouvidos em campo, eu tenho que dizer que partilho da visão deles.

Vozes fracas ao fundo, depois novamente o silêncio profundo, morto, até que Quinn retorna, estridente e petulante:

— *Punter* está desarmado, caralho. Esse era seu acordo com *Aladdin*. Desarmado e sem escolta, cara a cara. Ele é um terrorista de alto escalão plantado numa montanha de dinheiro e com uma carga de informações inestimáveis para ser arrancada dele, e está parado lá, esperando para ser agarrado. Paul?

— Ainda aqui, Nove.

Ainda aqui, mas olhando para a tela do lado esquerdo, como todos. Para a popa do navio-mãe. Para a sombra próxima à sua lateral. Para o bote inflável pousado na água. Para as oito figuras agachadas a bordo.

— Paul? Passe para Jeb. Jeb, você está aí? Eu quero que vocês ouçam, vocês dois. Jeb e Paul. Os dois estão ouvindo?

Estão.

— Ouçam. — Eles já disseram que estão ouvindo, mas tudo bem. — Se a equipe de mar agarra o alvo e o leva para o barco e para fora das águas territoriais até as mãos dos interrogadores, enquanto o seu bando está aí com a bunda na cadeira em cima desse morro, como vocês acham que *isso* vai pegar? Jesus Cristo, Jeb, eles me disseram que você era chato, mas pense no que tem a perder, cara!

Na tela, o inflável não está mais visível ao lado do navio-mãe. O rosto camuflado de Jeb dentro de sua frágil cobertura de lã é como uma antiquíssima máscara de guerra.

— Bem, não há muito mais a dizer sobre isso, há, Paul? Eu acho que não, não depois que você disse tudo que havia para dizer? — indaga ele em voz baixa.

Mas Paul ainda não disse tudo, ou não para sua satisfação. E mais uma vez, de certo modo para sua surpresa, ele tem as palavras prontas, nenhum tropeço, nenhuma hesitação.

— Com o devido respeito, Nove, não há, em minha opinião, um caso suficiente para que a equipe de terra entre. Ou qualquer outra equipe, aliás.

Seria este o silêncio mais longo de sua vida? Jeb está agachado no chão, de costas para ele, ocupando-se de uma mochila de equipamentos. Atrás de Jeb, seus homens já estão de pé. Um deles — Paul não sabe bem qual — tem a cabeça baixa e parece estar rezando. Shorty tirou as luvas e está lambendo um dedo de cada vez. É como se tivessem recebido a mensagem do ministro por outros meios, mais ocultos.

— Paul?

— Senhor.

— Tenha a bondade de notar que eu *não* sou o comandante em campo nesta situação. Decisões militares são província exclusiva do soldado de mais alta patente em campo, como você sabe. No entanto, eu posso *sugerir*. Você, portanto, informará a Jeb que, com base na inteligência operacional diante de mim, eu *sugiro*, mas não *ordeno*, que ele fará muito bem em colocar a *Operação Vida Selvagem* em execução imediata. A decisão de fazê-lo é, naturalmente, só dele.

Mas, tendo pescado o sentido da mensagem e preferindo não esperar pelo resto, Jeb já desapareceu na escuridão com seus companheiros.

*

Tirando e colocando os óculos de visão noturna, Paul fixou os olhos na escuridão, mas não viu mais sinal de Jeb e seus homens.

Na primeira tela, o bote inflável estava chegando à praia. As ondas lambiam a câmera, rochas negras se aproximando.

A segunda tela estava morta.

Ele foi para a terceira. A câmera fechou sobre a casa sete.

A porta da frente estava fechada, as janelas ainda sem cortinas e sem luz. Ele não via nenhuma lanterna fantasma sustentada por uma mão coberta. Oito homens mascarados e de preto estavam saltando do bote inflável, um puxando o outro. Agora, dois dos homens estavam ajoelhados, direcionando suas armas a um ponto acima da câmera. Três outros homens passaram pela lente da câmera e desapareceram.

Uma câmera se virou para a estrada costeira e o terraço, passando pelas portas. A porta da casa sete estava aberta. Uma sombra armada montava guarda junto a ela. Uma segunda sombra armada deslizou para dentro; uma terceira sombra, mais alta, deslizou em seguida: Shorty.

Quase no mesmo momento, a câmera pegou o pequeno Jeb com seu caminhar de minerador galês, desaparecendo pela escadaria de pedra iluminada que dava na praia. Acima do sopro do vento se ouviu um som de cliques, como dominós caindo: dois pares de cliques, e depois mais nada. Ele pensou ter ouvido um grito, mas estava concentrado demais para ter certeza. Foi o vento. Foi o rouxinol. Não, foi a coruja.

As luzes nos degraus se apagaram e, depois delas, as lâmpadas laranja de sódio nos postes ao longo da pista de serviço. Como se pela mesma mão, os dois monitores restantes se apagaram.

No começo, ele se recusou a aceitar aquela simples verdade. Pôs os óculos de visão noturna, tirou-os, depois voltou a colocá-los e mexeu nos teclados dos computadores, tentando obrigar as telas a voltar à vida. Elas não aceitaram.

Um motor perdido rosnou, mas poderia tanto ser uma raposa como um carro ou o motor de popa de um bote. Em seu celular criptografado, ele digitou "1" para contatar Quinn e recebeu um longo apito eletrônico. Saiu do esconderijo e, finalmente esticando-se à sua verdadeira altura, abriu os ombros ao ar da noite.

Um carro saiu em alta velocidade do túnel, apagou os faróis e cantou pneu até parar à beira da estrada costeira. Por dez minutos, doze, nada. Depois, da escuridão, surgiu a voz australiana de Kirsty chamando seu nome. E depois dela, a própria Kirsty.

— O que diabos aconteceu? — perguntou ele.

Ela o empurrou de volta ao esconderijo.

— Missão cumprida. Todos em êxtase. Medalhas para todo mundo — disse ela.

— E quanto a *Punter*?

— Eu disse que estão todos em êxtase, não disse?

— Então eles o pegaram? Levaram-no para o navio-mãe?

— Você dê o fora daqui agora e pare de fazer perguntas. Eu vou levá-lo até o carro, o carro vai levá-lo ao aeroporto, como planejamos. O avião está esperando. Tudo está no lugar, tudo maravilha. Vamos *agora*.

— Jeb está bem? Seus homens? Eles estão bem?

— Animados e felizes.

— E quanto a todas essas coisas? — Ele se refere às caixas de metal e aos computadores.

— Essas coisas vão desaparecer em três segundos no máximo, assim que nós conseguirmos fazer você desaparecer daqui. Agora ande.

Eles já estavam tropeçando e escorregando para o vale, sob o açoite do vento da costa e o murmúrio dos motores ao mar, mais altos até que o próprio vento.

Um enorme pássaro — talvez uma águia — saiu às pressas do matagal sob os pés dele, gritando sua fúria.

Em dado momento, ele caiu de cabeça sobre uma rede de contenção partida e foi salvo apenas por um arbusto.

Depois, da mesma forma repentina, eles se viram parados na estrada costeira vazia, sem fôlego, mas milagrosamente ilesos.

O vento baixou, a chuva cessou. Um segundo carro parou junto deles. Saltaram dois homens de botas e roupas esportivas. Com um aceno de cabeça para Kirsty e nada para ele, os homens partiram num trote em direção ao morro.

— Vou precisar dos óculos — disse ela.

Ele lhe passou os óculos.

— Tem algum documento com você? Mapas, qualquer coisa que pegou lá de cima?

Não tinha.

— Foi um triunfo. Certo? Nenhuma vítima. Fizemos um ótimo trabalho. Todos nós. Você também. Certo?

Ele disse "Certo" em resposta? Já não importava. Sem outro olhar em sua direção, ela já se afastava no rastro dos dois homens.

2

Em um domingo ensolarado no começo daquela mesma primavera, um funcionário britânico das Relações Exteriores, 31 anos e com potencial para grandes feitos, estava sentado sozinho à mesa externa de um humilde café italiano no Soho londrino, preparando-se para realizar um ato de espionagem tão escandaloso que, se detectado, custaria sua carreira e sua liberdade: a saber, o confisco de uma gravação em fita, ilicitamente feita por ele mesmo, do Gabinete Privado de um ministro da Coroa, a quem era seu dever servir e aconselhar com o máximo de suas consideráveis habilidades.

Seu nome era Toby Bell e ele estava completamente sozinho em suas contemplações criminosas. Nenhum gênio do mal o controlava, nenhum pagador, provocador ou manipulador sinistro com uma mala de notas de 100 dólares estava à espera na outra esquina; nenhum ativista com máscara de esqui. Nesse sentido, ele era a criatura mais temida do mundo contemporâneo: um decisor solitário. De uma iminente operação clandestina na colônia da Coroa britânica de Gibraltar, ele não sabia nada: ao contrário, esta inebriante ignorância foi o que o levou a seu presente momento.

Ele tampouco era talhado para ser um fora da lei em aparência ou por natureza. Naquele exato momento, premeditando seu projeto criminoso, ele continuava a ser o cara que seus colegas e patrões viam: decente, esforçado, um tanto desgrenhado, compulsivamente ambicioso e emanando inteligência. Tinha porte robusto, não particularmente bonito, com um emaranhado de cabelos castanhos e rebeldes que ficavam elétricos assim que escovados. Era inegável que havia certa gravidade nele. Educado em ensino público, sendo o talentoso filho único de artesãos religiosos da costa sul da Inglaterra — que não conheciam nada de política além do Partido Trabalhista, sendo o pai um luminar da taberna local, e a mãe, uma mulher rechonchuda e feliz que falava constantemente de Jesus —, Toby lutara para entrar no Ministério das Relações Exteriores, primeiro como secretário e depois, por meio de aulas noturnas, cursos de línguas, exames internos e dois dias seguidos de testes de liderança, em sua atual e cobiçada posição. Quanto ao *Toby*, nome que, pelo som, poderia colocá-lo mais alto na escala social inglesa do que sua proveniência merecia, era derivado de nada mais elevado que a devoção de seu pai por são Tobias, cujas maravilhosas virtudes filiais estão registradas nas antigas escrituras.

O que impulsionara — e ainda impulsionava — a ambição de Toby era algo que ele mal questionava. Seus colegas de escola desejavam apenas ganhar dinheiro. Que ganhassem. Embora a modéstia o impedisse de dizer com todas as letras, Toby queria fazer a diferença — ou, como havia colocado a seus examinadores com certo constrangimento, participar na descoberta da verdadeira identidade de seu país num mundo pós-imperial e pós-Guerra Fria. Dada sua mentalidade, ele há muito já teria varrido o sistema de ensino privado da Grã-Bretanha, abolido todos os vestígios de privilégios e colocado a monarquia para passear. No entanto, mesmo abrigando estes pensamentos sediciosos, o lutador dentro dele sabia que seu primeiro alvo era subir no sistema que sonhava em libertar.

E quanto à fala — embora neste exato momento ele não falasse com ninguém além de si mesmo? Como linguista nato, com o amor de seu pai por cadências e uma quase sufocante consciência das marcas registradas da língua inglesa, era inevitável que ele abandonasse discretamente os últimos vestígios de seu sotaque de Dorset em favor do inglês médio adotado por todos aqueles decididos a não ter suas origens sociais definidas por esses resquícios.

Com a alteração na voz veio uma mudança igualmente sutil em sua escolha de roupa. Consciente de que atravessaria a qualquer momento as portas do Ministério das Relações Exteriores dando todas as mostras de estar à vontade no meio governamental, ele vestia calças cáqui e uma camisa com um botão aberto — e um paletó preto amorfo, para dar aquele toque de formalidade não oficial.

O que também não estava aparente para qualquer olhar exterior era que, apenas duas horas antes, a namorada com quem vivia havia três meses deixara seu apartamento em Islington jurando nunca mais vê-lo novamente. De alguma maneira, entretanto, este trágico acontecimento não conseguiu derrubá-lo. Se havia uma ligação entre a saída de Isabel e o crime que ele estava prestes a cometer, talvez se encontrasse em seu hábito de passar infinitas horas insone, meditando sobre suas preocupações impublicáveis. É certo que, em intervalos ao longo da noite, eles discutiram vagamente a possibilidade de uma separação; mas, em todo caso, era algo que ultimamente faziam com frequência. Ele presumiu que, quando a manhã chegasse, ela mudaria de ideia como sempre, mas desta vez cumpriu com a palavra. Não houve gritos nem lágrimas. Ele telefonou para um táxi, ela fez as malas. O táxi chegou, ele a ajudou a descer com as malas. Ela estava preocupada com seu terno de seda na lavanderia. Ele pegou o recibo com ela e prometeu enviá-lo. Ela estava pálida; não olhou para trás, ainda que não resistisse a uma palavra final:

— Sejamos francos, Toby, você tem sangue de barata, não? — com o que ela partiu, supostamente para a casa da irmã em Suffolk, embora suspeitasse que ela tinha outras cartas na manga, incluindo o marido abandonado recentemente.

E Toby, igualmente firme de propósito e como um prelúdio para a apropriação indébita, partiu a pé para seu café com croissant no Soho, que é onde ele está sentado agora, bebericando seu cappuccino ao sol da manhã e fitando vagamente os transeuntes. Se tenho tanto sangue de barata, como consegui me meter nessa situação medonha?

Em busca de resposta para essa e outras perguntas semelhantes, sua mente, como de hábito, se voltou a Giles Oakley, seu enigmático mentor e autoproclamado patrono.

*

Berlim.

O diplomata neófito Bell, segundo-secretário (Política), acaba de chegar à embaixada britânica em seu primeiro posto no exterior. A Guerra do Iraque se aproxima. A Grã-Bretanha já entrou, mas nega tê-lo feito. A Alemanha está à beira de aceitar. Giles Oakley, eminência parda da embaixada — o diabrete Oakley, certeiro, tingido em todos os oceanos, como dizem os alemães —, é chefe da seção de Toby. O trabalho de Oakley, em meio a uma miríade de outros trabalhos menos definidos: supervisionar o fluxo de inteligência britânica à ligação alemã. O de Toby: ser seu braço direito. Seu alemão já é bom. Como sempre, ele aprende rápido. Oakley o leva sob sua asa, marcha com ele pelos Ministérios e lhe abre portas que, de outra forma, continuariam trancadas para alguém de seu status inferior. Toby e Giles são espiões? Nem um pouco! São altos diplomatas de carreira britânicos que se encontraram, como muitos outros, nas mesas de negociação do vasto mercado de inteligência do mundo livre.

O único problema é: quanto mais Toby é admitido nesses conselhos internos, maior sua ojeriza à guerra iminente. Ele a julga ilegal, imoral e condenada. Seu desconforto é agravado pela certeza de que até o mais conformista de seus colegas de escola está nas ruas manifestando sua indignação. Bem como seus pais, que, em sua decência socialista cristã, acreditam que o objetivo da diplomacia deveria ser impedir a guerra, em vez de promovê-la. Sua mãe lhe envia e-mails em desespero: Tony Blair — outrora seu ídolo — traiu todos nós. Acrescentando sua severa voz metodista, o pai acusa Bush e Blair do pecado do orgulho e pretende compor uma parábola sobre um par de pavões que, enfeitiçados por seus próprios reflexos, se transformam em abutres.

Não admira que, com tais vozes ressoando em seu ouvido junto à sua própria, Toby se ressinta por ter de cantar louvores à guerra a ninguém menos que os alemães e de ter até que incitá-los a entrar na dança. Ele também votou de coração em Tony Blair e agora considera falsas e revoltantes as posturas públicas de seu primeiro-ministro. E com o lançamento da *Operação Liberdade do Iraque*, chega a gota d'água:

A cena é a mansão diplomática de Oakley em Grunewald. É meia-noite quando outro *Herrenabend* de dar no saco — um jantar para chatos do poder — se arrasta para o fim. Toby adquiriu um razoável grupo de amigos alemães em Berlim, mas os convivas desta noite não estão entre eles. Um tedioso ministro federal, um magnata da indústria de Ruhr em estado terminal de vaidade, um pretendente à Casa de Hohenzollern e um quarteto de parlamentares atrás de uma boca livre finalmente chamaram suas limusines. A *Ur*-esposa diplomática de Oakley, Hermione, após supervisionar os procedimentos da cozinha diante de um generoso gim, recolheu-se à cama. Na sala de estar, Toby e Giles Oakley peneiram as impressões da noite em busca de um ou outro naco de indiscrição.

De repente, o autocontrole de Toby atinge o limite:

— Bem, sinceramente, que se foda, se dane e se exploda toda essa porcaria — declara ele, batendo seu copo do velho Calvados de Oakley.

— Toda essa porcaria sendo exatamente *o quê*? — pergunta Oakley, o elfo de 55 anos, esticando suas perninhas em luxuriante fleuma, algo que faz durante crises.

Com urbanidade inabalável, Oakley ouve Toby e, da mesma maneira impassível, expõe sua resposta ácida, ainda que afetuosa:

— Vá em frente, Toby. Peça demissão. Eu partilho de suas opiniões pessoais imaturas. Nenhuma nação soberana como a nossa deveria ser levada à guerra com falsos pretextos, muito menos por uma dupla de ególatras fanáticos sem um pingo de história entre os dois. E *certamente* não deveríamos tentar persuadir outras nações soberanas a seguir nosso exemplo vergonhoso. Então renuncie logo. Você é exatamente o que o *Guardian* precisa: mais uma voz perdida clamando no deserto. Se não concorda com a política do governo, não fique dentro dele tentando mudá-lo. Pule do barco. Escreva o grande romance com que você vive sonhando.

Mas Toby não será abatido tão facilmente:

— Então, qual diabos é a *sua* posição, Giles? Você era tão contra a guerra quanto eu, você sabe que era. Quando 52 de nossos embaixadores aposentados assinaram uma carta dizendo que era tudo um monte de papo-furado, você soltou um grande suspiro e me disse que gostaria de estar aposentado também. Tenho que esperar até os 60 anos para me expressar? É isso que está tentando me dizer? Até que eu tenha meu título de cavaleiro e minha aposentadoria indexada e que seja presidente do clube de golfe local? Isso é lealdade ou é só cagaço, Giles?

Oakley reduz seu sorriso de gato de Cheshire quando, juntando as pontas dos dedos, formula delicadamente sua resposta:

— Qual é a minha posição, você pergunta. Ora, na mesa de reunião. *Sempre* na mesa. Eu contorno, pincelo, debato, argumento, convenço, torço. Mas não espero nada. Eu adoto a santificada doutrina diplomática da moderação em todas as coisas e a aplico aos crimes hediondos de todas as nações, incluindo a minha. Deixo meus sentimentos na porta antes de entrar na sala de reuniões e *jamais* saio num acesso de raiva, a menos que tenha sido instruído a fazê-lo. Eu positivamente me *orgulho* de fazer tudo pela metade. Às vezes, e este pode muito bem ser um desses momentos, faço uma cautelosa sugestão a nossos reverendos senhores. Mas *nunca* tento reconstruir o Palácio de Westminster num dia. Nem, sob o risco de ser pomposo, você deveria.

E enquanto Toby se enrola em busca de uma resposta:

— Outra coisa, enquanto eu tenho você aqui sozinho, se me permite. Em seu cargo como olhos e ouvidos das fanfarronices diplomáticas de Berlim, minha amada esposa Hermione me diz que você está conduzindo um romance impróprio com a esposa do adido militar holandês, sendo ela uma notória devassa. Verdadeiro ou falso?

Um mês depois ocorre a nomeação de Toby para a embaixada britânica em Madri, que inesperadamente descobriu necessitar de um jovem adido com experiência na Defesa.

*

Madri.

Apesar da diferença de idade e hierarquia entre eles, Toby e Giles permanecem em estreito contato. O quanto disso se deve a Oakley mexendo os pauzinhos nos bastidores e o quanto se deve a mero acaso, Toby só pode supor. O certo é que Oakley se ocupa de Toby da maneira como alguns diplomatas mais antigos promovem, conscientemente ou não, seus jovens favoritos. Enquanto isso, o tráfego de inteligência entre Londres e Madri nunca foi mais veloz ou mais crucial. Seu tema não é mais Saddam Hussein e suas supostas armas de destruição em massa, mas a nova geração de jihadistas criados pelo assalto do Ocidente àquele que até então era um dos países mais seculares do Oriente Médio — uma verdade dura demais para ser admitida por seus perpetradores.

Assim, a dupla continua. Em Madri, quer ele goste ou não — e no geral ele gosta —, Toby se torna um protagonista no mercado de inteligência, deslocando-se semanalmente a Londres, onde Oakley paira no ar entre os espiões da rainha de um lado do rio e o Ministério das Relações Exteriores da rainha do outro.

Em discussões codificadas nos porões lacrados de Whitehall, novas regras de tratamento a prisioneiros suspeitos de terrorismo são cautelosamente discutidas. Improvavelmente, dada sua posição, Toby comparece. Oakley preside. A palavra *elevar,* outrora usada para transmitir exaltação espiritual, adentrou o novo dicionário americano, mas seu significado permanece resolutamente impreciso para os não iniciados, dos quais Toby faz parte. Mesmo assim, ele tem suas suspeitas. Ele se pergunta: seriam estas supostas *novas* regras na realidade as velhas regras bárbaras, polidas e reinstituídas? E se ele estiver certo, o que acredita cada vez mais que está: qual é a distinção moral, se há alguma, entre o homem que aplica os eletrodos e o homem que se senta atrás de uma mesa e finge que não sabe o que está acontecendo, embora saiba muito bem?

Mas quando, nobremente lutando para conciliar essas questões com sua consciência e formação, Toby se aventura em mencioná-las — "como interesse puramente acadêmico, você sabe" -- para Giles durante um jantar íntimo no clube de Oakley para celebrar a nova e emocionante nomeação de Toby, promovido à embaixada britânica no Cairo, Oakley, de quem nenhum segredo se esconde, responde com um de seus sorrisos amorosos e se defende atrás de seu amado La Rochefoucauld:

— A hipocrisia é o tributo que o vício presta à virtude, meu querido. Num mundo imperfeito, eu temo que seja o melhor que podemos fazer.

E Toby devolve o sorriso de agradecimento pela sagacidade de Oakley, e outra vez diz severamente a si mesmo que precisa aprender a viver comprometido — *meu querido* sendo a esta altura uma adição permanente ao vocabulário de Oakley e mais uma prova, ainda que desnecessária, de sua afeição singular por seu protegido.

*

Cairo.

Toby Bell é a menina dos olhos da embaixada britânica — pergunte a qualquer um desde o embaixador para baixo! Um curso de imersão de seis meses em árabe e, quem diria, o rapaz já está a meio caminho de falar a língua! Faz amizade com generais egípcios e jamais dá vazão a suas *opiniões pessoais imaturas* — uma frase que se instalou de forma permanente em sua consciência. Ele executa diligentemente o trabalho em que se especializou quase por acaso; troca inteligência com seus equivalentes egípcios e lhes provê, sob instrução, de nomes de islamitas egípcios que conspiram contra o regime em Londres.

Nos fins de semana, ele desfruta de alegres passeios de camelo com corteses chefes militares e membros da polícia secreta, e de festas luxuriantes com os super-ricos em seus condomínios guardados no deserto. E, ao amanhecer, depois de flertar com suas filhas glamorosas, ele volta para casa com as janelas do carro fechadas para evitar o cheiro de plástico queimado e comida podre, enquanto os fantasmas de crianças esfarrapadas e suas mães veladas buscam restos em imundos hectares de lixo comum nos limites da cidade.

E quem é a estrela guia que preside sobre este pragmático comércio de destinos humanos em Londres, que envia cartas pessoais de apreço ao chefe reinante da polícia secreta de Mubarak? — ninguém menos que Giles Oakley, agente de inteligência *extraordinaire* do Ministério das Relações Exteriores e mandarim à solta.

Portanto, não é surpresa para ninguém — a não ser talvez para o jovem Bell — que, exatamente quando a revolta popular por todo o Egito contra a perseguição de Hosni Mubarak à Irmandade Muçulmana dá sinais de uma explosão de violência quatro meses antes das eleições municipais, Toby se veja transferido de volta a Londres e mais uma vez promovido acima de seus anos de serviço, ao cargo de secretário particular, assessor e conselheiro confidencial do recém-nomeado subministro de Estado para Relações Exteriores, Fergus Quinn, MP, outrora membro do Ministério da Defesa.

*

— De meu ponto de vista, vocês dois são um par ideal — diz Diana, sua nova diretora de serviços regionais, enquanto devora truculentamente seu sanduíche de atum durante um almoço self-service no Instituto de Artes Contemporâneas. Ela é pequena, bonita e anglo-indiana, e conversa nos heroicos anacronismos da confusão de línguas dos funcionários punjabis. Seu sorriso tímido, porém, esconde uma vontade de ferro. Em algum lugar ela tem um marido e dois filhos, mas não faz nenhuma menção a eles em horário de expediente.

"Vocês dois são jovens para seus cargos... tudo bem, ele tem dez anos a mais que você, mas ambos são ambiciosos no fim das contas — declara ela, sem notar que a descrição se aplica igualmente a si mesma. — E não se deixe enganar pelas aparências. Ele é durão e bate o tambor da classe trabalhadora, mas também é ex-católico, ex-comunista e New Labour, ou o que sobrou do New Labour agora que seu paladino foi atrás de pastos mais verdes."

Pausa para uma ponderada mastigada.

— Fergus odeia ideologias e pensa que inventou o pragmatismo. E é claro que odeia os Tories, embora passe metade do tempo sendo mais direitista que eles. Ele tem um sério grupo de partidários em Downing Street, e não me refiro apenas às grandes feras, mas aos funcionários e assessores de imprensa também. Fergus é a menina dos olhos deles e, enquanto ele estiver na corrida, apostam suas fichas em Fergus. Pró-Atlântico até demais, mas, se Washington pensa que ele é o rei da cocada preta, quem somos nós para reclamar? Eurocético, nem é preciso dizer. Não gosta de nós do funcionalismo, mas que político gosta? E cuidado com ele quando ele começar a bater na tecla da *GGT*. — A sigla do momento para Guerra Global ao Terror. — É sem estilo e não preciso dizer logo a *você* que os árabes decentes se irritam muito com isso. Ele já foi avisado a respeito. Seu trabalho será o de sempre. Grude nele como cola e não deixe que faça mais lambanças.

— *Mais* lambanças, Diana? — pergunta Toby, já preocupado com alguns rumores bastante fortes que rolam pela engrenagem das fofocas de Whitehall.

— Ignore totalmente — comanda ela com firmeza, depois de outra pausa para uma mastigação acelerada. — Se você julgar um político pelo que ele fez ou deixou de fazer na Defesa, vai limar metade do gabinete amanhã. — E encontrando os olhos de Toby fixos nela: — O homem fez um bruta papel de palhaço e levou um tapa na mão. Caso totalmente encerrado. — E como um apêndice final: — A única coisa surpreendente é que, pela primeira vez na vida, a Defesa conseguiu abafar um escândalo de força 12.

E, com isso, os fortes boatos são oficialmente declarados mortos e enterrados — até que, num discurso de encerramento durante o cafezinho, Diana decide exumá-los e enterrá-los mais uma vez.

— E, se por acaso alguém lhe contar algo diferente, a Defesa *e* o Tesouro meteram a mão na massa num grande inquérito interno e concluíram por *unanimidade* que Fergus não tinha absolutamente nenhum caso a responder. Na pior das hipóteses, foi mal-aconselhado por seus irrecuperáveis assessores. O que para mim é o bastante, e acredito que para você também. Por que está me olhando assim?

Ele não está olhando para ela de nenhuma maneira especial de que esteja ciente, mas certamente está pensando que a dama argumenta demais.

*

Recém-ungido secretário particular para o recém-ungido subministro de Sua Majestade, Toby Bell recebe seus selos de cargo. À primeira vista, Fergus Quinn — MP, Blairete deixada para trás na nova era Gordon Brown — talvez não seja o tipo de ministro que Toby teria escolhido como chefe. Filho único de uma antiga família de engenheiros de Glasgow que afundou em tempos difíceis, Fergus inicialmente fez um nome para si na política estudantil de esquerda, liderando marchas de protesto, confrontando a polícia e em geral pondo sua fotografia nos jornais. Ao se formar em economia pela Universidade de Edimburgo, ele desaparece nas brumas da política do Partido Trabalhista Escocês. Três anos depois, um tanto inexplicavelmente, ressurge na escola de ciências políticas John F. Kennedy de Harvard, onde conhece a mulher que hoje é sua atual esposa, uma canadense rica, mas problemática. Ele volta para a Escócia, onde um cargo seguro o espera. Os marqueteiros do Partido rapidamente classificam sua esposa como imprópria para apresentação. Há boatos de vício em álcool.

As sondagens que Toby tem feito na cena de Whitehall são, na melhor das hipóteses, mescladas: "Engole instruções bem rápido, mas cuidado com seu rabo quando ele decidir executá-las", aconselha um magoado veterano do Ministério da Defesa, em caráter estritamente confidencial. E de uma ex-assistente chamada Lucy: "Muito doce, muito encantador quando precisa ser." E quando não precisa?, pergunta Toby. "Ele simplesmente *não* fica do nosso lado", ela insiste, franzindo a testa e evitando seus olhos. "Ele está lá, lutando com seus demônios de alguma maneira." Mas que demônios e como ele está lutando, isso é mais do que Lucy deseja ou pode dizer.

À primeira vista, no entanto, tudo parece auspicioso.

É verdade que Fergus Quinn é um osso duro de roer, mas Toby nunca esperou outra coisa. Ele pode ser inteligente, obtuso, petulante, desbocado e encantadoramente atencioso no espaço de meio dia; num minuto, ele é todo ouvidos para você, no seguinte, é uma carranca que se fecha com suas caixas de despachos atrás da porta pesada de mogno. Ele é um brucutu nato e, como anunciado, não faz segredo de seu desdém pelos funcionários públicos; nem os mais próximos dele são poupados do chicote de sua língua. Mas seu maior desprezo se reserva ao crescente polvo do serviço de inteligência de Whitehall, que ele considera inchado, elitista, autocentrado e deslumbrado por sua própria mística. E isso é ainda mais lamentável porque parte do trabalho da Equipe Quinn exige que ela "avalie materiais de inteligência recebidos de todas as fontes e submeta recomendações para exploração pelos serviços adequados".

Quanto ao escândalo-na-Defesa-que-nunca-aconteceu, sempre que fica tentado a se aproximar da beirada, Toby esbarra contra o que cada vez mais lhe parece um muro de silêncio deliberadamente construído só para ele: *caso encerrado, companheiro... perdão, meu velho, bico fechado...* E uma só vez, vindo de um funcionário fanfarrão da seção de finanças diante de uma cerveja de sexta à noite no Sherlock Holmes — *ele se safou com roubo à luz do dia, não é?* Foi preciso o antipático Gregory, por acaso sentado junto a Toby numa tediosa sessão de foco do Comitê de Pessoal e Gestão numa segunda-feira, para fazer disparar seu alarme ao volume máximo.

Gregory, um homem grande, pesado e mais velho que sua idade real, é um contemporâneo exato de Toby e um suposto rival. Mas é um fato conhecido de todos que, todas as vezes que os dois estão na fila para um encargo, é sempre Toby quem bate Gregory pelo posto. E assim talvez tenha sido na recente corrida para secretário particular do novo subministro, exceto que desta vez a engrenagem dos boatos decretou que não havia disputa. Gregory servira num destacamento de dois anos para a Defesa que o colocou em contato quase diário com Quinn, ao passo que Toby era virgem — ou seja, não trazia tal bagagem obscura do passado.

A sessão de foco se arrasta a um fim inconclusivo. A sala se esvazia. Por acordo tácito, Toby e Gregory permanecem à mesa. Para Toby, o momento proporciona uma bem-vinda oportunidade de fazer as pazes; Gregory não está tão afavelmente disposto.

— Estamos convivendo bem com o rei Fergie? — pergunta ele.

— Bem, obrigado, Gregory, muito bem. Algumas questões aqui e ali, apenas o esperado. Como vai a vida como secretário residente esses dias? Deve ser bastante agitada.

Mas Gregory não está interessado em discutir a vida como secretário residente, que ele considera um posto de segunda classe se comparado a secretário particular do novo ministro.

— Bem, cuidado para que ele não venda a mobília do gabinete pela porta dos fundos, é tudo que posso dizer — aconselha Gregory com um sorriso sem alegria.

— Por quê? É isso que ele faz? Repassar móveis? Até ele teria certa dificuldade de descer sua mesa nova por três andares! — responde Toby, determinado a não morder a isca.

— E ele ainda não enfiou você numa das empresas altamente rentáveis dele?

— Foi isso que ele fez com você?

— De jeito nenhum, *camarada* — com improvável simpatia —, comigo não. Eu passei longe. Bons homens são escassos, é o que digo. Outros não foram tão espertos.

E nisto a paciência de Toby se esgota sem aviso, o que normalmente acontece na companhia de Gregory.

— Enfim, o que diabos você está tentando me dizer, Gregory? — interroga. E quando tudo que recebe é novamente o sorriso amplo e lento de Gregory: — Se você está me dando um aviso, se há algo que eu deveria saber, então fale logo ou se mande para a droga dos Recursos Humanos.

Gregory finge considerar a sugestão.

— Bem, acho que, se for algo que você precisa *saber*, camarada, você sempre pode dar uma palavrinha em particular com seu anjo da guarda Giles, não pode?

*

Sentado diante da mesinha bamba numa calçada ensolarada do Soho, Toby estava agora tomado por um sentimento resoluto de propósito que ainda não podia justificar totalmente para si, nem em retrospecto. Talvez, ponderava ele, não fosse nada mais complicado que um caso de orgulho ferido por ter sido privado da verdade que lhe era devida e que era partilhada por aqueles que o rodeavam. E certamente teria argumentado que, uma vez que Diana lhe ordenara que grudasse como cola em seu novo chefe e que não lhe permitisse fazer lambanças, ele tinha o direito de saber que lambanças o homem tinha feito no passado. Segundo sua limitada experiência com a raça, os políticos reincidiam em seus delitos. Se e quando Fergus Quinn cometesse um deslize no futuro, seria Toby quem teria de explicar por que deixou seu chefe fora da coleira.

Quanto à alfinetada de Gregory de que ele deveria correr para seu *anjo da guarda* Giles Oakley: esqueça. Se Giles quisesse que Toby soubesse de alguma coisa, lhe diria. E, se Giles não disse, nada no mundo o obrigaria a fazê-lo.

No entanto, algo mais impulsiona Toby, algo mais profundo e mais preocupante. É a reclusão quase patológica de seu chefe.

O que, em nome de Deus, um homem aparentemente tão extrovertido *faz* o dia inteiro enclausurado sozinho em seu gabinete com música clássica no último volume e a porta trancada não só contra o mundo exterior, mas contra a própria equipe? O que há naqueles envelopes gordos — entregues em mãos, duplamente selados e lacrados, que se derramam das saletas de fundos de Downing Street marcados com ESTRITAMENTE PESSOAL & PARTICULAR — que Quinn recebe, cujo recibo assina e que, após ler, retorna aos mesmos portadores intratáveis que os trouxeram?

Não é apenas do passado de Quinn que estou sendo privado. É de seu presente.

*

Sua primeira parada é Matti, espião de carreira, amigo de copo e ex-colega de embaixada em Madri. No momento, Matti está coçando o saco entre postagens na sede de seu Serviço em Vauxhall, do outro lado do rio. Talvez a inatividade forçada o torne mais receptivo que o habitual. Por razões misteriosas — operacionais, Toby suspeita —, Matti também é membro do Lansdowne Club, junto à Berkeley Square. Eles se encontram para jogar squash. Matti é desengonçado, careca, usa óculos e tem punhos de aço. Toby perde de quatro a um. Eles tomam uma chuveirada, sentam-se ao bar com vista para a piscina e observam as garotas bonitas. Após alguma conversa fiada, Toby chega ao ponto:

— Então me dê a história, Matti, porque ninguém mais quer dar. O que saiu errado na Defesa quando meu ministro estava na dianteira?

Matti meneia sua longa cabeça de bode em câmera lenta.

— Sim, bem. Não há muita coisa que eu possa oferecer, não? — diz ele, carrancudo. — Seu homem começou a entrar em parafuso, nosso time salvou seu pescoço e ele não nos perdoou, é o resumo de tudo... um idiota.

— Salvou o pescoço dele *como*, pelo amor de Deus?

— Ele tentou fazer sozinho, não tentou? — diz Matti com desprezo.

— Fazer o quê? Com quem?

Matti coça a careca e solta outro "Sim, bem... Não é da minha alçada, entende? Não é minha área".

— Eu entendo, Matti. Eu aceito isso. Também não é minha área. Mas eu sou o assessor daquele filho da mãe, não sou?

— Todos esses lobistas e vendedores de armas na corda bamba entre a indústria de defesa e agenciamento — reclama Matti, como se Toby estivesse familiarizado com o problema.

Mas Toby não está, então ele espera por mais:

— Licenciados, claro. Isso era metade do problema. Licenciados para saquear o Tesouro, subornar funcionários, oferecer a eles todas as garotas que podiam comer, férias em Bali. Licenciados para se manter em privado, para ir a público, para fazer o que quisessem, contanto que tivessem um passe ministerial, o que todos eles têm.

— E Quinn tinha o focinho no prato junto ao restante deles, é o que você está dizendo?

— Eu não estou dizendo porra nenhuma — retruca Matti asperamente.

— Eu sei disso. E eu também não estou ouvindo nada. Então Quinn roubou. É isso? Tudo bem, não exatamente roubou, talvez, mas desviou fundos para determinados projetos nos quais tinha interesse. Ou a esposa desviou. Ou o primo. Ou a tia. É isso? Foi pego, devolveu o dinheiro, disse que estava terrivelmente arrependido e toda a história foi varrida para baixo do tapete. Estou quente?

Uma ninfeta mergulha de barriga na água, entre risadas estridentes.

— Tem um maluco por aí chamado Crispin — murmura Matti sob o barulho. — Já ouviu falar?

— Não.

— Bem, eu também não ouvi, e ficarei grato se você se lembrar disso. Crispin. Um filho da puta bem esquivo. Evite.

— Alguma razão conhecida?

— Nada específico. Nosso grupo usou o cara para alguns trabalhos, mas depois o largamos como se ele fosse um tijolo quente. Dizem que ele levava seu chefe pelo nariz quando estava Defesa. É tudo que sei. Pode ser papo furado. Agora me deixe em paz.

E com isso Matti retoma sua ponderosa contemplação das garotas bonitas.

*

E, como muitas vezes é a vida, a partir do momento em que Matti tirou da cartola o nome *Crispin*, ele parece incapaz de deixar Toby.

Em uma festa de queijos e vinhos do Ministério, dois mandarins cochicham entre si: "*O que aconteceu com aquele merda do Crispin, aliás?*" "*Eu o vi perambulando entre os lordes outro dia, não sei como ele tem a cara de pau.*" Mas, com a aproximação de Toby, o tema da conversa se transforma repentinamente em críquete.

No fim de uma conferência interministerial sobre inteligência com ligações entre *amigos da onça*, como diz o chavão corrente, o nome adquire sua própria inicial: *bem, vamos torcer para que vocês não deem uma de J. Crispin para cima de nós*, dispara uma diretora do Ministério da Fazenda para seu odiado equivalente na Defesa.

Mas é realmente apenas um J? Ou é Jay, como Jay Gatsby?

Após metade da noite pesquisando na internet enquanto Isabel está de cara amarrada no quarto, Toby continua sem saber.

Ele vai tentar Laura.

*

Laura é uma técnica do Tesouro, 50 anos, com passagem pela All Souls College, escandalosa, brilhante, expansiva, que transborda bom humor. Quando ela caiu sem aviso prévio na embaixada britânica de Berlim como líder de uma equipe surpresa de auditoria, Giles Oakley ordenou que Toby a "levasse para jantar fora e lhe passasse uma lábia de tirar as calcinhas". O que Toby devidamente fez, ainda que não literalmente; e com tamanho efeito que os ocasionais jantares continuaram desde então sem a orientação de Oakley.

Por sorte, é a vez de Toby convidar. Ele escolhe o restaurante favorito de Laura, junto à King's Road. Como de costume, ela se vestiu com audácia para o evento, um enorme caftã fluido decorado com miçangas e pulseiras e um broche camafeu do tamanho de um pires. Laura adora peixe. Toby pede um robalo assado no sal para dois e um Meursault caro para acompanhar. Em sua excitação, Laura lhe agarra as mãos por cima da mesa e as sacode como uma criança dançando com música.

— Que *maravilha*, Toby, querido — exulta ela —, e já não era sem tempo também — com uma voz que retumba como um tiro de canhão pelo restaurante; e depois enrubesce por sua própria estridência e baixa o tom a um murmúrio discreto. — Então, como foi o Cairo? Os nativos invadiram a embaixada e pediram sua cabeça na ponta de uma lança? Eu teria ficado *completamente* apavorada. Conte tudo.

E depois do Cairo, ela precisa saber de Isabel, porque, como sempre, ela insiste em seus direitos como tia conselheira de Toby.

— *Muito* amorosa, *muito* linda, e uma idiota — decreta depois de ouvi-lo. — Só uma idiota se casa com um pintor. Quanto a *você*, você nunca soube a diferença entre cérebro e beleza, e acho que isso ainda se aplica. Tenho certeza de que vocês são um par perfeito — conclui ela, com outra explosão de gargalhadas.

— E quanto ao pulso secreto de nossa grande nação, Laura? — pergunta Toby casualmente em resposta, pois Laura não tem nenhuma vida amorosa conhecida de que se possa falar. — Como estão as coisas nos tão sagrados corredores do Tesouro hoje em dia?

O rosto generoso de Laura descai em desespero e a voz o acompanha:

— Tétricos, querido, simplesmente pavorosos. Somos inteligentes e bondosos, mas somos insuficientemente assessorados e malpagos e queremos o melhor para o nosso país, o que é antiquado da nossa parte. O New Labour adora a Grana Preta, e a Grana Preta tem *exércitos* de advogados e contadores amorais a postos e lhes paga os olhos da cara para nos manter à margem. Não podemos competir; eles são grandes demais para fracassar e para combater. Agora eu deprimi você. Ótimo. Também estou deprimida — diz ela, tragando um gole animado de seu Meursault.

O peixe chega. Um silêncio reverente enquanto o garçom tira a espinha e divide a carne.

— Querido, *que* emoção — suspira Laura.

Eles começam a comer. Se Toby vai arriscar a mão, este é o momento.

— Laura.

— Querido.

— Quem exatamente é J. Crispin em pessoa? E o que significa esse "J"? Houve algum escândalo na Defesa enquanto Quinn estava lá. Crispin foi implicado nisso. Eu ouço esse nome por todo lado, ninguém me coloca a par do caso e isso me assusta. Teve alguém que até o descreveu como o "Svengali" de Quinn.

Laura o examina com seus olhos muito brilhantes, desvia o rosto, depois lhe dirige um segundo olhar, como se não estivesse confortável com o que viu ali.

— Foi por isso que você me convidou para jantar, Toby?

— Em parte.

— Totalmente — corrige ela, respirando fundo, quase suspirando. — E eu acho que você poderia ter a decência de me dizer que era esse o seu propósito escuso.

Uma pausa enquanto ambos se recompõem. Laura recomeça:

— Você não está a par pela ótima razão de que não tem que estar a par. Fergus Quinn recebeu a chance de começar de novo. Você é parte disso.

— Eu também sou guardião dele — responde ele em desafio, recuperando sua coragem.

Outro suspiro profundo, um olhar duro antes que os olhos se voltem para baixo e lá se fixem.

— Eu vou lhe contar algumas partes — decide Laura finalmente. — Não tudo, embora mais do que eu deveria.

Ela se apruma e, como uma criança tristonha, fala com seu prato.

Quinn se enfiou num atoleiro, diz ela. A Defesa já se encontrava em estado de podridão corporativa muito antes que ele entrasse em cena. Talvez Toby já saiba disso. Toby sabe. Metade dos funcionários não sabia se estava trabalhando para a rainha ou para a indústria de armas e não dava a mínima, contanto que tivessem manteiga no pão. Talvez Toby também já soubesse disso. Toby sabe. Ele ouviu o mesmo de Matti, mas não deixa transparecer. Ela não está inventando desculpas para Fergus, está dizendo que Crispin já estava lá antes dele e farejou sua chegada.

Relutantemente, ela novamente se apodera da mão de Toby e desta vez bate severamente sobre a mesa ao ritmo de suas palavras, enquanto o repreende:

— E eu vou dizer o que você *fez*, seu bandido — como se o próprio Toby agora fosse Crispin —, você instaurou seu próprio *balcão de espionagem*. Bem ali dentro do Ministério. Enquanto todo mundo à sua volta negociava *armas*, você vendia *inteligência* bruta: saindo da prateleira direto para o *comprador*, nenhum atravessador. *Sem* filtragem, *sem* testagem, *sem* pasteurização e, acima de tudo, intocada por mãos burocráticas. O que era música para os ouvidos de Fergie. Ele ainda toca música em seu gabinete?

— Principalmente Bach.

— E é Jay, como o pássaro, em inglês — acrescenta ela, numa resposta súbita à pergunta anterior.

— E Quinn realmente *comprou dele*? Ou sua empresa comprou?

Laura toma outro gole de seu Meursault, balança a cabeça.

Toby tenta novamente:

— E o material prestava?

— Era caro, então tinha que ser bom, não?

— Como ele *é*, Laura? — insiste Toby.

— Seu ministro?

— Não! Jay Crispin, lógico.

Laura respira fundo. Seu tom de voz se torna definitivo, e até irado:

— Apenas me escute, querido, pode ser? O escândalo na Defesa está morto, e hoje Jay Crispin está para sempre banido de todos os recintos ministeriais e governamentais, por bem ou por mal. Uma poderosa carta formal foi enviada a ele com esse objetivo. Ele nunca mais aparecerá nos corredores de Whitehall e Westminster novamente. — Outro suspiro. — Por outro lado, o inspirador ministro a quem você tem a honra de servir, por mais truculento que possa ser, embarcou no estágio seguinte de sua ilustre carreira e eu *confio* que terá sua ajuda. Agora pode buscar meu casaco, por favor?

Depois de uma semana se castigando com remorsos, Toby continua a ser perseguido pela mesma questão: *Se o escândalo na Defesa está morto e Crispin nunca mais caminhará pelos corredores de Whitehall e Westminster novamente, então como o maldito homem está fazendo lobby na Câmara dos Lordes?*

*

Seis semanas se passam. Na superfície, as coisas continuam sem grandes acontecimentos. Toby redige discursos e Quinn os declama com convicção, mesmo quando não há nada para ser convencido. Toby permanece lado a lado com Quinn em recepções e murmura os nomes dos dignitários estrangeiros em seu ouvido quando eles se aproximam. Quinn os cumprimenta como amigos que há muito não vê.

Mas o contínuo sigilo de Quinn leva não só Toby mas toda a equipe ministerial às raias do desespero. Ele sai de uma reunião em Whitehall — na Fazenda, na Casa Civil ou no Tesouro de Laura —, ignora seu veículo oficial, chama um táxi e desaparece sem dar explicação até o dia seguinte. Cancela um compromisso diplomático e não informa à secretária que cuida de sua agenda, aos assessores especiais e nem mesmo a seu secretário particular. As inscrições a lápis no diário que ele mantém em sua mesa são tão enigmáticas que Toby só consegue decifrá-las com a relutante ajuda do próprio Quinn. Um dia, o diário desaparece completamente.

Mas é nas viagens ao exterior que o sigilo de Quinn assume uma tonalidade mais escura aos olhos de Toby. Rejeitando a hospitalidade oferecida pelos embaixadores britânicos locais, Quinn, a Escolha do Povo, prefere fixar residência em grandes hotéis. Quando o Departamento de Contas das Relações Exteriores protela, Quinn responde que vai pagar do próprio bolso, o que surpreende Toby, visto que, como muitas pessoas de posição, Quinn é um notório pão-duro.

Ou quem sabe existe algum patrocinador secreto bancando Quinn? Por que mais ele manteria um cartão de crédito separado para suas contas de hotel, o qual esconde com o corpo quando Toby por acaso chega perto?

Enquanto isso, a Equipe Quinn convive com um fantasma doméstico.

*

Bruxelas.

Voltando a seu grande hotel às seis horas da tarde após um longo dia de discussões com representantes da Otan, Quinn se queixa de uma nauseante dor de cabeça, cancela o jantar na embaixada britânica e se recolhe à suíte. Às dez horas, após intensa ponderação, Toby decide que precisa telefonar para a suíte e indagar sobre o bem-estar de seu chefe. Ele cai na secretária eletrônica. Um aviso de NÃO PERTURBE está pendurado na porta ministerial. Após mais considerações, ele desce ao saguão e partilha de suas preocupações com o recepcionista. Algum sinal de vida da suíte? O ministro pediu serviço de quarto, mandou buscar uma aspirina ou — como Quinn é um notório hipocondríaco — um médico?

O recepcionista está confuso:

— Mas *Monsieur le Ministre* deixou o hotel em sua limusine há duas horas — exclama ele num altivo francês belga.

Agora Toby está confuso. A *limusine* de Quinn? Ele não tem uma limusine. A única limusine à disposição é o Rolls-Royce do embaixador, que Toby cancelou a pedido de Quinn.

Ou Quinn afinal decidiu comparecer ao jantar na embaixada? O recepcionista se propõe a corrigi-lo. A limusine não era um Rolls-Royce, *monsieur*. Era um sedã Citroën e o chofer é conhecido pessoalmente pelo recepcionista.

— Então queira por gentileza descrever para mim exatamente o que aconteceu — enfiando 20 euros na mão aberta do recepcionista.

— Com o maior prazer, *monsieur*. O Citroën preto parou na porta da frente ao mesmo tempo que *Monsieur le Ministre* surgiu do elevador central. Há de se suspeitar que *Monsieur le Ministre* foi avisado por telefone da chegada iminente de seu carro. Os dois cavalheiros se cumprimentaram aqui no saguão, entraram no carro e partiram.

— Você quer dizer que um senhor *saiu* do carro para buscá-lo?

— Da parte de *trás* do Citroën preto. Ele era um passageiro, claramente, não era um empregado.

— Você pode descrever o cavalheiro?

O recepcionista hesita.

— Bem, ele era branco? — interroga Toby, impaciente.

— Completamente, *monsieur*.

— Quantos anos?

O recepcionista acredita que a idade do cavalheiro era semelhante à do ministro.

— Você já o viu antes? É um frequentador daqui?

— Nunca, *monsieur*. Presumo que seja um diplomata, talvez um colega.

— Grande, pequeno, que aparência ele tem?

O recepcionista hesita novamente.

— Como o senhor, *monsieur*, porém um pouco mais velho e com cabelos mais curtos.

— E eles falaram que língua? Você ouviu como conversavam?

— Inglês, *monsieur*. Inglês nativo.

— Tem alguma ideia de aonde eles foram? Você escutou para onde estavam indo?

O recepcionista convoca o *chasseur*, um garoto negro do Congo num uniforme vermelho com um casquete. O *chasseur* sabe exatamente para onde eles foram:

— Ao restaurante La Pomme du Paradis perto do palácio. Três estrelas. *Grande gastronomie!*

Muito nauseante a dor de cabeça de Quinn, pensa Toby.

— Como você pode ter tanta certeza disso? — pergunta ele ao *chasseur* que está quase saltitando em sua ânsia por ser útil.

— Foi a instrução que ele deu ao motorista, *monsieur*! Eu ouvi tudo!

— *Quem* deu a instrução? Para fazer *o quê*?

— O cavalheiro que veio buscar seu ministro! Ele se sentou ao lado do motorista e disse "Agora vamos para La Pomme du Paradis", bem quando eu estava fechando a porta. Foram suas palavras exatas, *monsieur*!

Toby se volta para o recepcionista:

— Você disse que o cavalheiro que veio buscar meu ministro estava no banco traseiro. Agora ouvimos que ele se sentou na frente quando partiram. O cavalheiro que veio buscá-lo não poderia ser um segurança?

Mas o pequeno *chasseur* congolês está dominando o terreno e não está disposto a ceder:

— Era *necessário*, *monsieur*! Três pessoas na parte de trás com uma dama elegante: não seria educado!

Uma *dama*, pensa Toby, em desespero. Não me diga que nós temos *esse* problema também.

— E de que tipo de dama estamos falando? — pergunta ele com ares de troça, mas com o coração na boca.

— Era *petite* e muito encantadora, *monsieur*, uma pessoa distinta.

— E de que idade, você diria?

O pajem abre um sorriso destemido:

— Depende de qual parte da dama estamos falando, *monsieur* — responde ele e desaparece antes que a ira do recepcionista possa abatê-lo.

Mas, na manhã seguinte, quando Toby bate à porta da suíte ministerial sob o pretexto de apresentar a Quinn uma coleção de artigos elogiosos da imprensa britânica que imprimiu da internet, não é a silhueta de uma dama jovem ou velha o que vê à mesa do café atrás da divisória de vidro jateado do salão, enquanto seu ministro abre a porta bruscamente, agarra os papéis e lhe bate a porta na cara. É a sombra de um homem: um homem esbelto, de costas retas, altura mediana e um fino terno escuro e gravata.

Como o senhor, monsieur, *porém um pouco mais velho e os cabelos mais curtos.*

*

Praga.

Para surpresa de sua equipe, o ministro Quinn fica muito feliz em aceitar a hospitalidade da embaixada britânica em Praga. A embaixadora, recém-recrutada da City de Londres pelas Relações Exteriores, é uma antiga colega de Quinn dos dias de Harvard. Enquanto Fergus fazia pós-graduação em governança, Stephanie corria atrás de um diploma de mestrado em estudos empresariais. A conferência, realizada no castelo de fábula que é o orgulho de Praga, consiste em dois dias de coquetéis, almoços e jantares. Seu tema é como melhorar as ligações de inteligência entre os membros da Otan outrora sob as garras soviéticas. Na noite de sexta, os delegados já partiram, porém Quinn ficará mais uma noite com sua velha amiga e, nas palavras de Stephanie, desfrutará de "um pequeno jantar privado todinho para meu velho colega Fergus", o que significa que a presença de Toby não será necessária.

Toby passa a manhã elaborando seu relatório sobre a conferência e a tarde caminhando nas colinas de Praga. À noite, cativado como sempre pelas glórias da cidade, passeia junto ao Vltava, vagueia pelas ruas de pedras, goza de uma refeição solitária. Na volta para a embaixada, escolhe para seu prazer o longo caminho que passa pelo castelo e percebe que as luzes na sala de reuniões do primeiro andar ainda estão acesas.

Da rua, sua visão é restrita e a metade inferior de cada janela é jateada. No entanto, subindo alguns passos pela colina e se colocando na ponta dos pés, consegue discernir o contorno de um orador diante de um leitoril, apresentando-se tranquilamente sobre um tablado. Ele tem estatura mediana. O porte é ereto e o movimento da boca é econômico; a postura — Toby não sabe dizer bem por que — é inconfundivelmente britânica, talvez porque os gestos das mãos, ainda que ágeis e sucintos, sejam de certa forma inibidos. Pela mesma razão, Toby não tem dúvidas de que o inglês é a língua sendo falada.

Toby fez o reconhecimento? Ainda não. Não exatamente. Seus olhos estão ocupados demais com o público. São ao todo 12 pessoas, confortavelmente instaladas num semicírculo informal em torno do orador. Só as cabeças são visíveis, mas Toby não tem dificuldade em reconhecer seis delas. Quatro pertencem aos vice-líderes dos serviços de inteligência militar de Hungria, Bulgária, Romênia e República Tcheca, cada um dos quais, há apenas seis horas, proclamou sua imorredoura amizade por Toby antes de teoricamente embarcar em seu avião ou carro oficial para a viagem de volta para casa.

As duas cabeças restantes, que estão bem próximas uma da outra e separadas do resto, são da embaixadora de Sua Majestade para a República Tcheca e seu velho colega de Harvard, Fergus Quinn. Sobre uma mesa longa atrás deles jazem os restos de um suntuoso bufê que, presumivelmente, substituiu o pequeno jantar todinho para Fergus.

Por cinco minutos ou mais — ele nunca saberá — Toby permanece na encosta, ignorando a passagem do tráfego noturno, erguendo os olhos para as janelas iluminadas do castelo, com sua concentração agora fixa na silhueta da figura no tablado: no corpo reto e esbelto, no fino terno escuro e nos gestos tesos e enfáticos com que recita sua empolgante mensagem.

Mas *qual* é a mensagem do misterioso pregador?

E por que ela tem que ser proclamada *ali* e não na embaixada?

E por que ela recebe aprovação tão evidente por parte do ministro de Sua Majestade e da embaixadora de Sua Majestade?

E, acima de tudo, quem é o parceiro secreto do ministro, num instante em Bruxelas, no outro em Praga?

*

Berlim.

Após recitar um discurso vazio, escrito por Toby sob demanda com o título "A terceira via: justiça social e seu futuro europeu", Quinn janta em particular no Adlon Hotel com convidados não declarados. Com seu dia de trabalho terminado, Toby fica papeando no jardim do Café Einstein com seus velhos amigos Horst e Monika e a filha de 4 anos do casal, Ella.

Nos cinco anos em que Toby e Horst se conhecem, Horst subiu rapidamente nos escalões do Serviço Exterior alemão, a uma posição equivalente à de Toby. Monika, apesar das tarefas da maternidade, consegue trabalhar três dias por semana para um grupo de direitos humanos que Toby tem em alta conta. O sol do entardecer é quente, o ar de Berlim, fresco. Horst e Monika falam o alemão do norte com o qual Toby se sente mais confortável.

— Então, Toby — Horst, soando não tão casual quanto gostaria. — Seu ministro Quinn é um Karl Marx às avessas, pelo que ouvimos dizer. Quem precisa do Estado quando a iniciativa privada pode fazer o trabalho por nós? Sob seu novo socialismo britânico, nós burocratas somos redundantes, você e eu.

Sem saber ao certo do que Horst está falando, Toby se esquiva:

— Não me lembro de colocar *isso* no discurso de Quinn — responde com uma risada.

— Mas, a portas fechadas, isso é o que ele nos diz, não é? — insiste Horst, baixando ainda mais a voz. — E o que estou perguntando a você, Toby, em particular, é: você apoia a proposição do seu Quinn? Não é impróprio ter uma opinião, certamente. Como uma pessoa privada, você tem direito a uma opinião particular sobre uma proposição privada.

Ella está desenhando um dinossauro. Monika ajuda a filha.

— Horst, isso é grego para mim — protesta Toby, baixando a voz para equipará-la à de Horst. — *Que* proposição? Feita a quem? Sobre o quê?

Horst parece indeciso, depois dá de ombros.

— Ok. Então eu posso dizer ao meu chefe que o secretário particular do ministro Quinn não sabe de nada? Você não sabe que seu ministro e seu talentoso parceiro comercial estão pressionando meu chefe a investir informalmente numa empresa privada especializada em certo produto precioso? Você não sabe que o produto em oferta é supostamente de qualidade melhor que qualquer outra coisa disponível no mercado aberto? Eu posso dizer isso a ele oficialmente? Sim, Toby?

— Diga a seu chefe o que você quiser. Oficialmente ou não. Agora me diga o que diabos é esse produto.

Informação de alto escalão, responde Horst.

Mais comumente conhecida como inteligência secreta.

Captada e disseminada apenas em esfera privada.

Não adulterada.

Intocada por mãos governamentais.

E esse talentoso parceiro comercial? Ele tem um nome? — Toby, incrédulo.

Crispin.

Um cara bastante persuasivo, diz Horst.

Muito inglês.

*

— *Tobe. Uma rapidinha, senhor, se me permite.*

Desde que voltou a Londres, Toby se encontra num dilema impossível. Oficialmente, ele não sabe nada sobre o histórico de seu ministro de misturar negócios privados com deveres oficiais, sem falar do escândalo na Defesa. Se Toby procurar seu diretor regional, que o proibiu expressamente de investigar essas questões, acabará traindo as confidências de Matti e Laura.

E, como sempre, Toby está em conflito. Suas próprias ambições também são importantes para ele. Depois de quase três meses como secretário particular do ministro, não tem nenhum desejo de comprometer qualquer que seja o vínculo que forjou com Quinn, por mais tênue que seja.

Ele está lutando com essas abstrações quando, às quatro horas de uma tarde daquela mesma semana, recebe a conhecida intimação pelo telefone ministerial. A porta de mogno está atipicamente entreaberta. Ele bate, empurra e entra.

— Feche, por favor. Tranque.

Ele fecha, tranca. Os modos do ministro lhe parecem um pouco afáveis demais para confiar: e mais ainda quando ele se levanta alegremente de sua mesa e, com um ar de conspiração de menino de escola, dirige Toby para a janela da sacada. O recém-instalado sistema de som, orgulho do ministro, está tocando Mozart. Ele baixa o volume, mas toma o cuidado de não silenciá-lo.

— Tudo bem com você, Tobe?

— Tudo bem, obrigado.

— Tobe, lamento muito por estar prestes a estragar mais uma noite sua. Você está disposto a isso?

— Claro, ministro. Se é necessário — pensando, Oh, Cristo, Isabel, teatro, jantar, de novo não.

— Eu receberei a realeza esta noite.

— Literalmente?

— Figurativamente. Mas é provável que seja uma visão bem mais interessante. — Risadinhas. — Você ajudará com as honras da casa, deixará sua marca e voltará para casa. Que tal?

— Minha *marca*, ministro?

— Círculos dentro de círculos, Tobe. Há uma chance de que você seja convidado a bordo de certo navio muito sigiloso. Não vou dizer mais nada.

A bordo? Convidado por *quem*? *Que* navio? Sob capitania de quem?

— Posso saber os nomes de seus régios visitantes, ministro?

— Absolutamente *não* — radiante sorriso de cumplicidade —, já falei com o portão da frente. Dois visitantes para o ministro às sete da noite. Sem nomes, sem preleções. Término até oito e meia, nada nos registros.

Falou com o portão da frente? O homem tem meia dúzia de subordinados à sua disposição, todos a postos para falar com o portão da frente para ele!

Voltando à antecâmara, Toby reúne a relutante equipe. Judy, secretária social, é instalada num carro ministerial e despachada na velocidade da luz para a Fortnum's, para comprar duas garrafas de Dom Pérignon, um pote de foie gras, um patê de salmão defumado, um limão e torradas variadas. Ela deve usar seu próprio cartão de crédito e o ministro fará o reembolso. Olivia, secretária de agenda, telefona para a cantina e confirma que duas garrafas e duas jarras, conteúdo não descrito, podem ser mantidas no gelo até as sete da noite, uma vez que esteja tudo bem com a Segurança. A contragosto, está tudo bem. A cantina fornecerá um balde de gelo e pimenta. Só quando tudo isso for organizado é que o restante da equipe pode ir para casa.

Sozinho em sua mesa, Toby finge trabalhar. Às seis e trinta e cinco ele desce para a cantina. Às seis e quarenta está de volta à antecâmara espalhando foie gras e patê de salmão defumado nas torradas. Às seis e cinquenta e cinco o ministro emerge de seu santuário, inspeciona o cenário, o aprova e se coloca diante da porta da antecâmara. Toby se posta atrás dele, ao lado esquerdo, deixando assim a mão direita ministerial livre para cumprimentos.

— Ele chegará na hora em ponto. Sempre chega — promete Quinn. — E ela também, a queridinha. Ela pode ser quem é, mas partilha da mentalidade dele.

E, de fato, quando o Big Ben bate às sete, ele ouve passos se aproximando pelo corredor, dois pares, um forte e lento, o outro leve e arisco. O homem caminha mais rápido que a mulher. Pontualmente na última badalada, uma peremptória tamborilada ressoa na porta da antecâmara. Toby começa a avançar, mas é tarde demais. A porta se escancara e entra Jay Crispin.

A identificação é imediata e definitiva, tão esperada que chega a ser um anticlímax. Jay Crispin, finalmente em carne e osso, e já não era sem tempo. Jay Crispin, que causou um escândalo não publicado na Defesa e jamais adentrará os corredores de Whitehall e Westminster novamente; que surrupiou Quinn do saguão de seu grande hotel em Bruxelas, sentou-se no banco do carona do sedã Citroën que o levou ao La Pomme du Paradis, tomou café com ele na suíte ministerial e discursou no tablado em Praga: não um fantasma, mas Crispin em pessoa. Apenas um homem bem-arrumado, de feições regulares, um homem obviamente bonito e de nenhuma profundidade: em suma, um pilantra a ser percebido numa passada de olhos; então por que diabos Quinn não percebeu?

E colada ao braço esquerdo de Crispin, agarrando-se a ele com uma garra cheia de joias, uma mulher pequenina entra com um vestido de chiffon rosa, chapéu combinando e sapatos altos com fivelas de *strass*. Idade? *Depende de qual parte da dama estamos falando,* monsieur.

Reverentemente, Quinn pega a mão da mulher e baixa para ela sua cabeça de peso-pesado numa bruta meia mesura. Em contrapartida, Quinn e Crispin são velhos amigos reunidos: vide o aperto de mão robusto, os viris tapinhas nos ombros, o show de Jay-e-Fergus.

É a vez de Toby ser cumprimentado. Quinn se adianta:

— Maisie, permita-me apresentar meu inestimável secretário particular, *Toby Bell.* Tobe, tenha a bondade de prestar seus respeitos à Sra. Spencer Hardy de Houston, Texas, mais conhecida pela elite global como a primeira e única *Miss Maisie.*

Um toque como gaze cruza a palma da mão de Toby. Um murmúrio profundamente sulista de "Olá, *como vai, Sr. Bell*!", seguido de uma exclamação faceira de "Ei, escute uma coisa, Fergus, eu sou a única *belle* por aqui!", respondida por risadas bajuladoras das quais Toby devidamente participa.

— E Tobe, eu lhe apresento meu velho amigo Jay Crispin. Velho amigo desde... *quando*, Jay, por Deus?

— Prazer em conhecê-lo, Toby — pronuncia Crispin em inglês de elite da mais alta categoria, tomando a mão de Toby num apertão de família e, sem soltá-la, dirigindo a ele o tipo de olhar sólido que diz: nós somos os homens que dirigem o mundo.

— E é um *prazer* conhecê-lo — omitindo o "senhor".

— E *o que* fazemos aqui, exatamente? — Crispin, ainda segurando sua mão.

— Ele é meu secretário particular, Jay! Eu lhe disse. Ligado a mim de corpo e alma e solícito até demais. Não é, Tobe?

— Somos bastante novos no cargo, não, Toby? — finalmente largando a mão, mas insistindo com o "nós" para manter os ares de dois camaradas papeando.

— Três meses — a voz do ministro se intromete novamente, excitada. — Somos gêmeos no gabinete. Não é, Tobe?

— E onde estávamos antes, pode-se perguntar? — Crispin, suave como um gato e tão confiável quanto.

— Berlim. Madri. Cairo — Toby responde com deliberada casualidade, plenamente cônscio de que deveria estar *deixando sua marca* e determinado a não fazê-lo. — Aonde quer que eu seja enviado, na verdade... — *Está chegando perto demais, cacete, me dê espaço para respirar.*

— Tobe foi retirado do Egito exatamente quando as pequenas dificuldades locais de Mubarak começaram a aparecer no horizonte, não foi, Tobe?

— Por acaso sim.

— Chegou a ver o velho guerreiro? — pergunta Crispin simpaticamente, o rosto contraído em sincera compaixão.

— Em algumas ocasiões. De certa distância... — *Em geral, lidei com os torturadores dele.*

— Quais você acha que são as chances dele? Não está à vontade em seu trono, por tudo que se ouve. O exército é um bagaço, a Irmandade Muçulmana sacudindo as grades: não sei se gostaria de estar na pele do pobre Hosni agora.

Toby ainda está procurando uma resposta adequadamente anódina quando Miss Maisie vem em seu socorro:

— *Sr. Bell.* O coronel Hosni Mubarak é *meu amigo.* Ele é amigo da América e foi *colocado por Deus na Terra para fazer a paz com os judeus*, para lutar contra o comunismo e o terrorismo jihadista. Qualquer um que busque a queda de Hosni Mubarak em sua hora de provação é um Iscariotes, um liberal e um covarde entreguista, Sr. Bell.

— Então, como foi *Berlim*? — sugere Crispin, como se o desabafo anterior nem sequer tivesse acontecido. — Toby estava em *Berlim*, querida. Postado lá. Onde estávamos há apenas poucos dias. Lembra? — De volta a Toby: — De quais datas estamos falando aqui?

Em tom robótico, Toby recita para ele as datas em que esteve em Berlim.

— Que tipo de trabalho realmente, ou você não está autorizado a dizer? — *Insinuações.*

— Faz-tudo, na verdade. O que quer que aparecesse — responde Toby, com casualidade fingida.

— Mas você anda na linha, não é um *deles*, não? — lançando a Toby um sorriso entendido. — Você deve ser, caso contrário não estaria aqui, estaria do outro lado do rio... — Olhar significativo para a primeira e única Miss Maisie de Houston, Texas.

— Seção Política, na verdade. Assessoria geral — responde Toby no mesmo tom robótico.

— Bem, quem diria — virando-se deliciadamente para Miss Maisie —, querida, o esqueleto saiu do armário. O jovem Toby aqui foi um dos brilhantes meninos de Giles Oakley em Berlim durante os preparativos para a *Liberdade do Iraque*.

Meninos? Vá se foder.

— Eu *conheço* o Sr. Oakley? — pergunta Miss Maisie, aproximando-se para dar outra olhada em Toby.

— Não, querida, mas já ouviu falar dele. Oakley foi o corajoso cidadão que liderou a revolta interna nas Relações Exteriores. Levou o abaixo-assinado para o nosso ministro do Exterior, pedindo-lhe para não atacar Saddam. Foi você quem redigiu para ele, Toby, ou Oakley e seus companheiros montaram aquilo por si mesmos?

— Eu certamente não redigi nada do tipo e nunca ouvi falar dessa carta, se é que ela já existiu, coisa de que seriamente duvido — retruca o perplexo Toby com total sinceridade, enquanto se engalfinha, em outro lado de sua mente e não pela primeira vez, com o enigma que é Giles Oakley.

— Bem, muito boa sorte para você, de qualquer maneira — diz Crispin como término e, voltando-se para Quinn, deixa Toby à vontade para contemplar as mesmas costas retas e suspeitas que ele vislumbrou através do vidro jateado da suíte de seu ministro em Bruxelas, e novamente através da janela do castelo em Praga.

*

Urgentemente pesquisando Sra. Spencer Hardy de Houston, Texas, viúva e única herdeira do falecido Spencer K. Hardy III, fundador da Spencer Hardy Incorporated, uma multinacional com sede no Texas e atuação em praticamente tudo. Sob seu apelido preferido de Miss Maisie, foi votada Benfeitora Republicana do Ano; Representante da Legião dos Americanos por Cristo; Presidente Honorária de um grupo de organizações não lucrativas, pró-vida e pró-valores da família; Presidente do Instituto Americano pela Conscientização Islâmica. E, no que parecia quase um adendo recente: Presidente e CEO de uma corporação no geral indescrita e autodenominada Ethical Outcomes Incorporated.

Ora, ora, pensou Toby: uma evangélica radical e ainda por cima ética. Uma coisa não pressupõe a outra. Não mesmo.

*

Por dias e noites, Toby se angustia pelas escolhas que tem diante de si. Sair correndo para contar tudo a Diana? "Eu desobedeci a você, Diana. Eu sei o que aconteceu na Defesa e agora está acontecendo tudo de novo conosco." Mas o que aconteceu na Defesa não é problema seu, como Diana forçosamente lhe informou. E o Ministério das Relações Exteriores tem muitos buracos onde enfiar os descontentes e falastrões.

Enquanto isso, os presságios à sua volta se multiplicam a cada dia. Se isto é obra de Crispin, Toby só pode supor, mas de que outra forma explicar o ostensivo esfriamento da atitude do ministro com ele? Entrando ou saindo de seu Gabinete Privado, Quinn agora mal lhe concede um cumprimento. Já não é mais *Tobe*, mas *Toby*, uma mudança que teria apreciado anteriormente. Agora não. Não desde que ele fracassou em deixar sua marca e ser convidado a bordo de *certo navio muito sigiloso*. Telefonemas dos pesos-pesados de Whitehall que até agora passavam rotineiramente pelo secretário particular são reencaminhados para a mesa do ministro por meio de uma das várias linhas diretas recém-instaladas. Além das caixas de despachos cheias de alertas de Downing Street que só Quinn pode manipular, há os tubos pretos lacrados da embaixada dos EUA. Em certa manhã, uma pesada caixa-forte aparece misteriosamente no gabinete privado. Só o ministro tem a senha dela.

E, no fim de semana passado mesmo, quando Quinn está prestes a ser levado à sua casa de campo em seu carro oficial, ele não pede que Toby arrume a pasta para ele com os documentos essenciais para sua atenção. Ele arrumará por conta própria, obrigado, Toby, e por trás de portas fechadas. E, sem dúvida, quando chegar a seu destino, Quinn abraçará a esposa canadense rica e alcoólatra que os marqueteiros de seu partido julgaram imprópria para apresentação pública, afagará seu cachorro e sua filha e mais uma vez se trancará sozinho, para ler.

Assim, é como um ato da providência divina que Giles Oakley, agora revelado como o autor anônimo de uma carta com abaixo-assinado para o ministro das Relações Exteriores sobre a loucura de invadir o Iraque, chama Toby em seu BlackBerry com um convite para jantar naquela mesma noite:

— Schloss Oakley, às sete e quarenta e cinco. Vista o que quiser e fique depois para um Calvados. Temos um sim?

Temos um sim, Giles. Temos um sim, mesmo que isso signifique cancelar outro par de ingressos para o teatro.

*

Altos diplomatas britânicos que foram restaurados à sua pátria têm uma forma de transformar suas casas em sucursais do exterior. Giles e Hermione não são exceções. Schloss Oakley, como Giles determinadamente a batizou, é uma imensa mansão dos anos 1920 logo na saída de Highgate, mas poderia muito bem ser sua residência em Grunewald. Do lado de fora, os mesmos portões imponentes e a imaculada pista de cascalho, livre de capim; dentro, a mesma mobília riscada estilo Chippendale, carpetes curtos e cozinheiros portugueses contratados.

Os companheiros de jantar de Toby incluem um conselheiro da embaixada alemã e sua esposa, o embaixador sueco para a Ucrânia em visita, uma pianista francesa chamada Fifi e seu amante Jacques. Fifi, que é obcecada por alpacas, enfeitiça a mesa. Alpacas são os animais mais atenciosos do mundo. Eles até produzem seus filhotes com requintada delicadeza. Ela aconselha Hermione a adquirir um casal. Hermione diz que só conseguiria ter inveja deles.

Terminado o jantar, Hermione dirige Toby para a cozinha, supostamente para dar uma ajuda com o café. Ela é exótica, esguia e irlandesa, e fala em suspiros baixos e reveladores enquanto seus olhos castanhos faíscam no mesmo ritmo.

— Essa Isabel com quem você está transando... — enfiando o indicador na frente da camisa de Toby e brincando com os pelos de seu peito com a ponta da unha pintada.

— O que tem ela?

— Ela é casada, como aquela vadia holandesa que você tinha em Berlim?

— Isabel e o marido se separaram há meses.

— Ela é loura como a outra?

— Por acaso, sim, ela é loura.

— Eu sou loura. Sua mãe era loura, afinal?

— Pelo amor de Deus, Hermione.

— Você sabe que só se mete com as casadas porque pode devolvê-las quando termina com elas, não sabe?

Ele não sabe de nada. Por acaso ela está dizendo que ele também pode pegá-la de empréstimo e devolver a Oakley quando terminar? Deus me livre.

Ou — um pensamento que só lhe vinha agora que ele tomava seu café na calçada do Soho e prosseguia com sua contemplação inconsciente dos transeuntes — o que ela queria era amaciá-lo antes de atirá-lo na grelha de seu marido?

*

— Bom papo com Hermione? — pergunta Giles socialmente de sua poltrona, servindo a Toby uma generosa dose de um Calvados muito antigo.

Os últimos convidados se retiram. Hermione foi para a cama. Por um momento, eles estão de volta a Berlim, com Toby prestes a desabafar suas imaturas opiniões pessoais e Oakley prestes a abatê-las em pleno ar.

— Ótimo, como sempre, obrigado, Giles.

— Ela o convidou a Mourne no verão?

Mourne, castelo de Hermione na Irlanda, para onde ela tem fama de levar seus amantes.

— Não creio que tenha convidado, na verdade.

— Experimente, é o meu conselho. Vistas imaculadas, casa decente, um manancial de água. Caça, se você aprecia, coisa que eu não faço.

— Parece excelente.

— Como anda o amor? — A eterna pergunta, toda vez que eles se encontram.

— O amor vai bem, obrigado.

— Ainda Isabel?

— Só.

É um prazer para Oakley mudar de assunto sem aviso prévio e esperar que Toby o acompanhe. É o que ele faz agora.

— Então, meu querido, onde diabos está seu novo chefe? Nós procuramos por ele aqui, procuramos acolá. Tentamos trazê-lo para conversar conosco outro dia. O porco nos deixou esperando.

Por *nós*, Toby presume se tratar do Comitê Conjunto de Inteligência, do qual Oakley é uma espécie de membro extraoficial. Como isso funciona não é algo que Toby pergunta. Será que o homem que dirigiu uma carta coletiva insubordinada ao ministro das Relações Exteriores pedindo-lhe para não atacar Saddam ganhou posteriormente para si um assento nos mais secretos conselhos do Ministério? Ou, como dizem outros rumores, ele é tratado como uma espécie de opositor licenciado, ora cautelosamente aceito, ora excluído? Toby já deixou de se pasmar com os paradoxos da vida de Oakley, talvez por ter deixado de se pasmar com seus próprios.

— Eu entendo que meu ministro teve que ir para Washington em caráter de urgência — responde cautelosamente.

Cauteloso porque, quaisquer que sejam os ditames da ética das Relações Exteriores, ele ainda é secretário particular do subministro, de alguma forma.

— Mas ele não levou você?

— Não, Giles. Não levou. Não desta vez.

— Ele arrastou você pela Europa inteira. Por que não Washington?

— Isso foi antes. Antes que ele começasse a fazer os próprios arranjos sem me consultar. Ele foi para Washington sozinho.

— Você *sabe* se ele estava sozinho?

— Não, mas suponho que sim.

— Supõe por quê? Ele foi sem você. É tudo o que você sabe. Foi para Washington mesmo, ou para o Subúrbio?

Por "Subúrbio" leia-se Langley, Virgínia, sede da Agência Central de Inteligência. Mais uma vez, Toby tem de confessar que não sabe.

— Ele se deu ao luxo de voar de primeira classe na British Airways, seguindo a melhor tradição da frugalidade escocesa? Ou foi chacoalhar na classe *club*, pobre coitado?

Começando a ceder sem querer, Toby respira fundo:

— Presumo que ele viajou em jato particular. É como ele foi para lá anteriormente.

— Anteriormente sendo *quando* exatamente?

— Mês passado. Foi no dia 16, voltou no 18. Num jatinho Gulfstream. Saindo de Northolt.

— O Gulfstream de *quem*?

— É só um palpite.

— Mas um palpite informado.

— Tudo que sei de fato é que ele foi levado a Northolt em limusine particular. Ele não confia na frota do Ministério, acha que os carros têm escutas, provavelmente vindas de você, e que os motoristas ouvem tudo.

— A limusine sendo propriedade de...?

— Da Sra. Spencer Hardy.

— Do Texas.

— Creio que sim.

— Mais conhecida como a monumentalmente rica Miss Maisie, benfeitora convertida da extrema direita republicana, amiga do Tea Party, flagelo do islã, dos homossexuais, da causa do aborto e, creio eu, da contracepção. Atualmente residindo em Lowndes Square, sudoeste de Londres. Toda uma lateral da praça.

— Eu não sabia disso.

— Ah, sim. Uma de suas muitas residências em todo o mundo. E você me diz que esta é a dama que forneceu a limusine para levar seu querido novo chefe ao aeroporto de Northolt. Estou falando da dama certa?

— Sim, Giles, está.

— E, portanto, em sua estimativa, foi o Gulfstream da mesma dama que o levou a Washington?

— É um palpite, mas sim.

— Você também está ciente, sem dúvida, de que Miss Maisie é a protetora de um tal Jay Crispin, estrela em ascensão no firmamento sempre crescente dos empreendedores da defesa privada?

— Vagamente.

— Jay Crispin e Miss Maisie recentemente prestaram uma visita social a Fergus Quinn em seu Gabinete Privado. Você estava presente nestas festividades?

— Algumas delas.

— Com que resultado?

— Ao que parece, eu queimei meu filme.

— Com Quinn?

— Com todos eles. Houve uma conversa sobre me convidar a bordo. Isso não aconteceu.

— Considere-se sortudo. Crispin acompanhou Quinn a Washington no Gulfstream de Miss Maisie, você acha?

— Não faço a menor ideia.

— A própria dama foi?

— Giles, eu simplesmente *não* sei. São apenas suposições.

— Miss Maisie enviou seus guarda-costas à Sra. Huntsman em Savile Row para uniformizá-los decentemente. Você também não sabia disso?

— Na verdade, não, não sabia.

— Então beba um pouco desse Calvados e me diga o que você *sabe*, para variar um pouco.

*

Resgatado do isolamento das meias informações e suspeitas que até agora fora incapaz de partilhar com outra alma vivente, Toby desaba na poltrona e desfruta do luxo da confissão. Com crescente indignação, descreve suas visões em Praga e Bruxelas e relata as sondagens de Horst no jardim do Café Einstein, até que Oakley lhe corta a palavra:

— O nome Bradley Hester soa familiar?

— Eu digo que sim!

— Qual é a graça?

— Ele é o queridinho do Gabinete Privado. As meninas o adoram. Brad, o Homem da Música, como elas o chamam.

— Estamos falando do mesmo Bradley Hester, imagino: segundo adido cultural na embaixada dos Estados Unidos?

— Absolutamente. Brad e Quinn são companheiros na obsessão por música. Eles têm um projeto em andamento: intercâmbios orquestrais transatlânticos entre universidades consensuais. Eles vão a concertos juntos.

— O diário de Quinn diz isso?

— Quando visto pela última vez, sim. Quando eu costumava ver — responde Toby, ainda sorrindo com a lembrança do rechonchudo Brad Hester, de sua cara cor-de-rosa e sua marca registrada, o surrado estojo de música, conversando com as meninas em seu sotaque afrescalhado da Costa Leste enquanto espera para ser admitido à presença.

Mas Oakley não se comove com esta imagem benigna:

— E o objetivo destes frequentes encontros no Gabinete Privado é discutir intercâmbios musicais, você diz.

— São religiosamente cumpridos. Brad é o único compromisso semanal que Quinn jamais cancela.

— Você mexe na papelada que resulta dessas discussões?

— Meu Deus, não. Brad cuida de tudo. Ele tem uma equipe. No que diz respeito a Quinn, o projeto é extramuros, não é conduzido em horário de expediente. Para seu mérito, ele é muito exigente quanto a isso — termina Toby, retardando o relato ao se dar conta do olhar gélido de Oakley.

— E você aceita essa ideia ridícula?

— Faço o melhor que posso. Por falta de opção — diz Toby, regalando-se com um cauteloso gole de Calvados enquanto Oakley contempla as costas da mão esquerda, girando a aliança de casamento, testando o aperto do aro contra a articulação do dedo.

— Quer dizer que você realmente não fareja um coelho nesse mato quando o Sr. Bradley Hester, segundo adido cultural, entra marchando com seu estojo de discos, ou seja lá o que ele carrega? Ou você se recusa a farejar?

— Eu farejo coelhos o tempo todo — responde Toby de maus bofes. — Qual é a diferença?

Oakley finge não ouvir.

— Bem, Toby, detesto desiludi-lo, se é isso mesmo que estou fazendo. O Sr. Adido Cultural Hester não é exatamente o palhaço amistoso que você parece determinado a enxergar. Ele é um desacreditado atravessador autônomo de inteligência, de persuasão de extrema direita, evangélico convertido, não para melhor, e enxertado no posto da Agência em Londres a pedido de um comitê de evangélicos americanos abastados e conservadores, convencidos de que a Agência Central de Inteligência é tomada de simpatizantes islâmicos comunistas e bichas liberais, uma visão de que seu querido novo chefe está disposto a partilhar. Teoricamente, ele é empregado pelo governo dos Estados Unidos, mas, na prática, pertence a uma obscura empresa de serviços de defesa que opera sob o nome de Ethical Outcomes Incorporated, do Texas e outros lugares. A única acionista e executiva-chefe da empresa é Maisie Spencer Hardy. No entanto, ela delegou suas tarefas a um certo Jay Crispin, com quem anda se divertindo. Além de ser um talentoso gigolô, Jay Crispin é íntimo de seu distinto ministro, que parece determinado a superar o fanatismo militarista que marcava seu antigo grande líder, o Irmão Blair, embora não seja, ao que parece, seu azarado sucessor. Se a Ethical Outcomes Incorporated um dia se encontrar suplementando os débeis esforços de nossas agências nacionais de inteligência através de uma operação secreta financiada por iniciativa privada, seu amigo, o Homem da Música, será encarregado de tratar da logística marinha.

É, enquanto Toby digere isto, Oakley, como tantas vezes, muda de direção:

— Há um *Elliot* em algum lugar dessa mistura — comenta ele. — Elliot é um nome que lhe soa familiar? Elliot? Casualmente mencionado? Entreouvido pelo buraco da fechadura?

— Eu não colo o ouvido em fechaduras.

— Claro que cola. Renegado greco-albanês, costumava chamar a si mesmo de Eglesias, ex-Forças Especiais da África do Sul, matou um sujeito num bar de Jo'burgo e veio para a Europa para cuidar da saúde? *Esse* tipo de Elliot? Tem certeza?

— Certeza.

— *Stormont-Taylor*? — persiste Oakley, no mesmo tom distraído.

— Claro! — Toby exclama de alívio. — Todo mundo conhece Stormont-Taylor. E você também. Ele é o advogado internacional — evocando sem esforço o belíssimo Roy Stormont-Taylor, *Queen's Counsel* e ídolo televisivo com sua fluida cabeleira branca e o jeans apertado, que por três vezes, ou foram quatro?, nos últimos meses foi calorosamente recebido por Quinn e surrupiado para trás da porta de mogno, tal qual Bradley Hester.

— E, até onde você sabe, qual é o assunto de Stormont-Taylor com seu querido novo chefe?

— Quinn não confia em advogados do governo, então ele consulta Stormont-Taylor para ter uma opinião independente.

— E você saberia dizer para que assunto específico Quinn consulta o belo e audacioso Stormont-Taylor, que por acaso também é íntimo de Jay Crispin?

Um silêncio carregado enquanto Toby se pergunta quem exatamente está posto à prova aqui — Quinn ou ele mesmo.

— Como *eu* vou saber dessa merda? — retruca ele, irritado, ao que Oakley oferece apenas um amigável "Como, não é mesmo?".

O silêncio retorna.

— *Então*, Giles — anuncia Toby finalmente, sempre o primeiro a ceder nestas ocasiões.

— Então *o que*, meu querido?

— *Quem* diabos ou *o que* diabos é Jay Crispin no esquema de coisas?

Oakley emite um suspiro e dá de ombros. Quando oferece uma resposta, ela chega em fragmentos relutantes:

— Quem é *qualquer um*? — indaga ao mundo em geral, lançando-se num mal-humorado telegramês. — Terceiro filho de uma fina família anglo-americana. Melhores escolas. Sandhurst na segunda tentativa. Dez anos de serviço militar medíocre. Aposentadoria aos 40. Somos informados de que foi voluntária, mas há dúvidas. Um tempo no governo municipal londrino. Dispensado. Um pouco de espionagem. Dispensado. Se insinua na corrente de nossa crescente indústria do terrorismo. Observa com razão que a iniciativa privada na defesa está em alta. Fareja o dinheiro. Vai até ele. Olá, Ethical Outcomes e Miss Maisie. Crispin *encanta* as pessoas — prossegue Oakley com perplexa indignação. — *Todos* os tipos de pessoas, o tempo todo. Só Deus sabe como. Bem, é fato que ele frequenta um monte de camas. Provavelmente corta para os dois lados; sorte a dele. Mas só cama não segura um casamento, não é?

— Não, não segura — concorda Toby, com a mente se dirigindo desconfortavelmente para Isabel.

— Então me diga — continua Oakley, executando mais uma mudança de direção sem aviso prévio. — O que deu em você para gastar preciosas horas do tempo da rainha revirando arquivos no Departamento Jurídico e desenterrando documentos de lugares obscuros como Granada e Diego Garcia?

— Ordens do meu ministro — responde Toby, recusando-se a continuar impressionado com a onisciência de Oakley ou com sua propensão para sacar perguntas do fundo do baú.

— Ordens dadas a você pessoalmente?

— Sim. Ele disse que eu deveria preparar um documento sobre a integridade territorial desses locais. Sem o conhecimento do Departamento Jurídico ou dos assessores especiais. Na verdade, sem o conhecimento de ninguém — agora que ele parou para pensar nisso. — Classificar como ultrassigiloso, trazer para ele na segunda-feira às dez da manhã, sem falta.

— E você preparou esse documento?

— Ao custo de um fim de semana, sim.

— Onde está?

— Pendurado.

— Significando...?

— Meu trabalho foi enviado, não teve tração e foi pendurado. De acordo com Quinn.

— Você se importa de me oferecer uma explicação rápida do conteúdo?

— Era apenas um resumo. Um bê-á-bá. Um estudante poderia fazer isso.

— Então me recite o bê-á-bá. Eu já esqueci.

— Em 1983, após o assassinato do primeiro-ministro marxista de Granada, os americanos invadiram a ilha sem o nosso aval. Eles chamaram de *Operação Fúria Urgente*. A fúria foi principalmente nossa.

— Como assim?

— Era território nosso. Uma ex-colônia e agora membro da comunidade britânica.

— E os americanos invadiram. Que vergonha. Prossiga.

— Os espiões americanos, do seu adorado Subúrbio, tinham fantasias de que Castro estava prestes a usar o aeroporto de Granada como uma plataforma de lançamento. Era papo furado. Os ingleses ajudaram a construir o aeroporto e não ficaram muito satisfeitos de ouvir que ele era uma ameaça à segurança da América.

— E nossa resposta, numa palavra?

— Nós dissemos aos americanos, por favor, tenham a bondade de jamais fazer algo assim novamente em nosso território sem nossa permissão prévia, ou ficaremos ainda mais contrariados.

— E o que eles *nos* disseram?

— Para ir à merda.

— E nós fomos?

— O ponto americano foi bem-compreendido — recorrendo ao modo sarcástico das Relações Exteriores. — Nossa influência sobre os países da Commonwealth é tão tênue que o Departamento de Estado americano acha que nos faz um favor em reconhecê-la. Eles só reconhecem quando lhes convém e, no caso de Granada, não lhes convinha.

— Então nos mandaram à merda de novo?

— Não exatamente. Eles recuaram e um acordo informal foi fechado.

— Com que efeito, este acordo? Prossiga.

— No futuro, se os americanos pretendessem fazer algo dramático em nosso campo, como uma operação especial sob o pretexto de oferecer assistência a habitantes oprimidos etc., eles teriam primeiro que pedir com educação, obter nossa aprovação por escrito, nos convidar a fazer parte da ação e compartilhar o produto conosco no fim das contas.

— Por produto você quer dizer inteligência.

— Quero, Giles. É isso que eu quero dizer. Inteligência com outro nome.

— E Diego Garcia?

— Diego Garcia foi o modelo.

— De quê?

— Oh, pelo amor de Deus, Giles!

— Eu estou desprovido de conhecimento prévio. Tenha a bondade de me dizer exatamente o que você disse a seu querido novo chefe.

— Desde que nós gentilmente despopulamos Diego Garcia para eles na década de 1960, os americanos têm nossa permissão para usá-la como base para suas operações, sob vista grossa, mas apenas segundo nossos termos.

— A vista grossa sendo britânica neste caso, presumo.

— Sim, Giles. Estou vendo que nada escapa a você. Diego Garcia continua sendo posse britânica, por isso ainda é preciso uma vista grossa britânica. *Isso* você sabe, imagino?

— Não necessariamente.

É princípio de Giles jamais expressar a menor satisfação ao negociar. Toby viu como ele o aplicava em Berlim. Agora está vendo como Giles o aplica a Toby.

— Quinn discutiu os pormenores do documento com você?

— Não houve nada disso.

— Ora. Seria uma questão de educação. E quanto à aplicação da experiência de Granada em posses britânicas mais substanciais?

Toby balança a cabeça.

— Então ele não debateu com você, nem no sentido mais amplo, os certos e errados de uma invasão americana a um território da Coroa britânica? Com base no que você desencavou para ele?

— De jeito nenhum.

Uma pausa dramática, de iniciativa de Oakley.

— Seu documento apresenta alguma moral da história?

— Ele chega tropeçando a uma conclusão, se é isso que você pergunta.

— Que é?

— Que qualquer ação unilateral dos americanos em território de propriedade britânica teria que receber uma chancela britânica como fachada. Caso contrário, seria proibida.

— Obrigado, Toby. Então eu me pergunto o que ou quem, em sua opinião, desencadeou esta investigação?

— Honestamente, Giles, não tenho a menor ideia.

Oakley ergue os olhos para os céus, baixa, suspira:

— Toby. Meu querido. Um atarefado ministro da Coroa *não* instrui seu jovem e talentoso secretário particular a revirar arquivos mofados em busca de *precedentes* sem primeiro partilhar de seu plano de jogo com o dito subordinado.

— Esse ministro faz *exatamente* essa merda!

E aí está Giles Oakley, o consumado jogador de pôquer. Ele se põe de pé, enche o Calvados de Toby, torna a se sentar e se declara satisfeito.

— Então me diga — ares íntimos agora que estão novamente à vontade um com o outro — o que *diabos* se pode concluir do pedido bizarro do seu querido novo chefe ao já assoberbado Departamento de Recursos Humanos do Ministério?

E quando Toby proclama de novo — embora calmamente desta vez, porque, afinal, eles estão num momento tão descontraído — que não faz ideia do que Oakley está falando, é recompensado com uma risadinha satisfeita.

— Algum *avioneta*, Toby! Ora! Ele está querendo um *avioneta*, para ontem. Você *tem* que saber disso! Ele pôs metade de nossos engenhosos humanoides de cabelos em pé, procurando pelo sujeito certo. Eles estão fazendo uma ronda pelos gabinetes, pedindo recomendações.

Avioneta?

Por um breve momento, a mente de Toby imagina o espectro de um audacioso piloto se preparando para voar fora dos radares de um dos protetorados decadentes da Grã-Bretanha. E ele deve ter dito algo do tipo em voz alta, porque Giles quase dá uma gargalhada e jura que é a melhor coisa que ouviu nos últimos meses.

— *Avioneta* como contrário de Boeing, meu querido! Um confiável coroa das fileiras de nosso amado Serviço! Qualificação profissional: um histórico apropriadamente sem brilho, sem futuro pela frente. Um honesto burro de carga das Relações Exteriores, sem fricotes, com um último fôlego antes da aposentadoria. Você dentro de 28 anos, ou algo do tipo — conclui, de brincadeira.

Então é isso, pensa Toby, fazendo o máximo possível para partilhar da piadinha de Giles. Ele está me dizendo da maneira mais delicada possível que, não satisfeito em me excluir dos acontecimentos, Fergus Quinn está ativamente buscando meu substituto: e não um substituto qualquer, mas um veterano que tenha tanto pavor de perder sua aposentadoria que se dobrará a qualquer lado ordenado por seu querido novo chefe.

*

Os dois homens param lado a lado na porta, esperando pelo táxi de Toby sob a luz da lua. Toby nunca viu o rosto de Oakley mais sério — ou mais vulnerável. O tom de brincadeira em sua voz, os pequenos gracejos sumiram, substituídos por um tom urgente de advertência:

— O que quer que eles estejam tramando, Toby, você *não* deve participar. Quando ouvir algo, tome nota e me mande uma mensagem no número de celular que você já tem. Isso será um pouco mais seguro que um e-mail. Diga que você foi chutado por sua namorada e precisa chorar no meu ombro, ou alguma outra bobagem do gênero. — E como se ele não tivesse expressado seu ponto com suficiente veemência: — Você *não* tomará parte disso em nenhuma instância, Toby. Não concorde com nada, não assine nada. *Não* se torne um acessório de maneira nenhuma.

— Mas acessório do *que*, Giles, pelo amor de Deus?

— Se eu soubesse, você seria a última pessoa a quem eu diria. Crispin examinou você e, por graças, não se impressionou com o que viu. Repito: se considere sortudo por não ter passado no teste. Caso contrário, só Deus sabe onde você poderia acabar.

O táxi chega. Extraordinariamente, Oakley estende a mão. Toby a pega e descobre que ela está úmida de suor. Ele solta a mão e sobe para o táxi. Oakley bate na janela, que Toby abaixa.

— É tudo pré-pago — exclama Oakley. — Basta lhe dar uma libra de gorjeta. Não importa o que você faça, não pague duas vezes, meu querido.

*

— *Uma rapidinha, mestre Toby, tenha a bondade.*

De alguma maneira, toda uma semana se passou. O ressentimento de Isabel pela negligência de Toby irrompe sob a forma de uma fúria silenciosa. As desculpas dele — abjetas, mas distraídas — só a irritam mais. Quinn se mostra igualmente intratável, ora bajulando Toby sem nenhuma razão específica, ora lhe virando a cara, ora desaparecendo sem explicação por um dia inteiro e deixando Toby a ver navios.

E na quinta-feira na hora do almoço, um telefonema estrangulado de Matti:

— Aquele jogo de squash que nunca tivemos.

— O que tem?

— Não aconteceu.

— Achei que já tínhamos chegado a essa conclusão.

— Só para ter certeza — disse Matti, e desligou.

Agora são dez horas da manhã de mais uma sexta-feira e a conhecida convocação que Toby vinha temendo se fez soar através do telefone interno.

Estaria o Paladino das Classes Trabalhadoras prestes a mandá-lo à Fortnum's para obter mais Dom Pérignon? Ou ele está se preparando para dizer que, embora esteja muito grato pelos talentos de Toby, pretende substituí-lo por um *avioneta* e deseja dar a Toby o fim de semana para se recuperar do choque?

A grande porta de mogno está entreaberta como antes. Entre, feche e — prevendo o comando de Quinn — tranque. Quinn à escrivaninha, com ares de trovão ministerial. Sua voz oficial, aquela que ele usa para desfilar seriedade no *Newsnight*. O sotaque de Glasgow quase esquecido.

— Temo que estou a ponto de interferir com seus planos de uma minifolga com sua companheira, Toby — anuncia ele, conseguindo insinuar que Toby só tem a si mesmo para culpar. — Isto lhe causará muitos problemas?

— Nenhum em absoluto, ministro — responde Toby, dizendo adeus mentalmente a uma breve fuga para Dublin e, provavelmente, a Isabel também.

— Acontece que estou sob considerável pressão para realizar uma reunião extremamente secreta aqui amanhã. Nesta mesma sala. Uma reunião da mais alta importância nacional.

— Deseja que eu compareça, ministro?

— Longe disso. Você não pode comparecer em nenhuma circunstância, obrigado. Você não está autorizado; sua presença não é desejável de forma alguma. Não tome como algo pessoal. Em todo caso, mais uma vez eu gostaria da sua ajuda para fazer as preparações prévias. Nada de champanhe desta vez, infelizmente. Nada de foie gras também.

— Entendo.

— Eu duvido. Enfim, para esta reunião que me foi empurrada, certas medidas de segurança excepcionais devem ser tomadas. Eu desejo que você, como meu secretário particular, tome estas medidas por mim.

— Claro.

— Você parece intrigado. Por quê?

— Não *intrigado*, ministro. Só que... se sua reunião é tão secreta, por que tem que acontecer nesta sala, afinal? Por que não totalmente fora do Gabinete? Ou na sala à prova de som lá em cima?

Quinn ergue a cabeçorra, farejando insubordinação, depois se digna a responder:

— Porque meu mui insistente visitante... visitantes no *plural*, na verdade, estão em posição de ditar as condições, e é meu dever como ministro cumpri-las. Você está pronto para isso ou devo procurar outra pessoa?

— Totalmente pronto, ministro.

— Muito bem. Imagino que você conhece certa porta lateral que traz a este edifício a partir de Horse Guards. Para os serventes e entregas comuns. Uma porta de metal verde com barras na frente.

Toby conhece a porta, mas, não sendo o que o Homem do Povo chama de um servente, ele não teve a oportunidade de usá-la.

— Você conhece o corredor do térreo que sai dessa porta? Bem abaixo de nós aqui nesta sala. Dois andares para baixo — perdendo a paciência. —

Quando você chega pelas portas principais, pelo amor de Deus, do lado direito do saguão. Você passa por ele todos os dias. Sim?

Sim, ele também conhece o corredor.

— Amanhã de manhã, sábado, meus convidados... meus *visitantes*, certo? Como quer que queiram se chamar — o tom de ressentimento agora se tornando um refrão —, eles chegarão por aquela entrada lateral em duas comitivas. Separadamente. Uma após a outra. Em curto espaço de tempo. Ainda está me acompanhando?

— Ainda acompanhando, ministro.

— Eu me alegro em saber. Aquela entrada lateral estará *desocupada*, das onze e quarenta e cinco à uma e quarenta e cinco da tarde precisamente; durante essas duas horas *apenas*, entendeu? Nenhum membro da equipe de segurança estará de plantão durante esses *cento e vinte minutos*. Todas as câmeras de vídeo e outros dispositivos de segurança que cobrem essa entrada lateral, *e* a rota desde a entrada lateral até esta sala estarão *inertes*. Desativados. Desligados. Por essas duas horas apenas. Eu acertei tudo pessoalmente. Você não precisa fazer nada neste âmbito, então nem tente. Agora me siga de perto.

O ministro ergue uma palma quadrada e musculosa ao rosto de Toby e demonstrativamente segura o dedo mínimo entre o polegar e o indicador da outra mão:

— Em sua chegada amanhã de manhã às dez, você irá direto ao Departamento de Segurança e confirmará que minhas instruções de desocupar e destrancar a entrada lateral e desligar *todos* os sistemas de vigilância foram devidamente observadas e estão prestes a serem cumpridas.

Dedo anelar. A aliança de ouro bastante grossa com a cruz de santo André em robusto relevo azul.

— Às onze e cinquenta, prossiga à entrada lateral externa por meio de Horse Guards e entre no prédio pela referida porta, que foi desbloqueada segundo minhas instruções ao Departamento de Segurança. Você então avançará ao longo do corredor térreo, verificando no caminho que o corredor e a escadaria de fundos que seguem dele não estão ocupados ou obstruídos de nenhuma maneira. Ainda comigo?

Dedo médio:

— Você então fará seu caminho no seu passo habitual e, atuando como minha cobaia pessoal, prosseguirá pela escada de fundos e pelo piso adjacente; não desvie ou pare para mijar nem nada, apenas *caminhe*; até esta sala mesma onde estamos agora. Você então confirmará com a segurança, pelo telefone interno, que seu itinerário passou sem detecção. Eu já os instruí, por isso, mais uma vez, não faça nada além do que eu lhe disse para fazer. Isso é uma ordem.

Toby desperta para descobrir que é o beneficiário do sorriso vencedor de eleições de seu chefe:

— Pois bem, Toby. Me diga que arruinei o fim de semana para você, da mesma maneira que eles arruinaram o meu.

— Nem um pouco, ministro.

— Mas?

— Bem, uma pergunta.

— Quantas você quiser. Pode disparar.

Na verdade, ele tem duas.

— Se posso perguntar, ministro, onde o senhor estará? O senhor pessoalmente. Enquanto eu estiver tomando... — hesita — tomando essas precauções.

O sorriso eleitoral se amplia.

— Digamos que estarei cuidando da porra da minha vida, que tal?

— Cuidando da sua vida até que chegue aqui, ministro?

— Minha pontualidade será impecável, obrigado por perguntar. Algo mais?

— Bem, eu estava pensando, talvez gratuitamente: como suas comitivas sairão depois? O senhor disse que o sistema será desativado por duas horas. Se sua segunda comitiva chegar em cima da hora e o sistema for reativado à uma e quarenta e cinco, isto lhe deixa não muito mais que noventa e poucos minutos para sua reunião.

— Noventa minutos dão e sobram. Nem pense nisso — o sorriso agora já radiante.

— Está absolutamente certo disso? — insiste Toby, tomado por uma necessidade de estender a conversa.

— É *óbvio* que estou certo. Sem estresse! Alguns apertos de mão para lá e para cá e estaremos livres.

*

Já é hora do almoço daquele mesmo dia quando Toby Bell sente que pode escapar de sua mesa, correr pela Clive Steps e assumir uma posição sob um plátano londrino nos limites do Parque St. James como prelúdio para compor seu texto de emergência para o celular de Oakley.

Desde o momento em que Quinn lhe deu suas instruções bizarras, Toby elaborou mentalmente um sem-número de versões. Mas dizem os boatos que a equipe de segurança do Gabinete mantém uma vigilância sobre as comunicações pessoais que emanam do interior do edifício e Toby não tem nenhum desejo de lhes excitar a curiosidade.

O plátano é um velho amigo. Situado numa subida, ele está a poucos passos do Birdcage Walk e do Memorial de Guerra. Cem metros à frente e as janelas das Relações Exteriores fecham a carranca para ele, mas o mundo passante de garças, patos, turistas e mães com carrinhos de bebê as despe de sua ameaça.

Seus olhos e sua mão estão firmes como pedras enquanto ele segura o BlackBerry diante do rosto. Assim como sua mente. É uma verdade que surpreende Toby tanto quanto impressiona seus empregadores; ele é imune às crises. Isabel pode dissecar impiedosamente seus defeitos: foi o que ela fez de sobra na noite passada. Carros de polícia e bombeiros podem passar uivando pela rua, a fumaça saindo das casas próximas, uma turba furiosa em marcha: tudo isso e muito mais aconteceu no Cairo. Mas a crise, uma vez que se abate, é o habitat de Toby, e ela está acontecendo agora.

Diga que você foi chutado por sua namorada e precisa chorar no meu ombro, ou alguma outra bobagem do gênero.

A decência natural determina que ele não use o nome de Isabel em vão. *Louisa* lhe vem à mente. Ele teve uma Louisa? Uma lista rápida de cabeça informa que não. Ele então passará a ter uma: *Giles. Louisa acabou de me largar. Preciso desesperadamente de seus conselhos urgentes. Podemos falar o mais rápido possível? Bell.*

Clique em “enviar”.

Ele clica e olha para as ilustres sacadas das Relações Exteriores e suas camadas de cortinas de filó. Será que Oakley está sentado lá em cima agora mesmo, mastigando um sanduíche em sua mesa? Ou está trancado em alguma câmara subterrânea com o Comitê Conjunto de Inteligência? Ou escondido no Travellers Club com seus colegas mandarins, redesenhando o mundo diante de um almoço relaxado? Onde quer que esteja, leia minha mensagem o mais rápido possível pelo amor de Deus e me dê retorno, porque meu querido novo chefe está ficando louco.

*

Sete intermináveis horas se passam e ainda nem um pio de Oakley. Na sala de estar de seu apartamento no primeiro andar de um prédio em Islington, Toby se senta à mesa fingindo trabalhar enquanto Isabel lava louça ameaçadoramente na cozinha. Junto ao cotovelo esquerdo ele tem o BlackBerry, à direita o telefone de casa e na frente o texto que Quinn encomendou sobre oportunidades de parcerias público-privadas no Golfo. Em teoria, ele está revisando. Na realidade, ele está rastreando Oakley mentalmente através de cada versão possível de seu dia e clamando para que responda. Ele reenviou a mensagem duas vezes: uma vez assim que saiu do gabinete e novamente quando emergiu do metrô na estação Angel antes de chegar em casa. Por que ele considerou o próprio apartamento uma plataforma de lançamento insegura para mensagens de texto a Oakley ele não sabe dizer, mas considerou mesmo assim. As mesmas inibições o guiam agora, quando ele decide que, por mais inoportuno que seja, é chegado o momento de tentar achar Oakley em casa.

— Vou dar uma saída para trazer uma garrafa de vinho tinto — diz ele a Isabel através da porta da cozinha aberta, avançando para o corredor antes que ela possa responder que há uma garrafa de vinho perfeitamente boa no armário da despensa.

Na rua, a chuva é torrencial e ele não pensou em se prover de uma capa de chuva. Cinquenta metros ao longo da calçada, uma ruela arqueada conduz a uma fundição abandonada. Ele mergulha nela e, de seu abrigo, telefona para a residência Oakley.

— Quem diabos está ligando, pelo amor de Deus?

Hermione, indignada. Será que ele a acordou? A *essa* hora?

— É Toby Bell, Hermione. Eu realmente sinto muito por incomodá-la, mas surgiu algo um pouco urgente e eu gostaria de saber se posso dar uma palavra rápida com Giles.

— Bem, sinto que você *não* pode dar uma palavra rápida com Giles, aliás, nem uma palavra lenta, Toby. Como suspeito que você sabe plenamente.

— É só trabalho, Hermione. Algo urgente apareceu — repetiu ele.

— Tudo bem, pode jogar seus joguinhos. Giles está em Doha e não finja que não sabia. Eles o apanharam no raiar do dia para uma conferência que pelo visto foi exagerada. Você vai aparecer para me ver ou não?

— *Eles?* Que *eles*?

— O que importa isso a você? Ele saiu, não foi?

— Por quanto tempo ele vai ficar fora? Eles disseram?

— Tempo bastante para o que você está procurando, certamente. Não temos mais empregados morando aqui. Eu imagino que você também sabia disso, não?

Doha: três horas à frente. Brutalmente, ele desliga. Que ela vá para o inferno. Em Doha, eles comem tarde, então ainda é hora do jantar para os delegados e príncipes. Encolhido no beco, telefona para o secretário residente das Relações Exteriores e ouve a voz arrastada de Gregory, candidato malsucedido para o seu cargo.

— Gregory, olá. Preciso entrar em contato com Giles Oakley com bastante urgência. Ele foi levado às pressas a Doha para uma conferência e, por algum motivo, não está respondendo às mensagens. É uma coisa pessoal. Pode mandar uma mensagem minha para ele?

— Sendo pessoal? Creio que é um pouco complicado, meu velho.

Não se enfureça. Mantenha a calma:

— Por acaso você sabe se ele está hospedado com o embaixador?

— Isso fica a critério dele. Talvez ele prefira hotéis grandes e caros como você e Fergus.

Exercendo o autocontrole hercúleo:

— Bem, tenha a bondade de me dar o número da residência de qualquer maneira, pode ser? Por favor, Gregory?

— Eu posso passar para a *embaixada*. Eles vão ter que fazer o contato por você. Desculpe por isso, meu velho.

Uma demora, que Toby percebe ser deliberada, enquanto Gregory caça o número. Ele digita e recebe uma elaborada voz feminina dizendo, primeiro em árabe e depois em inglês, que, se ele deseja entrar com um pedido de visto, deve se apresentar pessoalmente ao consulado britânico entre as seguintes horas e estar preparado para uma longa espera. Se ele deseja entrar em contato com o embaixador ou algum membro da residência do embaixador, deve deixar sua mensagem *agora*.

Ele deixa:

— Isto é para Giles Oakley, atualmente participando da Conferência de Doha. — Fôlego. — Giles, enviei várias mensagens, mas você não parece ter recebido. Estou passando por sérios problemas pessoais e preciso da sua ajuda o mais rápido possível. Por favor, ligue a qualquer hora do dia ou da noite, nesta linha ou, se preferir, no meu número de casa.

Voltando a seu apartamento, percebe tarde demais que se esqueceu de comprar a garrafa de vinho que saiu para buscar. Isabel nota, mas não diz nada.

*

De alguma forma, a manhã chegou. Isabel está dormindo a seu lado, mas ele sabe que, com qualquer movimento descuidado de sua parte, eles vão terminar brigando ou fazendo amor. Esta noite fizeram as duas coisas, mas isso não impediu Toby de manter seu BlackBerry à cabeceira da cama e verificar se havia mensagens, com o pretexto de que estava de plantão.

Suas linhas de pensamento tampouco ficaram ociosas durante esse tempo, e a conclusão a que chegaram é de que ele esperará por Oakley até as dez da manhã, quando está comprometido a realizar as palhaçadas exigidas por seu ministro. Se até aquela hora Oakley não tiver respondido às mensagens, ele tomará a decisão executiva: tão drástica que, à primeira vista, recua diante da perspectiva, cautelosamente retornando depois na ponta dos pés para dar uma segunda olhada.

E o que vê em sua mente, à sua espera na última gaveta do lado direito de sua própria mesa na antecâmara ministerial? Coberto de mofo, verdete e, ainda que apenas em sua imaginação, fezes de rato?

Um gravador cassete da era da Guerra Fria, pré-digital, de tamanho industrial — um aparato tão antigo e pesado, tão obsoleto em nossa época de tecnologia miniaturizada que chega a ser uma ofensa à alma contemporânea: uma das razões para Toby ter repetidamente solicitado sua remoção, alegando que, se algum ministro desejasse uma gravação secreta de uma conversa em seu gabinete privado, os aparelhos disponíveis a ele seriam tão discretos e variados que teria até dificuldade de escolher.

Mas até agora — providencialmente ou não — seus pedidos ficaram sem resposta.

E a chave que opera esse monstro? Puxe a gaveta acima, vasculhe com sua mão direita e lá está: um pino afiado, hostil, montado num côncavo marrom de baquelita. Para cima, desligado. Para baixo, gravando.

*

08h50. Nada de Oakley.

Toby gosta de um bom café da manhã, mas nesta manhã de sábado não tem fome. Isabel é uma atriz e portanto não toca no café, mas está em modo conciliatório e quer se sentar com ele para fazer companhia e vê-lo comer seu ovo cozido. Em vez de precipitar outro bate-boca, ele cozinha e come um ovo para ela. O bom humor de Isabel lhe parece suspeito. Em qualquer manhã de sábado normal, quando anunciava que tinha de aparecer no escritório para resolver um trabalho, ela continuava ostensivamente na cama. Nesta manhã — em que eles deveriam estar desfrutando de seu fim de semana, provando as delícias de Dublin —, ela é toda doçura e compreensão.

O dia está ensolarado, então acredita que vai sair cedo e ir a pé. Isabel diz que uma caminhada é exatamente o que ele precisa. Pela primeira vez na vida, ela o acompanha à porta da frente, onde lhe concede um beijo carinhoso e fica para vê-lo descendo as escadas. Será que ela está dizendo que o ama, ou está esperando até que a barra esteja limpa?

*

09h52. Ainda nada de Oakley.

Mantendo uma vigília sobre seu BlackBerry enquanto marcha em velocidade exagerada pelas ruas pouco povoadas de Londres, Toby começa sua contagem regressiva para Birdcage Walk através da The Mall e, ajustando o passo ao ritmo dos turistas, avança para a porta lateral verde com barras de metal na frente.

Ele testa a maçaneta. A porta verde se rende.

Ele vira as costas para a porta e, com casualidade calculada, observa o Horse Guards, a London Eye, um grupo de estudantes japoneses silenciosos e — num apelo final, desesperado — o amplo plátano londrino sob cuja sombra enviou ontem a primeira de suas mensagens sem resposta a Oakley.

Um último olhar abandonado a seu BlackBerry lhe diz que seu apelo permanece ignorado. Ele desliga o celular e o condena à escuridão de um bolso interno.

*

Após realizar as ridículas manobras exigidas por seu ministro, Toby chega à antecâmara do gabinete privado e confirma por telefone interno com os seguranças intrigados que escapou com sucesso da atenção deles.

— O senhor passou como vidro, Sr. Bell. Não vi nem sinal da sua entrada. Tenha um bom fim de semana.

— Você também e muitíssimo obrigado.

Debruçado sobre sua mesa de trabalho, Toby é encorajado por uma onda de indignação. Giles, você está me forçando a fazer isso.

A mesa é supostamente prestigiosa: uma antiga réplica de estilo *kneehole* com tampo de couro trabalhado.

Sentando-se na cadeira junto à mesa, ele se inclina à frente e abre a volumosa gaveta inferior do lado direito.

Se ainda há alguma parte dele rezando para que seus pedidos ao Departamento de Instalações tenham sido milagrosamente respondidos durante a noite, pode parar de rezar. Como um enferrujado motor de guerra num campo de batalha esquecido, o ancestral gravador está onde esteve durante décadas, esperando pela tarefa que nunca virá: com a diferença de que hoje veio. Em vez de ativação por voz, ele desfila um dispositivo de cronometragem semelhante ao do micro-ondas que Toby tem em seu apartamento. Seus carretéis envelhecidos estão nus. Mas duas fitas gigantes em pacotes de celofane cobertos de pó estão prontas para o dever na gaveta de cima.

Para o alto, desligado. Para baixo, gravando.

E esperem até amanhã quando eu voltar para buscar vocês, se já não estiver na prisão.

*

E o amanhã finalmente chegou, e Isabel se foi. Aconteceu hoje, um domingo excepcionalmente ensolarado de primavera, com os sinos da igreja chamando os pecadores do Soho ao arrependimento, e Toby Bell, solteiro há três horas, ainda sentado à mesa na calçada diante do terceiro — ou seria quinto? — café daquela manhã, criando coragem para cometer o crime irrevogável que planejou e temeu por toda a noite: isto é, refazer seus passos até a antecâmara ministerial, recolher a fita e surrupiá-la para fora do Ministério das Relações Exteriores sob os narizes dos seguranças, ao estilo do mais vil espião.

Ele ainda tinha uma escolha. Também pensara nisto nos longos e intensos confins da noite. Pois, enquanto continuasse sentado diante desta mesa de metal, poderia argumentar que nada de incomum aconteceu. Nenhum agente de segurança em juízo perfeito pensaria em verificar um gravador arcaico que mofa no fundo da gaveta de sua escrivaninha. E na possibilidade distante de que a fita *fosse* descoberta, bem, tinha a resposta pronta: nos estressantes preparativos para uma reunião ultrassecreta de imensa importância nacional, o ministro Quinn se lembrou da existência de um sistema de áudio secreto e instruiu Toby a ativá-lo. Mais tarde, com a cabeça cheia de assuntos de Estado, Quinn negaria ter dado tal ordem. Bem, para aqueles que conhecem o homem, uma aberração desse tipo não seria atípica de nenhuma maneira; e para aqueles que se lembravam das tribulações de Richard Nixon, familiar demais.

Toby olhou em torno à procura da bela garçonete e, através da porta da cafeteria, viu-a debruçada sobre o balcão, flertando com o garçom.

Ela lhe abriu um lindo sorriso e veio saltitando em sua direção, ainda flertando.

Sete libras, por favor. Ele paga dez.

Toby para no meio-fio, vendo o mundo feliz passar por ele.

Virando à esquerda rumo ao Ministério das Relações Exteriores, estou a caminho da prisão. Virando à direita para Islington, retorno a meu apartamento abençoadamente vazio. Mas, sob o sol da manhã, ele já está caminhando propositalmente na direção de Whitehall.

— De volta outra vez, Sr. Bell? Eles estão tirando seu couro — disse o guarda mais antigo, que gostava de um bate-papo.

Os mais jovens apenas encaravam suas telas.

A porta de mogno estava fechada, mas não confie em nada: Quinn pode ter entrado mais cedo sorrateiramente ou, quem sabe, passado a noite toda lá, escondido com Jay Crispin, Roy Stormont-Taylor e o Sr. Música, Brad.

Ele bateu à porta, chamou "ministro?" — bateu novamente. Nenhuma resposta.

Caminhou até a mesa, abriu a gaveta de baixo e, para seu horror, viu uma pequena luz acesa. *Cristo todo-poderoso: e se alguém visse isso!*

Ele rebobinou a fita e a retirou de seu alojamento, retornou o interruptor e o cronômetro às posições anteriores. Com a fita enfiada debaixo do braço, partiu em sua viagem de regresso, sem esquecer o aceno de "Até mais" ao guarda veterano e um autoritário cumprimento de cabeça para os mais jovens, significando "fodam-se".

*

Só se passaram alguns minutos, mas uma calma sonolenta já se abateu sobre Toby, e por um instante ele fica imóvel e tudo passa à sua frente. Quando dá por si, já está na Tottenham Court Road, examinando as vitrines dos vendedores de eletrônicos de segunda mão e tentando decidir qual deles tem menor probabilidade de se lembrar de um cara de 30 e poucos anos usando um paletó folgado e uma calça bege, querendo comprar um gravador de fita decrépito, tamanho família, de segunda mão, em espécie.

E em algum lugar ao longo do caminho ele deve ter parado numa loja de conveniências, comprado uma cópia do *Observer* do dia e também uma sacola estampada com a bandeira do Reino Unido, porque a fita está aninhada na sacola entre as páginas do jornal.

E ele provavelmente já bateu em duas ou três lojas antes de dar sorte com Aziz, que tem um irmão em Hamburgo cujo ramo de negócios é o transporte de sucata de eletrônicos para Lagos em contêineres. Geladeiras velhas, computadores, rádios e gravadores gigantes decrépitos: o tal irmão não se cansa deles, e é assim que Aziz acabou guardando aquela pilha de velharias no quarto dos fundos para o irmão recolher.

E é assim também que, por um milagre de sorte e persistência, Toby se torna o dono de uma réplica do gravador da Guerra Fria que existe na última gaveta do lado direito de sua mesa, com a diferença de que esta versão tem uma elegante coloração cinza perolada e vem em sua caixa original, o que, como explicou Aziz se desculpando, fazia dele um item de colecionador e que, portanto, custava 10 libras a mais; além disso, temo que serão necessários mais 16 pelo adaptador se você pretende conectá-lo a alguma coisa.

Carregando seu espólio para a rua, Toby foi abordado por uma triste senhora que perdeu seu passe de ônibus. Descobrindo que não tinha nenhum trocado, ele a surpreendeu com uma nota de 5 libras.

Entrando em seu apartamento, é imobilizado pelo perfume de Isabel. A porta do quarto está entreaberta. Nervoso, ele a empurra, e depois empurra a porta do banheiro.

Está tudo bem. É só o perfume dela. Jesus. Nunca se sabe.

Ele tentou ligar o gravador sobre a mesa da cozinha, mas o fio era muito curto. Desacoplou uma extensão da sala de estar e ligou nele.

Gemendo e chorando, a grande Roda da Vida Hebbeliana começou a girar.

*

Você sabe o que você é, não sabe? É a porra de uma mulherzinha.

Nada de título, nada de créditos. Nada de música introdutória relaxante. Apenas a afirmação complacente e sem resposta do ministro, proferida ao ritmo de suas botas de camurça feitas sob medida na Lobb e custando mil libras cada pé, enquanto ele avança pelo gabinete privado, provavelmente para sua mesa.

Você é uma mulherzinha, está entendendo? Por acaso você sabe o que é ser uma mulherzinha? Não sabe. Bem, isso é porque você é ignorante feito uma porta, não?

Com quem diabos ele está falando? Cheguei tarde demais? Marquei errado o cronômetro?

Ou Quinn está falando com sua cadela Jack Russel, Pippa, um acessório de eleição que às vezes traz para divertir as moças?

Ou parou diante do espelho de moldura dourada e está aplicando a si mesmo o teste do espelho do New Labour, e monologando durante o processo?

O pigarrear preparatório da garganta ministerial. É hábito de Quinn limpar a garganta antes de uma reunião e depois lavar a boca com Listerine com a porta do lavabo aberta. Evidentemente, a mulherzinha — quem quer que seja ele ou ela — está sofrendo uma crítica *in absentia* e provavelmente diante do espelho.

Barulho de couro quando ele se instala em seu trono executivo, encomendado da Harrods no mesmo dia em que assumiu o cargo, juntamente com o novo carpete azul e um lote de telefones criptografados.

Sons ásperos não identificados vindos da área da mesa. Provavelmente ele está mexendo nas quatro caixas vermelhas vazias para despachos ministeriais que insiste em manter ao alcance da mão, ao contrário das caixas cheias que Toby não tem permissão de abrir.

Sim. Bem. Que bom que você veio, de qualquer maneira. Desculpe por estragar seu fim de semana. Lamento por você ter fodido com o meu, aliás, mas você está cagando para isso, não está? Como tem passado? A senhora sua esposa passa bem? Fico feliz em saber. E os pirralhos, tudo bem? Dê a eles um chute na bunda da minha parte.

Passos se aproximando, fracos, mas ficando mais altos. Primeira comitiva chegando.

Os passos atravessaram a entrada lateral desocupada e destrancada, cruzaram os corredores sem monitoramento, subiram as escadas sem pausa para mijar: tudo exatamente como Toby fez ontem em seu papel de cobaia ministerial. Os passos se aproximam da antecâmara. Um só par. Solado duro. Lento, nada furtivo. Não são pés jovens.

E também não são os pés de Crispin. Crispin marcha como se para a guerra. Estes são pés pacíficos. São pés que tomam seu tempo, são de um homem e — por que Toby acha que sabe disso? Mas ele sabe — são de um estranho. Pertencem a alguém que ele não conhece.

Na porta da antecâmara, hesitam, mas não batem. Esses pés foram instruídos a não bater. Atravessam a antecâmara, passando — oh, Deus! — a meio metro da mesa de Toby e do gravador que rola dentro dela com sua luz acesa.

Será que os pés vão ouvi-lo? Aparentemente, não. Ou, se ouviram, não pensaram nada a respeito.

Os pés avançam. Os pés adentram a presença sem bater, presumivelmente porque isso também é o que lhes foi dito para fazer. Toby aguarda o guincho da poltrona ministerial, mas não ouve. Ele é brevemente assaltado por um pensamento pavoroso: e se o visitante trouxe sua própria música, como o adido cultural Hester?

Coração na boca, ele espera. Sem música, apenas a voz longe de Quinn:

— Você não foi parado? Ninguém fez perguntas? Ou incomodou?

Conversa de ministro a inferior, e eles já se conhecem. É como o ministro fala com Toby, entra dia, sai dia.

— Em nenhum momento fui incomodado ou molestado de qualquer maneira, ministro. Tudo correu como um relógio, fico feliz em dizer. Outra série livre de faltas.

Outra? Quando foi a última série livre de faltas? E de onde vem a referência equestre? Toby não tem tempo de cogitar.

— Perdão por estragar seu fim de semana — está dizendo Quinn num refrão familiar. — Não por minha vontade, garanto a você. Foi um caso de cagaço de primeira viagem da parte do nosso intrépido amigo.

— Não tem importância alguma, ministro, eu lhe asseguro. Eu não tinha nenhum plano além de limpar meu sótão, uma promessa que estou para lá de satisfeito de adiar.

Humor. Não apreciado.

— Você viu Elliot, então. Isso saiu bem. Ele o atualizou. Sim?

— Até onde Elliot pôde me atualizar, ministro, tenho certeza de que ele o fez.

— Chama-se necessidade-de-saber. O que achou dele? — sem esperar por resposta. — Um cara firme numa noite escura, dizem.

— Eu confiarei em sua palavra quanto a isso.

Elliot, Toby recorda, *o renegado greco-albanês... ex-Forças Especiais da África do Sul... matou um sujeito num bar... veio para a Europa para cuidar da saúde.*

Mas agora o cão farejador britânico dentro de Toby já analisou a voz do visitante e, portanto, seu proprietário. É autoconfiante, classe média alta, educado e não combativo. Mas o que surpreende é sua jovialidade. É a sensação de que seu dono está se divertindo.

O ministro mais uma vez, imperioso:

— E você é *Paul*, certo? Isso eu já sei. Algum tipo de palestrante acadêmico. Elliot pensou em tudo.

— Ministro, uma grande parte de mim foi Paul Anderson desde nossa última conversa e continuará a ser Paul Anderson até que minha tarefa esteja concluída.

— Elliot lhe disse por que você está aqui hoje?

— Eu devo apertar a mão do líder da nossa pequena força simbólica britânica e serei seu telefone vermelho.

— Isso é seu, não é? — Quinn, após um hiato.

— Meu o que, ministro?

— Sua própria *expressão*, pelo amor de Deus. *Telefone vermelho?* Tirou da sua própria cabeça. Você inventou isso? Sim ou não?

— Espero que não seja muito frívolo.

— É na mosca, na verdade. Talvez eu até use.

— Fico lisonjeado.

A fita vira.

— Esses caras das Forças Especiais tendem a ser um pouco arrogantes — Quinn, uma declaração para o mundo. — Querem tudo cozido, mastigado e legalizado antes que saiam da cama pela manhã. Mesmo problema em todo o país, se quer saber minha opinião. A esposa ainda vai bem, presumo?

— Nas atuais circunstâncias, esplendidamente, obrigado, ministro. E nunca uma palavra de queixa, devo dizer.

— Sim, bem, mulheres. É nisso que elas são boas, não? Elas sabem como lidar com essas coisas.

— Realmente sabem, ministro. Realmente sabem.

Que é a deixa para a chegada da segunda comitiva: outro par solitário de passos. São leves, do calcanhar à ponta, e decididos. Prestes a designá-los como de Crispin, Toby se vê rapidamente corrigido:

— Jeb, senhor — anunciam eles, fazendo uma parada brusca.

*

É ele a "mulherzinha" que fodeu com o fim de semana de Quinn? Quer seja ele quer não, um diferente Fergus Quinn sobe ao palco com a chegada de Jeb. Lá se foi a letargia mal-humorada e em seu lugar entra o Homem do Povo de Glasgow, abusado e sem papas na língua, pelo qual o eleitorado cai a cada turno.

— *Jeb!* Meu caro. Grande, grande prazer. Muito orgulhoso *mesmo*. Me deixe dizer em primeiro lugar que estamos *absolutamente* cientes de suas preocupações, certo? E estamos aqui para resolvê-las de todas as maneiras que pudermos. Eu farei a parte fácil primeiro. Jeb, este é Paul, ok? Paul, conheça Jeb. Vocês estão se vendo. Vocês estão *me* vendo. Eu vejo os dois. Jeb, você está no Gabinete Privado do ministro, *meu* escritório. Eu sou um ministro da Coroa. Paul, você é um estabelecido funcionário do exterior com longa experiência. Me faça um favor e confirme isto para nosso Jeb aqui.

— Confirmado do começo ao fim, ministro. E é uma honra conhecê-lo, Jeb — um ruído de aperto de mãos.

— Jeb, você já deve ter me visto na televisão, fazendo as rondas por meu eleitorado, me apresentando em plenárias na Câmara dos Comuns e tudo o mais.

Espere a sua deixa, Quinn. Jeb é um homem que pensa antes de responder.

— Bem, eu visitei seu site, na verdade. Muito impressionante, também.

Essa é uma voz galesa? Certamente é: o sotaque galês com todas as cadências no lugar.

— E, por minha vez, li o bastante de seu histórico, Jeb, para lhe dizer logo de cara que admiro e respeito você, *e* os seus homens, e ademais estou *totalmente* confiante de que todos farão um trabalho muito, muito bom. Pois bem: a contagem regressiva já começou e, muito compreensivelmente e *com razão*, você e seus homens desejam ter cem por cento de confiança na cadeia britânica de comando e controle. Vocês têm preocupações de última hora que precisam desabafar: *absolutamente* compreendido. Eu também tenho. — Piada. — Bem. Me permita abordar algumas pendências que chegaram a mim e ver em que pé estamos, certo?

Quinn está marchando, a voz entrando e saindo dos microfones da era do vapor escondidos sob os painéis de madeira de seu gabinete enquanto passa por eles:

— Nosso Paul aqui será seu homem no local. Isso é para começar. Além disso, é o que você está pedindo, não? Não é apropriado *ou* desejável que eu, como um ministro das Relações Exteriores, dê ordens militares diretas a um homem em campo, mas você, a seu próprio pedido, terá seu próprio conselheiro oficial e extraoficial das Relações Exteriores, nosso Paul aqui, a *seu* dispor, para auxiliar e aconselhar. Quando Paul transmitir a você um comando, será um comando que vem do topo. Será um comando que traz a *imprimatur*, isto é, a assinatura de certas pessoas *de lá*.

Estaria ele apontando para Downing Street enquanto diz isso? O ruído de um movimento sugere que sim.

— Vou colocar desta forma, Jeb. Esta *coisinha vermelha* aqui me liga diretamente àqueles certas pessoas. Entendeu? Bem, Paul aqui será o *nosso* telefone vermelho.

Não pela primeira vez na experiência de Toby, Fergus Quinn rouba descaradamente a frase de outro homem sem dar crédito. Ele está à espera de aplausos, sem receber? Ou há algo na expressão de Jeb que o põe nos cascos? De qualquer maneira, sua paciência se esgota:

— Pelo *amor* de Deus, Jeb. Que cara é essa! Você *tem* suas garantias. Você tem nosso *Paul* aqui. Você tem seu sinal verde e aqui estamos com a droga do relógio correndo. Do que estamos falando *realmente*?

Mas, sob o tiroteio, a voz de Jeb não exibe nenhuma inquietação semelhante:

— Apenas que tentei ter uma conversa com o Sr. Crispin a respeito, sabe? — explica ele, em seu reconfortante ritmo galês. — Mas ele não parecia querer ouvir. Muito ocupado. Disse que eu deveria resolver isso com Elliot, sendo ele o comandante operacional designado.

— O que diabos há de errado com Elliot? Eles me dizem que Elliot é top de linha total. Primeira classe.

— Bem, nada realmente. Exceto que a Ethical é um tipo de marca nova para nós, algo assim. Além disso, estamos operando com base na inteligência da Ethical. Então naturalmente pensamos que seria melhor vir até o senhor, bem, por garantia, algo assim. Só que isso não significa nada para os garotos de Crispin, não é? Uma vez que são americanos e inimputáveis, razão pela qual foram escolhidos, suponho. Muito dinheiro na mesa se a operação for bem-sucedida e, fora isso, os tribunais internacionais não podem encostar um dedo neles. Mas meus garotos são britânicos, não são? Assim como eu. Somos soldados, não mercenários. E não estamos interessados em cair na prisão em Haia por um período indeterminado de tempo, acusados de participar de um ato de rendição extraordinária, estamos? Além disso, fomos retirados dos registros regimentais para permitir motivos de negabilidade. O regimento pode lavar as mãos quanto a nós a qualquer momento que quiser se a operação sair pela culatra. Seríamos criminosos comuns, nada de soldados, segundo nossa maneira de pensar.

*

De olhos fechados até agora para melhor visualizar a cena, Toby rebobina a fita neste ponto e ouve a mesma passagem novamente; depois, pondo-se de pé num salto, agarra um bloco de anotações com rabiscos de Isabel por todo lado, arranca algumas páginas de cima e rascunha abreviaturas como *rend. extr.*, *inimp. EUA* e *não int./justiça*.

*

— Acabou, Jeb? — pergunta Quinn em tom de sacrossanta tolerância. — Nenhuma outra questão de onde veio essa?

— Bem, nós temos algumas complementares, algo assim, já que o senhor pergunta, ministro. Indenização na pior contingência é uma delas. Evacuação médica caso sejamos feridos é outra. Não podemos ficar plantados lá, podemos? Seríamos um problema de qualquer forma, mortos ou feridos. O que acontece com nossas esposas e dependentes? Essa é outra, agora que não somos mais um regimento até que sejamos reintegrados. Eu disse que perguntaria, mesmo que descambe um pouco para o academicismo — termina, num tom que, para os ouvidos de Toby, soa um tanto concessivo demais.

— Academicismo nada, Jeb — protesta Quinn expansivamente. — Muito pelo contrário, se posso dizer! Me deixe esclarecer bem — o sotaque do Homem do Povo de Glasgow tomando uma conveniente dianteira quando Quinn ativa sua lábia de vendedor —, a dor de cabeça jurídica que você descreve foi analisada ao mais alto nível e *totalmente* descartada. Eliminada do tribunal. Literalmente.

Por quem? Por Roy Stormont-Taylor, o carismático advogado televisivo, numa de suas muitas visitas sociais ao gabinete privado?

— E eu lhe digo *por que* foi eliminada, se você quer saber, Jeb, coisa que você quer e com toda razão, se me permite dizer. Porque *nenhuma equipe britânica participará num ato de rendição extraordinária*. Ponto final. A equipe britânica estará baseada em precioso solo britânico. Apenas. Vocês estarão *protegendo* costas britânicas. Além disso, este governo oficialmente declara, em *todos* os níveis, refutar *qualquer* sugestão de envolvimento em rendição extraordinária *que seja*, passado, presente ou futuro. É uma prática que abominamos e condenamos *incondicionalmente*. O que uma equipe americana faz é *inteiramente* problema deles.

Na imaginação férvida de Toby, o ministro aqui lança a Jeb um olhar pétreo de imenso portento, depois sacode de frustração a cabeça ruiva de boxeador, como se dissesse: quem dera meus lábios não fossem um túmulo.

— Repetindo, sua missão, Jeb, é capturar ou neutralizar de alguma outra forma um AAV com força mínima — tradução apressada, presumivelmente para benefício de Paul —, Alvo de Alto Valor, certo? Alvo, e não terrorista, embora neste caso os dois sejam a mesma coisa. Com um preço muito alto *por* sua cabeça, que foi suficientemente tola de se meter *em* território britânico — acentuando as preposições, um sinal claro de insegurança aos ouvidos de Toby. — Por necessidade, vocês estarão lá em caráter incógnito, não declarados às autoridades locais, *em* concordância com a segurança mais rigorosa possível. Assim como Paul. Vocês realizarão seu objetivo abordando seu AAV pelo lado terrestre apenas, ao mesmo tempo que suas forças irmãs não britânicas farão a abordagem por mar, ainda que em águas territoriais britânicas, independentemente do que os espanhóis digam em contrário. Se esta equipe marítima não britânica, *por* vontade própria, decidir abstrair ou transportar o dito alvo e removê-lo da jurisdição, isto é, para *fora* das águas territoriais britânicas, nem você pessoalmente, nem qualquer membro de sua equipe será cúmplice *naquele* ato. Para recapitular — e incidentalmente exaurir —, vocês são uma *força de proteção terrestre* exercendo seu dever de *defender o território soberano britânico* de forma totalmente *legal e legítima* sob a lei internacional e não têm nenhuma outra responsabilidade pelo resultado da operação, estejam fardados ou à paisana. Estou citando diretamente um *parecer jurídico* transmitido a mim por aquele que é considerado o melhor e mais qualificado advogado internacional no país.

Na imaginação de Toby, entra novamente o belo e audacioso Roy Stormont-Taylor, *Queen's Counsel*, cujos pareceres, segundo Giles Oakley, são surpreendentemente livres de chancela oficial.

— Então o que estou dizendo, Jeb, *é* — o sotaque de Glasgow agora positivamente sacerdotal — que aqui estamos, na contagem regressiva para o dia D já soando em nossos ouvidos; *você* como soldado da rainha, *eu* como ministro da rainha, e Paul aqui, digamos... como, Paul?

— *Como seu telefone vermelho?* — oferece Paul amavelmente.

— Então o que estou dizendo, Jeb, é o *seguinte*: mantenham seus pés diretamente plantados naquele precioso rochedo britânico, deixem o resto para Elliot e seus garotos, e vocês estarão dentro do abrigo legal. Vocês estavam defendendo território britânico soberano, auxiliando na apreensão de um criminoso conhecido, assim como os outros. O que acontece com o dito criminoso uma vez que ele seja retirado de território britânico, *e* de águas territoriais britânicas, não é problema seu, nem deveria ser. *Jamais*.

*

Toby desliga o gravador.

— *Rochedo* britânico? — sussurra em voz alta, a cabeça nas mãos.

Com um R maiúsculo ou minúsculo, por favor?

Ouve novamente com incredulidade horrorizada.

Depois uma terceira vez, enquanto volta a rabiscar febrilmente no bloco de compras de Isabel.

Rochedo. Pare aí.

Aquele precioso Rochedo britânico onde manter seus pés diretamente plantados: muito mais precioso que Granada, onde os laços com a Grã-Bretanha eram tão frágeis que tropas americanas puderam entrar sem sequer tocar a campainha.

Só há um Rochedo no mundo que cumpre estas qualificações rigorosas, e a ideia de que ele estava a ponto de se tornar palco de uma rendição extraordinária montada por soldados britânicos desligados de seus regimentos e mercenários americanos legalmente invioláveis era tão monstruosa, tão incendiária, que, apesar de toda a instrução recebida do Ministério das Relações Exteriores sobre reações comedidas e imparciais em todos os momentos, Toby só conseguiu fitar estupidamente a parede da cozinha, antes de ouvir o que quer que ainda houvesse na fita.

*

— Então, há mais alguma pergunta de onde aquelas vieram, ou terminamos? — questiona Quinn simpaticamente.

Em sua imaginação, Toby, como Jeb, está encarando as sobrancelhas erguidas e o meio sorriso sinistro que informa que o ministro, por mais cortês que esteja, chegou ao limite de seu tempo concedido.

Jeb está convencido? Não na opinião de Toby, não mesmo. Jeb é um soldado e conhece uma ordem quando ouve uma. Jeb sabe quando teve sua palavra e já não pode falar mais. Jeb sabe que a contagem regressiva começou e há um trabalho a fazer. Só agora chega o *senhor*:

Ele está grato pelo tempo do ministro, senhor.

Ele agradece pelo *parecer jurídico* do melhor e mais qualificado advogado internacional no país, senhor.

Ele passará a mensagem de Quinn a seus homens. Não pode falar pelos outros, mas acredita que eles se sentirão melhor quanto à operação, senhor.

Suas últimas palavras enchem Toby de temor:

— E é muito bom conhecê-lo também, Paul. Vejo você na noite, como costumam dizer.

E Paul, quem quer que *ele* seja — um *avioneta* tão evidente, agora que a ideia se apresenta à mente desnorteada de Toby —, o que *ele* está fazendo, ou melhor, *não* está fazendo enquanto o ministro lança seu pó mágico nos olhos de Jeb?

Eu sou seu telefone vermelho, silencioso até tocar.

*

Esperando ouvir algo mais da fita além de passos em retirada, Toby novamente se põe em atenção. Os passos desaparecem, a porta se fecha e é trancada. O murmúrio dos sapatos Lobb avança à mesa.

— *Jay?*

Crispin esteve lá o tempo todo? Escondido num armário, ouvindo pelo buraco da fechadura?

Não. O ministro está falando com ele através de uma de suas várias linhas diretas. Sua voz é afetuosa, quase obsequiosa.

— Chegamos *lá*, Jay. Um pouco de picuinhas, como já era de esperar. A fórmula de Roy passou lindamente... Absolutamente *não*, meu velho! Eu não ofereci, ele não pediu. Se ele *tivesse* perguntado, eu teria dito "Desculpe, cara, não é problema meu. Se você acha que tem o direito, vá conversar com Jay"... provavelmente se imagina num nível acima de vocês, caçadores de recompensas... — Uma súbita explosão, em parte de raiva, em parte de alívio: — E se tem uma coisa no mundo que eu não suporto é levar um sermão da porra de um anão galês!

Risos, ecoados à distância através do telefone. Mudança de assunto. *Sims* e *claros* ministeriais:

— ... E Maisie está de acordo com isso, não? Tudo de pé, sem dores de cabeça? Grande garota...

Longo silêncio. Quinn novamente, mas com uma queda submissa no tom:

— Bem, acho que, se é isso que o pessoal de Brad quer, isso é o que eles devem ter, sem dúvida... tudo bem, sim, mais ou menos às quatro... no bosque, ou na casa de Brad?... O bosque me atrai mais, para ser franco, mais privado... Não, não, obrigado, sem limusine. Vou pegar um táxi preto comum. Vejo vocês por volta das quatro.

*

Toby se sentou na beirada da cama. Nos lençóis, vestígios de sua última cópula sem amor. No BlackBerry a seu lado, o texto de sua última mensagem a Oakley, enviada uma hora antes: *vida amorosa acabada vital falarmos logo, Toby.*

Ele troca os lençóis.

Limpa o banheiro dos detritos de Isabel.

Lava a louça do jantar de ontem.

Despeja o resto do Borgonha na pia.

Repita comigo: *a contagem regressiva já começou... aqui estamos com a droga do relógio correndo... vejo você na noite, como costumam dizer, Paul.*

Que noite? Ontem à noite? Amanhã à noite?

E ainda nenhuma mensagem.

Faz omelete. Deixa a metade.

Liga a TV, encontra uma das pequenas ironias de Deus. Roy Stormont-Taylor, *Queen's Counsel*, a seda mais sedosa do ramo, em camisa listrada e colarinho branco de gola aberta, está pontificando sobre as diferenças essenciais entre a lei e a justiça.

Toma aspirina. Deita na cama.

E em algum momento ele deve ter cochilado sem notar, porque o apito de uma mensagem de texto em seu BlackBerry o despertou como um alarme de incêndio:

Suplico você esqueça moça permanentemente.

Sem assinatura.

Mensagem de volta, furiosa e impulsivamente: *De jeito nenhum. Importante demais. Vital conversarmos logo. Bell.*

*

Toda a vida cessou.

Após a corrida desabalada, uma espera súbita, interminável, infrutífera.

Sentar-se o dia inteiro diante de sua mesa *kneehole* na antecâmara ministerial.

Responder metodicamente aos e-mails, atender telefonemas, fazer telefonemas, mal reconhecendo a própria voz. *Giles, em nome de Deus, onde está você?*

À noite, quando deveria estar celebrando a solteirice recuperada, ele se deita insone com saudades da conversa de Isabel e do consolo de sua carnalidade. Ouve os sons dos transeuntes despreocupados na rua abaixo de sua janela e reza para ser um deles; inveja as sombras nas cortinas das janelas do prédio em frente.

E uma vez — esta é a primeira ou a segunda noite? — ele é acordado de um meio sono pelos trinados absurdamente melodiosos de um coro masculino se declarando — como se exclusivamente para os ouvidos de Toby —, "*impatient for the coming fight as we wait the morning light*". Convencido de que está ficando louco, corre até a janela e vê abaixo um círculo de homens fantasmagóricos vestidos de verde, carregando lanternas. E lembra tardiamente que é Dia de São Patrício e eles estão cantando a "A Soldiers Song", e que Islington tem uma grande população irlandesa: o que por sua vez lança sua mente de volta a Hermione.

Tentar ligar para ela de novo? De jeito nenhum.

Quanto a Quinn, o ministro embarcou providencialmente numa de suas ausências inexplicáveis, desta vez prolongada. Providencialmente? Ou agourentamente? Só uma vez ele oferece algum sinal de vida: um telefonema no meio da tarde para o celular de Toby. Sua voz tem um eco metálico, como se estivesse falando de um celular comum. Seu tom beira a histeria:

— É você?

— Sou eu, ministro. Bell. O que posso fazer pelo senhor?

— Só me diga quem andou tentando falar comigo, isso é tudo. Gente séria, nada de ralé.

— Bem, para ser franco, ministro, não muitos. As linhas estão estranhamente quietas — o que não é nada menos que a verdade.

— O que você quer dizer com "estranhamente"? Estranhamente como? O que é estranho? Não há nada de estranho acontecendo, está ouvindo?

— Eu não estava sugerindo que havia, ministro. Só que o silêncio é... inabitual?

— Bem, que continue assim.

Quanto a Giles Oakley, inflexível objeto do desespero de Toby, ele é igualmente esquivo. Primeiro, de acordo com sua assistente Victoria, ainda está em Doha. Segundo, ele está em conferência durante todo o dia e possivelmente toda a noite também, e não pode ser perturbado em nenhum caso. E quando Toby pergunta se a conferência é em Londres ou Doha, ela responde acidamente que não está autorizada a fornecer detalhes.

— Bem, você disse a ele que era urgente, Victoria?

— É claro que eu disse.

— E o que ele respondeu?

— Que urgência não é sinônimo de importância — replica ela com altivez, sem dúvida citando seu chefe palavra por palavra.

Mais 24 horas se passam até que ela o chama na linha interna, desta vez só doçura e leveza:

— Giles está na Defesa agora mesmo. Ele adoraria falar com você, mas é provável que se estenda um pouco. Você poderia encontrá-lo no pé da escadaria do Ministério às seis e meia da tarde, dar um passeio pelo aterro e desfrutar do sol?

Toby poderia.

*

— E você ouviu tudo isso como? — perguntou Oakley em tom de conversa.

Eles estavam passeando ao longo do aterro. Garotas de saias passavam papeando por eles de braços dados. O tráfego do entardecer era uma debandada. Mas Toby não ouvia nada além de sua própria voz estridente demais e as interjeições relaxadas de Oakley. Ele tentou olhá-lo nos olhos e não conseguiu. O famoso queixo roliço de Oakley estava rigidamente fechado.

— Digamos apenas que eu pesquei por partes — respondeu Toby sem paciência. — O que importa isso? Um arquivo que Quinn deixou largado por aí. Coisas que entreouvi enquanto ele sussurrava ao telefone. Você me *instruiu* a lhe contar se eu ouvisse alguma coisa, Giles. Bem, eu estou contando!

— *Quando* exatamente eu o instruí, meu querido?

— Em sua própria casa. Schloss Oakley. Depois de um jantar no qual conversamos sobre alpacas. Lembra? Você me pediu para ficar e tomar um Calvados. Eu fiquei. Giles, que porra é *essa*?

— Estranho. Eu não tenho nenhuma lembrança de qualquer conversa desse tipo. Se ela ocorreu, o que eu questiono, então certamente foi privada, induzida pelo álcool e em nenhuma circunstância apta para citação.

— Giles!

Mas esta era a voz oficial de Oakley, falando para os registros; e o rosto oficial de Oakley, nenhum músculo em movimento.

— A outra sugestão de que o seu ministro, que, creio eu, passou um fim de semana relaxante e bem-merecido em sua recém-adquirida mansão em Cotswold na companhia de amigos, esteve envolvido na promoção de uma operação secreta tresloucada na costa de uma colônia britânica soberana — *espere aí!* — é tão caluniosa quanto desleal. Eu sugiro que você a abandone.

— Giles. Eu não acredito que estou ouvindo isso. *Giles!*

Agarrando o braço de Oakley, Toby o puxou para um recesso na grade. Oakley baixou os olhos gélidos para a mão de Toby; e depois, com sua própria, retirou-a suavemente.

— Você está enganado, Toby. Se uma operação deste tipo tivesse ocorrido, você não acha que eu teria sido avisado por nossos serviços de inteligência sempre alertas para o perigo de exércitos privados passando dos limites? Eles *não* me avisaram. Portanto isto manifestamente não ocorreu.

— Você quer dizer que os espiões não *sabem*? Ou estão deliberadamente fazendo vista grossa? — Ele recorda o telefonema de Matti. — O que você *está* me dizendo, Giles?

Oakley encontrou um local para apoiar seus braços e se inclinava à frente como se para apreciar a cena do rio agitado. Mas sua voz continuava tão sem vida como se estivesse lendo uma declaração oficial:

— Estou dizendo a você, com toda a ênfase que possuo, que não há nada para você saber. Não *havia* nada para saber e *nunca* haverá nada para saber, fora as fantasias de seu cérebro oprimido pelo calor. Guarde isso para o seu livro e siga com sua carreira.

— *Giles* — implorou Toby, como se num sonho. Mas, custasse o que custasse, as feições de Oakley continuavam rigidamente, quase apaixonadamente, em negação.

— Giles *quê*? — retorquiu ele, irritado.

— Isso não é meu *cérebro oprimido pelo calor* falando com você. Ouça: *Jeb. Paul. Elliot. Brad. Ethical Outcomes. O Rochedo.* Paul pertence a nosso próprio Ministério das Relações Exteriores. Ele é um membro de boa reputação. Nosso colega. Ele tem uma esposa doente. Ele é um *avioneta*. Confira a lista de pedidos de licença e você o encontra. Jeb é *galês*. Sua equipe vem de nossas próprias Forças Especiais. Eles foram cortados do registro regimental para que fossem refutáveis. Os britânicos entram por terra, Crispin e seus mercenários entram por mar com uma pequena ajuda de Brad Hester, graciosamente financiados por Miss Maisie e legalizados por Roy Stormont-Taylor.

Em um silêncio tornado mais profundo pelo barulho à sua volta, Oakley continuava sorrindo fixamente para o rio.

— E tudo isso você adquiriu de fragmentos de conversas que não deveria ter escutado, mas escutou? De arquivos desviados com adesivos e advertências por todo lado e que só *por acaso* apareceram no seu caminho? Homens unidos numa conspiração, que só *por acaso* revelaram seus planos a você em conversas descuidadas? Como você é engenhoso, Toby. Creio que me lembro de você dizendo que não põe o ouvido em fechaduras. Por um momento, tive a vívida sensação de que você esteve presente na reunião. *Não* — ordenou ele e, por um momento, nenhum dos dois falou. — Ouça, meu querido — continuou Oakley, num tom completamente suavizado. — Qualquer informação que você imagina possuir, histérica, anedótica, eletrônica, não quero saber, destrua antes que ela destrua você. Todos os dias, por todo Whitehall, planos idiotas são expressos e abandonados. Por favor, pelo seu próprio futuro, aceite que este foi apenas mais um.

A voz lapidar teria vacilado? Com as sombras movimentadas dos pedestres, as luzes passando e o burburinho do tráfego do rio, Toby não pôde ter certeza.

*

Sozinho na cozinha de seu apartamento em Islington, Toby primeiro tocou as fitas analógicas em seu gravador, fazendo ao mesmo tempo uma gravação digital. Ele transferiu a gravação digital para seu computador de mesa e depois para um cartão de memória como back-up. Em seguida, enterrou a gravação o mais profundamente possível em seu computador, sabendo ao mesmo tempo que, se técnicos um dia enfiassem as garras nele, nada estaria suficientemente enterrado, e que a única coisa a fazer nessa infeliz eventualidade seria despedaçar todo o disco rígido com um martelo e distribuir os fragmentos por uma área vasta. Com uma tira de fita adesiva industrial convenientemente abandonada por um faz-tudo de ocasião, ele colou o cartão de memória atrás de uma fotografia retocada de seus avós maternos no dia de seu casamento, pendurada no canto mais escuro do corredor junto aos ganchos para casacos, e o designou carinhosamente à guarda deles. Como eliminar a fita original? Apagá-la não era o suficiente. Após cortá-la em pequenos pedaços, Toby ateou fogo neles na pia, quase incendiando toda a cozinha, e deixou escorrer o que sobrou pelo ralo.

Sua postagem em Beirute se seguiu cinco dias depois.

3

A chegada sensacional de Kit e Suzanna Probyn à remota vila de St. Pirran, norte da Cornualha, a princípio não recebeu as boas-vindas esfuziantes que merecia. O clima estava horrível e a vila tinha um ânimo equivalente: um dia úmido de fevereiro com uma constante névoa marítima e cada passo ressoava pela rua da vila como um julgamento. Depois, à noitinha, em torno da hora do pub, a perturbadora notícia: os ciganos estavam de volta. Um trailer — novo, muito provavelmente roubado — com placa do norte do país e cortinas nas janelas laterais foi visto pelo jovem John Treglowan do trator de seu pai enquanto dirigia as vacas para a ordenha.

— Eles 'tavam lá em cima, descarados como só, no estacionamento da Quinta, mesmo lugar que 'tavam da última vez, orgulhosos de ocupar aquele emaranhado de pinhos velhos.

Alguma roupa colorida pendurada no varal, John?

— Com esse tempo? Nem esses ciganos.

Alguma criança, John?

— Não vi nenhuma, mas é mais provável que 'tavam escondidas até eles saber que o caminho 'tava livre.

Cavalos então?

— Nenhum cavalo — admitiu John Treglowan. — Ainda não.

Então só mesmo aquele trailer?

— Espere só até amanhã, vai ter meia dúzia desses vagabundos, ora se não vai.

Eles devidamente esperaram.

E, chegada a noite seguinte, ainda estavam esperando. Um cachorro foi avistado, mas não um cachorro cigano, não de aparência, sendo ele um labrador amarelo e gordo acompanhado por um sujeito de passos largos sob um chapéu de abas também largas e uma dessas capas de chuva até os tornozelos. E o sujeito não parecia em nada mais cigano que o cão; resultado, John Treglowan e seus dois irmãos, que estavam loucos para ir até lá e dar uma palavra com os ciganos — como da última vez —, se contiveram.

O que foi melhor, porque na manhã seguinte o trailer estacionou de ré no minimercado do correio com suas cortinas e a placa do norte e o labrador amarelo na traseira e um casal de forasteiros aposentados que mais amáveis não podiam ser, segundo a funcionária do correio — sendo forasteiro qualquer um que tivesse o mau gosto de vir do leste do rio Tamar. Ela não chegou a ponto de declará-los "nobres", mas havia um evidente toque de distinção na descrição dela.

Mas isso não resolve a questão, resolve?

Nem de longe, não resolve.

Nem começa a resolver.

Pois, primeiro de tudo, que direito tem alguém de acampar na Quinta? Quem lhes deu permissão, afinal? Os inventariantes idiotas do comandante, lá em Bodmin? Ou aqueles advogados tubarões de Londres? E se eles estão *pagando* a estada, então? O que isso significaria? Significaria outro maldito *camping*, e nós com dois que já não conseguimos manter, nem mesmo quando é alta temporada.

Mas quanto a perguntar aos próprios invasores: bem, isso não seria apropriado agora, seria?

As especulações sofreram uma brusca parada somente quando o trailer apareceu na garagem de Ben Painter, que vende ferramentas, e um sujeito alto, esbelto e animado, em torno dos 60 anos, saltou para fora:

— Olá, senhor. Você seria Ben, por acaso? — começa ele, inclinando-se à frente e para baixo, uma vez que Ben tem 80 anos e um metro e meio nos melhores dias.

— Eu sou Ben — admite.

— Certo, eu sou *Kit*. E o que eu preciso, Ben, é de um par de tesouras grandes para metal. O tipo de ferramenta para atravessar uma barra de ferro *deste* tamanho — explicou ele, fazendo um anel com o indicador e o polegar.

— Então você 'tá indo para a cadeia? — pergunta Ben.

— Bem, não exatamente *neste* momento, Ben, muito obrigado — responde o mesmo Kit, com um estridente *hah!* como risada. — Há um cadeado gigante na porta do estábulo, entende? Um verdadeiro *tijolo* de ferro, todo enferrujado e sem chave a vista. Há um lugar no quadro de chaves onde ela *costumava* ficar, mas não está mais pendurada lá. E acredite em mim, não há *nada* mais estúpido que um gancho de chaves vazio — afirma ele sinceramente.

— A porta do estábulo da *Quinta*, é isso que você 'tá falando, né? — diz Ben, após prolongada reflexão.

— A própria — concorda Kit.

— Deve estar cheio de garrafas vazias, aquele estábulo, conhecendo o comandante.

— Altamente provável. E eu espero recolher um troco com elas *muito* em breve.

Ben reflete sobre isso também.

— Não se permite mais depósito por garrafa, não.

— Certo, creio então que não dê. Então o que eu *realmente* vou fazer é levá-las ao depósito de garrafas para reciclagem, não? — diz Kit pacientemente.

Mas isso tampouco satisfaz Ben.

— Só que eu não acho que você deveria fazer isso, deveria? — objeta ele, após outra eternidade. — Não agora que você me contou para *que* quer. Não na Quinta. Eu estaria ajudando e sendo cúmplice. A não ser que você seja o dono do maldito lugar.

Ao que Kit, com evidente relutância porque não quer fazer o velho Ben parecer um tolo, explica que, embora ele não seja pessoalmente o dono da Quinta, sua querida esposa Suzanna é.

— Ela é *sobrinha* do falecido comandante, entende, Ben? Passou os anos de infância mais felizes aqui. Ninguém mais na família queria assumir o lugar, por isso os inventariantes nos deixaram tentar.

Ben absorve a informação.

— Então ela é uma Cardew, é? Sua esposa?

— Bom, ela *era*, Ben. Ela é uma Probyn agora. Ela é uma Probyn há 33 gloriosos anos, eu me orgulho de dizer isso.

— Ela é Suzanna, então? Suzanna Cardew, que tomou a frente na caçada quando tinha 9 anos? Disparou na frente do instrutor, o cavalo teve que ser puxado de volta pelo chefe de campo.

— Isso soa como Suzanna.

— Bem, estou curioso — diz Ben.

Alguns dias depois, uma carta oficial chegou ao posto dos correios e acabou com toda a suspeita restante. Era endereçada não a qualquer Probyn, mas a *Sir Christopher Probyn*, que — segundo John Treglowan, que o pesquisou na internet — foi uma espécie de embaixador ou comissário, algo assim, num grupo de ilhas no Caribe que ainda deveriam ser britânicas, e tinha uma medalha para prová-lo.

*

E, daquele dia em diante, Kit e Suzanna, como insistiam em ser chamados, tornaram-se os queridinhos, ainda que os radicais do vilarejo tivessem desejado que fosse diferente. Enquanto o comandante era lembrado como um bêbado solitário e misantropo em seus últimos anos, os novos ocupantes da Quinta se lançaram sobre a vida da aldeia com tanto entusiasmo e boa vontade que nem os mais azedos podiam reclamar. Não importava que Kit estivesse praticamente reconstruindo a Quinta sozinho: chegadas as sextas-feiras, ele aparecia no Centro Comunitário com um avental na cintura, servindo jantares no Bingo dos Idosos e ficando depois para a limpeza. E também Suzanna, que dizem estar doente, mas que não dá nenhuma mostra, como seria o caso se ela não ajudasse na apicultura nem organizasse as contas da igreja com o vigário depois que o tesoureiro resolveu morrer, nem aparecesse na

Escola Primária para a apresentação dos Sure Starters ou no salão da igreja para ajudar a estabelecer o Mercado dos Produtores Rurais, nem levasse crianças carentes da cidade a seus anfitriões no campo para uma semana de férias longe da Fumaça ou a esposa de alguém para o Hospital Treliske em Truro para ver o marido doente. E arrogante? — nem pensar, ela é como você e eu, com ou sem título de dama.

Ou, quando Kit estava fazendo compras e via você do outro lado da rua, era líquido e certo que ele cruzaria o tráfego na sua direção com o braço erguido, precisando saber como ia sua filha em seu ano sabático ou como sua esposa estava passando após a morte do pai — afetuoso até demais, era Kit, nada de duas caras e nunca esquecia o nome de ninguém. E quanto a Emily, a filha que é médica em Londres, mas que ninguém diria ao vê-la: *bem*, sempre que *ela* aparecia, trazia junto a luz do sol; pergunte só a John Treglowan, que quase desmaia a cada vez que a vê, sonhando com todas as dores e sofrimentos que não tem, só para ela tratar! Bem, um gato pode olhar para uma rainha, é o que dizem.

Então não foi surpresa para ninguém, exceto talvez para o próprio Kit, quando Sir Christopher Probyn da Quinta recebeu a honra única, a honra sem precedentes, de ser o primeiro não córnico da história eleito para Inaugurador Oficial e Mestre de Cerimônias na Feira Anual do Mestre Bailey, realizada por costume antigo na campina de Bailey's Meadow, na vila de St. Pirran, no primeiro domingo depois da Páscoa.

*

— Transado, mas sem exagero, é o conselho da Sra. Marlow — declarou Suzanna, ocupando-se de si mesma no espelho longo e conversando através da porta aberta para o quarto de vestir de Kit. — Temos que preservar nossa dignidade, seja lá o que *isso* signifique.

— Isso é tão fora do meu estilo — respondeu Kit, desapontado. — Mesmo assim, a Sra. Marlow é quem sabe — acrescentou ele, resignado, sendo a Sra. Marlow sua idosa governanta de meio expediente, herdada do comandante.

— E lembre de que você não é apenas o *Inaugurador* de hoje — alertou Suzanna, dando um último e afirmativo puxão em sua meia. — Você também é Mestre de Cerimônias. Eles esperam que você seja engraçado. Mas não engraçado *demais*. E nada de seu humor negro. Haverá metodistas presentes.

O quarto de vestir era a única parte da Quinta em que Kit jurou jamais colocar seus dedos habituados ao faça-você-mesmo. Ele adorou o papel de parede vitoriano desbotado, a escrivaninha antiga e instalada em sua própria alcova, a janela de guilhotina gasta dando vista para o pomar. E hoje, ó alegria, as velhas pereiras e macieiras estavam em flor, graças a uma poda oportuna do marido da Sra. Marlow, Albert.

Não que Kit tenha apenas se colocado no lugar do comandante. Ele também acrescentou toques próprios. Na cristaleira repousava uma estatueta do vitorioso duque de Wellington, exultando acima de um Napoleão agachado e infeliz: comprada num mercado de pulgas de Paris na primeira temporada de Kit no exterior. Na parede pendia uma gravura de um mosqueteiro cossaco enfiando uma lança na garganta de um soldado otomano: Ancara, primeiro-secretário, setor comercial.

Escancarando seu guarda-roupa em busca de qualquer coisa que fosse transada, mas não exagerada, deixou o olho vagar por outras relíquias de seu passado diplomático.

Meu fraque preto e calças plissadas? Vão achar que sou um maldito coveiro.

Casaca? Garçom. E uma idiotice neste calor — pois, contra todos os prognósticos, aquele dia amanhecera radiante e sem nuvens. Ele exclamou de felicidade:

— *Eureca!*

— Você não está na *banheira*, está, Probyn?

— Me afogando, agitando os braços, tudo!

Um chapéu de palha amarelado de seus anos de Cambridge chamou sua atenção e, pendurado abaixo dele, um paletó listrado do mesmo período: perfeito para meu visual de início de século. Um antiquíssimo par de luvas brancas completará o conjunto. E para aquele toque de pompa, sua velha bengala com cabo de prata em rosca, uma aquisição recente. Com o título de cavaleiro, ele descobriu uma coisa inofensiva sobre bengalas: nenhuma viagem a Londres estaria completa sem uma visita ao empório do Sr. James

Smith na New Oxford Street. E finalmente — uau! — as meias fluorescentes que Emily lhe dera para o Natal.

— Em? Onde está aquela garota? Emily, preciso de seu melhor ursinho de pelúcia imediatamente!

— Saiu para correr com Sheba — lembrou Suzanna do quarto.

Sheba, sua labradora amarela. Participou de seu último posto exterior com eles.

Kit voltou ao guarda-roupa. Para realçar as meias fluorescentes, ele se arriscaria com os mocassins de camurça laranja que comprou em Bodmin numa liquidação de verão. Experimentou os sapatos e se espantou. Que diabos é isso? Por volta da hora do chá já teria se livrado deles. Escolheu uma gravata gritante, apertou-se no paletó, com um tapinha posicionou o chapéu num ângulo atrevido e impostou sua voz de época:

— Escute, Suki, adorada, por acaso te recordas de onde deixei as drogas das notas do discurso? — pousando a mão no quadril à porta como todos os melhores dândis. Depois parou e deixou cair os braços, pasmo. — Mãe de Deus. Suki, querida. Aleluia!

Suzanna estava em pé de costas para o espelho longo, examinando-se por cima do ombro. Ela estava vestida com o traje negro e as botas de equitação de sua falecida tia e a blusa de renda branca com o lenço como gola. Ela prendeu seus estritos cabelos grisalhos num coque e os fixou com um pente de prata. Por cima de tudo, lançou uma cartola preta lustrosa que teria parecido ridícula, mas que era completamente encantadora aos olhos de Kit. As roupas caíam bem nela, a época caía bem nela, a cartola caía bem nela. Aos 60 anos, ela parecia uma bela córnica de época, e essa época era cem anos atrás. O melhor de tudo: ninguém diria que ela teve um dia sequer de doença em sua vida.

Fingindo não saber se tinha autorização para avançar mais, Kit fingiu fazer hora na porta.

— Você *vai* se divertir, não vai, Kit? — perguntou Suzanna severamente pelo espelho. — Não quero pensar que você só vai participar disso para me agradar.

— É claro que eu vou me divertir, querida. Vai ser sensacional.

E falava sinceramente. Para alegrar a velha Suki, teria até colocado um saiote de bailarina e saltado para fora de um bolo. Eles viveram a vida *dele* até ali e agora viveriam a dela, mesmo que ele tivesse de morrer por isso. Tomando a mão de Suzanna, ele a levou aos lábios com reverência e depois a ergueu no ar como se estivesse prestes a dançar um minueto, antes de acompanhá-la através dos guarda-pós e descer a escadaria para o salão, onde a Sra. Marlow estava segurando dois arranjos de violetas frescas, as flores favoritas do Sr. Bailey, um para cada um.

E, parada orgulhosamente junto a ela, vestida com farrapos chaplinescos, alfinetes e um chapéu-coco gasto, sua inigualável filha, Emily, recém-retornada à vida após um desastroso caso de amor.

— Tudo bem por aí, mãe? — perguntou ela bruscamente. — Pegou suas pílulas da felicidade?

Poupando Suzanna de uma resposta, Kit dá um tapinha de garantia no bolso do paletó.

— E a bombinha, caso precise?

Tapinha no outro bolso.

— Nervoso, pai?

— Aterrorizado.

— É para ficar mesmo.

Os portões da Quinta estão abertos. Para a ocasião, Kit lavou a jato os leões de pedra dos portões. Foliões fantasiados já estão aparecendo na Market Street. Emily vê o médico local e a esposa e agilmente se cola a eles, deixando os pais para fazerem a recepção sozinhos, Kit comicamente empurrando o chapéu da esquerda para a direita e Suzanna imitando um aceno real enquanto os dois distribuem seus elogios, cada um à sua maneira distinta:

— Puxa, Peggy querida, isso é absolutamente *encantador*! Onde você encontrou um cetim tão lindo? — exclama Suzanna à funcionária dos correios.

— Puta merda, Billy. Quem mais você tem aí embaixo? — murmura Kit, *sotto voce*, no ouvido do corpulento Sr. Olds, o açougueiro, que chegou como um príncipe árabe de turbante.

Nos jardins das casas de campo, narcisos, tulipas, magnólias e botões de pêssego se erguem para o céu azul. No alto da torre da igreja tremula a bandeira preta e branca da Cornualha. Um grupo equestre infantil chega trotando pela rua usando capacetes de segurança, escoltado pela temida Polly da Escola de Equitação Granary. As festividades são demais para o pônei da dianteira e ele recua, mas Polly está a postos para pegar o freio. Suzanna consola o pônei e depois o cavaleiro. Kit pega o braço da esposa e sente o coração de Suzanna acelerado quando ela pressiona amorosamente sua mão contra as costelas.

Chegou a hora, Kit pensa, com a euforia aumentando dentro dele. As massas se amontoam, os potros palominos saltitam nos prados, as ovelhas pastam em segurança na colina e até os novos bangalôs que desfiguram as encostas mais baixas do Bailey's Hill: se esta não é a terra que eles amaram e à qual serviram por tanto tempo, qual seria? E é certo, esta é a maldita Inglaterra Feliz, a maldita Laura Ashley, é a cerveja maltada e os pastéis de forno e o *yo-ho* da Cornualha, e amanhã de manhã toda essa gente graciosa e amável estará novamente se engalfinhando, comendo as esposas uns dos outros e fazendo todas as coisas que o resto do mundo faz. Mas hoje é seu Feriado Nacional e, de todos, como logo um ex-diplomata poderia reclamar se a embalagem é mais bonita do que o que tem no interior?

Parado junto a uma mesa longa está Jack Painter, o filho ruivo do Ben do estacionamento, em suspensórios e um chapéu de feltro. Junto dele há uma garota de vestido de fada com asas, vendendo bilhetes por 4 libras a dose.

— Para você é de *graça*, Kit, ora bolas! — grita Jack com entusiasmo. — Você é o inaugurador, cara, e o mesmo vale para Suzanna!

Mas em sua empolgação, Kit não vai aceitar nada disso:

— Eu *não* quero nada de graça, obrigado, Jack Painter! Eu pago e pago *bem*. E o mesmo serve para minha querida esposa — retruca ele e, feliz como só, deita na mesa uma nota de 10 libras e põe as 2 libras de troco na caixa coletora para os direitos dos animais.

Um carrinho de feno os aguarda. Uma escada raquítica está amarrada contra ele. Suzanna a agarra com uma das mãos, as saias de montaria na outra, e sobe com a ajuda de Kit. Braços solícitos se esticam para recebê-la. Ela espera que sua respiração se acalme. O que acontece. Ela sorri. Harry Tregenza, O Construtor Em Quem Você Pode Confiar e célebre trambiqueiro, usa uma máscara de carrasco e exibe uma foice de madeira pintada de prata. Ao seu lado está a esposa usando orelhas de coelho. Junto deles está a rainha de Bailey deste ano, explodindo dentro do corpete. Inclinando seu chapéu, Kit tasca beijos cavalheirescos nas bochechas de ambas as mulheres e inala de cada uma a mesma fragrância de jasmim.

Um velho realejo está tocando *Daisy, Daisy, give me your answer, do.* Sorrindo animadamente, Kit espera que o barulho diminua. O que não acontece. Ele agita um braço para pedir silêncio, sorri mais largamente. Em vão. De um bolso interno do paletó, Kit puxa as notas do discurso que Suzanna nobremente digitou para ele e as sacode. Uma máquina a vapor emite um apito truculento. Ele solta um suspiro teatral, apela aos céus por compaixão, em seguida à multidão abaixo, mas o barulho se recusa a parar.

Ele começa.

Primeiro, precisa berrar o que divertidamente chama de Avisos da Igreja, embora envolvam assuntos nada eclesiásticos como banheiros, estacionamentos e trocadores de fraldas. Será que alguém está ouvindo? A julgar pelos rostos dos ouvintes que se reúnem ao pé do carrinho de feno, não. Ele nomeia nossos abnegados voluntários que trabalharam noite e dia para fazer o milagre acontecer e os convida a se identificar. Daria na mesma se estivesse lendo os nomes dos Mortos Gloriosos. O realejo voltou ao início. *Você também é o Mestre de Cerimônias. Eles esperam que você seja engraçado.* Uma rápida olhada em Suki: nenhum mau sinal. E Emily, sua amada Em: ereta e vigilante, como sempre um pouco destacada da aglomeração.

— E, por último, meus amigos, antes que eu desça, embora eu deva tomar muito cuidado quando descer! — zero reação. — Tenho o prazer e o feliz dever de encorajá-los a gastar seu suado dinheiro *sem controle*, a flertar *loucamente* com as mulheres dos vizinhos — ele gostaria de não ter dito isso —, a beber, comer e se divertir o dia inteiro. Então, *hip hip* — arrancando o chapéu e atirando-o no ar —, *hip hip!*

Suzanna atira sua cartola para juntá-la ao chapéu de palha. O Construtor Em Quem Você Não Pode Confiar Nem Por Um Decreto não pode levantar a máscara de carrasco e então soca o ar com o punho cerrado, uma saudação comunista não intencional. Um *Urra!* muitíssimo atrasado irrompe dos alto-falantes, como uma falha elétrica. Ao som de murmúrios de "Foi ótimo, meu amor!" e "Bom trabalho, meu herói!", Kit agradecidamente desce tropicando pela escada, deixa a bengala cair no chão e ergue o braço para apanhar Suzanna pelos quadris.

— Foi do cacete, pai! — declara Emily, aparecendo ao lado de Kit com a bengala. — Quer um banquinho, mãe, ou *manda ver* — usando uma expressão familiar.

Suzanna, como sempre, *manda ver*.

*

Começa o circuito real de Nosso Inaugurador e Sua Primeira Dama. Primeiro, inspecionar os cavalos do condado. Suzanna, nascida e criada no campo, conversa, afaga e dá tapinhas nas ancas dos animais sem inibição. Kit faz questão de admirar seus arreios. Vegetais de hortas caseiras em seu melhor dia. Couves-flores que os moradores chamam de brócolis: maiores que bolas de futebol, lavadas como um brinco. Pães caseiros, queijos e mel.

Amostra de picles mistos: insípidos, mas siga sorrindo. Patê de salmão defumado, excelente. Pedir a Suki que compre alguns. Ela compra. Parar na celebração floral do Clube de Jardinagem. Suzanna conhece cada flor pelo primeiro nome. Conversar com MacIntyres, dois dos fregueses insatisfeitos da vida: o ex-produtor de chá George mantém um rifle carregado do lado da cama para o dia em que as massas se aglomerem em seus portões; sua esposa, Lydia, morre de tédio na vila. Avançar para eles com os braços abertos.

— George! Lydia! Queridos! *Que maravilha!* Jantar esplêndido em sua casa na outra noite, realmente uma noite daquelas. A próxima vez será na nossa!

Por graças, avançamos às nossas debulhadoras e aos motores a vapor do passado. Suzanna inabalável pelo estouro de crianças vestidas de qualquer coisa desde Batman a Osama bin Laden. Kit exclama para Gerry Pertwee, o Romeu da vila, empoleirado em seu trator com um cocar de índio apache:

— Pela enésima vez, Gerry, quando você vai cortar a grama em nosso maldito curral? — E, para Suzanna, de lado: — Eu é que não vou pagar a esse malandro 15 pratas por hora quando o valor corrente é 12.

Suzanna é emboscada por Marjory, a divorciada rica de tocaia. Marjory está de olho nas estufas dilapidadas do jardim murado da Quinta para seu Clube de Orquídeas, mas Suzanna suspeita que é em Kit que ela está de olho. Kit, o diplomata, chega para o resgate:

— Suki, querida, detesto interromper... Marjory, você está extremamente vistosa, se me permite dizer... um pequeno drama, querida. Só você tem o poder de resolver.

Cyril, zelador da igreja e primeiro tenor no coral, vive com a mãe, está proibido de ter contato não supervisionado com crianças em idade escolar; Harold, dentista bêbado, aposentadoria antecipada, bela casa de campo com teto de sapê logo numa saída da estrada para Bodmin, um filho em clínica de reabilitação, a mulher defenestrada. Kit cumprimenta a todos profusamente, muda de rumo para a Exposição de Artes e Ofícios, uma criação de Suki.

A exposição é um paraíso de tranquilidade. Admirar aquarelas amadoras. Esqueça a qualidade, o esforço é tudo. Avançar para o outro lado da exposição, descer a encosta gramada.

Chapéu abrindo um sulco na testa. Mocassins de camurça infernizando a vida como previsto. Emily na beira do campo de visão, calmamente vigiando Suzanna.

Adentrar o espaço cercado de nossa seção de artesanato rústico.

*

Kit está sentindo um primeiro *arrepio* ao entrar aqui, uma *presença*, uma *intimação*? Que diabos, não: ele está no Éden e pretende permanecer lá. Está vivendo uma daquelas raras sensações de puro prazer, quando tudo parece sair bem. Com amor ilimitado, ele admira sua esposa em seu traje de equitação e cartola. Ele está pensando em Emily, em como há menos de um mês ela ainda estava inconsolável e hoje está de pé novamente e pronta para enfrentar o mundo.

E enquanto seus pensamentos flutuam contentes neste rumo, seu olhar, fixo nos limites mais distantes do cercamento e aparentemente por iniciativa própria, também flutua para a figura de um homem.

Um homem curvado.

Um *pequeno* homem curvado.

Se ele é permanentemente corcunda ou simplesmente está curvado naquele momento, por hora não se sabe. Ou o homem é corcunda, ou está de cócoras, ou está sentado no porta-malas de sua caminhonete de viagem. Alheio ao calor do meio-dia, ele está usando um lustroso sobretudo de couro marrom com a gola para cima. E como chapéu, um objeto de abas largas, raso, também de couro e com um laço na frente, um chapéu mais de puritano que de caubói.

As feições, ou o que Kit consegue ver delas na sombra da aba, são enfaticamente de um homem branco e pequeno na meia-idade.

Enfaticamente?

Por que a ênfase de repente?

O que era tão *enfático* nele?

Nada.

O sujeito era exótico, verdade. E pequeno. Em companhias corpulentas, os pequenos se destacam. Isto não o torna especial. Apenas faz com que alguém o observe.

Um funileiro foi o primeiro pensamento determinadamente bem-humorado de Kit: quando foi que ele viu um verdadeiro *funileiro* pela última vez? Na Romênia há 15 anos, quando passou uma temporada em Bucareste. Talvez ele tenha se virado para comentar isso com Suzanna. Ou talvez só tenha pensado em se virar para ela, porque agora ele já transferiu a atenção para a caminhonete utilitária do sujeito, que era não apenas seu local de trabalho, mas sua humilde casa — como testemunhavam o fogareiro de duas bocas, o beliche e as fileiras de panelas e utensílios de cozinha misturados aos alicates, formões e martelos de artesão; e, numa parede, peles de animais dissecados que presumivelmente lhe serviam como tapetes, quando, ao término de seu dia de trabalho, fecha aliviado sua porta para o mundo. Mas tudo tão ordenado e cuidado que se sentia que, mesmo de olhos vendados, o proprietário sabia exatamente onde estava cada coisa. Era esse tipo de cara. Hábil. Que sabe onde pisa.

Mas um reconhecimento positivo, irrevogável, neste ponto? Certamente que não

Havia o indício à espreita, insidioso.

Havia uma aglomeração de certos fragmentos de lembrança que se embaralhavam como peças de um caleidoscópio, até que formavam um padrão, a princípio vago, depois — ainda que gradativamente — perturbador.

Houve um reconhecimento tardio, sondado no fundo da consciência — depois, gradualmente, temerosamente, com o coração desabando, aceito pelo homem exterior.

Houve também um distanciamento, físico, embora os detalhes tenham ficado vagos na lembrança posterior de Kit. O rechonchudo Philip Peplow, gerente de fundos de investimentos e dono de duas casas, parece ter adentrado o cenário acompanhado de seu caso mais recente, uma modelo de 1,80m vestida com calças colantes de pierrô. Mesmo com um maremoto se formando em sua cabeça, Kit não perdia o olho para uma garota bonita. E foi a garota de 1,80m e calças colantes quem puxou a conversa. *Será que Kit e Suzanna não gostariam de dar uma passada esta noite para tomar uns drinques? Seria demais, casa aberta, das sete horas em diante, venha como quiser, ao ar livre se a chuva não estragar tudo.* Ao que Kit, exagerando um pouco para compensar seu estado de confusão mental, ouviu-se respondendo algo como: *absolutamente adoraríamos, garota de 1,80m, mas temos toda a Fila Indiana chegando para jantar, para pagar nossos pecados* — sendo "Fila Indiana" o apelido privado de Kit e Suzanna para dignitários locais com um fraco por bocas livres governamentais.

Peplow e seu caso então se retiram e Kit volta a admirar os utensílios do funileiro, se é isso que ele faz, com uma parte de sua mente ainda se recusando a admitir o inadmissível. Suzanna está parada bem a seu lado, também admirando. Ele desconfia, mas não tem certeza, de que ela já estava admirando os objetos antes. Admirar, afinal, era o que estavam lá para fazer: admirar, seguir em frente antes de se atolar e depois mais admiração.

Só que desta vez eles não seguiam em frente. Eles estavam lado a lado e admirando, mas também reconhecendo — isto é, *Kit* estava reconhecendo — que o homem não era funileiro coisa nenhuma e nunca tinha sido. E por que diabos ele se apressou em classificá-lo como funileiro era uma incógnita.

O sujeito era um *seleiro*, pelo amor de Deus! Qual é o problema comigo? Ele faz selas, que diabo, rédeas! Pastas! Sacolas! Bolsas, carteiras, bolsas de mão, porta-copos! Nada de panelas e frigideiras, nunca foi isso! *Tudo* em torno do homem era de couro. Era um artesão do couro anunciando seu produto. Ele estava vestido com seu trabalho. A porta traseira de sua van era sua *passarela*.

Tudo que Kit não conseguira aceitar até este momento, assim como não conseguira aceitar o letreiro totalmente óbvio, pintado à mão em letras douradas na lateral da van proclamando OFICINA DE COURO DO JEB a quem tivesse olhos para ver, de cinquenta, ou melhor, cem passos de distância. E abaixo, em letras de fato menores, mas igualmente legíveis, o adendo: *Compras na van*. Nenhum telefone, e-mail ou outra coisa qualquer, nenhum sobrenome. Apenas Jeb e compras em sua van. Conciso, direto ao ponto, sem ambiguidade.

Mas por que os instintos geralmente muito bem-regulados de Kit entraram numa negação anárquica, totalmente irracional? E por que o nome Jeb lhe parecia, agora que ele aceitava reconhecê-lo, a violação mais ultrajante, mais irresponsável da Lei de Segredos Oficiais que já passou por sua mesa?

*

No entanto, era isso. Todo o corpo de Kit dizia que era. Seus pés diziam que era. Eles se tornaram dormentes dentro de seus sapatos apertados. Seu velho paletó de Cambridge dizia que era: estava colado às suas costas. Em meio a uma onda de calor, um suor frio atravessou diretamente sua camisa de algodão. Ele estava no tempo presente ou no passado? Era a mesma camisa, o mesmo suor, o mesmo calor em ambos os lugares: aqui e agora em Bailey's Meadow, ao ritmo do realejo, e numa encosta do Mediterrâneo na calada da noite, ao som pulsante dos motores ao mar.

E como puderam dois olhos castanhos, ágeis, confiantes, ficar velhos e enrugados e perder sua leveza no espaço ridiculamente curto de três anos? Porque a cabeça se erguera, não apenas um pouco, mas completamente, até que a aba do chapéu de couro se inclinasse, deixando o rosto ossudo e assombrado em *plena vista* — um trocadilho do qual ele subitamente não conseguia se livrar —, as faces encovadas, o queixo resoluto e a testa, também, gravada com a mesma teia de linhas finas que se acumulavam nos cantos dos olhos e da boca, puxando-os para baixo numa espécie de permanente decepção.

E os próprios olhos, outrora tão rápidos e astutos, pareciam ter perdido sua mobilidade, pois uma vez que pousaram sobre Kit, não deram nenhum sinal de movimento, mas ficaram lá, fixos nele, de modo que a única maneira de algum dos dois homens se libertar do outro seria se Kit rompesse o impasse; coisa que ele conseguiu, mas apenas girando toda a cabeça para Suzanna e dizendo *Bem, querida, aqui estamos, que dia, hein, que dia!* — ou algo igualmente idiota, mas também suficientemente atípico da parte dele para fazer passar uma careta de perplexidade pelo rosto corado de Suzanna.

E a careta ainda não havia desaparecido de todo quando ele ouviu a suave voz galesa que, inutilmente, vinha orando para não ouvir:

— Bem, Paul. Que coincidência, devo dizer. Não é o que nenhum de nós dois foi levado a esperar, é?

Contudo, ainda que as palavras se abatessem contra a cabeça de Kit como uma chuva de balas, Jeb na realidade deve ter falado em voz baixa, porque Suzanna — graças às imperfeições dos pequenos aparelhos auditivos que ela usava sob o cabelo ou ao persistente bum-bum da feira — não conseguiu captá-las, preferindo manifestar um exagerado interesse numa grande bolsa de mão com alça de ombro ajustável. Ela fitava Jeb por cima de seu monte de violetas de Bailey e sorria um pouco forçosamente demais para ele, e era um pouco doce e condescendente demais para o gosto de Kit, o que na verdade era sua timidez em ação, mas que não parecia timidez.

— Então você é o próprio Jeb, não? O legítimo.

Que diabos ela quer dizer com isso, *o legítimo*?, pensou Kit, subitamente indignado. Legítimo em comparação com *o quê*?

— Você não é um substituto ou um auxiliar ou algo assim? — continuou ela, exatamente como se Kit tivesse exigido explicações por seu interesse pelo sujeito.

E, de seu lado, Jeb levou muito a sério a pergunta dela:

— Veja bem, meu nome de *batismo* não é Jeb, admito — respondeu ele, finalmente tirando os olhos de Kit e pousando-os sobre Suzanna com a mesma firmeza. Com uma loquacidade que gelou o coração de Kit, ele adicionou:

— Mas o nome que me deram era um negócio tão complicado que, francamente, decidi fazer uma cirurgia necessária nele. Coloquemos desta maneira.

Mas Suzanna estava em seu modo perguntador:

— E, por Deus, *onde* você encontrou esse couro *maravilhoso*, Jeb? É absolutamente *lindo*.

Ao que Kit, cuja mente agora já estava ligada no piloto automático diplomático, anunciou que também estava ansiosíssimo por fazer a mesma pergunta:

— Sim, verdade, onde você *realmente* encontrou esse seu couro esplêndido, Jeb?

E segue-se um momento em que Jeb examina seus interlocutores um de cada vez, como se decidindo qual dos dois priorizar. Ele se decide por Suzanna:

— Sim, veja bem, na verdade isto é pele de *rena russa*, senhora — explica Jeb, com o que para Kit é agora uma deferência insuportável, enquanto puxa da parede uma pele de animal e a espalha carinhosamente no colo. — Recuperados dos destroços de um bergantim dinamarquês que naufragou na baía de Plymouth em 1786, foi o que me disseram. Ele ia de São Petersburgo a Gênova, sabe? Fugindo das tormentas do sudoeste. Bem, *delas* somos todos conhecedores, não é verdade, por estes lados? — fazendo um afago consolador na pele com sua mãozinha bronzeada. — Não que o couro se importasse, não é? Algumas centenas de anos de água do mar eram exatamente o que você queria — continuou ele estranhamente, como se falasse a um animal de estimação. — Os minerais na embalagem podem ter ajudado também, devo dizer.

Mas Kit sabia que, embora Jeb dirigisse sua homilia a Suzanna, era com Kit que ele estava falando, era com sua perplexidade, sua frustração e ansiedade que ele estava jogando e, sim, com seu medo também, o medo galopante; embora exatamente do quê? Ainda não havia decifrado.

— E você faz isso para *viver*, mesmo, Jeb? — interrogava Suzanna, cansada demais e por isso soando dogmática. — Em tempo integral? Não é um bico ou segundo emprego, e você não está estudando em paralelo? Isto não é um *passatempo*, é a sua *vida*? É isso que *eu* quero saber.

Jeb precisou pensar profundamente sobre essas grandes questões. Seus pequenos olhos castanhos se viraram para Kit em busca de ajuda, pairaram sobre ele e depois se desviaram, decepcionados. Por fim, ele soltou um suspiro e balançou a cabeça como um homem em conflito consigo mesmo.

— Bem, *suponho* que tinha algumas alternativas, agora que penso a respeito — admitiu Jeb. — Artes marciais? Bem, hoje em dia todo mundo faz isso, não faz? Segurança pessoal, talvez — sugere ele após um longo olhar fixo sobre Kit. — Transportar crianças ricas para a escola de manhã. Levá-las para casa no fim da tarde. Um bom dinheiro nisso, dizem. Mas agora, o *couro* — dando à pele outra carícia confortadora —, eu sempre gostei de um couro de boa qualidade, exatamente como meu pai. Nada como o couro, é o que eu digo. Mas se isto é a minha *vida*? Bem, a vida é aquilo que nos resta, realmente — com mais outro olhar sobre Kit, mais duro.

*

De repente, tudo se acelerava, tudo rumava para o desastre. Os olhos de Suzanna brilhavam de alerta. Ferozes manchas de cor apareceram em suas bochechas. Ela remexia as carteiras masculinas numa velocidade insalubre, com o simpático pretexto de que o aniversário de Kit estava chegando. Estava, mas não até outubro. Quando Kit a lembrou disso, ela deu uma risada exageradamente animada e prometeu que, se decidisse comprar uma, deixaria escondida em sua última gaveta.

— E quanto à *costura*, Jeb, é *mão* ou *máquina*? — perguntou ela num rompante, esquecendo completamente o aniversário de Kit e agarrando impulsivamente a bolsa de ombro que havia escolhido primeiro.

— Mão, senhora.

— E esse é o preço de *venda*, é, 60 libras? Parece um bocado e *tanto*.

Jeb se voltou para Kit:

— Temo que é o melhor que posso fazer, Paul — disse ele. — É uma luta para alguns de nós, não ter uma aposentadoria indexada e coisas similares.

Seria ódio o que Kit estava vendo nos olhos de Jeb? Raiva? Desespero? E o que Jeb estava vendo nos olhos de Kit? Perplexidade? Ou a súplica silenciosa para não chamá-lo de Paul novamente na frente de Suzanna? Mas Suzanna, não importando o que tinha ouvido ou não, já havia ouvido o suficiente:

— Muito bem, eu vou levar — declarou ela. — Será ideal para minhas compras em Bodmin, não é, Kit? É espaçosa e tem ótimos compartimentos. Veja, tem até um pequeno bolso lateral para o meu cartão de crédito. Na verdade, eu acho que 60 libras é um preço para lá de razoável. Não acha, Kit? Claro que acha!

Dito isso, ela realizou uma ação tão improvável, tão provocativa, que momentaneamente obliterou todas as outras preocupações. Ela colocou sua própria bolsa ainda perfeitamente usável em cima da mesa e, como um prelúdio para buscar o dinheiro, tirou a cartola e apresentou-a para que Jeb segurasse. Na percepção inflamada de Kit, ela não poderia ter sido mais explícita nem se tivesse aberto os botões de sua blusa.

— Escute aqui, *eu* vou pagar por isso, não seja tola — protestou ele, alarmando não só Suzanna, mas também a si mesmo com sua veemência. E a Jeb, o único que parecia imperturbável: — *Dinheiro*, eu presumo? Você só recebe em espécie — como uma acusação —, nada de cheques ou cartões ou alguma dessas ajudas à natureza?

Ajudas à natureza? De que diabos ele está falando? Com dedos que pareciam colados nas pontas, ele pegou três notas de 20 libras em sua carteira e as largou sobre a mesa:

— Aí está, querida. Presente para você. Seu ovo de Páscoa, com uma semana de atraso. Enfie a bolsa velha dentro da nova. É *claro* que vai caber. Veja — fazendo isso por ela, não muito gentilmente. — Obrigado, Jeb. Ótima descoberta. Ótimo que você veio. Esperamos vê-lo aqui no próximo ano, claro.

Por que o maldito homem não pegou o dinheiro? Por que não sorriu, acenou, agradeceu ou comemorou — por que não fez *algo*, como qualquer ser humano normal, em vez de se sentar novamente e cutucar o dinheiro com o indicador magro como se pensasse ser falso, ou insuficiente, ou ganho desonrosamente, ou seja lá o que ele estivesse pensando, novamente fora das vistas sob o chapéu puritano? E por que Suzanna, a esta altura febril, ficou ali sorrindo idiotamente para ele, em vez de reagir ao puxão agudo de Kit em seu braço?

— Então esse é o seu outro nome, é, Paul? — perguntava Jeb em sua calma voz galesa. — *Probyn?* Aquele que eles alardearam no alto-falante, então. É você?

— Sim, é verdade. Mas minha querida esposa aqui é a verdadeira força motriz nestas coisas. Eu só acompanho — acrescentou Kit, estendendo a mão para recuperar a cartola e descobri-la ainda rígida na mão de Jeb.

— Já nos conhecemos, não, Paul? — prosseguiu Jeb, erguendo o olhar para Kit com uma expressão que parecia combinar iguais medidas de dor e acusação. — Há três anos. Entre a cruz e a espada, como dizem. — E, quando os olhos de Kit se lançaram para baixo a fim de escapar daquele olhar inflexível, lá estava a pequena mão de ferro de Jeb segurando a cartola pela aba, com tanta força que a unha de seu polegar estava branca. — Sim, Paul? Você era meu *telefone vermelho.*

Levado às raias do desespero pela entrada de Emily, aparecendo do nada como sempre para se colocar junto à mãe, Kit convocou o último vestígio de falsa convicção que lhe restava:

— Pegou o cara errado, Jeb. Acontece com todos. Eu olho para você e não o reconheço minimamente — enfrentando o olhar implacável de Jeb. — Temo que *telefone vermelho* não seja um conceito reconhecível para mim. *Paul?* Mistério total. Mas, enfim, aqui estamos.

E ainda mantendo o sorriso de alguma forma, e até inventando uma risada de desculpas quando se virou para Suzanna:

— Querida, não podemos demorar. Seus tecelões e ceramistas nunca vão perdoá-la. Jeb, prazer em conhecê-lo. Conversa muito instrutiva. Apenas sinto muito pelo mal-entendido. A cartola da minha esposa, Jeb. Não está à venda, meu velho. Peça de estimação.

— *Espere.*

A mão de Jeb largou a cartola e subiu para a abertura de seu casaco de couro. Kit avançou para se colocar na frente de Suzanna. Mas a única arma mortal que surgiu na mão de Jeb foi um caderno de capa azul.

— Eu me esqueci de dar seu recibo, não foi? — explicou Jeb, emitindo muxoxos por sua própria estupidez. — Aquele fiscal me fuzilaria, sem dúvida.

Abrindo o caderno no colo, ele selecionou uma página, assegurou que o carbono estava no lugar e escreveu entre as linhas com um lápis marrom militar. E quando terminou — e deve ter sido um recibo bastante extenso, a julgar pelo tempo que levou para escrevê-lo —, ele arrancou, dobrou e colocou a página cuidadosamente dentro da nova bolsa de ombro de Suzanna.

*

No mundo diplomático que até pouco tempo tinha Kit e Suzanna como cidadãos leais, um compromisso social era um compromisso social.

Os tecelões se reuniram para construir um tear à moda antiga? Suzanna precisa ver uma demonstração do tear em funcionamento e Kit precisa comprar um quadrado de pano tecido à mão, insistindo que seria ideal para impedir seu computador de deslizar por toda a mesa: não importa que este comentário idiota não tenha feito sentido para ninguém, acima de tudo para Emily, que, nunca longe, conversava com um trio de crianças pequenas. Na barraca de cerâmica, Kit se arrisca no torno e faz uma lambança, enquanto Suzanna sorri benignamente por seus esforços.

Apenas quando estes últimos ritos são realizados que Nosso Inaugurador e Sua Primeira Dama fazem suas despedidas e, por consenso silencioso, tomam a trilha que passa por baixo da velha ponte ferroviária, ao longo do córrego e até a entrada lateral para a Quinta.

Suzanna tirou sua cartola. Kit teve de carregá-la para ela. Ele então se lembrou de seu chapéu e também o sacou, juntando os dois, aba com aba, levando-os desajeitadamente na lateral do corpo junto a sua bengala de dândi com o cabo de prata. Com a outra mão, ele segurava o braço de Suzanna. Emily começou a vir atrás deles, depois pensou melhor, avisando entre as mãos em concha que os veria de volta na Quinta. Foi só quando eles entraram no isolamento da ponte ferroviária que Suzanna deu meia-volta para encarar o marido.

— Quem diabos era *aquele homem*? Aquele que você disse que não conhecia. Jeb. O homem do couro.

— Absolutamente *ninguém* que eu conheça — retorquiu Kit com firmeza, em resposta à pergunta que vinha temendo. — Ele é uma área totalmente vetada, creio. Sinto muito.

— Ele chamou você de Paul.

— Chamou, e deveria ser processado por isso. Espero que seja mesmo.

— Você *é* Paul? *Foi* Paul? Por que não me responde, Kit?

— Eu não posso, é por isso. Querida, você tem que deixar isso para lá. Não vai levar a lugar nenhum. Não pode.

— Por razões de segurança?

— Sim.

— Você disse a ele que nunca foi o telefone vermelho de ninguém.

— Sim. Eu disse.

— Mas você foi. Naquela vez em que saiu numa missão sigilosa, em algum lugar quente, e voltou com arranhões nas pernas todas. Emily estava em nossa casa, estudando para sua especialização em doenças tropicais. Ela queria que você tomasse uma antitetânica. Você recusou.

— Eu não deveria ter dito nem mesmo isso a você.

— Mas disse. Então não faz sentido tentar desdizer agora. Você partiu para ser o *telefone vermelho* do Ministério, e não quis dizer por quanto tempo ou onde seria, apenas que era quente. Ficamos impressionadas. Fizemos um brinde a você: "Saúde ao nosso telefone vermelho." Isso aconteceu, não foi? Você não vai negar isso, vai? E você voltou arranhado e disse que tinha caído num arbusto.

— Foi. Eu caí. Um arbusto. Era verdade.

E uma vez que isso não foi o bastante para apaziguá-la:

— Tudo bem, Suki. Tudo bem. Ouça. Eu fui Paul. Eu fui o telefone vermelho dele. Sim, eu fui. Há três anos. E nós éramos companheiros de armas. Foi a melhor coisa que já fiz em toda a minha carreira e isso é tudo que vou contar para você na vida. O pobre coitado ficou completamente em pedaços. Eu quase não o reconheci.

— Ele parecia um bom homem, Kit.

— Ele é mais que isso. É um cara totalmente decente e corajoso. Ou foi. Eu não tive nenhum problema com ele. Muito pelo contrário. Ele era meu... *guardião* — disse, num momento de honestidade indesejável.

— Mas você negou conhecê-lo mesmo assim.

— Eu tinha que negar. Não há escolha. O cara estava fora de campo. Toda a operação foi... bem, *mais* que ultrassecreta.

Kit pensou que o pior já havia passado, mas isso ainda teria que passar pelo crivo de Suzanna.

— O que eu *não* entendo de jeito *nenhum*, Kit, é isso: se *Jeb* sabia que você estava mentindo, e *você* sabia que estava mentindo, por que teve que mentir para ele, afinal? Ou você só estava mentindo por mim e Emily?

Ela havia tocado na ferida, o que quer que a *ferida* fosse. Usando a raiva como desculpa, ele emitiu um ríspido "Acho que simplesmente vou até lá para resolver isso com ele, se você não se importa" e, quando deu por si, já havia enfiado os chapéus nos braços dela e estava marchando de volta pela passagem da balsa com sua bengala e — ignorando o velho aviso de PERIGO — batendo os pés sobre a ponte frágil, cruzando um pequeno bosque de bétulas rumo à parte baixa de Bailey's Meadow; depois passou sobre uma tábua numa poça de lama e subiu rapidamente a encosta, apenas para ver abaixo a faixa meio caída das Artes e Ofícios e os expositores, com mais energia do que tinham demonstrado durante todo o dia, desmontando barracas, estandes e mesas, atirando-os em suas caminhonetes: e lá, entre as caminhonetes, o espaço, o espaço exato que apenas meia hora antes era ocupado pela caminhonete de Jeb e agora não mais.

O que não impediu Kit nem por um segundo de galopar ladeira abaixo sacudindo os braços com falsa jovialidade:

— Jeb! Jeb! Onde diabos está o Jeb? Alguém chegou a ver *Jeb*, o sujeito do couro? Ele foi embora antes que eu pudesse pagar, o tonto... tem um bocado de dinheiro dele no meu bolso! Bem, *você* sabe aonde Jeb foi? E você, também não? — em uma série de apelos inúteis enquanto examinava a fila de caminhonetes e caminhões.

Mas tudo que conseguiu por resposta foram sorrisos educados e negativas de cabeça: não, Kit, desculpe, ninguém sabe aonde o Jeb foi, ou onde ele mora, aliás, ou qual é seu outro nome; pensando bem, Jeb é um solitário, bastante gentil, mas nem perto do que poderíamos chamar de conversador — risos. Uma expositora achava que tinha visto Jeb na feira de Coverack algumas semanas antes; outra disse que se lembrava dele em St. Austell ano passado. Mas ninguém tinha um sobrenome dele, ninguém tinha um número de telefone, nem mesmo uma placa de carro. Elas explicaram, o mais provável é que ele tinha feito o que os outros comerciantes faziam: viu o anúncio, comprou sua licença de exposição no portão, estacionou, vendeu e partiu.

— Perdeu alguém, foi, pai?

Emily, bem atrás dele — a garota é um maldito duende. Provavelmente estava fofocando com as meninas dos estábulos por trás das baias.

— Sim. Na verdade perdi, querida. Jeb, o cara que trabalha com couro. Aquele de quem sua mãe comprou uma bolsa.

— O que ele quer?

— Nada. Eu... — a confusão o domina —, eu devo dinheiro a ele.

— Você pagou. Sessenta paus. Em notas de vinte.

— Sim, bem, isso foi para outra coisa — esquivo, evitando o olhar dela. — Liquidação de uma dívida antiga. Algo inteiramente diferente... — Depois, balbuciando algo sobre a necessidade de "dar uma palavra com a mamãe", ele avançou pela trilha de volta e atravessou o jardim murado até a cozinha, onde Suzanna cortava legumes na preparação do jantar daquela noite para a Fila Indiana com a ajuda da Sra. Marlow. Ela o ignorou, e ele então procurou refúgio na sala de jantar.

— Acho que vou dar um brilho na prataria — anunciou, alto o suficiente para que ela ouvisse e reagisse a ele, se quisesse.

Mas não reagiu, então que seja. Ontem ele havia feito um ótimo trabalho de polimento na coleção de pratas antigas do comandante — os castiçais Paul Storr, os saleiros Hester Bateman e a corveta de prata em miniatura que fazia conjunto com o estandarte de dispensa honrosa apresentados pelos oficiais e tripulantes de seu último comando. Dedicando uma tristonha aba do pano de polir a cada um, se serviu de uma grande dose de *scotch*, marchou ao andar de cima e se sentou à mesa em seu escritório como uma preliminar para sua próxima tarefa da noite: cartões de identificação de assentos.

Em situações normais, estes cartões eram uma fonte de satisfação silenciosa para ele, pois eram seus cartões de visita oficiais que sobraram de seu último posto no exterior. Ele tinha o pequeno hábito de observar sorrateiramente quando um ou outro de seus convidados virava o cartão, corria um dedo pelas letras em relevo e lia as palavras mágicas: *Sir Christopher Probyn, alto comissário de Sua Majestade, a rainha.* Esta noite, ele não esperava nenhum prazer semelhante. Mesmo assim, com a lista de convidados diante de si e um uísque junto ao cotovelo, ele se pôs diligentemente — talvez com diligência demais — a trabalhar.

— A propósito, aquele cara, Jeb, sumiu — anunciou ele num tom deliberadamente improvisado, sentindo a presença de Suzanna às suas costas na porta. — Levantou acampamento. Ninguém sabe quem ele é ou o que é, ou qualquer outra coisa sobre ele, pobre coitado. Tudo muito doloroso. Muito perturbador.

Esperando um toque conciliador ou uma palavra gentil, ele fez uma pausa em seus trabalhos, só para ver a bolsa de ombro de Jeb aterrissando com um baque na mesa à sua frente.

— Olhe aí dentro, Kit.

Inclinando irritadamente a bolsa aberta em sua direção, Kit tateou até sentir a página de caderno dobrada na qual Jeb havia escrito o recibo. Desajeitadamente, ele abriu e, com a mesma mão trêmula, segurou o papel sob a luminária de mesa:

Para uma mulher inocente morta .... nada.
Para uma criança inocente morta .... nada.
Para um soldado que cumpriu seu dever .... desgraça.
Para Paul .... título de cavaleiro.

Kit leu, depois fixou os olhos naquilo — não mais como um documento, mas como um objeto de repulsa. Ele deitou o papel sobre a mesa entre os cartões de assento e o estudou novamente, caso tivesse deixado passar alguma coisa — mas não deixou.

— Simplesmente falso — declarou com firmeza. — O homem está obviamente doente.

Ele então colocou o rosto entre as mãos e o esfregou, e após algum tempo murmurou:

— Deus do céu.

*

E quem foi o Sr. Bailey na intimidade, se é que ele já existiu um dia?

Um honesto filho de nossa aldeia córnica, se dermos ouvidos aos crédulos, um garoto de fazenda injustamente enforcado por roubar ovelhas no dia de Páscoa para benefício de um perverso juiz criminal de Bodmin.

Só que o Sr. Bailey, ele nunca foi realmente enforcado, ou não até a morte, não; não segundo o famoso Pergaminho de Bailey na sacristia da igreja. Os aldeões ficaram tão indignados com o veredito injusto que cortaram a corda na calada da noite, cortaram mesmo, e o ressuscitaram com seu melhor *Applejack*. E sete dias depois, o jovem Sr. Bailey na verdade pegou o cavalo de seu pai e disparou para Bodmin, e com um golpe de sua foice decepou na hora a cabeça daquele mesmo juiz perverso, e foi o fim da linha para ele, meu caro — ou é o que dizem.

Tudo papo furado, segundo Kit o-historiador-amador, que se divertira pesquisando a história em algumas horas ociosas: baboseira sentimental vitoriana da pior espécie, nem um traço de prova nos arquivos locais.

Fato é que, nos últimos tantos anos, faça chuva ou faça sol, guerra ou paz, o bom povo de St. Pirran se reunia para celebrar um ato de execução extrajudicial.

*

Na mesma noite, deitado num distanciamento insone de sua esposa adormecida e assaltado por sentimentos de indignação, autocrítica e a honesta preocupação por um antigo companheiro de armas que, por qualquer que seja a razão, caiu tão baixo, Kit planejava seu próximo passo.

A noite não terminou com o jantar: como poderia? Depois de seu bate-boca no escritório, Kit e Suzanna mal tiveram tempo de se arrumar antes que os carros da Fila Indiana chegassem pontualmente à entrada. Mas Suzanna não deixou qualquer dúvida de que as hostilidades seriam retomadas mais tarde.

Emily, pouco afeita a eventos formais na melhor das hipóteses, pediu licença para se retirar naquela noite: algum baile no salão da igreja em que ela pensou em dar uma olhada, e, em todo caso, não precisava estar de volta a Londres até a noite do dia seguinte.

À mesa de jantar, atiçado pela consciência de que seu mundo estava desmoronando ao seu redor, Kit se comportou magnificamente, ainda que erraticamente, deslumbrando a Senhora Prefeita à sua direita e a Senhora Vereadora à esquerda com contos escolhidos sobre a vida e as façanhas de um representante da rainha num paraíso caribenho:

— Meu título? Absoluto golpe de sorte! Nada a ver com mérito. Um trabalho de cavalo de desfile. Sua Majestade estava na região e deu na cabeça dela aparecer em nossa sede. Era minha paróquia, então bingo, entro para a cavalaria por estar no lugar certo na hora certa. E *você*, querida — pegando a taça de água por engano e erguendo um brinde a Suzanna no outro extremo da fila de castiçais Paul Storr do comandante —, tornou-se a adorável Lady P., que é como sempre pensei em você de qualquer maneira.

Contudo, mesmo no meio desta declaração desesperada, é a voz de Suzanna, e não a sua, que ele ouve:

Tudo que quero saber, Kit, é o seguinte: uma mulher e uma criança inocentes morreram, nós fomos enviados para o Caribe para silenciar você, e aquele pobre soldado tem razão?

E, certamente, tão logo a Sra. Marlow foi para casa e os últimos carros da Fila Indiana partiram, lá está Suzanna, como uma estátua no corredor à espera de sua resposta.

E Kit deve ter passado todo o jantar compondo sua resposta inconscientemente, porque ela se derrama como uma declaração oficial do porta-voz do Ministério das Relações Exteriores — e, provavelmente, aos ouvidos de Suzanna, tão críveis quanto:

— Esta é a minha palavra final sobre o assunto, Suki. É tudo que estou autorizado a dizer a você, e provavelmente muito mais do que isso. — Ele já usou essa frase antes? — A operação *ultrassecreta* na qual tive o privilégio de estar envolvido foi depois descrita para mim por seus planejadores, do *mais alto* escalão, como uma vitória *certificada* e *sem sangue derramado* contra alguns *homens muito perversos*. — Um toque de ironia deslocada toma sua voz, que ele tenta em vão deter: — E até onde eu sei, *sim*, talvez meu modesto papel na operação tenha sido o que garantiu nosso posto, uma vez que aquelas mesmas pessoas tiveram a amabilidade de dizer que fiz um trabalho bastante decente, mas que, infelizmente, uma medalha seria chamativa demais. *No entanto*, esta *não* foi a razão que o Departamento Pessoal me deu quando o posto me foi oferecido; uma *recompensa por uma vida de serviços prestados* foi como eles venderam o cargo para mim, não que eu precisasse de muito convencimento; não mais do que você, se bem lembro. — Alfinetada perdoável. — Os funcionários do Pessoal, ou dos Recursos Humanos, ou como diabos eles se chamam hoje em dia, *estavam* cientes do meu papel numa determinada operação enormemente delicada? Duvido muito. Meu palpite é de que eles nem sequer sabiam o pouco que você sabe.

Será que a convenceu? Quando Suzanna faz essa cara, qualquer coisa pode estar acontecendo. Kit fica estridente — sempre um erro:

— Escute, querida, no fim das contas, em quem você realmente vai *acreditar*? Em mim e no alto escalão do Ministério das Relações Exteriores? Ou num ex-soldado deprimido e abandonado pela sorte?

Ela leva esta pergunta a sério. Pondera. Seu rosto está fechado contra ele, sim; mas também está avermelhado, resoluto, arrebentando o coração dele com sua inflexível retidão, o rosto de uma mulher que tem o diploma de direito mais louvável de seu ano e nunca o usou, mas que o está usando agora; o rosto de uma mulher que olhou a morte nos olhos através de uma série de provações médicas, e sua única preocupação externa é: como Kit viverá sem ela?

— Você *perguntou* a eles, a esses planejadores, se foi sem derramamento de sangue?

— É claro que não.

— Por que não?

— Porque não se questiona a integridade daquele pessoal.

— Então eles disseram por vontade própria. Nestas mesmas palavras? "A operação foi sem derramamento de sangue", exatamente assim?

— Sim.

— Por quê?

— Para me tranquilizar, presumo.

— Ou para enganar você.

— Suzanna, isso não é digno de você!

Ou não é digno de mim?, ele se pergunta abjetamente, primeiro se retirando num rompante para seu escritório, depois deitando sorrateiramente em seu lado da cama, onde, hora após hora, fita miseravelmente a penumbra enquanto Suzanna dorme seu sono imóvel, medicado: até que, em algum momento da interminável aurora, ele descobre que um processo mental inconsciente lhe deu uma decisão aparentemente espontânea.

*

Rolando em silêncio para fora da cama e furtivamente atravessando o corredor, Kit se enfiou em calças de flanela e em um casaco esportivo, tirou o celular do carregador e o largou no bolso do casaco. Parando na porta do quarto de Emily para ouvir sons de alguém desperto e não ouvindo nada, desceu a escada dos fundos na ponta dos pés até a cozinha para fazer um bule de café, um pré-requisito essencial para colocar seu grande plano em prática. Tudo para terminar ouvindo a voz da filha, que o chama da porta aberta para o pomar.

— Tem uma caneca sobrando, pai?

Emily, voltando de sua corrida matinal com Sheba.

Em qualquer outro momento, Kit teria desfrutado de um bate-papo agradável com ela: só que não nesta manhã, apesar de se sentar rapidamente diante dela na mesa de pinho. Quando sentou, viu a seriedade no rosto dela e compreendeu que Emily voltou de sua corrida quando avistou as luzes da cozinha na subida do Bailey's Hill.

— Não gostaria de me dizer o que exatamente está acontecendo, pai? — perguntou ela secamente, a cópia fiel de sua mãe.

— Acontecendo? — sorriso amarelo. — Por que alguma coisa tem que estar *acontecendo*? Sua mãe está dormindo. Estou tomando um café.

Mas ninguém enrola Emily. Não hoje em dia. Não depois que aquele canalha do Bernard a enganou com outra.

— O que aconteceu na Feira de Bailey ontem? — interrogou ela. — Na tenda do couro. Você conhecia o homem, mas não admitiu reconhecê-lo. Ele chamou você de Paul e deixou um bilhete horrível na bolsa da mamãe.

Há muito que Kit abandonou seus esforços para penetrar as comunicações quase telepáticas entre sua esposa e sua filha.

— Sim, bem, temo que não se trate de algo que você e eu possamos discutir — respondeu com altivez, evitando o olhar dela.

— E você também não pode discutir com a mamãe. Certo?

— Sim, é *certo*, Em, por sinal. E, assim como ela, eu não fico satisfeito com isso. Infelizmente, é uma questão de considerável sigilo oficial. Como sua mãe está ciente. E aceita. Como talvez você devesse aceitar.

— Meus pacientes me contam seus segredos. Eu não ando por aí passando adiante. O que faz você pensar que a mamãe vai passar os seus? Ela é silenciosa como um túmulo. Um pouco mais silenciosa que você, às vezes.

Hora de subir no salto.

— Porque estes são segredos de *Estado*, Emily. Não são meus e não são de sua mãe. Eles foram confiados a *mim* e a mais ninguém. As *únicas* pessoas com quem posso partilhá-los são as pessoas que já os conhecem. O que faz deste, eu devo dizer, um trabalho *bastante* solitário.

E após esta bela nota de autocomiseração, ele se levantou, beijou a filha na cabeça, atravessou o pátio do estábulo até o escritório improvisado, trancou a porta e abriu seu computador:

Marlon responderá as suas perguntas pessoais e confidenciais.

*

Com Sheba plantada orgulhosamente na traseira da Land Rover quase nova que ele adquiriu em troca de sua caminhonete, Kit sobe decididamente o Bailey's Hill até que chega como planejado a um acostamento deserto, com uma cruz celta e uma vista da névoa da manhã erguendo-se no vale. Sua primeira chamada já está condenada ao fracasso, como ele pretende que esteja, mas a ética do Serviço e algum senso de autoproteção exigem que ele a faça. Ligando para a central do Ministério, é atendido por uma mulher determinada que exige que ele repita seu nome de forma clara e lenta. Ele repete e joga seu título de cavaleiro para terminar. Após uma demora tão longa que teria justificativa se desligasse, ela informa que há três anos o antigo ministro Sr. Fergus Quinn não se encontra neste posto — coisa de que Kit sabe muito bem, mas que não o impediu de perguntar — e que ela não tem nenhum telefone para dar a ele e não tem autoridade para passar mensagens. Sir Christopher — *finalmente*, obrigado! —, não gostaria de ser transferido para o secretário residente? Não, obrigado, Sir Christopher não gostaria, com a clara implicação de que um secretário residente não corresponderia ao grau de segurança envolvido.

Bem, eu tentei e está registrado. Agora, para a parte complicada.

Extraindo o pedaço de papel em que tinha anotado o telefone de Marlon, ele digita em seu celular, põe o volume no máximo porque sua audição está piorando um pouco e logo, por medo de hesitar, aperta o verde. Ouvindo tensamente o telefone chamando, lembra tarde demais que horas eram em Houston, e tem uma visão de um sonolento Marlon tateando em busca do telefone de cabeceira. Em vez disso, ouve a voz sincera de uma matrona texana:

"*Agradecemos* por chamar a Ethical Outcomes. Lembre-se: na Ethical, a *sua* segurança vem em *primeiro* lugar!"

Em seguida, uma explosão de música marcial e desfila a voz *all-American* de Marlon:

"Olá! Aqui é *Marlon*. Por favor, esteja ciente de que sua questão *sempre* será tratada com a mais estrita confidencialidade, de acordo com os princípios de integridade e discrição da Ethical. Desculpe: não temos ninguém disponível no momento para atender sua chamada pessoal e privada. Mas se deseja deixar uma mensagem simples de não mais que dois minutos de duração, seu consultor confidencial logo lhe dará o retorno. Após o sinal, por favor."

Kit preparou sua mensagem simples de não mais que dois minutos de duração? Durante a longa noite, evidentemente que sim:

— Aqui quem fala é *Paul* e eu preciso falar com *Elliot*. Elliot, este é Paul, de três anos atrás. Algo bastante desagradável surgiu, não de minha criação, posso dizer. Preciso falar com você urgentemente, claro que não do meu número de casa. Você tem o número do meu celular pessoal, é o mesmo número antigo de antes, não criptografado, claro. Vamos marcar uma data para uma reunião o mais breve possível. Se você não puder, talvez possa me colocar em contato com alguém com quem eu esteja autorizado a falar. Quero dizer, alguém que conheça o histórico e que possa preencher algumas lacunas bastante preocupantes. Aguardo ansiosamente sua resposta em breve. Obrigado. Paul.

Com a sensação de um trabalho complicado bem-resolvido em menos de dois minutos, ele desliga e entra numa trilha de pôneis com Sheba em seus calcanhares. Mas após algumas centenas de metros, seu sentido de realização o abandona. Quanto tempo terá de esperar até que alguém ligue de volta? E, acima de tudo, *onde* ele vai esperar? Em St. Pirran não há sinal de celular — estando você na rede da Orange, da Vodafone ou em qualquer outra. Se ele for para casa agora, tudo que vai pensar é em como sair novamente. Claro, no devido tempo ele oferecerá às suas mulheres alguma prestação de contas não sigilosas do que conseguiu — mas não até que tenha conseguido.

Portanto a questão é: existe um caminho do meio, uma fachada provisória que possa mantê-lo dentro do alcance de Marlon, mas fora do alcance de suas mulheres? Resposta: o tedioso advogado de Truro que Kit contratou recentemente para resolver vários inventários insignificantes da família. Suponhamos, em nome do argumento, que algo surgiu: uma questão judicial complicada que precisa ser debatida às pressas. E suponhamos que, na correria dos eventos, Kit se esqueceu completamente da reunião até agora. Faz sentido. Próximo passo, chamar Suzanna, o que exigirá coragem, mas ele está pronto para ela.

Convocando Sheba, ele volta para a Land Rover, devolve o celular ao seu bolso, vira a ignição e se assusta com o agudo ensurdecedor de uma chamada no volume máximo.

— Quem fala é Kit Probyn? — interroga uma voz de homem.

— Eu sou Probyn. Quem é? — apressadamente ajustando o volume.

— Meu nome é Jay Crispin da Ethical. Ouvi coisas maravilhosas sobre você. Elliot está fora do radar no momento, em caçada, como dizemos. Que tal se eu falar no lugar dele?

Em poucos segundos, como parece a Kit, a coisa é resolvida: eles vão se reunir. E não amanhã, mas hoje à noite. Sem rodeios, sem "humms" e "ahnns".

Uma voz britânica direta, educada, um de nós, e nem um pouco defensivo, o que por si só já é bastante representativo. O tipo de homem que seria um prazer conhecer em outras circunstâncias — tudo que Kit devidamente comunicou a Suzanna em termos adequadamente codificados, enquanto eles o arrumavam às pressas para pegar o trem das dez e quarenta e um da estação Bodmin Parkway:

— E seja *forte*, Kit — encorajou-o Suzanna, abraçando-o com toda a força de seu corpo frágil. — Não que você seja fraco. Você não é. A questão é que você é gentil, confiável e leal. Bem, Jeb era leal também. Você disse que ele era. Não disse?

Ele disse? Provavelmente disse. Porém, como ele sabiamente lembrou a ela, as pessoas mudam, querida, até os melhores de nós, você sabe. E alguns de nós saem totalmente dos trilhos.

— E você vai perguntar ao Senhor Figurão, seja ele quem for, diretamente: "O pobre Jeb disse a verdade e uma mulher inocente e seu filho morreram?" Eu não quero saber do que se trata. Eu sei que nunca vou saber. Mas se o que Jeb escreveu naquele recibo horrendo é verdade, e por isso conseguimos o Caribe, temos de enfrentar. Não podemos viver uma mentira, por mais que pudéssemos gostar disso. Podemos, querido? Ou *eu* não posso — acrescentou, como uma ideia tardia.

E de Emily, mais explicitamente, quando estacionaram no pátio da estação:

— Seja o que for, pai, a mamãe vai precisar de respostas adequadas.

— *Bem, eu também vou!* — retrucou ele num momento de raiva dolorosa, do qual se arrependeu imediatamente.

*

O Connaught Hotel, no West End de Londres, não era um estabelecimento já conhecido de Kit, mas, sentado sozinho na confusão de garçons do esplendor pós-moderno de seu salão, ele na verdade gostaria que fosse; pois assim não teria escolhido o velhíssimo terno de passeio e os sapatos marrons rachados que arrebatara de seu guarda-roupa.

— Se meu avião atrasar, apenas diga que está esperando por mim e eles vão cuidar de você — dissera Crispin, sem se preocupar em mencionar de onde o avião estava vindo.

E era certo; quando Kit murmurou o nome de Crispin para o recepcionista de terno preto e pose de grande maestro em seu tablado, o sujeito até sorriu.

— Fizemos uma longa viagem hoje, não, Sir Christopher? Bem, Cornualha, isso *é* uma longa viagem. Com o que posso tentá-lo, com os cumprimentos do Sr. Crispin?

— Bule de chá, e eu vou pagar por mim mesmo. Dinheiro — retorquiu Kit secamente, determinado a manter sua independência.

Mas uma xícara de chá não é algo que o Connaught oferece facilmente. Para obter uma, Kit tem de escolher o Chá da Tarde Chic & Shock e observar impotente enquanto um garçom traz bolos, folheados e sanduíches de pepino a 35 libras, mais gorjeta.

Ele espera.

Vários possíveis Crispin entram e o ignoram, juntam-se a outros ou são abordados por eles. Pela voz forte e magistral que ouviu ao telefone, instintivamente procura um homem que combine com ela: talvez de ombros largos, toneladas de confiança, um passo amplo. Kit se lembra dos elogios derramados de Elliot a seu empregador. Em tom de galhofa nervosa, ele se pergunta qual forma terrestre seria assumida por tamanho poder de liderança e carisma. E ele não fica de todo decepcionado quando um homem elegante, na faixa dos 40 anos e estatura média, vestindo um terno cinza de risca de giz bem-cortado, senta calmamente a seu lado, pega sua mão e murmura:

— Imagino que sou o homem que você busca.

E o reconhecimento, se assim poderia ser chamado, é imediato. Jay Crispin é tão inglês e suave quanto sua voz. Ele é bem-barbeado e, com sua cabeça de cabelos saudáveis e bem-penteados para trás e o sorriso de tranquila segurança, é o que os pais de Kit teriam chamado de "bem-apessoado".

— Kit, lamento muitíssimo que isso tenha acontecido — a voz perfeita mente afinada declara, com sinceridade que penetra direto no coração de Kit. — Que momentos terríveis você passou. Meu Deus, o que você está bebendo?

Chá não! — E quando o garçom desliza para a lateral da mesa: — Você é um homem de uísque. Eles fazem um Macallan bastante decente aqui. Leve tudo isso embora, está bem, Luigi? E traga duas doses do 18 anos. Que sejam bem servidas. Gelo? Sem gelo. Tônica e água para acompanhar. — E quando o garçom se afasta: — E escute, muitíssimo obrigado por fazer a viagem. Eu lamento *terrivelmente* que você tenha sido obrigado a fazê-la.

*

Agora, Kit jamais admitiria que fora atraído por Jay Crispin, ou que seu juízo foi minado de alguma forma pelo irresistível encanto do homem. Desde o início, Kit insistiria, ele guardou as mais graves suspeitas sobre o sujeito, e as manteve de pé ao longo de toda a reunião.

— E a vida nos campos escuros da Cornualha lhe cai bem, verdade? — perguntou Crispin para puxar conversa enquanto esperavam a chegada de suas bebidas. — Você não sente falta das luzes da cidade? Pessoalmente, eu estaria conversando com os passarinhos após algumas semanas. Mas esse é o meu problema, dizem. Workaholic incurável. Nenhuma capacidade de distração. — E após esta breve confidência: — E Suzanna se recupera bem, presumo? — emitindo a voz perfeita para o momento de intimidade.

— *Muitíssimo* melhor, obrigado, muitíssimo. A vida no campo é o que ela ama — respondeu Kit sem jeito, mas o que mais ele poderia dizer quando o homem pergunta? E bruscamente, num esforço para desviar o rumo da conversa:

— Então, onde você *realmente* está baseado? Aqui em Londres, ou... bem, Houston, suponho?

— Oh, por Deus, em Londres, onde mais? Único lugar para estar, se quer minha opinião... além do norte da Cornualha, obviamente.

O garçom retornou. Um hiato enquanto ele servia as bebidas segundo as especificações de Crispin.

— Castanhas de caju, tira-gosto? — perguntou Crispin a Kit, solícito. — Ou algo um pouco mais substancial após suas viagens?

— Obrigado, estou bem assim — mantendo a guarda.

— Pode disparar, então — declarou Crispin quando o garçom se foi.

Kit disparou. E Crispin ouviu, seu belo rosto crispado em concentração, a cabeça bem-cuidada sabiamente assentindo para indicar que estava familiarizado com a história; e até mesmo que já a tinha ouvido antes.

— E depois, na mesma noite, aconteceu *isso*, vê? — proclamou Kit e, tirando um úmido envelope pardo dos recessos de seu terno de passeio, entregou a Crispin o pedaço do frágil papel pautado que Jeb arrancara de seu caderno. — Dê uma olhada *nisso*, por favor — acrescentou, para aumentar o portento, e observou a mão manicurada de Crispin pegando o papel, notou os punhos duplos da camisa de seda creme e as abotoaduras de ouro gravado; viu como Crispin se inclinou para trás e estudou o papel seguro em ambas as mãos, com a calma de um antiquário buscando marcas d'água.

Bem, ele pareceu culpado, *querido? Ele pareceu chocado? Ora, ele deve ter parecido* alguma coisa*!*

Mas, até onde Kit pôde perceber, Crispin não pareceu nada. Suas feições regulares não vacilaram, não houve nenhum tremor violento das mãos: apenas um balançar lamentoso da cabeça asseada, acompanhado pela voz da classe oficial.

— Bem, pobre de você, é tudo que posso dizer, Kit. Pobre de você. Que situação absolutamente terrível. E sua pobre Suzanna também. Medonho. O que *ela* deve estar passando, só Deus sabe. Quero dizer, foi ela quem *realmente* levou a bomba. Além de não saber por que ou de onde veio, também ciente de que não podia perguntar. Que filho da puta. Perdão. *Cristo!* — exclamou ele com veemência entre os dentes, suprimindo alguma agulhada de dor interior.

— E ela *realmente* precisa obter uma resposta direta — insistiu Kit, determinado a manter seus objetivos. — Por pior que seja, ela *precisa* saber o que aconteceu. E eu também. Ela enfiou na cabeça que nosso posto no Caribe foi uma forma de me silenciar. Ela parece até, sem nenhuma intenção, claro, ter contaminado nossa filha com a mesma ideia. É uma insinuação tão absolutamente *desagradável*, como você pode imaginar — cautelosamente encorajado pelo aceno de compaixão de Crispin —, não é uma maneira muito *feliz* de se aposentar: acreditando que você fez um trabalho decente pelo seu país só para depois descobrir que foi tudo uma farsa para encobrir um... bem, sem querer dramatizar demais, um *assassinato* — fazendo uma pausa para um garçom passar empurrando um bolo de aniversário com uma vela faiscando no alto. — Depois, acrescentemos o fato de que um soldado de primeira classe viu *toda a sua vida* atirada na lixeira, ou talvez tenha visto. Não é o tipo de coisa que Suzanna toma com displicência, considerando que ela tem uma tendência a se importar muito mais com os outros do que consigo mesma. Então o que estou dizendo é: nada de rodeios, precisamos ter os fatos. Sim ou não. Diretamente. Nós dois. *Todos* nós. Qualquer um faria o mesmo. Eu lamento por isso.

Lamenta pelo quê? Lamenta por ouvir sua voz perdendo o controle e sentir o rubor emergindo em seu rosto? Lamenta coisa nenhuma. Sua paciência finalmente acabou, e era assim que deveria ser. Suki estaria torcendo por ele. Em também. E a visão desse tal de Jay Crispin presunçosamente assentindo com sua cabeça de cabelos ondulados teria enfurecido as duas, tanto quanto começava a enfurecê-lo.

— Ademais, eu sou o vilão do filme — sugeriu Crispin nobremente, no tom de um homem que avalia o processo contra ele. — Eu sou o cara perverso que orquestrou toda a coisa, que contratou um bando de mercenários baratos, enganou Langley e nossas próprias Forças Especiais para que fornecessem cobertura e que presidiu uma das maiores cagadas operacionais de todos os tempos. Está correto? Além disso, eu deleguei a tarefa a um comandante de campo inútil que perdeu as estribeiras e deixou que seus homens fuzilassem uma mãe inocente e seu bebê. Isto cobre tudo, ou há algo mais que eu fiz e não mencionei?

— Olhe aqui, eu não disse *nada* disso...

— Não, Kit, você não precisa. Jeb disse e você acreditou. Não precisa contemporizar. Eu vivi com isso por três anos, posso viver por mais três — tudo sem um pingo de autopiedade, ou nenhum que alcançasse o ouvido de Kit. — E Jeb não é o único, para ser justo com ele. Na minha linha de trabalho, nós encontramos de tudo: caras com transtorno de estresse pós-traumático, trauma real ou imaginário, ressentimentos quanto a gratificações, pensões, fantasias sobre si mesmos, caras que reinventam suas histórias de vida e que correm para um advogado se não são amordaçados a tempo. Mas esse filho da mãe está numa classe própria, pode acreditar em mim. — Um suspiro sofrido, outra vez a cabeça balança tristemente. — Fez um *grande* trabalho em seu tempo, Jeb, ninguém melhor. O que só piora a situação. Tão plausível quanto o dia é claro. Cartas de partir o coração para seu MP, para o Ministério da Defesa, Deus e o mundo. *O anão envenenado*. Era assim que o chamávamos na sede. Bem, não importa. — Outro suspiro, este quase silencioso. — E você tem certeza absoluta de que o encontro foi coincidência? Ele não rastreou você de alguma forma?

— Pura coincidência — insistiu Kit, com mais certeza do que começava a sentir.

— Será que seu jornal ou rádio local na Cornualha não anunciou que Sir Christopher e Lady Probyn agraciariam o palanque, por algum acaso?

— Pode ser.

— Talvez esta tenha sido a pista.

— De jeito nenhum — respondeu Kit, inflexível. — Jeb não sabia meu nome até que apareceu na Feira e juntou dois mais dois — satisfeito por preservar sua indignação.

— Então não havia fotos suas em lugar nenhum?

— Nada que tenha aparecido para *nós*. E, se tivesse, a Sra. Marlow nos mostraria. Nossa governanta — declarou ele, firme. E para adicionar certeza: — E, se ela *de fato* deixasse algo escapar, toda a vila diria a ela.

O garçom queria saber se eles gostariam do mesmo novamente. Kit disse que não. Crispin disse que gostariam e Kit não argumentou.

— Quer ouvir alguma coisa sobre a nossa linha de trabalho, Kit? — perguntou Crispin, quando se viram sozinhos novamente.

— Não sei se deveria, na verdade. Não é da minha conta.

— Bem, eu acho que deveria. Você fez um ótimo trabalho no Ministério das Relações Exteriores, sem dúvida. Você ralou muito pela rainha, mereceu sua pensão e sua cavalaria. Mas, enquanto funcionário público de primeira classe, você era um *facilitador*. Tudo bem, um dos melhores nisso. Mas nunca foi um *jogador*. Não era o que poderíamos chamar de fera da selva corporativa. Era? Admita.

— Creio que não entendo aonde você quer chegar — rosnou Kit.

— Estou falando de *incentivo* — explicou Crispin pacientemente. — Estou falando daquilo que impulsiona o Zé-Ninguém da vida a se levantar da cama de manhã: dinheiro, o vil metal, grana. E no meu ramo... nunca o seu... é quem leva uma fatia do bolo quando uma operação é tão bem-sucedida quanto foi a *Vida Selvagem*. E recebe o tipo de ressentimento que é despertado. A ponto de caras como Jeb pensarem que têm direito a metade do Banco da Inglaterra.

— Você parece esquecer que Jeb era do *Exército* — interrompeu Kit, indignado. — Exército *britânico*. Ele também tinha certa *questão* com os caçadores de recompensas, como por acaso me informou durante nosso tempo juntos. Ele os tolerava, mas era o máximo que conseguia fazer. Ele se orgulhava de ser um soldado da rainha e isso era o bastante para ele. Falou nessas palavras exatas, creio. Desculpe por isso — ainda mais irritado.

Crispin meneou a cabeça discretamente para si, como um homem cujos piores temores foram confirmados.

— Oh, Deus. Oh, Jeb. Coitado. Ele *realmente* disse isso, foi? Deus, tem piedade! — Ele se recompôs. — O soldado da rainha não se mistura com mercenários, mas quer uma megafatia do bolo dos caçadores de recompensas? Adorei essa. Bom trabalho, Jeb. A hipocrisia alcançando novos limites. E, quando ele não consegue o que quer, dá meia-volta e caga bem na porta de entrada da Ethical. Que duas caras do... — por razões de delicadeza, Crispin preferiu deixar a frase inacabada.

E mais uma vez Kit se recusou a ser dissuadido.

— Agora escute aqui, tudo isso não vem ao caso. Eu não tenho a minha resposta, tenho? Nem Suzanna.

— Para o *que* exatamente, meu velho? — perguntou Crispin, ainda lutando para vencer quaisquer que fossem os demônios que o atacavam.

— A resposta que vim buscar, caramba. Sim ou não? Esqueça incentivos, recompensas, essas coisas todas, que são só para desviar o assunto. Minha pergunta é, número um: a operação teve sangue derramado ou não? *Alguém foi morto?* E, se foi, quem foram as vítimas? Não importa se inocentes ou culpados: *eles foram assassinados?* E *dois* — não exatamente no controle de sua aritmética, mas persistindo mesmo assim —, uma *mulher* foi morta? E o *filho dela* foi morto? Ou *alguma* criança, afinal? Suzanna tem o direito de saber. E eu também. E nós dois precisamos saber o que dizer à nossa filha, porque Emily estava lá também. Na Feira. Ela o ouviu. Ouviu coisas que não deveria ter ouvido. De Jeb. Não é culpa dela ter ouvido, mas ouviu. Não sei bem quanto, mas foi o suficiente. — E como uma reflexão tardia e mitigatória, porque suas palavras de despedida para Emily na estação de trem ainda o envergonhavam: — Entreouvindo, provavelmente. Eu não a culpo. Ela é médica. É observadora. Ela precisa saber coisas. Parte do seu trabalho.

Crispin pareceu surpreso, até um pouco magoado, por descobrir que aquelas questões ainda estavam na mesa. Mas decidiu respondê-las de qualquer maneira.

— Vamos dar uma olhada em *seu* caso primeiro, Kit, pode ser? — sugeriu Crispin. — Você honestamente acha que o bom e velho MRE teria dado aquele posto, aquela *honra* a você, se houvesse sangue por todo o Rochedo? Sem falar em *Punter* abrindo o coração para os interrogadores num local não revelado?

— Talvez desse — respondeu Kit obstinadamente, ignorando o odiado uso de "MRE" por gente de fora. — Para me manter em silêncio. Para me tirar da linha de fogo. Para me impedir de tagarelar. O Ministério das Relações Exteriores já fez coisas piores em seu tempo. Suzanna pensa que seriam capazes de fazer, em todo caso. Assim como eu.

— Então leia meus lábios.

Sob as sobrancelhas crispadas, Kit fazia exatamente isso.

— Kit. Houve zero, repito, zero perda de vidas. Quer que eu diga de novo? Nem *uma* só gota de sangue, de ninguém. Nenhuma criança morta, nenhuma mãe morta. Convencido agora? Ou preciso pedir ao recepcionista que me traga uma Bíblia?

*

A caminhada do Connaught a Pall Mall naquela balsâmica noite de primavera foi para Kit menos um prazer e mais uma triste celebração. Jeb, coitado, estava obviamente muito perturbado. Kit tinha compaixão por ele: um ex-companheiro, um bravo ex-soldado que sucumbira a sentimentos de avareza e injustiça. Bem, ele tinha conhecido um homem melhor que isso, um homem a se respeitar, um homem a ser seguido. Se seus caminhos se cruzassem mais uma vez — Deus me livre, mas caso se cruzassem —, ele não se furtaria a estender uma mão amiga. Quanto ao encontro por acaso na Feira de Bailey, ele não daria espaço às suspeitas abjetas de Crispin. Foi pura coincidência e isso é tudo. O maior ator na Terra não poderia ter fingido aquele semblante devastado que o encarou na traseira da van. Jeb talvez fosse psicótico, talvez sofresse de transtorno de estresse pós-traumático ou qualquer outro termo grandioso que repetimos com tanta facilidade hoje em dia, mas para Kit ele continuaria sendo o Jeb que o levou ao ápice de sua carreira e nada mudaria isso, ponto final.

E foi com esta formulação resolutamente afiada em sua cabeça que ele entrou numa rua lateral e ligou para Suzanna, uma coisa que estava louco para fazer, mas que também temia de alguma maneira indefinível desde que deixara o Connaught.

— As coisas estão *realmente* ótimas, Suki — escolhendo as palavras com cuidado, porque, como Emily apontou secamente, Suzanna era, no mínimo, mais preocupada com segurança que ele. — Estamos lidando com um cara muito doente, que tragicamente perdeu seu caminho na vida e não sabe mais distinguir a verdade da ficção, ok? — Ele tentou de novo. — Ninguém, repito, *ninguém* foi ferido acidentalmente. Suki? Está me ouvindo?

Oh, Cristo, ela está chorando. Não, não está. Suki nunca chora.

— Suki, querida, não houve *nenhum acidente*. Muito menos dois. Está *tudo bem*. Nenhuma *criança* vitimada. Ou mãe. Nosso amigo da Feira está *fantasiando*. Ele é um cara valente, pobre coitado, tem problemas mentais, tem problemas de dinheiro e está atolado em sua própria cabeça. Eu soube direto do homem no alto escalão.

— Kit?

— O que foi, querida? Me diga. Por favor. Suzanna?

— Eu estou bem, Kit. Estava só um pouco cansada e desanimada. Estou melhor agora.

Ainda não está chorando? Suki? Não nesta vida. Não a velha Suki. Jamais. Ele tinha a intenção de ligar para Emily depois, mas pensando bem: melhor dar um descanso até amanhã.

*

Em seu clube, era a hora do movimento. Cumprimentos de velhos camaradas; eles lhe pagam uma jarra, ele paga uma de volta. Miúdos e bacon no balcão, café e vinho do Porto na biblioteca para fazer desta uma noite adequada. O elevador fora de serviço, mas ele subiu os quatro andares com facilidade e tateou seu caminho pelo corredor até o quarto sem trombar com nenhum extintor idiota. Mas teve de passar a mão de cima a baixo na parede para encontrar o interruptor que vivia fugindo dele e, enquanto tateava, notou que havia uma grande quantidade de ar fresco no quarto. Será que, em flagrante contradição com as regras do clube, o ocupante anterior andou fumando e deixou a janela aberta para esconder as provas? Se foi assim, Kit estava disposto a escrever uma dura carta à secretaria.

E, quando finalmente encontrou o interruptor e acendeu a luz, lá estava, sentado numa poltrona de napa junto à janela aberta, usando um belo paletó azul-escuro com o triângulo do lenço branco no bolso superior, Jeb.

4

O envelope pardo A4 pousou com o fecho para cima no capacho do apartamento de Toby Bell em Islington às três e vinte de uma madrugada de sábado, logo após seu retorno de uma passagem gratificante, embora estressante, pela embaixada britânica em Beirute. Entrando imediatamente em alerta de segurança, ele pegou uma lanterna de sua cabeceira e, na ponta dos pés, avançou cautelosamente pelo corredor, ao som distante de passos descendo as escadas e fechando o portão da frente.

O envelope era da variedade grossa, encerada e não registrada. As palavras PRIVADO & CONFIDENCIAL estavam impressas em letras grandes no canto superior esquerdo. O endereço *Vossa Senhoria T. Bell, apto. 2*, havia sido escrito numa caligrafia aparentemente inglesa que ele não reconhecia. A aba posterior era duplamente selada com fita adesiva e as extremidades destacáveis estavam enroladas até a frente. Nenhum remetente era oferecido e se o antiquado *Vossa Senhoria* escrito por extenso tinha a intenção de tranquilizá-lo, acabou provocando o efeito contrário. O conteúdo do envelope parecia ser plano — então, tecnicamente era uma carta, não um pacote. Mas Toby sabia por sua formação que os dispositivos não precisam ser volumosos para explodir suas mãos.

Não havia nenhum grande mistério sobre como uma carta podia ser entregue em seu apartamento de primeiro andar àquela hora. Nos fins de semana, a porta da frente do prédio muitas vezes era deixada destrancada a noite toda. Tomando coragem, ele pegou e, segurando à distância de um braço, levou o envelope para a cozinha. Depois de examiná-lo sob a luz do teto, ele cortou a lateral com uma faca de cozinha e descobriu um segundo envelope endereçado na mesma caligrafia: *AOS CUIDADOS DE V. S.ª T. BELL, APENAS.*

Este envelope interior também era selado com fita adesiva. Dentro dele havia duas folhas de papel de carta azul com cabeçalho, escritas com letra apertada, sem data.

De:
Quinta de St. Pirran,
Bodmin,
Cornualha

Meu caro Bell,

Perdoe esta missiva sigilosa e a maneira furtiva de sua entrega. Minhas pesquisas me informam que há três anos você foi secretário particular de um certo subministro. Se eu lhe disser que temos um conhecido em comum de nome Paul, você adivinhará a natureza de minha preocupação e entenderá por que não estou em liberdade de me expandir por escrito.

A situação em que me encontro é tão aguda que não tenho nenhuma opção a não ser apelar para seus instintos humanos naturais e solicitar sua total discrição. Eu lhe peço um encontro pessoal tão logo lhe seja conveniente, aqui na obscuridade do norte da Cornualha e não em Londres, em qualquer dia de sua escolha. Nenhum aviso prévio, seja por e-mail, telefone ou correio, é necessário, ou aconselhável.

Nossa casa está atualmente em reforma, mas temos espaço suficiente para acomodá-lo. Entrego esta no início do fim de semana na esperança de que ela possa acelerar sua visita.

Atenciosamente,

Christopher (Kit) Probyn.

PS.: Mapa e como chegar a nós em anexo. C.P.

PPS.: Obtive seu endereço de um ex-colega sob pretexto. C.P.

Enquanto Toby lia isso, uma espécie de calma maestral desceu sobre ele, uma espécie de realização, de justiça. Por três anos, esperou por um sinal apenas, e agora lá estava, repousando à sua frente na mesa da cozinha. Mesmo nos piores momentos em Beirute — em meio a temores de bombas, medo de sequestro, toques de recolher, assassinatos e reuniões clandestinas com imprevisíveis chefes de milícias —, ele nunca deixou de se debater com o mistério da Operação Que Nunca Foi e com a inexplicável virada de 180 graus de Giles Oakley. A decisão de Fergus Quinn — MP, esperança dourada das autoridades em Downing Street —, anunciada poucos dias depois que Toby foi levado a Beirute, de se retirar da política e aceitar o cargo de consultor de Agenciamento de Defesa para um dos Emirados, forneceu alimento para os jornalistas de fofocas de fim de semana, mas não produziu nada de substancial.

Ainda em seu roupão, Toby correu para o computador de mesa. Christopher (Kit) Probyn, nascido em 1950, educado no Marlborough College e Caius, Cambridge, honras de segunda classe em matemática e biologia, merecedor de um apertado parágrafo no guia *Quem É Quem*. Casado com Suzanna, nome de solteira Cardew, uma filha. Serviu em Paris, Bucareste, Ancara, Viena, depois em vários cargos no próprio país antes de se tornar alto comissário para um grupo de ilhas do Caribe.

Condecorado cavaleiro *en poste* pela rainha, aposentou-se há um ano.

Com esta inofensiva descrição, as comportas do reconhecimento foram escancaradas.

Sim, Sir Christopher, realmente temos um conhecido mútuo de nome Paul!

E sim, Kit, eu realmente adivinho a natureza de sua preocupação e entendo por que você não está em liberdade de se expandir por escrito!

E não estou minimamente surpreso por nenhum e-mail, telefone ou correio ser necessário ou aconselhável. Porque Paul é Kit, e Kit é Paul! E entre os dois, vocês formam um *avioneta* e um *telefone vermelho*, e vocês estão apelando aos meus instintos humanos naturais. Bem, Kit — bem, Paul —, seu apelo não será em vão.

*

Sendo um homem solteiro em Londres, Toby sempre fez questão de não possuir um carro. Ele levou dez minutos enfurecedores para encontrar os horários dos trens na internet e outros dez para marcar o aluguel de um carro desde a estação Bodmin Parkway. Ao meio-dia, estava sentado no vagão-restaurante, vendo os longos campos do oeste do país passarem tão lentamente que estava perdendo a esperança de chegar ao destino antes do anoitecer. Contudo, no fim da tarde ele já estava dirigindo uma enorme banheira com uma embreagem escorregadia e o volante desajustado por ruas estreitas tão cobertas de árvores que pareciam túneis perfurados por fios de luz solar. Logo reconhecia os pontos de referência prometidos: um riacho, uma curva fechada, uma cabine de telefone solitária, uma placa de rua sem saída e, finalmente, um marco dizendo ST. PIRRAN CH'TOWN 2 QUILÔMETROS.

Ele desceu uma encosta íngreme e passou entre campos de milho e colza delimitados por muros de granito. Um conjunto de casas de campo apareceu para ele, depois uma expansão de modernos bangalôs, depois uma atarracada igreja de granito e uma rua de vilarejo; e, no fim da rua, em seu próprio elevado, a Quinta, uma feia mansão rural do século XIX com um pórtico com colunas, um par de portões de ferro exagerados e dois pomposos postes de entrada decorados com leões de pedra.

Toby não diminuiu a marcha na primeira passada. Ele era o Homem de Beirute, acostumado a recolher todas as informações disponíveis antes de um encontro. Selecionando uma pista sem contenção que oferecia uma paralela da encosta, ele logo pôde baixar os olhos para um amontoado de telhados calafetados de ardósia entremeados por escadas, uma fileira de estufas em ruínas e um estábulo com uma torre de relógio sem relógio. E, no pátio do estábulo, um misturador de cimento e um monte de areia. *Nossa casa está atualmente em reforma, mas temos espaço suficiente para acomodá-lo.*

Feito seu reconhecimento, ele retornou à rua principal da vila e, por meio de uma passagem curta e esburacada, parou no pórtico da Quinta. Não encontrando nenhuma campainha, mas sim um batedor de bronze, ele deu uma pancada retumbante e ouviu um cachorro latindo e sons de marteladas ferozes vindos das profundezas da casa. A porta se abriu e uma mulher pequena e de aparência intrépida, em torno dos 60 anos, examinou-o firmemente com seus penetrantes olhos azuis. A seu lado, um labrador amarelo enlameado fazia o mesmo.

— Meu nome é Toby Bell. Eu gostaria de saber se posso dar uma palavra com Sir Christopher — disse ele, ao que o rosto magro da mulher imediatamente relaxou num sorriso caloroso, bastante bonito.

— Mas é *claro* que você é Toby Bell! Sabe que por um momento eu realmente pensei que você era jovem demais para o papel? Eu sinto *muito*. Esse é o problema de ter uma centena de anos. *Ele está aqui, querido! É Toby Bell.* Onde *está* esse homem? Na cozinha, provavelmente. Ele está batendo boca com um forno velho de pão. *Kit, pare de martelar uma vez na vida e venha, querido!* Eu comprei para ele um par desses protetores de ouvido de plástico, mas ele não quer usar. Pura teimosia masculina. Sheba, diga olá para Toby. Você não se importa de ser chamado de Toby, não? Eu sou Suzanna. *Devagar*, Sheba! Oh, Deus, ela precisa de um banho.

As marteladas pararam. A labradora enlameada focinhava a coxa de Toby. Seguindo o olhar de Suzanna, ele viu um corredor de lajotas mal-iluminado.

— É ele mesmo, querida? Certeza de que é o cara certo? Cuidado nunca é demais, sabe? Pode ser o novo encanador.

Um sobressalto interno de reconhecimento: após três anos de espera, Toby estava ouvindo a voz do verdadeiro Paul.

— É claro que é o homem certo, querido! — exclamava Suzanna de volta. — E ele está absolutamente *louco* por um banho e uma bebida quente depois de sua viagem, não está, Toby?

— Fez boa viagem, Toby? Encontrou bem o caminho e tudo mais? Não se perdeu com aquelas indicações?

— Absolutamente perfeito! Suas referências foram incrivelmente precisas — exclamou Toby com igual amabilidade para o corredor vazio.

— Me dê trinta segundos para lavar as mãos e tirar essas botas e eu estarei com você.

Torrente de água da torneira, cusparadas, murmúrio de canos. Os passos medidos do verdadeiro Paul se aproximando sobre as lajotas. E finalmente o próprio homem, primeiro como uma silhueta, depois com um macacão de trabalho e velhíssimos tênis esportivos, secando as mãos num pano de prato antes de pegar a de Toby num duplo aperto.

— Que maravilha você ter vindo! — exclamou ele fervorosamente. — Não sei como dizer o que isso significa para nós. Andamos absolutamente doentes de preocupação, não é, querida?

Mas antes que Suzanna pudesse confirmar isto, uma mulher alta e esbelta, 20 e tantos anos, cabelos escuros e amplos olhos italianos apareceu como se de lugar nenhum e estava parada ao lado de Kit. E, como ela parecia mais interessada em dar uma olhada nele que em cumprimentá-lo, a primeira suposição de Toby foi de que ela era algum tipo de funcionária da casa, talvez uma secretária.

— Oi. Eu sou Emily. A filha da casa — disse ela economicamente, esticando o braço ao lado do pai para trocar um aperto de mão rápido, mas sem um sorriso de acompanhamento.

— Trouxe sua escova de dentes? — estava perguntando Kit. — Rapaz esperto! No carro? Você pode buscar suas coisas, eu vou mostrar a você o seu quarto. E, querida, invente um jantar para nós, garotos, pode ser? O camarada aqui deve estar morrendo de fome depois de suas viagens. Uma das tortas da Sra. Marlow vai fazer um milagre para ele.

*

A escadaria principal estava em obras, então eles estavam usando a antiga escada dos empregados. A pintura da parede *deveria* estar seca, mas é melhor não tocar, recomendou Kit. As mulheres desapareceram. De uma área de serviço, o barulho de Sheba tomando seu banho.

— Em é médica — comentou Kit enquanto subiam, sua voz ecoando por toda a escada. — Formada pela Bart's. A melhor de seu ano, que Deus a abençoe. Atende os necessitados do East End, os pobres sortudos. Tem uma tábua traiçoeira aqui, cuidado onde pisa.

Eles chegaram a um primeiro andar com uma fileira de portas. Kit abriu a do meio. Janelas de ângulo davam para um jardim murado. Uma cama de solteiro estava cuidadosamente arrumada. Sobre uma escrivaninha, papel almaço e canetas esferográficas.

— Tem um scotch na biblioteca, assim que você se ajeitar — anunciou Kit da porta. — Passe antes do jantar se estiver interessado. Mais fácil falar quando as meninas não estão por perto — acrescentou ele, sem jeito. — E cuidado com o chuveiro: ele esquenta um pouco demais.

Entrando no banheiro e prestes a se despir, Toby ficou surpreso ao ouvir um clamor de vozes furiosas vindo da porta. Ele voltou para o quarto para ver Emily num casaco esportivo e tênis, balançando um controle remoto na mão em frente à TV, passando pelos canais.

— Achei que seria melhor verificar se está funcionando — explicou ela por cima do ombro, sem fazer nenhum esforço para baixar o volume. — Digamos que estamos num posto exterior aqui. Ninguém está autorizado a ouvir o que ninguém diz a ninguém. Além disso, as paredes têm ouvidos e não temos nenhum carpete.

A televisão ainda aos berros, ela se aproximou um passo.

— Você está aqui no lugar de *Jeb*? — inquiriu ela, diretamente na cara dele.

— Quem?

— *Jeb*. J-E-B.

— Não. Não, não estou.

— Você *conhece* Jeb?

— Não. Eu não.

— Bem, meu pai conhece. É seu grande segredo. Só que Jeb o chama de Paul. Ele deveria ter vindo para cá na última quarta-feira. Não apareceu. Você está na cama dele, na verdade — acrescentou ela, ainda fixando em Toby seu olhar castanho.

Na televisão, um apresentador de programa de auditório causava furor.

— Eu não conheço nenhum Jeb e nunca conheci um Jeb na vida — respondeu Toby, num tom cuidadosamente medido. — Eu sou Toby Bell, e sou das Relações Exteriores. — E como um adendo calculado: — Mas também sou uma pessoa privada, seja lá o que isso signifique.

— Então qual dos dois está sendo agora?

— Uma pessoa privada. Convidado da sua família.

— Mas você ainda não conhece Jeb?

— Não conheço Jeb nem como pessoa privada nem como funcionário das Relações Exteriores. Pensei que tinha deixado isso claro.

— Então por que veio?

— Seu pai precisa falar comigo. Ele ainda não disse o porquê.

Ela abrandou seu tom, mas só um pouco:

— Minha mãe é discreta até a morte. Ela também está doente e não reage bem ao estresse, o que é triste porque há um monte ao redor. Então o que estou querendo saber é: você está aqui para melhorar ou piorar as coisas? Ou você também não sabe?

— Temo que não.

— O Ministério sabe que você está aqui?

— Não.

— Mas na segunda saberá.

— Acho que você não deveria presumir isso de maneira nenhuma.

— Por que não?

— Porque primeiro eu preciso ouvir o seu pai.

Gritos de júbilo da televisão, onde alguém ganha 1 milhão de libras.

— Você fala com meu pai hoje à noite e vai embora de manhã. É esse o plano?

— Presumindo que até lá tenhamos terminado nosso assunto.

— É a vez de St. Pirran sediar Matins. Meus pais estarão na procissão da igreja às dez. Meu pai é um cartulário ou bedel ou algo assim. Se voce se despedir antes que eles saiam para a igreja, poderia ficar mais e poderíamos comparar nossas impressões.

— Até onde for possível, eu ficarei feliz em fazê-lo.

— O que significa isso?

— Se o seu pai quer falar confidencialmente, então tenho que respeitar sua confiança.

— E se eu quiser falar confidencialmente?

— Então eu respeito sua confiança também.

— Dez horas, então.

— Dez horas.

Kit estava em pé no corredor, segurando um casaco extra.

— Você se importa se tomarmos o uísque mais tarde? Tem uma chuva chegando.

*

Eles atravessavam o encharcado jardim murado, Kit girando uma velha bengala de freixo com Sheba em seus calcanhares e Toby se esforçando para segui-los num par de botas altas emprestadas, grandes demais para ele. Seguiram por uma passagem de balsa ladeada por jacintos e cruzaram uma ponte frágil com um aviso de PERIGO. Uma subida de granito dava para a encosta aberta. Enquanto subiam, um vento oeste soprava a chuva fina em seus rostos. Havia um banco no topo da colina, mas estava muito molhado para se sentar e assim eles ficaram de pé, parcialmente de frente um para o outro, os olhos semicerrados contra a chuva.

— Tudo bem até aqui? — perguntou Kit, querendo dizer, presumivelmente: você se importa de parar aqui na chuva?

— Claro. Adoro isso — respondeu Toby educadamente, e houve um hiato em que Kit pareceu reunir sua coragem para o salto.

— *Operação Vida Selvagem* — vociferou ele. — Sucesso retumbante, segundo nos informaram. Bebidas para todos. Cavalaria para mim, promoção para você... O que foi?

E esperou, franzindo a testa.

— Sinto muito — disse Toby.

— Pelo quê?

— Nunca ouvi falar da *Operação Vida Selvagem*.

Kit o encarou, com a amabilidade se esvaindo de seu rosto.

— *Vida Selvagem*, homem, pelo amor de Deus! Operação imensamente secreta! Empreitada público-privada para sequestrar um terrorista de alto valor — e uma vez que Toby ainda não dava nenhum sinal de reconhecimento: — Olhe aqui. Se você vai alegar que jamais ouviu falar disso, por que diabos veio?

Depois ficou plantado de cara fechada, com a chuva escorrendo pelo rosto, à espera da resposta de Toby.

— Eu sei que você era Paul — disse Toby, no mesmo tom comedido que empregara com Emily. — Mas eu nunca ouvi falar da *Operação Vida Selvagem* até você mencioná-la agora. Nunca vi nenhum documento relativo à *Vida Selvagem*. Nunca participei de reuniões. Quinn me deixou fora do jogo.

— Mas você era secretário particular dele, pelo amor de Deus!

— Sim. Pelo amor de Deus, eu era secretário particular dele.

— E quanto a Elliot? Você já ouviu falar de *Elliot*?

— Só indiretamente.

— *Crispin?*

— Sim, eu ouvi falar de Crispin — admitiu Toby, no mesmo tom ponderado. — Eu até o conheci. E ouvi falar da Ethical Outcomes, se é de alguma ajuda.

— *Jeb?* E quanto a Jeb? Ouviu falar de *Jeb*?

— Jeb é também um nome para mim. Mas *Vida Selvagem* não é, e eu ainda estou esperando para saber por que você me pediu para vir até aqui.

Se isso tinha o objetivo de acalmar Kit, o efeito foi oposto. Apontando a bengala ao vale diretamente abaixo deles, ele rugiu por cima do vento:

— Eu vou dizer por que você está aqui. Foi ali que Jeb estacionou sua maldita van! Lá embaixo! As marcas dos pneus ficaram até que as vacas pisotearam tudo. *Jeb*. Líder do nosso galante destacamento britânico. O camarada que eles jogaram de cabeça na lata de lixo por dizer a verdade. E você não teve parte em nada disso, eu suponho.

— Absolutamente nenhuma — respondeu Toby.

— Então *talvez* você me diga — sugeriu Kit, com sua raiva diminuindo ligeiramente —, antes que algum de nós enlouqueça, ou *ambos*: como é que você *não* sabe o que foi a *Operação Vida Selvagem*, mas conhece Paul e Jeb e o restante deles *apesar* do fato de que seu próprio ministro o deixou fora da jogada, *o que eu pessoalmente acho muito difícil de acreditar?*

Dando sua simples resposta, Toby ficou surpreso ao descobrir que não sofria nenhuma crise de consciência, apenas uma agradável sensação de catarse.

— Porque eu gravei seu encontro com o ministro. Aquele em que você disse que era seu telefone vermelho.

Kit levou algum tempo para absorver isso.

— Por que diabos Quinn faria isso? Eu nunca vi um homem mais nervoso. Gravar sua própria reunião secreta? Por quê?

— Ele não gravou. Eu gravei.

— Para quem?

— Ninguém.

Kit tinha dificuldade de se forçar a acreditar nisso.

— Ninguém *disse* a você para fazer? Você gravou absolutamente por conta própria. Secretamente? Sem a permissão de alguém?

— Correto.

— Que coisa absolutamente imunda de se fazer.

— Sim. Não foi? — concordou Toby.

Em fila, eles voltaram para a casa, Kit marchando à frente com Sheba, e Toby seguindo a uma distância respeitosa.

*

Cabeças mais frias, eles se sentaram à mesa longa de pinho bebendo o melhor Borgonha de Kit e comendo a torta de miúdos da Sra. Marlow, enquanto Sheba assistia cobiçosamente de sua cesta. Negligenciar seus deveres como anfitrião estava acima das forças de Kit, e Toby, quaisquer que fossem seus defeitos, era seu convidado.

— Não invejo sua maldita Beirute, eu lhe digo — comentou Kit severamente, reabastecendo a taça de Toby.

Mas, quando Toby perguntou, num espírito de reciprocidade, sobre a temporada de Kit no Caribe, foi bruscamente cortado:

— Temo que este não seja um bom assunto nesta casa. Um ponto um tanto sensível.

Depois disso, eles tiveram de se contentar com conversa fiada das Relações Exteriores — quem eram os figurões hoje em dia e se Washington finalmente voltaria ao Ministério, ou se seria dado a outro forasteiro. Mas Kit perdeu a paciência muito rapidamente e logo estavam atravessando o pátio do estábulo sob uma chuva torrencial, Kit liderando o caminho com uma lanterna enquanto eles contornavam montes de areia e empedrados de granito. Em seguida, o cheiro doce do feno quando passaram pelas baias vazias em seu caminho para a velha selaria, com suas paredes de tijolos, janelas altas e arqueadas e a lareira de ferro vitoriana, já preparada.

E, sobre um antigo baú que agora cumpria o papel de mesa de centro, um chumaço de papel A4, um pacote da melhor cerveja amarga e uma garrafa de J&B, selada — tudo arrumado, presumiu Toby, não em sua honra, mas na de Jeb, o convidado que não veio.

Kit se agachou e estava segurando um fósforo para acender o fogo.

— Temos uma coisa aqui chamada Feira de Bailey — disse ele virado para a lareira, ajeitando o carvão com seu longo indicador. — Deus sabe quando começou a acontecer. Uma besteirada. — E depois de soprar vigorosamente a lenha: — Estou prestes a quebrar todas as malditas regras em que sempre acreditei, caso você não saiba.

— Bem, então somos dois, não é? — respondeu Toby.

E algum tipo de cumplicidade nasceu ali.

*

Toby é um bom ouvinte e, por algumas horas, ele mal falou, exceto para oferecer uma ou outra palavra murmurada de compaixão.

Kit descreveu seu recrutamento por Fergus Quinn e a preparação com Elliot. Ele viajou a Gibraltar como Paul Anderson, deu voltas em seu odiado quarto de hotel, escondeu-se na encosta com Jeb, Shorty, Andy e Don e forneceu seu testemunho ocular e auditivo da *Operação Vida Selvagem* e sua suposta conclusão gloriosa.

Ele descreveu a Feira: escrupulosamente monitorando a si mesmo enquanto falava, detendo-se neste ou naquele detalhe e se corrigindo, para depois continuar.

Embora fosse duro para ele, Kit descreveu com resoluta frieza a descoberta do recibo manuscrito de Jeb e seu impacto sobre Suzanna e depois sobre si. Puxou uma gaveta de sua mesa e com um brusco "veja com seus próprios olhos", apresentou a Toby o frágil pedaço de papel pautado.

Ele descreveu com repulsa pouco dissimulada seu encontro com Jay Crispin no Connaught e seu telefonema tranquilizador para Suzanna, o que, em retrospecto, parecia lhe causar mais dor que qualquer outro episódio isolado.

E agora ele está descrevendo seu encontro com Jeb no clube.

— Como diabos ele sabia que você estava hospedado lá? — interrompeu Toby em sua quieta perplexidade, e uma espécie de alegria impregnou brevemente as feições atormentadas de Kit.

— O filho da mãe me seguiu — respondeu ele, orgulhoso. — Não me pergunte como. Todo o caminho desde aqui até Londres. Ele me viu embarcando no trem em Bodmin, também pegou o trem. Me seguiu até o Connaught, me seguiu ao meu clube. *Furtivo* — acrescentou Kit maravilhado, como se *furtivo* fosse um conceito inteiramente novo para ele.

*

O quarto do clube dispõe de uma cama de internato, um lavabo com uma toalha do tamanho de um lenço de bolso e um aquecedor elétrico de duas barras que antigamente era operado por moedas, até que uma decisão histórica do comitê determinou que o custo do aquecimento fosse incluído na tarifa por noite. O chuveiro é um caixão de plástico branco em pé, enfiado num armário. Kit encontrou com sucesso o interruptor, mas ainda não fechou a porta do quarto atrás de si. Sem palavras, ele vê Jeb se levantar de sua cadeira, avançar pelo quarto em sua direção, tirar a chave de sua mão, trancar a porta com ela, guardá-la no bolso de seu belo paletó e retornar a seu lugar sob a janela aberta.

Jeb ordena que Kit desligue a luz do teto. Kit obedece. Agora, a única fonte de luz é o brilho alaranjado do céu noturno de Londres através da janela. Jeb pede o celular de Kit. Kit o entrega silenciosamente. Imperturbável pela penumbra, Jeb remove a bateria e depois o chip com tanta habilidade como se estivesse desarmando uma pistola, e atira os pedaços na cama.

— Tire o paletó, por favor, Paul. Está muito bêbado?

Kit consegue responder “não muito”. O nome *Paul* o desconforta, mas ele tira o paletó de qualquer maneira.

— Tome um banho, se quiser, Paul. Basta deixar a porta aberta.

Kit não quer, mas baixa a cabeça no lavabo e joga água no rosto, depois esfrega o rosto e os cabelos com a toalha num esforço para fazer-se sóbrio; em todo caso, ele já está ficando mais sóbrio a cada segundo. Uma mente sitiada pode fazer um monte de coisas ao mesmo tempo e Kit está fazendo a maioria delas. Ele está fazendo um esforço de última hora para se convencer de que Jay Crispin estava dizendo a verdade e que Jeb é o psicopata desvairado com talento para a ficção que Crispin havia descrito. O burocrata dentro dele avalia o melhor curso de ação nessa hipótese não comprovada. Ele deveria entreter Jeb, oferecer sua compaixão, ajuda médica? Ou deveria — improvável — tranquilizá-lo até a distração e arrancar a chave dele? Ou, no fracasso desta opção, fazer uma corrida louca para a janela aberta e a escada de incêndio? Tudo isso mandando mensagens urgentes de amor e pedidos de desculpas abjetos para Suzanna, e pedindo conselhos de Emily para lidar com um homem mentalmente transtornado e potencialmente violento.

A primeira pergunta de Jeb é mais alarmante por sua placidez:

— O que Crispin disse a você a meu respeito, Paul, lá no Hotel Connaught?

Ao que Kit murmura algo no sentido de que Crispin apenas confirmou que a *Operação Vida Selvagem* foi um sucesso absoluto, um golpe de inteligência de valor excepcional e sem derramamento de sangue.

— Tudo como foi anunciado, de fato. *Mais* até — acrescentando com arrogância —, apesar daquela mensagem horrenda que você escreveu no pretenso recibo da bolsa da minha esposa.

Jeb encara Kit sem expressão, como se tivesse ouvido mal. Ele sussurra algo para si mesmo que Kit não pode compreender. Depois, segue-se um momento que Kit, apesar de toda sua decidida objetividade, parece incapaz de descrever em termos compreensíveis. De alguma forma, Jeb cruzou o pedaço de carpete puído que o separa de Kit. E Kit, sem nenhuma memória de como chegou lá, se vê prensado contra a porta com um braço atrás das costas e uma das mãos de Jeb agarrando seu pescoço, e Jeb está falando na sua cara e encorajando suas respostas com pancadas de sua cabeça contra o batente.

Kit estoicamente relata o que aconteceu em seguida:

— *Bum*. Cabeça contra o batente. Céu vermelho à noite. "O que você ganhou daquilo, Paul?" O que você quer dizer?, eu pergunto. "Dinheiro, do que acha que estou falando?" Nenhum centavo, eu disse a ele. Pegou o cara errado. *Bum*. "Qual foi sua parte no prêmio, Paul?" *Bum*. Nenhuma puta parte, eu disse a ele, e tire as mãos de cima de mim. *Bum*. Ali eu já estava enfurecido com ele. Ele tinha o meu braço numa torção horrível. Se continuar fazendo isso, eu disse, você vai quebrar a porra do meu braço e nenhum de nós vai ganhar nada com isso. Eu já disse a você tudo que sei, então me deixe em paz.

A voz de Kit se ergue numa agradável surpresa:

— E ele soltou, caramba! Desse jeito mesmo. Me largou. Ele me deu uma longa olhada, deu um passo para trás e me viu desabando pela parede abaixo, como um saco. Depois ele ajudou a me levantar, como a porra de um samaritano.

Que foi o que Kit chamou de divisor de águas: quando Jeb voltou para sua cadeira e se sentou nela como um boxeador derrotado. Mas agora é Kit quem se torna o samaritano. Ele não gosta do jeito como Jeb está ofegando e tremendo.

— Uma espécie de soluço saindo dele. Muitos engasgos. *Bem* — indignado —, se sua esposa passou metade da vida doente e sua filha é médica, você não fica parado ali de boca aberta, fica? Você *faz* alguma coisa.

E assim, depois que eles se sentaram em seus cantos separados por algum tempo, a primeira pergunta de Kit para Jeb é se há alguma coisa que Kit pode trazer para ele; sua ideia é — embora mantenha o pensamento para si mesmo — que, em caso extremo, vai contatar a velha Em, como ele insiste em chamá-la, e pedir que ela passe uma receita por telefone à farmácia 24 horas mais próxima. Mas a única reação de Jeb é balançar a cabeça, levantar, caminhar pelo quarto, servir um pouco de água no copo do lavabo, oferecer a Kit, beber e se sentar novamente em seu canto.

Em seguida, após algum tempo — talvez vários minutos, diz Kit, mas, até onde ele sabe, nenhum dos dois tem que ir a lugar nenhum —, Jeb pergunta num tom de voz vago se há alguma comida por ali. Não que ele esteja exatamente com fome, explicou — um pouco de orgulho entrando em cena, segundo Kit —, é para repor as energias.

Kit lamenta não ter comida consigo, mas se oferece para descer e ver se consegue pedir algo com o portador da noite. Jeb recebe esta sugestão com outro silêncio prolongado.

— Parecia um pouco *fora de órbita*, coitado. Fiquei com a impressão de que ele havia perdido sua linha de pensamento e tinha um pouco de dificuldade de recuperá-la. Conheço bem o sentimento.

Mas, no devido momento, sendo o bom soldado que é, Jeb se recompõe, mexe no bolso e devolve a chave do quarto. Kit se levanta da cama e veste o paletó.

— Pode ser queijo?

Queijo será ótimo, diz Jeb. Mas queijo suíço simples, ele não suporta os azuis. Kit acha que isso é tudo o que Jeb tem a dizer, mas se engana. Jeb precisa fazer uma proclamação antes que Kit saia para encontrar queijo:

— Foi um grande monte de mentiras, entende, Paul? — explica ele, justo quando Kit se prepara para descer. — *Punter* nunca esteve em Gibraltar. Foi tudo inventado, vê? E *Aladdin*, bem, ele não ia encontrá-lo, não naquelas casas nem em qualquer outro lugar, ia?

Kit é sábio o suficiente para não dizer nada.

— Eles o enganaram. A Ethical enganou. Enganaram aquele seu ministro, Sr. Fergus Quinn. Jay Crispin, o grande serviço de inteligência privada de um homem só. Eles atraíram Quinn pela colina e o empurraram do precipício, mesmo lugar para onde nos levaram, não foi? Ninguém quer admitir que entregou alguns milhões de dólares numa mala para um bando de trambiqueiros, quer?

Kit supõe que não.

O rosto de Jeb voltou para a escuridão e ele está rindo em silêncio ou — apenas suposição de Kit — chorando em silêncio. Kit se prolonga à porta, não querendo deixá-lo, mas tampouco querendo consolá-lo demais.

Os ombros de Jeb se tornam imóveis. Kit decide que já está tudo bem para descer.

*

Voltando de sua incursão nas entranhas do clube, Kit puxa a mesa de cabeceira para o meio do quarto e põe uma cadeira de cada lado. Ele põe uma faca, pão, manteiga, queijo cheddar, duas garrafas de meio litro de cerveja e um pote de picles que o portador da noite fez questão de incluir em troca de sua gorjeta de 20 libras.

O pão é branco e foi cortado para o café da manhã. Com uma fatia na palma da mão, Jeb espalha manteiga, acrescenta o queijo e o corta até que ele se ajusta ao pão. Depois põe uma colherada de picles por cima, pega outra fatia de pão, faz um sanduíche e corta metodicamente em quatro. Considerando tamanha precisão como antinatural num soldado das Forças Especiais, Kit a associa à mente perturbada de Jeb e se ocupa da cerveja.

— Então, descendo a encosta nós chegamos ao terraço, não foi? — prossegue Jeb, depois de apaziguar um pouco seu apetite. — Realmente não havia nenhuma razão para não fazê-lo, não é? Bem, nós tínhamos nossas reservas, naturalmente. Encontrar, apreender e terminar? Bem, talvez nem devêssemos ter começado, principalmente com Andy tendo feito um trabalho com Elliot anteriormente e não possuindo uma boa opinião dele, francamente, nem de suas habilidades nem da inteligência à sua disposição. Fonte *Safira* era o nome dela, de acordo com Elliot na preleção pré-operacional.

— Que preleção foi essa, Jeb? — interrompe Kit, momentaneamente ressentido por não ter sido convidado.

— A preleção em Algeciras, Paul — responde Jeb pacientemente. — Pré-operação. Do outro lado da baía de Gibraltar. Pouco antes de nos posicionarmos na encosta. Numa grande sala acima de um restaurante espanhol, foi onde aconteceu, e todos nós fingindo que se tratava de uma conferência de negócios. E Elliot lá em cima no tablado, dizendo para nós como seria, e seu time de bandoleiros americanos sentado lá na primeira fila, sem falar conosco porque somos soldados regulares e britânicos. A fonte *Safira* diz isso, a fonte *Safira* diz aquilo. Ou Elliot diz que ela diz. É tudo segundo *Safira*, e ela está bem ali com *Aladdin* no iate de luxo. Ela é amante de *Aladdin* e não sei o que mais, por toda a conversa de cama que ela anda ouvindo. Lendo os e-mails por cima do ombro dele, ouvindo seus telefonemas na cama, fugindo ao convés para transmitir tudo ao seu *verdadeiro* namorado que está em Beirute, que passa para o Sr. Crispin da Ethical, que passa para Fulano etc.

Ele perde o fio da meada, reencontra e continua:

— Só que Fulano não existe, não é? Fulano não. Talvez, no que diz respeito à Ethical, ele exista. Mas não para nossa própria inteligência britânica. Porque a inteligência britânica não compra a ideia dessa operação, compra? Assim como o regimento não compra; ou quase não compra. O regimento não gosta do cheiro no ar; quem gostaria? Mas tampouco gosta de perder oportunidades. E não gosta de pressão política. Portanto, trata-se da boa e velha transigência britânica: um dedo do pé, refutável, na água, mas não o pé todo. E eu e os garotos, nós somos o dedo do pé, sabe? E Jeb aqui estará no comando porque o bom e velho Jeb é o sujeito firme. Talvez penda um pouco para o detalhismo, mas com aqueles mercenários descompensados na área, melhor assim. *Vovó* Jeb, eles costumavam me chamar. Não que eu me importasse, se isso significava não correr riscos desnecessários.

Jeb toma um gole de sua cerveja, fecha os olhos e dá o salto.

— Casa número sete é onde supostamente seria. Bem, nós pensamos: vamos tomar a seis e a oito também já que estamos nessa, uma casa por homem e eu como reforço, é tudo um pouco idiota de qualquer maneira, ainda mais com Elliot lá nos controles. Tudo parecendo um pouco amadorístico, francamente, com metade do equipamento não funcionando da maneira que deveria, qual é a diferença? Não há nenhuma chance de que eles ensinem isso no treinamento, não é? Mas os alvos não estariam armados, estariam? Não de acordo com a brilhante inteligência de Elliot. Além disso, queríamos apenas um deles, e o outro não podíamos tocar. Então vamos para as três casas simultaneamente pelo elemento surpresa, nós dissemos, e fazemos uma ronda quarto a quarto. Pegue o seu homem, certifique-se de que é o homem certo, jogue pela sacada para a equipe do mar, mantendo seus pés firmemente plantados no Rochedo em todos os momentos. Realmente simples. Tínhamos a planta das casas, cada uma igual à outra. Uma bela sala de estar com uma grande varanda para o lado do mar. Um quarto principal com vista para o mar e um segundo menor para uma criança. Banheiro e cozinha americana abaixo e as paredes finas como papel, o que sabíamos pelos pormenores do agente imobiliário. Então, se você não ouvir nada além do mar, presuma que eles podem estar se escondendo, empregue extrema cautela em todos os momentos, e mais, não use sua arma exceto em legítima defesa e dê o fora num piscar de olhos. Não parecia uma operação, por que deveria? Parecia mais uma cabra-cega idiota. Os garotos entram, cada um numa casa. Eu estou do lado de fora vigiando as escadas para o mar. "Nada lá", Don na seis. "Nada lá", Andy, casa oito. "Eu tenho algo." Esse foi Shorty, na sete. O que você tem, Shorty? "Restos." Do que diabos você está falando, garoto, restos? "Venha e veja por si mesmo, cara."

"Bem, você pode falsear uma casa vazia, eu sei disso, mas a casa sete estava realmente vazia. Nenhuma marca de sola no chão de tacos. Nenhum fio de cabelo na banheira. Cozinha, mesma coisa. Exceto por aquela tigela de plástico no chão, de plástico rosa, com pedaços de pão sírio e carne de frango, desfiados como alguém faria para... — Jeb está procurando a criaturinha certa — para um gato, um gato novo. — Mas gato não serve: — Ou um filhote de cachorro ou algo assim. E a tigela, a tigela rosa, está quente ao toque. Se não estivesse no chão, acho que eu teria pensado diferente. Não cães e gatos, mas outra coisa. Hoje, eu gostaria que tivesse sido assim. Se eu tivesse pensado diferente, talvez aquilo não tivesse acontecido, teria? Mas não pensei. Eu pensei gato ou cachorro. E a comida na tigela quente também. Tirei minha luva para colocar meus dedos nela. Era como um corpo quente. Há uma pequena janela jateada com vista para a escada exterior. A trava está solta. Seria preciso um anão para se espremer por um espaço como aquele. Mas talvez o que estejamos procurando seja um anão. Eu chamo Don e Shorty: verifiquem as escadas externas, mas não desçam até a praia, lembrem-se, porque se alguém vai se meter com a equipe do mar, serei eu.

"Estou falando em câmera lenta porque é assim que lembro — explica Jeb se desculpando, enquanto Kit observa o suor que escorre por seu rosto como lágrimas. — É uma imagem e depois a seguinte para mim. Tudo como se em partes. É assim que eu lembro. Don passa. Ele ouviu uma corrida. Acha que há alguém escondido nas rochas embaixo da escada externa. 'Não desça lá, Don', eu digo a ele. 'Fique onde está, Don, eu vou até lá.' O intercomunicador é uma insanidade, francamente. Tudo está passando por Elliot. 'Tivemos um indício, Elliot', eu digo a ele. 'Escada externa número sete. Embaixo.' Mensagem recebida e desligo. Don está montando guarda no alto, apontando para baixo com o polegar."

Como sem se dar conta, o polegar do próprio Kit estava fazendo o mesmo gesto enquanto ele repetia a história de Jeb virado para as chamas.

— Pois bem, estou descendo a escada externa. Um passo, pausa. Outro passo, pausa. É concreto por todo o caminho, sem falhas. Há uma curva na escada, como uma meia parada. E há seis homens armados nas rochas abaixo de mim, quatro deitados de bruços e dois ajoelhados, além de mais dois no bote inflável atrás deles. E eles estão todos em suas posições de tiro, cada um deles, semiautomáticas silenciadas a postos. E abaixo de mim, bem embaixo dos meus pés, ouço esse barulho corrido, como se de um rato grande. E depois um gritinho com ele, algo assim. Não foi um grito alto. Mais como abafado, como se apavorado demais para falar. E eu não sei, e nunca saberei, não?, se o grito veio da mãe ou da criança. Nem eles saberão, imagino. Eu não pude contar os tiros; quem poderia? Mas eu posso ouvi-los agora mesmo, como o som que você ouve na sua cabeça quando lhe arrancam os dentes. E lá está ela, morta. É uma jovem muçulmana, pele morena, usando um *hijab*, uma ilegal do Marrocos, suponho, escondida nas casas vazias e vivendo da ajuda de amigos, feita em pedaços enquanto segurava sua filha bebê com os braços esticados para tirá-la da linha de fogo, a garotinha para quem ela tinha feito a comida. A mesma comida que eu achei que era para um gato porque estava no chão, vê? Se eu tivesse usado a cabeça direito, eu saberia que era para uma criança, não saberia? Daí eu poderia salvá-la, imagino. E a mãe também. Curvada de joelhos sobre as rochas, como se prestes a voar para a frente, assim estava a mãe, pelas balas que puseram nela. E a menina, caída na frente dela, fora de seu alcance. Alguns da equipe marinha parecem um pouco confusos. Um homem está parado com os dedos abertos sobre o rosto, como se quisesse arrancá-lo. E vem um momento de silêncio, quando daria para pensar que eles estavam à beira de um bate-boca sobre quem era o responsável, até que decidem que não há tempo para nada disso. Eles são homens treinados, de certo tipo, enfim... eles sabem o que fazer numa emergência, tudo bem, mesmo que não saibam mais nada. Os dois corpos foram parar no bote inflável e levados para o navio-mãe mais rápido do que *Punter* jamais teria ido. E os garotos de Elliot com eles, todos os oito, ninguém para trás.

De cada lado da mesa de cabeceira, os dois homens se olham fixamente, assim como Toby está olhando para Kit agora, com o rosto rígido de Kit iluminado não mais pelo brilho da noite londrina, mas pela lareira no estábulo.

— Elliot liderava a equipe marinha? — pergunta Kit.

Jeb balança a cabeça.

— Não é americano, entende, Paul? Não é imune. Não é excepcional. Elliot fica para trás no navio-mãe.

— Então por que os homens atiraram? — perguntou Toby, por fim.

— Você acha mesmo que eu não *perguntei* a ele? — exclamou Kit.

— Tenho certeza de que perguntou. O que ele disse?

Kit precisou respirar fundo várias vezes para conseguir chegar a uma versão da resposta de Jeb.

— Autodefesa — devolveu ele.

— Você quer dizer que ela estava *armada*?

— Claro que não, porra! Nem Jeb quis dizer isso. Há três anos que ele não pensa em mais nada, não dá para imaginar? Dizendo a si mesmo que foi o culpado. Tentando descobrir o porquê. Ela sabia que havia *alguém* lá, percebeu de alguma forma, vendo ou ouvindo, então pegou a criança e a embalou em sua túnica. Eu não me meti a perguntar por que ela desceu as escadas para o mar em vez de ir para a terra. Ele também se pergunta a mesma coisa dia e noite. Talvez correr para a terra fosse mais assustador para ela que o mar. O saco de comida tinha sido pego, mas por quem? Talvez ela tenha confundido a equipe marinha com contrabandistas de pessoas, o mesmo grupo que a levou para o Rochedo um dia, se é que levaram... e que talvez trazia seu homem para ela, e assim ela desceu os degraus para recebê-lo. Tudo que Jeb sabe é que ela desceu os degraus. Com um volume aparente por causa da filha dentro da túnica. E o que a equipe marinha pensou? Uma porra de uma mulher-bomba, chegando para explodi-los. Então eles atiraram nela. Atiraram em sua filha, enquanto Jeb assistia. "Eu poderia ter impedido." Isso é tudo que o pobre coitado diz a si mesmo quando não consegue dormir.

*

Convocado pelas luzes de um carro de passagem, Kit caminhou para a janela arqueada e, na ponta dos pés, olhou atentamente para fora até que as luzes desapareceram.

— Jeb disse a você o que aconteceu com ele e seus homens depois que a equipe marinha voltou para o navio-mãe com os corpos? — perguntou Toby, para as costas de Kit.

— Voaram para Creta na mesma noite em um avião fretado. Para uma reunião pós-operação, uma suposta reunião. Os americanos têm uma base aérea fabulosa por lá, ao que parece.

— Reunião com?

— Homens, caras à paisana. Soou como lavagem cerebral. Profissionais, foi tudo que ele conseguiu dizer. Dois americanos, dois britânicos. Sem nomes, sem apresentações. Disse que um dos americanos era um gordinho babaca com trejeitos afeminados. Maricas, de acordo com Jeb. O maricas era o pior.

Mais conhecido pelo pessoal do Gabinete Privado como Brad, o Homem da Música, pensou Toby.

— Logo que a equipe britânica de combate pousou em Creta, eles foram separados — continuou Kit. — Jeb era o líder, então ele recebeu o tratamento pesado. Disse que o maricas discursou para ele como Hitler. Tentou convencê-lo de que não tinha visto o que viu. Uma vez que isso não funcionou, ele ofereceu 100 mil dólares para que Jeb não desse com a língua nos dentes. Jeb mandou enfiar no rabo. Ele acha que foi confinado num galpão especial para prisioneiros não declaráveis em trânsito. Acha que é para onde teriam levado *Punter* se toda a história não fosse um monte de papo furado desde o início.

— E quanto aos companheiros de armas de Jeb? — persistiu Toby. — Shorty e os outros. O que aconteceu com eles?

— Viraram fumaça. O palpite de Jeb é que Crispin fez uma oferta que eles não puderam recusar. Jeb não os culpa. Ele não é esse tipo de cara. É justo até demais.

Kit recaiu em silêncio e Toby fez o mesmo. Mais faróis passaram pelas vigas do teto e desapareceram.

— E *agora*? — perguntou Toby.

— Agora? Agora *nada*! O grande vazio. Jeb deveria ter aparecido aqui na última quarta. Café da manhã às nove em ponto e depois trabalharíamos. Ele disse que era um cara pontual. Não duvidei dele. Disse que faria a viagem durante a noite, mais seguro. Perguntou se podia esconder a caminhonete dele no celeiro. Eu disse claro que pode, caramba. O que ele queria de café da manhã? Ovos mexidos. É louco por ovos mexidos. Eu ia me desvencilhar das mulheres, faríamos alguns ovos mexidos e depois colocaríamos a história no papel: a parte dele, a minha parte. Capítulos, versículos, até o final. Eu seria o redator, editor, revisor e tomaríamos quanto tempo fosse preciso. Ele conseguiu provas com as quais estava todo animado. Não explicou o que eram. Cauteloso ao máximo, então eu não pressionei. Não se pressiona um cara como esse. Ou ele traria ou não traria. Eu aceito isso. Eu faria a apresentação escrita por nós dois, ele examinaria, assinaria e seria tarefa minha passá-la pelos canais apropriados até o topo. Esse era o acordo. Fechamos com um aperto de mãos. Estávamos... — ele parou, o rosto crispado para as chamas — felizes como pinto no lixo — concluiu Kit bruscamente, enrubescendo. — Ansiosos pela briga. Entusiasmados. Não só ele. Nós dois.

— Por quê? — arriscou Toby.

— Porque finalmente diríamos a puta verdade, o que você acha? — ganiu Kit com raiva, dando um gole no scotch e afundando em sua poltrona. — Foi a última vez que eu o vi, entende?

— Tudo bem — concordou Toby tranquilamente e seguiu-se um longo silêncio, até que, a contragosto, Kit prosseguiu.

— Ele me deu um número de celular. Não o dele. Ele não tem celular. De um amigo. Um camarada. O único cara em quem ele ainda confiava. Bem, pelo menos em parte. Meu palpite é de que se tratava de Shorty, porque, no esconderijo, eles pareciam ter uma ligação. Eu não perguntei, não era da minha conta. Se eu deixasse uma mensagem, alguém levaria para ele. Isso era tudo que importava. Depois ele foi embora. Saiu do clube. Desceu as escadas e se foi, não me pergunte como. Pensei que ele ia sair pela escada de incêndio mas não. Ele apenas saiu.

Outro trago no scotch.

— E você? — perguntou Toby, no mesmo tom calmo e respeitoso.

— Eu vim para casa. O que você acha? Para este lugar. Para Suzanna, minha esposa. Eu havia jurado a ela que estava tudo bem, e agora tinha que dizer que nada estava bem coisa nenhuma. Não dá para enganar Suzanna. Não contei os detalhes a ela. Disse que Jeb viria para se hospedar e que, entre nós dois, resolveríamos o problema. Suzanna reagiu... do jeito dela. "Contanto que realmente signifique resolução, Kit." Eu disse que sim e isso foi o suficiente para *ela* — terminou, agressivo.

Outra espera enquanto Kit lutava com suas memórias.

— A quarta-feira chegou. Entende? Meio-dia, Jeb ainda não havia aparecido. Duas horas, três, nada ainda. Eu chamo o celular que ele me deu, recebo uma resposta automática, deixo uma mensagem. Ao cair da noite, deixo outra mensagem: *Olá, sou eu, Paul de novo. Só para saber o que aconteceu com nosso encontro*. Conservando Paul como meu codinome. Por questões de segurança. Eu dei a ele nosso telefone fixo daqui, porque não temos sinal de celular. Na quinta, deixei outra merda de mensagem, caí na mesma caixa postal. Sexta de manhã, às dez, recebemos um telefonema. *Jesus Cristo!*

Ele fechou a mão ossuda sobre o maxilar inferior e a manteve lá, amordaçando a dor que se recusava a cessar, porque o pior evidentemente ainda estava por vir.

*

Kit já não está mais sentado em seu quarto no clube, ouvindo Jeb. Ele não está apertando a mão de Jeb sob a luz de uma aurora londrina nem vendo como ele se retirava pelas escadas do clube. Ele não está feliz como pinto no lixo, nem entusiasmado, mesmo que ainda esteja ansioso pela briga. Ele está de volta à sua casa na Quinta e, após dar a má notícia a Suzanna, está doente de preocupação e com o coração na boca, rezando a cada hora que passa por um sinal de vida tardio de Jeb. Em um esforço para se manter ocupado, ele lixa o piso ao lado do quarto de hóspedes e não consegue ouvir coisa nenhuma, portanto, quando o telefone toca na cozinha, é Suzanna quem atende, e é Suzanna quem tem que subir a escada para o piso superior e cutucar o ombro de Kit para chamar sua atenção.

— É alguém querendo falar com Paul — diz ela, quando ele desliga a lixadeira. — Uma mulher.

— Que *tipo* de mulher, pelo amor de Deus? — Kit, já rumando para baixo.

— Ela não quis dizer. Ela precisa falar com Paul pessoalmente — Suzanna, correndo atrás dele.

Na cozinha, a Sra. Marlow, toda olhares, está arrumando flores na pia.

— Um pouco de privacidade, se não se importa, Sra. M. — demanda Kit.

E ele espera até que ela saia do cômodo para pegar o telefone do aparador. Suzanna fecha a porta atrás dela e se planta rigidamente junto a Kit, os braços cruzados sobre o peito. O telefone tem um viva voz, para quando Emily chama. Suzanna sabe como manejá-lo, e o ativa.

— Estou falando com Paul, por favor? — Mulher educada, de meia-idade, em tom profissional.

— Quem está falando? — pergunta Kit, cauteloso.

— Meu nome é Dra. Costello e estou chamando da ala de saúde mental do Hospital Geral Ruislip, a pedido de um paciente internado que deseja ser conhecido apenas como Jeb. Estou falando com Paul, ou com alguma outra pessoa?

Feroz aceno de Suzanna.

— Eu sou Paul. Qual é o problema com Jeb? Ele está bem?

— Jeb está recebendo excelente atendimento profissional e goza de boa saúde física. Eu entendo que o senhor estava esperando uma visita dele.

— Sim. Eu estava. Ainda estou. Por quê?

— Jeb me pediu para falar com o senhor francamente, em sigilo. Posso fazer isso? E quem fala é *realmente* Paul?

Outro aceno de Suzanna.

— Claro que sim. Eu sou Paul. Absolutamente. Prossiga.

— Suponho que o senhor sabe que Jeb tem sofrido de transtornos mentais há alguns anos.

— Estou ciente. E daí?

— Na noite passada, Jeb se internou voluntariamente aqui. Nós diagnosticamos esquizofrenia crônica e depressão aguda. Ele foi sedado e está sob vigilância antissuicídio. Em seus momentos de lucidez, sua maior preocupação é com o senhor. Com Paul.

— Por quê? Por que ele se preocuparia *comigo*? — Olhos em Suzanna. — Sou eu quem deveria estar preocupado com *ele*, pelo amor de Deus.

— Jeb está sofrendo de síndrome de culpa grave provocada em parte por histórias maliciosas que teme ter espalhado entre seus amigos. Ele pediu que o senhor as trate por aquilo que são: sintomas de sua condição esquizofrênica, sem base na realidade.

Suzanna mostra a Kit uma notinha rabiscada: *Visita?*

— Sim, bem, escute uma coisa, Dra. Costello, a questão é a seguinte: quando posso vê-lo? Eu poderia pegar o carro agora mesmo, se fosse ajudar. Quero dizer, vocês têm *horários* de visitação? Como é isso?

— Eu sinto muitíssimo, Paul. Temo que uma visita sua neste momento poderia causar sérios danos à saúde mental de Jeb. O senhor é seu objeto de medo, e ele não está pronto para a confrontação.

Objeto de medo? Eu? Kit gostaria de refutar esta alegação ridícula, mas a tática prevalece.

— Certo, quem mais ele tem? — pergunta Kit, desta vez por vontade própria, sem sugestão de Suzanna. — Ele tem outros amigos que o visitam? Parentes? Eu sei que ele não é exatamente *gregário*. E quanto à esposa?

— Eles estão afastados.

— Não foi bem isso que ele me disse, mas vá lá.

Breve silêncio enquanto a Dra. Costello aparentemente verifica seus registros.

— Estamos em contato com a *mãe* — recita ela. — Quaisquer desenvolvimentos, quaisquer decisões referentes ao tratamento e bem-estar de Jeb serão encaminhados à mãe natural. Ela é também sua guardiã legal.

Com o telefone colado ao ouvido, Kit lança um braço no ar e, ao mesmo tempo, dá meia-volta para fitar Suzanna, tomado de assombro e incredulidade escancarada. Mas sua voz permanece constante. Ele é um diplomata, não entrega o jogo dessa maneira.

— Bem, muito obrigado por isso, Dra. Costello. Muito gentil de sua parte, de fato. Ao menos Jeb tem alguma família para cuidar dele. Pode me dar o número do telefone da mãe dele? Talvez ela e eu possamos bater um papo.

Mas, por mais educada que seja, a Dra. Costello cita a proteção de dados e lamenta porque fornecer o número da mãe de Jeb não é, nas atuais circunstâncias, algo que ela tenha autorização para fazer. Ela desliga.

Kit explode.

Com Suzanna aprovando silenciosamente, ele disca 1471, para retornar a ligação, e descobre que a interlocutora ocultou seu número.

Ele liga para a lista telefônica e pede para ser transferido para o Hospital Geral Ruislip, pergunta pela ala de saúde mental, pergunta pela Dra. Costello.

O enfermeiro não poderia ser mais útil.

— O Dr. Costello está fazendo um curso, amigo, volta na próxima semana.

— Há quanto tempo ela foi?

— Também uma semana, amigo. O doutor é homem, na verdade. Joaquim. Para mim soa mais como alemão, mas ele é português.

De alguma forma, Kit mantém o sangue-frio.

— E o Dr. Costello não esteve no hospital durante todo esse tempo?

— Não, amigo, me desculpe. Alguma outra pessoa poderia ajudar?

— Bem, sim, na verdade, eu gostaria de falar com um de seus pacientes, um cara chamado Jeb. Basta dizer a ele que é Paul chamando.

— *Jeb?* Não estou lembrado, amigo, espere um instante...

Um enfermeiro diferente vem ao telefone, mas não tão amigável.

— Não tem nenhum Jeb aqui. Tem um John, tem um Jack. É o que tem.

— Mas pensei que ele era um paciente regular — protesta Kit.

— Daqui não. Não Jeb. Tente o Sutton.

Agora o mesmo pensamento ocorre simultaneamente a Kit e Suzanna: ligar para Emily, rápido.

Melhor que Suzanna ligue. No momento, Emily tende a ser um pouco irritadiça com Kit.

Suzanna liga para o celular de Emily, deixa uma mensagem.

Ao meio-dia, Emily já ligou de volta duas vezes. A soma de suas investigações é de que um tal de Dr. Joaquim Costello entrou recentemente na unidade de saúde mental em Ruislip como temporário, mas ele é cidadão português e o curso que está fazendo é para melhorar seu inglês. O Costello que ligou para eles soava como um português?

— Não, ela não soava porra nenhuma! — rosna Kit para Toby, repetindo a resposta que dera a Emily ao telefone enquanto marcha pelo piso do estábulo. — E era uma maldita *mulher*, e soava como uma professora de Essex que acha que caga cheiroso, e Jeb não tem uma mãe e nunca teve, como teve o prazer de me contar. Via de regra, não sou um grande ouvinte para revelações íntimas, mas ele estava desabafando pela primeira vez em três anos, cacete. Nunca conheceu a mãe, a única coisa que ele sabe dela é o nome: Caron. Ele fugiu do abrigo aos 15 anos e ingressou no Exército como aprendiz. Agora me diga que ele inventou tudo isso!

*

É a vez de Toby ir até a janela e, livre do olhar acusatório de Kit, abandonar-se a seus pensamentos.

— Antes dessa Dra. Costello desligar, você deu alguma razão a ela de pensar que não acreditou na história? — pergunta ele, por fim.

Deliberação igualmente longa por parte de Kit:

— Não. Não dei. Joguei o jogo dela.

— Então, no que diz respeito a ela, ou a *eles*: missão cumprida.

— Provavelmente.

Mas Toby não se contenta com "provavelmente".

— Até onde *eles* estão sabendo, sejam eles quem forem, você foi enquadrado. Enganado. Você está *arquivado* — reunindo convicção enquanto fala. — Você acredita no evangelho segundo Crispin, você acredita na Dra. Costello mesmo que ela tenha o sexo errado e você acredita que Jeb é esquizoide e um mentiroso compulsivo e que está confinado à ala de isolamento de um hospital psiquiátrico em Ruislip e não pode ser visitado pelo objeto de seu medo.

— Não, eu não acredito porra nenhuma — explode Kit. — Jeb me contou a verdade literal. Ela se derramava dele. Pode ser que ele esteja desmoronando com ela: isso é outra história. O homem é tão humano quanto você ou eu.

— Eu entendo absolutamente, Kit. Realmente entendo — diz Toby com sua máxima tolerância. — No entanto, pela proteção de Suzanna bem como a sua própria, sugiro que vale muito a pena preservar o papel que você forjou *muito habilmente* para si aos olhos da oposição.

— Até quando? — pergunta Kit, não convencido.

— Que tal até que eu encontre Jeb? Não foi por isso que você me pediu para vir aqui? Ou você está propondo procurar por ele pessoalmente e assim chamar toda a matilha de lobos para cima de você? — questiona Toby, já não tão diplomaticamente.

E, ao menos por alguns instantes, Kit não encontra nenhuma resposta convincente para isso, e assim mastiga o lábio, fecha a cara e se serve de um trago de scotch.

— Em todo caso, você tem aquela fita que roubou — rosna Kit, buscando um consolo amargo. — Aquela reunião no Gabinete Privado com Quinn, Jeb e eu. Guardada em algum lugar. Isso é uma prova, se um dia for necessária. Ela detonaria *você*, sem dúvida. Talvez também me detone. Não sei se me importo muito com isso também.

— Minha fita roubada prova *intenções* — responde Toby. — Ela não prova que a operação chegou a ocorrer e certamente não aborda o resultado.

De má vontade, Kit pondera sobre isso.

— Então o que você está tentando me dizer é — como se Toby estivesse de alguma forma evitando o ponto — que Jeb é a única testemunha do fuzilamento. Certo?

— Bem, o único disposto a falar, até onde sabemos — concorda Toby, não exatamente satisfeito com o som do que acaba de dizer.

*

Se ele dormiu, não chegou a perceber.

Em algum momento de suas poucas horas de sono, ele ouviu o grito de uma mulher e supôs que tivesse sido Suzanna. E depois do grito, uma correria de passos entre os guarda-pós no corredor do andar de baixo, e devem ter sido os pés de Emily, correndo para junto da mãe, uma teoria corroborada pelos murmúrios que se seguiram.

E depois dos murmúrios, a luz de cabeceira de Emily brilhando através das frestas das tábuas do piso — ela está lendo, pensando, ou atenta aos sons de sua mãe? — até que ele ou Emily caiu no sono, e ele acha que foi o primeiro porque não se lembra da luz se apagando.

E quando acordou — mais tarde do que pretendia — e correu as escadas para o café: nada de Emily ou Sheba, apenas Kit em seu terno de igreja e Suzanna com seu chapéu.

— Foi muito *honrado* de sua parte, Toby — disse Suzanna, pegando e mantendo a mão dele na sua. — Não foi, Kit? Kit estava mortendo de preocupação, ambos estávamos, e você veio imediatamente. E o pobre Jeb também é muito honrado. E Kit não é lá muito bom em *dissimular*, não é, querido? Não que você seja, Toby, não quero dizer isso em absoluto. Mas você é jovem e inteligente, você está no Ministério, e você pode *manobrar* sem, digamos... — sorriso amarelo — perder sua aposentadoria.

Parada no pórtico de granito, ela o abraça fervorosamente.

— Nós nunca tivemos um filho, sabe, Toby? Tentamos, mas perdemos.

Seguido de um mal-humorado "então mantenha contato" da parte de Kit.

*

Toby e Emily se sentaram no solário, Toby instalado numa velha espreguiçadeira e Emily numa poltrona de vime no extremo mais distante da sala. A distância entre eles foi algo que combinaram tacitamente.

— Boa conversa com meu pai na noite passada?

— Se podemos chamá-la assim.

— Talvez você prefira que eu comece — sugeriu Emily. — Assim não será forçado a fazer alguma indiscrição de que possa se arrepender.

— Obrigado — respondeu Toby educadamente.

— Jeb e meu pai estão planejando produzir um documento sobre suas experiências juntos, de natureza desconhecida. O documento deles terá consequências cataclísmicas nos gabinetes oficiais. Em outras palavras, eles serão delatores. Pela questão de uma mulher morta e sua filha, segundo minha mãe. Ou *possivelmente* mortas. Ou *provavelmente* mortas. Não sabemos, mas tememos o pior. Estou quente até agora?

Recebendo apenas um olhar fixo de Toby, ela respirou fundo e continuou:

— Jeb falta ao encontro. Portanto, nada de história. Em vez disso, uma médica que obviamente não é médica e que deveria ser um homem telefona para Kit, codinome Paul, e diz que Jeb foi internado num hospital psiquiátrico. As investigações revelam que isso é falso. Sinto que estou falando sozinha aqui.

— Estou ouvindo.

— Enquanto isso, é impossível encontrar Jeb. Ele não tem sobrenome e não tem o hábito de deixar um endereço de contato. As vias oficiais de investigação, tais como a polícia, estão fechadas; não cabe a nós, frágeis mulheres, perguntar por quê. Você ainda está ouvindo, espero?

— Sim.

— E Toby Bell é algum tipo de jogador neste cenário. Minha mãe gosta de você. Meu pai prefere não gostar, mas vê você como um mal necessário. Seria porque ele duvida de sua fidelidade à causa?

— Você teria que perguntar isso a ele.

— Eu pensei em perguntar a você. Meu pai espera que você encontre Jeb para ele?

— Sim.

— Para vocês dois, então?

— De certa forma.

— Você *pode* encontrá-lo?

— Eu não sei.

— Você sabe o que vai fazer *quando* encontrá-lo? Isto é, se Jeb estiver prestes a provocar algum grande escândalo, talvez você possa mudar de ideia na última hora e se sinta obrigado a entregá-lo às autoridades. Pode ser?

— Não.

— E eu deveria acreditar nisto?

— Sim.

— E você não está acertando alguma conta do passado?

— Por que diabos eu faria isso? — protestou Toby, mas Emily ignorou graciosamente esta pequena exibição de raiva.

— Eu tenho o número da placa dele — disse ela.

Toby não entendeu.

— Você o quê?

— De Jeb. — Ela vasculhou o bolso da perna de suas calças de corrida. — Eu fotografei a caminhonete dele enquanto ele atormentava meu pai na Feira de Bailey. Fotografei o adesivo de revisão também — sacando um iPhone e mexendo nos ícones —, válido por 12 meses e pago há oito semanas.

— Então por que não deu o número da placa para Kit? — perguntou Toby, pasmo.

— Porque Kit faz merda, e eu não quero que minha mãe tenha que atravessar uma caçada descompensada a esse homem.

Retirando-se da poltrona, ela caminhou até Toby e pôs o telefone deliberadamente em seu rosto.

— Não vou colocar isso no meu telefone — respondeu Toby. — Kit não quer eletrônicos. Eu também não.

Ele tinha uma caneta, mas nada onde escrever. Emily sacou uma folha de papel de uma gaveta. Ele anotou o número da placa da caminhonete de Jeb.

— Se você me der seu número de celular, talvez eu possa lhe dizer como estão indo minhas investigações — sugeriu Toby, agora já recomposto.

Ela deu seu número de celular. Ele também anotou.

— E talvez você também possa ter meu telefone de cirurgias e os horários do hospital — disse ela, e assistiu enquanto ele adicionava todas as informações à sua coleção.

— Mas não diremos absolutamente nada específico um ao outro pelo telefone, tudo bem? — alertou Toby severamente. — Nada de piscadelas e indiretas ou referências esquivas — recordando seu treinamento de segurança —, e, se eu mandar uma mensagem de texto a você ou precisar deixar recado na caixa postal, eu serei Bailey, como a Feira.

Ela deu de ombros, em concordância.

— E eu incomodarei você se precisar chamar no meio da noite? — perguntou Toby por fim, fazendo o máximo para soar ainda mais prático e pé no chão, pelo menos.

— Eu moro sozinha, se é o que você está perguntando — respondeu ela.

E era.

5

No lento trem de volta a Londres, durante as horas de meio sono em seu apartamento e no ônibus para o trabalho na segunda de manhã, Toby Bell, não pela primeira vez na vida, ponderava sobre seus motivos para colocar sua carreira e sua liberdade em risco.

Se seu futuro nunca pareceu mais promissor, que era o que os Recursos Humanos viviam dizendo a ele, por que voltar ao passado? Aquilo com que ele estava lidando seria sua *antiga* consciência — ou uma consciência recém-inventada? *E você não está acertando alguma conta do passado?*, Emily lhe perguntou: e o que *isso* queria dizer? Por acaso ela imaginou que ele estava em algum tipo de cruzada de vingança contra os Fergus Quinn e Jay Crispin desse mundo, dois homens de mediocridade tão gritante a seus olhos que nem sequer valia a pena pensar duas vezes neles? Ou ela estava exteriorizando algum motivo oculto próprio? Seria *Emily* quem estava acertando alguma conta do passado — contra toda a raça dos homens, incluindo seu pai? Houve momentos em que ela lhe passara essa impressão, assim como houve outros, embora de vida curta, em que ela pareceu vir para o seu lado, qualquer que fosse o lado em questão.

Contudo, apesar de toda esta infrutífera investigação interior — talvez até por causa dela —, o desempenho de Toby em seu primeiro dia no novo cargo foi exemplar. Às onze horas, ele já havia entrevistado todos os membros de sua nova equipe, definido suas áreas de responsabilidade, cortado potenciais sobreposições e transmitido consultoria e controle. Ao meio-dia, ele entregava uma declaração de princípios bem-recebida pelo comitê de gestores. E na hora do almoço ele estava sentado no escritório de sua diretora regional, comendo um sanduíche com ela. Foi apenas quando seu dia de trabalho verdadeiramente terminou que, alegando um compromisso externo, ele pegou um ônibus para a estação Victoria e de lá, no auge da confusão da hora do rush, telefonou para seu velho amigo Charlie Wilkins.

*

Toda embaixada britânica deveria ter seu Charlie Wilkins, como costumavam dizer em Berlim, pois como podiam viver sem aquele ex-policial inglês sessentão, amável e imperturbável, com meia vida dedicada à proteção diplomática em seu currículo? Um poste entrou na frente do seu carro quando você estava saindo da festa do Dia da Bastilha na embaixada da França? Que vergonha! Um policial alemão excessivamente zeloso enfiou na cabeça que você vai ter que fazer o teste do bafômetro? Que abuso! Charlie Wilkins dará uma palavra discreta com certos amigos na Bundespolizei e verá o que pode ser feito.

Mas os papéis se invertiam atipicamente no caso de Toby, porque ele era uma das poucas pessoas no mundo que realmente tinha conseguido fazer um favor a Charlie e sua esposa alemã, Beatrix. Sua filha, uma promissora violoncelista, não possuía as qualificações acadêmicas para uma audição em uma grande faculdade de música de Londres. O reitor da faculdade por acaso era um amigo do peito da tia materna de Toby, ela própria uma professora de música. Telefonemas foram feitos às pressas, audições organizadas. Desde então, nenhum Natal se passa sem que Toby, onde quer que esteja postado, receba uma caixa dos *Zuckergebäck* caseiros de Beatrix e um cartão dourado relatando com orgulho o progresso de sua brilhante filha. E quando Charlie e Beatrix se aposentaram graciosamente em Brighton, os *Zuckergebäck* e os cartões continuaram chegando, e Toby nunca deixou de escrever sua pequena nota de agradecimento.

*

O bangalô dos Wilkins em Brighton se destacava de seus iguais e poderia ter sido diretamente transportado da Floresta Negra. Fileiras de tulipas vermelhas se alinhavam na trilha para o pórtico, *à la* João e Maria. Gnomos de jardim em trajes típicos da Bavária empertigavam seus peitos abotoados e cactos arranhavam a enorme janela panorâmica. Beatrix se enfeitou com sua máxima elegância. Diante de vinho de Baden e almôndegas de fígado, os três amigos conversaram sobre os velhos tempos e comemoraram as conquistas musicais da filha Wilkins. E após o café e os licores doces, Charlie e Toby se retiraram para a varanda no jardim dos fundos.

— É para uma moça que eu conheço, Charlie — explicou Toby, imaginando por conveniência que a moça era Emily.

Charlie Wilkins abriu um sorriso satisfeito.

— Eu disse a Beatrix: quando se trata de Toby, sempre tem uma moça.

E essa moça, Charlie — explicou Toby, agora enrubescendo modestamente —, estava fazendo compras no último sábado e conseguiu bater de frente com uma van estacionada e causar sérios danos, o que é duplamente lastimável, uma vez que ela já perdeu um monte de pontos em sua carteira.

— Testemunhas? — perguntou Charlie Wilkins com interesse.

— Ela tem certeza de que não houve. Foi num canto vazio do estacionamento.

— Fico feliz em saber — comentou Charlie Wilkins com um ligeiro toque de ceticismo. — E nenhuma imagem do circuito de câmeras?

— Mais uma vez, não — disse Toby, evitando os olhos de Charlie. — Até onde sabemos, obviamente.

— Obviamente — ecoou educadamente Charlie Wilkins.

E uma vez que ela é uma moça de bom coração, prosseguiu Toby, e uma vez que sua consciência não a deixa dormir até que ela pague suas dívidas — embora não possa se dar ao luxo de perder sua carteira por seis meses de jeito nenhum, Charlie —, e uma vez que ela pelo menos teve o bom senso de anotar o número da placa da caminhonete, Toby estava pensando — bem, *ela* estava pensando se havia alguma maneira — e ele delicadamente interrompeu a frase para que Charlie concluísse por si mesmo.

— E nossa amiga tem alguma ideia de quanto esse serviço exclusivo pode nos custar? — perguntou Charlie, sacando um par de óculos de avô para examinar o cartão simples que Toby passou para ele.

— Custe o que custar, Charlie, eu vou pagar por isso — respondeu Toby grandiosamente, com renovados agradecimentos a Emily.

— Bem, nesse caso, se você tiver a bondade de fazer companhia a Beatrix num drinque antes de dormir e tiver a paciência de me dar dez minutos — disse Charlie —, a taxa será de 200 libras para o fundo das viúvas e órfãos da Polícia Metropolitana, em dinheiro, por favor, sem recibo, e em nome dos velhos tempos, nada para mim.

E, como previsto, dez minutos depois Charlie devolveu o cartão com o nome e o endereço escritos em uma cuidadosa caligrafia de policial, e Toby dizendo, fantástico, Charlie, maravilha, ela ficará radiante, e podemos por favor parar num caixa eletrônico no caminho para a estação?

Mas nada disso removeu completamente a nuvem de preocupação que se formara no rosto normalmente imperturbável de Charlie Wilkins, e ela ainda estava lá quando pararam num acostamento e Toby devidamente entregou a Charlie suas 200 libras.

— Esse senhor sobre o qual você me pediu há pouco para pesquisar — disse Charlie. — Eu não falo do carro. Me refiro ao senhor que é o dono. O cavalheiro *galês*, de acordo com o endereço.

— O que tem ele?

— Um certo amigo meu na Polícia Metropolitana me informou que o dito cavalheiro com o endereço impronunciável tem um imenso alerta vermelho em torno de seu nome, metaforicamente falando.

— Como assim?

— Havendo qualquer avistamento ou audição do referido cavalheiro, a força envolvida não tomará nenhuma providência além de comunicar imediatamente ao topo máximo. Acho que você não tem a menor vontade de me dizer a razão desse imenso alerta vermelho, tem?

— Desculpe, Charlie. Não posso.

— E isso é fim de papo, não é?

— Temo que sim.

Parado no pátio da estação, Charlie desligou o motor, mas manteve as portas trancadas.

— Bem, eu também temo, filho — disse ele severamente. — Pelo seu bem. E pelo bem de sua namorada, se há alguma. Porque quando eu peço a meu certo amigo na Met por um favor como esse e uma sirene começa a soar no ouvido dele, coisa que aconteceu no caso do seu galês, ele tem seus próprios compromissos oficiais a considerar, não? Coisa que ele teve a bondade de me dizer por meio de um aviso. Ele não pode simplesmente abrir uma tampa dessas e depois virar as costas, pode? Ele tem que se proteger. Então o que estou dizendo a você, filho: mande meus melhores votos a ela, se ela existe, e tome muito cuidado, porque tenho um mau pressentimento de que você vai precisar, agora que nosso velho amigo Giles infelizmente não está mais entre nós.

— Não está *entre nós*? Quer dizer que ele está *morto*?! — exclamou Toby, em sua preocupação ignorando a insinuação de que Oakley era seu protetor de alguma forma.

Mas Charlie já estava rindo:

— Deus me livre, não! Achei que você sabia. É pior. Nosso amigo Giles Oakley virou *banqueiro*. E você achou que ele estava morto. Oh, Deus, oh, Deus, espere até eu contar a Beatrix. Pode contar com nosso Giles para fazer uso oportuno da porta giratória, é o que eu digo. — E baixando a voz a um tom de compaixão: — Ele chegou o mais alto que lhe permitiram chegar, sabe? Bateu a cabeça no teto, até onde interessava a *eles*. Ninguém vai dar a ele o bilhete máximo, não depois do que aconteceu em *Hamburgo*, vão? Nunca se sabe quando aquele esqueleto vai sair do armário... entende?

Mas Toby, abalado por tantos golpes de uma só vez, não tinha palavras. Depois de apenas uma semana de volta a Londres e uma viagem completa a Beirute, durante a qual Oakley desapareceu em sua pura fumaça de mandarim, Toby estava curioso para saber quando e como seu antigo patrono ressurgiria, se ressurgiria.

Bem, agora ele tinha sua resposta. O inimigo de toda a vida dos banqueiros especulativos e suas tramoias, o homem que os taxava de sanguessugas, parasitas, inúteis sociais e uma praga em qualquer economia decente, vestira a camisa do inimigo.

E por que Oakley fez isso, segundo Charlie Wilkins?

Porque as grandes cabeças de Whitehall decidiram que ele não era um bom investimento.

E por que Oakley não era um investimento?

Encoste a cabeça nas poltronas duras como ferro do último trem de volta a Victoria.

Feche os olhos, diga *Hamburgo* e repita para si mesmo a história que você jurou jamais contar em voz alta.

*

Pouco depois de chegar à embaixada de Berlim, Toby por acaso se encontra em plantão noturno quando chega uma chamada do superintendente em Hamburgo da Davidwache, a delegacia de polícia encarregada de monitorar a indústria do sexo da Reeperbahn. O superintendente pede para falar com a pessoa de maior autoridade disponível. Toby responde que ele mesmo é essa pessoa, o que é verdade às três da manhã. Sabendo que Oakley está em Hamburgo reunido com um augusto corpo de proprietários de cargueiros, ele fica imediatamente em alerta. Houve alguma conversa sobre Toby participar da experiência, mas Oakley tinha vetado.

— Temos um *inglês bêbado* em nossas celas — explica o superintendente, determinado a praticar seu excelente inglês. — Infelizmente, foi necessário *prendê-lo* por causar uma séria perturbação num estabelecimento adulto hardcore. Ele também tem muitas *feridas* — acrescenta ele. — Em seu torso, na verdade.

Toby sugere que o superintendente contate a Seção Consular pela manhã. O superintendente responde que tal atraso talvez não seja para o melhor benefício da embaixada britânica. Toby pergunta por que não.

— Esse inglês não tem documentos nem dinheiro. Todos são roubados. Também nenhuma roupa. O dono do estabelecimento nos disse que ele foi chicoteado da maneira normal, mas lamentavelmente ficou fora de controle.

No entanto, o prisioneiro nos diz que ele é um importante oficial de sua embaixada, talvez não o embaixador, mas maior.

Toby leva apenas três horas para chegar à porta da Davidwache, após dirigir em alta velocidade pela *autobahn* cruzando massas de névoa baixa. Oakley descansa semidesperto na sala do superintendente, vestindo um roupão da polícia. Suas mãos, ensanguentadas nas pontas, estão atadas aos braços da cadeira. A boca está inchada como um bico torto. Se ele reconhece Toby, não dá nenhum sinal. Toby tampouco lhe dá algum em troca.

— Você *conhece* este homem, Sr. Bell? — indaga o superintendente, num tom fortemente sugestivo. — Talvez você decida que nunca viu este homem em sua vida, Sr. Bell?

— Este homem é um completo estranho para mim — responde Toby, obediente.

— Ele é um impostor, talvez? — sugere o superintendente, outra vez muito sugestivo, no mínimo.

Toby concorda que o homem talvez seja realmente um impostor.

— Então talvez você deva levar este *impostor* de volta a Berlim e interrogá-lo com veemência.

— Obrigado. Eu farei isso.

Da Reeperbahn, Toby leva Oakley, agora num macacão da polícia, para um hospital do outro lado da cidade. Não há ossos quebrados, mas o corpo é uma massa de lacerações que parecem marcas de chicote. Num supermercado lotado, Toby compra para ele um terno barato, depois chama Hermione para explicar que seu marido sofreu um pequeno acidente de carro. Nada grave, diz ele, Giles estava sentado na traseira de uma limusine sem o cinto de segurança. Na viagem de regresso a Berlim, Oakley não diz uma só palavra. Nem Hermione, quando ela chega para descarregá-lo do carro de Toby.

E de Toby também nenhuma palavra, e tampouco alguma de Giles Oakley, fora os 300 euros num envelope que Toby encontrou em sua caixa postal da embaixada, em pagamento pelo terno novo.

*

— E aquele ali é o monumento, olhe! — exclamou a motorista chamada Gwyneth, apontando seu amplo braço para fora da janela e reduzindo a velocidade para dar a Toby uma visão melhor. — Quarenta e cinco homens, 300 metros de profundidade, que Deus os ajude.

— O que causou isso, Gwyneth?

— Um pedregulho que deslizou, rapaz. Uma pequena faísca foi tudo que precisou. Irmãos, pais e filhos. Mas pense só nas mulheres.

Toby pensou.

Após mais uma noite insone e desafiando todos os princípios que cultivara desde o dia em que entrou para o serviço diplomático, Toby alegou uma violenta dor de dente, tomou um trem para Cardiff e um táxi para a viagem de 25 quilômetros até o que Charlie Wilkins chamara de endereço impronunciável de Jeb. O vale era um cemitério de minas abandonadas. Colunas de nuvens negro-azuladas se erguiam acima das colinas verdes. A taxista era uma mulher volúvel na casa dos 50. Toby estava sentado a seu lado no banco do carona. As colinas se apertavam e a estrada ficou mais estreita. Eles passaram por um campo de futebol, uma escola e, atrás da escola, um aeródromo com capim alto, uma torre de controle em ruínas e o esqueleto de um hangar.

— Pode me deixar na rotatória — disse Toby.

— Achei que você tinha dito que ia visitar um amigo — respondeu Gwyneth em tom de acusação.

— Eu vou mesmo.

— Bem, por que não quer que eu deixe você na casa do seu amigo, então?

— Porque eu quero surpreendê-los, Gwyneth.

— Não restam muitas surpresas neste lugar, isso eu digo a você, garoto — comentou ela, entregando seu cartão para quando ele quisesse voltar.

A chuva diminuiu para uma garoa fina. Um menino ruivo de mais ou menos 8 anos subia e descia a estrada numa bicicleta nova em folha, tocando uma antiquada buzina de bronze aparafusada ao guidão. O gado malhado pastava em meio a uma floresta de antenas. À sua esquerda corria uma fileira de casas pré-fabricadas, com telhados verdes com exaustor e o mesmo galpão em cada jardim da frente. Toby imaginou que anteriormente tinham sido alojamentos de militares casados. O número dez era o último da fila. Um mastro caiado se via no jardim da frente, mas nenhuma bandeira tremulava nele. Ele destrancou o portão. O menino na bicicleta chegou derrapando até parar a seu lado. A porta da frente era de vidro pontilhado. Sem campainha. Observado pelo menino, ele bateu no vidro. A sombra de uma mulher apareceu. A porta se abriu. Loura, da mesma idade de Toby, sem maquiagem, punhos fechados, uma mandíbula tensa e furiosa como o diabo.

— Se você é da imprensa, pode cair fora! Já estou de saco cheio do seu bando!

— Eu não sou da imprensa.

— Então que porra você quer? — sua fala não era galesa, mas a tradicional irlandesa de batalha.

— Você é a Sra. Owens, por acaso?

— E se sou?

— Meu nome é Bell. Eu gostaria de saber se posso dar uma palavra com seu marido, Jeb.

Apoiando a bicicleta contra a cerca, o menino se espremeu para passar por ele e se pôs ao lado da mulher, enroscando um braço possessivamente em torno da coxa dela.

— E sobre *que porra* você quer dar uma palavra com meu marido, *Jeb*?

— Na verdade, estou aqui em nome de um amigo. *Paul* é o nome dele — esperando uma reação, mas não vendo nenhuma. — Paul e Jeb tinham marcado um encontro na última quarta-feira. Jeb não apareceu. Paul está preocupado com ele, acha que pode ter sofrido um acidente com sua caminhonete ou algo assim. O celular que Jeb deu a ele não responde. Eu estava prestes a viajar para estes lados, então ele me pediu para ver se eu poderia encontrá-lo — explicou Toby tranquilamente, ou tão tranquilamente quanto pôde.

— Quarta-feira *passada*?

— Sim.

—Há uma porra de semana?

— Sim.

— Há seis dias?

— Sim.

— Encontro onde?

— Na casa dele.

— Onde fica a porra da casa dele, pelo amor de Cristo?

— Na Cornualha. Norte da Cornualha.

Ela estava com o rosto rígido, o menino também.

— Por que seu amigo não veio em pessoa?

— Paul está preso em casa. A esposa está doente. Ele não pode deixá-la — respondeu Toby, começando a se perguntar o quanto mais conseguiria aguentar disso.

Um homem grande, desajeitado, de cabelos grisalhos, vestindo uma jaqueta de lã abotoada e óculos, apareceu acima do ombro dela, olhando para ele.

— Qual é o nosso problema aqui, Brigid? — perguntou ele num tom sério que Toby atribuiu arbitrariamente ao extremo norte.

— O homem está procurando Jeb. Ele tem um amigo chamado Paul que tinha um encontro com Jeb na Cornualha na última quarta. Quer saber por que diabos o Jeb não apareceu, se é que você acredita nele.

O homem pousou uma mão de tio na cabeça vermelha do menino.

— Danny, acho que você deveria ir brincar lá na Jenny. E não podemos deixar o cavalheiro plantado na soleira da porta, podemos, senhor?

— Toby.

— E eu sou Harry. Como vai, Toby?

Teto em arco, traves de ferro para sustentá-lo. O piso de linóleo, lustroso com polimento. Em um recesso da cozinha, flores artificiais sobre uma toalha branca. E no centro da sala, diante de um aparelho de televisão, um sofá de duas peças e poltronas combinando. Brigid se sentou em um braço. Toby parou diante dela enquanto Harry abria a gaveta de um aparador e tirava uma volumosa pasta militar de couro de búfalo. Segurando com ambas as mãos como um hinário, ele se colocou diante de Toby e respirou fundo como se estivesse prestes a cantar.

— Pois bem, você chegou a conhecer Jeb *pessoalmente*, Toby? — sugeriu ele, para fazer uma introdução de precaução.

— Não. Não conheci. Por quê?

— Então seu amigo Paul o conhecia, mas você não, está correto, Toby? — para se certificar duplamente.

— Só meu amigo — confirmou Toby.

— Então você jamais conheceu Jeb. Nem mesmo pôs os olhos nele, por assim dizer.

— Não.

— Bem, de qualquer maneira isso será um choque para você, Toby, e sem dúvida um choque muito maior para seu amigo Paul, que infelizmente não pôde estar conosco hoje. Mas o pobre Jeb faleceu muito tragicamente por sua própria mão na última terça-feira e nós ainda estamos tentando nos recuperar disso, como você pode imaginar. Sem mencionar Danny, claro, embora às vezes pareça que as crianças lidam melhor com essas coisas do que os adultos.

— Foi mais do que espalhado em tudo quanto é jornal, cacete — disse Brigid, falando por cima das condolências murmuradas de Toby. — Todo mundo sabe dessa merda, menos esse aí e seu amigo Paul.

— Bem, foram só jornais *locais*, Brigid — corrigiu Harry, passando a pasta para Toby. — Nem todo mundo lê o *Argus*, não?

— *E* a porra do *Evening Standard.*

— Sim, bem, nem todo mundo lê o *Evening Standard* também, não? Não agora que é grátis. As pessoas gostam de apreciar o que compram, não o que é enfiado nas mãos delas por nada. É da natureza humana, apenas.

— Eu lamento profundamente mesmo — conseguiu comentar Toby, abrindo a pasta e fitando os recortes.

— Por quê? Você nem o conheceu — disse Brigid.

A ÚLTIMA BATALHA DO GUERREIRO

A polícia não está à procura de nenhum outro suspeito na morte por tiro do ex-soldado das Forças Especiais David Jebediah (Jeb) Owens, 34 anos, que, nas palavras do legista, "travou uma batalha perdida contra o transtorno de estresse pós-traumático e suas formas associadas de depressão clínica..."

HERÓI DAS FORÇAS ESPECIAIS TIRA A PRÓPRIA VIDA

... serviu com bravura na Irlanda do Norte, onde conheceu sua futura esposa, Brigid, da força policial Royal Ulster Constabulary. Mais tarde serviu na Bósnia, no Iraque, no Afeganistão...

— Gostaria de telefonar para o seu amigo, Toby? — perguntou Harry com hospitalidade. — Há um solário nos fundos se você precisar de privacidade e temos um bom sinal aqui, graças à estação de radar próxima, creio. Fizemos a cerimônia de cremação para ele ontem, não foi, Brigid? Só família, sem flores. A ausência de seu amigo não foi um problema, diga a ele que não há motivo para se censurar.

— O que mais você vai dizer ao seu amigo, Sr. Bell? — interrogou Brigid.

— O que eu li aqui. É uma terrível notícia. — Ele tentou de novo: — Eu lamento profundamente, Sra. Owens. — E para Harry: — Obrigado, mas acho que prefiro dar a notícia a ele pessoalmente.

— Entendido, Toby. E respeitoso, se me permite dizer.

— Jeb estourou os miolos, Sr. Bell, se for de algum interesse do seu amigo. Em sua caminhonete. Não colocaram essa parte nos jornais; eles têm consideração. Em algum momento da última terça à noite foi quando eles acham que ele fez, entre as seis da tarde e as dez da noite. Ele estava estacionado no canto de um campo perto de Glastonbury, Somerset, que chamam de Levels. Seiscentos metros de distância da habitação humana mais próxima; eles mediram. Ele usou uma 9 milímetros Smith & Wesson, sua arma escolhida, cano curto. Eu nunca soube que ele tinha uma porra de uma Smith & Wesson e, aliás, ele odiava pistolas, o que é paradoxal, mas lá estava na mão dele, disseram, cano curto e tudo o mais. "Podemos incomodá-la para fazer uma identificação oficial, Sra. Owens?" "Nenhum problema absolutamente, delegado. Quando quiser. Me levem até ele." Exatamente como no meu tempo de polícia civil. Direto na porra da têmpora direita. Um buraco pequeno do lado direito e pouco restou da cara do outro lado. Isso se chama saída de projétil, para sua informação. Ele não errou. Ele não erraria, não Jeb. Sempre teve um tiro perfeito. Ganhou prêmios, o Jeb.

— Sim, bem, reviver tudo isso não o traz de volta, não é, Brigid? — disse Harry. — Eu acho que nosso Toby aqui merece uma xícara de chá, não, Toby? Vindo de tão longe por um amigo, isso é o que eu chamo de lealdade. E um pedaço do pão doce que você fez com Danny, Brigid.

— Eles mal podiam esperar para cremá-lo também. Os suicidas furam a fila, Sr. Bell, caso você um dia tenha esse problema. — Ela se jogou do braço na almofada da poltrona e empurrou a pélvis na direção dele numa espécie de desprezo sexual. — Eu tive o prazer de lavar a porra da caminhonete dele, sabe? Assim que eles terminaram o trabalho nela. "Aqui está, Sra. Owens, é toda sua agora." Gente bem-educada, em Somerset, sabe? Muito corteses com uma senhora. Me trataram como uma colega também. Havia alguns da Met lá. Dirigindo as operações para seus colegas da zona rural.

— Brigid não me telefonou, não até a hora do jantar, ela não telefonou — explicou Harry. — Eu tinha aulas o dia inteiro. Ela sabia disso, o que foi muito atencioso de sua parte, não foi, Brigid? Não se pode deixar cinquenta crianças soltas por duas horas, não é?

— Eles me emprestaram a porra da mangueira também, o que foi bom. A gente imagina que a limpeza está incluída no serviço, não é? Mas não com a austeridade, não em Somerset. "Bem, vocês têm certeza absoluta de que fizeram toda a análise forense?", eu perguntei a eles, "porque eu não quero ser a pessoa que vai lavar as pistas, ora." "Temos todas as pistas de que precisamos, obrigado, Sra. Owens, e aqui está uma escova para a senhora, caso precise."

— Você só está se torturando, Brigid — advertiu Harry do recesso da cozinha, enchendo uma chaleira e servindo fatias de pão.

— Mas eu não estou torturando o Sr. Bell, estou? Olhe para ele. Um modelo de compostura. Eu sou uma mulher brincando de cabra-cega com meu marido morto, que é um estranho morto para mim, entende, Sr. Bell? Até três anos atrás, eu conhecia Jeb muito bem, assim como Danny. O homem que conhecíamos há três anos não teria se matado com uma porra de pistola de cano curto, nem com uma de cano longo, por sinal. Ele nunca teria deixado seu filho sem a porra de um pai ou a esposa sem um marido. Danny era o mundo para ele. Mesmo depois que Jeb ficou totalmente louco, era Danny para cá, Danny para lá. Posso dizer algo sobre o suicídio que não é do conhecimento geral, Sr. Bell?

— Toby não precisa disso, Brigid. Tenho certeza de que ele é um jovem cavalheiro bem-informado, familiarizado com a psicologia e afins. Não estou certo, Toby?

— É a porra de um assassinato, isso é o que é o suicídio, Sr. Bell. Não importa se você mata a si mesmo. Quem você quer matar são os outros. Há três anos, eu tinha um grande casamento com o homem dos meus sonhos. Eu mesma não era de se jogar fora, o que ele tinha a bondade de comentar com frequência. Eu sou boa de cama e ele me amava da cabeça aos pés, ou era o que dizia. Me dava todos os motivos para acreditar nele. Eu ainda acredito. Acredito nele. Eu amo Jeb. Sempre amei. Mas eu não acredito no filho da puta que atirou em si mesmo para nos matar, e também não tenho amor por ele. Eu o odeio. Porque, se ele fez isso, ele *é* um filho da puta, não me importa qual foi a porra do motivo.

Se ele fez isso? O "*se*" foi pronunciado com mais força do que ela pretendia? Ou foi apenas a imaginação de Toby?

— E, pensando bem, não sei o que foi que o levou à loucura, para começo de conversa. Eu nunca soube. Ele teve uma missão ruim. Houve algum assassinato errado. Essas foram as migalhas que me coube saber. Depois disso, eu podia implorar e nada. Talvez você e seu amigo Paul saibam. Talvez Jeb confiasse em seu amigo Paul de uma maneira que não confiou em mim, a porra da esposa. Talvez a polícia saiba também. Talvez toda a porra da rua saiba, e eu e Danny e Harry somos os únicos excluídos aqui.

— Repassar tudo isso não vai ajudar, Brigid — disse Harry, desembrulhando um pacote de guardanapos de papel. — Não vai ajudar *você*, não vai ajudar Danny. E não creio que vá ajudar o Toby aqui. Vai, Toby? — Passando-lhe uma xícara de chá com um pedaço de pão açucarado no pires e um guardanapo.

— Eu deixei a porra da polícia civil pelo Jeb, quando a gente soube que o Danny estava chegando. Perdi meus benefícios e a promoção que estava logo ali virando a esquina. Nós dois saímos do fundo do poço, o pai de Jeb sendo um vagabundo inútil e nenhuma mãe, e eu sem nunca saber quem foi meu pai, e minha mãe sem saber porra nenhuma também. Mas nós decidimos ser gente correta, decente, mesmo que tivéssemos que morrer por isso. Eu concluí um curso de educação física, tudo para que pudéssemos dar um lar para o Danny.

— E ela é a melhor professora de educação física que a escola já teve, ou que provavelmente terá, não é, Brigid? — comentou Harry. — Todas as nossas crianças a adoram, e Danny tem um orgulho dela que você não imagina. Todos temos.

— O que *você* ensina? — perguntou Toby a Harry.

— Aritmética, do começo até o nível máximo, quando tenho os pupilos para isso, não é, Brigid? — entregando uma xícara de chá também para ela.

— Então, seu amigo Paul da Cornualha é algum puto psiquiatra em quem Jeb estava viciado, ou o quê? — interrogou Brigid.

— Não. Não é um psiquiatra, creio.

— E você não é um senhor da imprensa? Tem certeza absoluta disso?

— Tenho certeza de que não sou da imprensa.

— Então, se não se importa que eu seja curiosa, Sr. Bell: se você não é da imprensa e seu amigo Paul não é psiquiatra, que caralhos vocês são?

— Brigid, por favor — disse Harry.

— Estou aqui em caráter puramente privado — disse Toby.

— Então que diabos você é quando está em caráter puramente público, posso perguntar?

— Publicamente, sou um membro do Ministério das Relações Exteriores.

Mas, em vez da explosão que estava esperando, tudo que Toby recebeu foi um prolongado olhar crítico.

— E seu amigo *Paul*? Também seria do Ministério das Relações Exteriores? — sem libertá-lo de seu olhar arregalado e verde.

— Paul está aposentado.

— E Paul seria alguém que Jeb conheceu há, digamos, três anos?

— Sim. Ele seria.

— Profissionalmente, então?

— Sim.

— E esse seria o tema da tal conferência de cúpula entre Jeb e Paul, se Jeb não tivesse explodido a cabeça no dia anterior? Algo na linha profissional de, por exemplo, três anos atrás?

— Sim. Seria — respondeu Toby com firmeza. — Essa era a ligação entre eles. Eles não se conheciam bem, mas estavam a caminho de se tornar amigos.

Os olhos dela ainda não haviam abandonado seu rosto, e tampouco abandonariam agora.

— Harry. Estou preocupada com Danny. Pode ter a bondade de ir até a Jenny um minuto e ver se ele não caiu da porra da bicicleta? Faz só um dia que ele ganhou.

*

Toby e Brigid ficaram sozinhos e algum tipo de entendimento guardado se formou entre eles enquanto cada um esperava que o outro falasse.

— Então, eu deveria ligar para o Ministério das Relações Exteriores para verificar você? — perguntou Brigid num tom visivelmente menos estridente. — Para confirmar que o Sr. Bell é quem ele diz que é?

— Eu não acho que Jeb teria gostado que você fizesse isso.

— E o seu amigo Paul? E quanto a ele? Será que *ele* gostaria?

— Não.

— E *você* tampouco gostaria?

— Eu perderia meu emprego.

— Essa conversa que eles se propunham a ter. Seria sobre uma determinada *Operação Vida Selvagem*, afinal?

— Por quê? Jeb contou a você sobre isso?

— Sobre a operação? Você está de brincadeira. Nem um ferro em brasa teria arrancado isso dele. Foi imunda, mas era um dever.

— Imunda como?

— Jeb não gostava de mercenários, jamais gostou. Estão nessa pela aventura e pelo dinheiro, esses caras. Acham que são heróis quando são uns putos psicopatas. "Eu luto pelo meu país, Brigid. Não por essas porras de multinacionais com suas contas no exterior." Só que ele não disse *porras*, se eu for honesta. Jeb era católico. Não falava palavrões e não conseguia beber mais que alguns goles. Deus sabe o que eu sou. Porra de protestante de meia tigela, como dizem. Tive que ser, não tive, para entrar na porra da Royal Ulster Constabulary?

— E o que ele não gostou na *Vida Selvagem* foi a presença dos mercenários? Foi o que ele comentou sobre essa operação em particular?

— Em geral. Só os mercenários. Queria que ficassem longe, ele odiava os filhos da mãe. "É outro trabalho com mercenários, Brigid. Às vezes me faz questionar quem começa as guerras hoje em dia."

— Ele tinha outras reservas sobre a operação?

— Era uma merda, mas fazer o quê?

— E depois? Quando ele voltou da operação?

Ela fechou os olhos e, ao abri-los, pareceu se tornar uma mulher diferente — retraída e horrorizada:

— Ele estava um fantasma. Acabado. Não conseguia segurar um garfo e uma faca. Ficava me mostrando a carta de seu amado regimento: *obrigado e boa noite e lembre-se de que está comprometido por toda a vida pela Lei de Segredos Oficiais*. Eu achava que ele já havia visto de tudo. Achei que nós dois tínhamos. Irlanda do Norte. Sangue e ossos por toda a rua, mutilações, atentados a bomba, enforcamentos. Santo Deus.

Ela respirou fundo algumas vezes, se recompôs e continuou:

— Até que chegou a gota d'água. Aquela da qual todos falam. Aquela que sujou o nome dele e que não o deixaria em paz. Talvez uma bomba no mercado que foi a gota d'água. Um monte de crianças feitas em pedaços a caminho da escola. Ou talvez tenha sido apenas um cão morto numa vala, ou ele cortou o dedinho e estava sangrando. O que quer que tenha sido, foi o precipício para ele. Jeb já não tinha nenhuma defesa. Não conseguia olhar para o que mais amava no mundo sem nos odiar por não estarmos cobertos de sangue.

Novamente Brigid se deteve, desta vez arregalando os olhos, ultrajada pelo que estava vendo e que Toby não via:

— Ele nos *assombrava*! — explodiu ela, levando depois a mão aos lábios em censura. — Natal, nós arrumávamos a droga da mesa para ele. Danny, eu, Harry. Ficamos lá sentados, olhando para seu lugar vazio. Aniversário do Danny, mesma coisa. Presentes no degrau de entrada, no meio da porra da noite. O que diabos nós tínhamos que ele ia pegar, se entrasse? A porra da lepra? Era sua própria casa, pelo amor de Cristo. Não o amamos o bastante?

— Tenho certeza de que amaram — disse Toby.

— Como diabos *você* saberia? — devolveu ela, sentada, imóvel, com os dedos travados entre os dentes enquanto se fixava em algo em sua memória.

— E o trabalho em couro? — perguntou Toby. — De onde Jeb conseguiu suas habilidades de artesão?

— A porra do pai dele, quem você acha? Ele era um sapateiro quando não estava bebendo até cair. Mas isso não impediu que Jeb o amasse até a alma e que enfileirasse suas merdas de ferramentas lá no galpão como se fossem o Santo Graal quando o desgraçado morreu. Uma noite, o galpão ficou vazio e as ferramentas sumiram e Jeb sumiu com elas. O mesmo que agora.

Ela se virou e olhou para ele, esperando que falasse. Cautelosamente, Toby falou:

— Jeb disse a Paul que tinha provas. Sobre a *Vida Selvagem*. Ele levaria as provas para a reunião na Cornualha. Paul não sabia o que era. Eu me pergunto se você sabia.

Ela abriu e fitou as mãos como se lesse o próprio destino, depois se levantou, marchou para a porta da frente e a abriu:

— Harry! O Sr. Bell deseja prestar seus respeitos para que possa contar a seu amigo Paul. E Danny, você fique aí com Jenny até eu chamar, está ouvindo? — E para Toby: — Volte depois, sem Harry.

*

A chuva voltou. Por insistência de Harry, Toby pegou uma capa de chuva emprestada e notou que era muito pequena para ele. O quintal atrás da casa era estreito, mas longo. Roupas molhadas num varal. Um pequeno portão levava a um pedaço de terreno baldio. Eles passaram por alguns abrigos de guerra, cobertos de grafites.

— Eu digo a meus alunos que eles são lembretes daquilo pelo que seus avós lutaram — exclamou Harry por cima do ombro.

Eles chegaram a um celeiro em ruínas. As portas estavam trancadas a cadeado. Harry tinha a chave.

— Não vamos deixar que Danny saiba que ela está aqui, não no momento — disse Harry, sério. — Por isso eu peço a você que tenha isso em mente quando voltar para a casa. Pretendemos anunciá-la no eBay uma vez que o burburinho diminua. Não queremos que as pessoas se desanimem pela associação, não? — dando um empurrão nas portas e libertando um esquadrão de passarinhos em júbilo. — Veja bem, ele fez uma boa conversão, o Jeb, tenho que admitir. Um pouco obsessivo, na minha opinião particular. Isto não é para os ouvidos de Brigid, naturalmente.

A lona estava presa ao chão com estacas. Toby observou enquanto Harry ia de estaca em estaca, soltava o gancho e depois erguia a corda da estaca até que um lado da lona se soltasse; depois erguendo toda a lona de uma vez, para revelar uma caminhonete verde e a inscrição dourada sobre o verde, OFICINA DE COURO DO JEB em maiúsculas, e abaixo, em letras menores, *Compras na van*.

Ignorando o braço estendido de Harry, Toby subiu pela porta traseira. Painéis de madeira, alguns painéis recolhidos, outros pendurados e abertos. Uma mesa dobrável, fechada e lavada, uma cadeira de madeira, sem almofada. Uma rede de corda, desarmada e bem enrolada. Prateleiras nuas e bem esfregadas, preparadas para um artesão. Um cheiro de sangue seco não completamente sobrepujado pelo fedor do desinfetante.

— O que aconteceu com as peles de rena? — perguntou Toby.

— Bem, foi melhor queimá-las, não? — explicou Harry, de bom humor. — Não havia muita coisa que *podia* ser salva, francamente, Toby, dada a extensão do estrago que o pobre homem fez consigo mesmo. Não tomou nenhuma bebida para ajudá-lo em seu ato, o que dizem ser incomum. Mas esse era o Jeb. Não era um homem de baixar a cabeça. Nunca foi.

— E nenhum bilhete de despedida? — perguntou Toby.

— Só a arma na mão e oito balas deixadas no tambor, o que, suponho, talvez leve a questionar o que ele pensava em fazer com as outras depois que atirasse em si mesmo — respondeu Harry no mesmo tom informativo. — Mesma coisa com Jeb usando a mão errada. Por quê?, você se pergunta. Bem, é claro que não há resposta para isso. Nunca haverá. Ele era canhoto, o Jeb. Mas ele se matou com a direita, o que poderia ser descrito como uma aberração. Mas Jeb era um atirador por profissão, segundo me dizem. Bem, ele tinha que ser, não? Se Jeb enfiasse na cabeça, poderia se matar com o próprio pé, segundo o que Brigid me diz. Além disso, há o fato de que, quando alguém chega a esse ponto, não é acessível à argumentação racional, como todos sabemos. Que é o que a polícia disse, muito apropriadamente, na minha opinião, já que eu não chego nem perto de ser um especialista.

Toby encontrou um buraco de bala tão grande quanto uma bola de tênis, mas não tão profundo, entre o limite superior do revestimento de madeira e a lateral da van, e traçou o contorno com o dedo.

— Sim, bem — explicou Harry —, uma bala dessas tem que ir a algum lugar, é a lógica, mas você não acreditaria vendo esses filmes que fazem hoje em dia. Ela não pode simplesmente desaparecer no ar, não uma bala, pode? Enfim, é como eu digo, encha o buraco com massa corrida, lixe, pinte por cima e, com alguma sorte, não vai dar para notar.

— E as ferramentas dele? Da oficina de couro?

— Sim, bem, isso é uma vergonha para todos os envolvidos, são as ferramentas do pai dele, Toby, o mesmo que seu fogão naval, que valeria um bom bocado do dinheiro de alguém. Os primeiros a chegar ao local foram os bombeiros, não sei por que, mas é evidente que alguém os chamou. Em seguida veio a polícia, depois a ambulância. Então não dá para saber quem foi o dono das mãos leves culpadas, não? A polícia não, eu tenho certeza. Tenho um grande respeito por nossos guardiões da lei, mais do que Brigid tem, para ser franco, já que ela foi uma. Mesmo assim, a Irlanda é assim, creio.

Toby imaginava que era.

— Ele nunca se ressentiu de mim, sabe? Não que ele tivesse o direito. Não se pode esperar que uma mulher como Brigid passe sem nada, não é? Eu sou bom para ela, o que nem sempre se podia dizer de Jeb, se formos honestos.

Eles fecharam juntos a porta do bagageiro, depois puxaram juntos a lona sobre a caminhonete e, juntos, esticaram as cordas.

— Eu acho que Brigid queria dar outra palavra rápida comigo — disse Toby. E a título de uma pobre explicação: — Algo a ver com Paul que ela sentia ser particular.

— Bem, ela é uma alma livre, a Brigid, o mesmo que todos nós — disse Harry sinceramente, dando um tapinha camarada no braço de Toby. — Só não dê muitos ouvidos às opiniões dela sobre a polícia, é o meu conselho. Sempre tem que haver alguém para culpar num caso como esse, é da natureza humana. Foi bom conhecê-lo, Toby, e muito gentil de sua parte vir aqui. E espero que você não se importe com o que vou dizer, eu sei que é um atrevimento. Só que, apenas por acaso, embora nunca se saiba, se você esbarrar com alguém que está à procura de um veículo utilitário bem-conservado e convertido a um alto padrão... bem, eles já sabem onde chegar, certo?

*

Brigid estava encolhida num canto do sofá, segurando os joelhos.

— Viu alguma coisa? — perguntou ela.

— Eu deveria ter visto?

— O sangue não teve lógica. Havia salpicos por todo o para-choque traseiro. Eles disseram que era sangue *espirrado*. "Como diabos ele espirrou?" Eu perguntei a eles. "Saiu pela porra da janela e deu a volta para trás?" "Você está abalada, Sra. Owens. Deixe a investigação para nós e tome uma boa xícara de chá." Em seguida, outro cara chega para mim, um policial à paisana da Met, de fala refinada. "Só para tranquilizar sua mente, Sra. Owens, aquilo no para-choque nunca foi sangue do seu marido. É chumbo vermelho. Provavelmente ele estava fazendo um trabalho de reparo." Eles também revistaram a casa toda, sabe?

— Perdão? Que casa?

— *Esta* porra de casa. Onde você está sentado agora, olhando para mim, onde mais? Cada droga de gaveta e cada cubículo. Até o armário de brinquedos do Danny. Revistada de cima a baixo por gente que conhecia do riscado. Os documentos de Jeb naquela gaveta lá. Tudo que ele deixou para trás. Tirados e depois colocados de volta, na ordem certa, só que nem tanto. Nossas roupas, mesma coisa. Harry pensa que eu sou paranoica. Que ando vendo conspirações embaixo da cama. Foda-se isso, Sr. Bell. Eu já revistei mais casas do que Harry tomou cafés da manhã. É preciso ser um para reconhecer um.

— Quando eles fizeram isso?

— Ontem, porra. Quando você acha? Enquanto estávamos fora, cremando Jeb, quando mais? Não estamos falando de merdas de amadores. Você não quer saber o que estavam procurando?

Pondo a mão embaixo do sofá, ela puxou um envelope pardo plano, sem lacre, e o empurrou na direção dele.

Duas fotografias A4, acabamento mate. Sem moldura. Preto e branco. Baixa resolução. Fotos noturnas, muito realçadas.

Um formato que lembrava Toby de todas as imagens difusas que já havia visto de suspeitos secretamente fotografados do outro lado da rua: só que estes dois suspeitos estavam mortos e deitados numa lajota de pedra, e um deles era uma mulher num vestido árabe rasgado e o outro uma criança severamente baleada com uma perna quase arrancada, e os homens parados ao redor estavam carregados de equipamentos de combate e segurando semiautomáticas.

Na primeira foto, um homem não identificável de pé, também em traje de combate, aponta a arma para a mulher como se estivesse prestes a fuzilá-la.

Na segunda, um homem diferente, novamente em traje de combate, aparece ajoelhado numa só perna, a arma ao lado, e coloca a mão no rosto.

— Estavam embaixo de onde ficava o fogão naval, antes que os filhos da puta o roubassem — explicava Brigid com desprezo, em resposta a uma pergunta que Toby não fez. — Jeb tinha fixado uma placa de amianto ali. O fogão sumiu. Mas o amianto ainda estava lá. A polícia achou que revistou bem a caminhonete antes de me dar para limpar. Mas eu conhecia Jeb. Eles não revistaram. E Jeb sabia o que era ocultação. As fotos tinham que estar lá em algum lugar, mas não que ele já tenha me mostrado. Ele não faria isso. "Eu tenho as provas", ele dizia. "Estão lá em preto e branco, só que ninguém quer acreditar." "Provas de que, cacete?", eu perguntava. "Fotografias tiradas na cena do crime." Mas perguntando a ele qual foi o crime, tudo que eu recebia era a expressão de um homem morto.

— Quem foi o fotógrafo? — indagou Toby.

— Shorty. O companheiro dele. O único que restou para ele depois da missão. O único que ficou do seu lado depois que os outros foram intimidados até amarelar. Don, Andy, Shorty; eram todos bons amigos até a *Vida Selvagem*. Nunca depois. Apenas Shorty, até que ele e Jeb brigaram e romperam relações.

— Sobre o que foi a briga?

— As mesmas putas fotos que você tem na mão. Jeb ainda estava em casa nessa época. Doente, mas, digamos, lidando com aquilo. Daí Shorty chegou para dar uma palavra com ele e os dois tiveram uma briga monstruosa. Shorty tem um metro e noventa. Mas Jeb o agarrou por baixo, dobrou seus joelhos e depois quebrou seu nariz enquanto ele caía. Perfeito como um manual, e Jeb com metade do tamanho dele. Era impossível não admirar.

— Sobre o que ele queria falar com Jeb?

— Pegar as fotos de volta, essa foi a primeira coisa. Até então, Shorty era totalmente a favor de mostrá-las em todos os Ministérios. Até mesmo de entregá-las à imprensa. Depois, mudou de ideia.

— Por quê?

— Eles o compraram. Os empresários da defesa compraram. Deram a ele um emprego vitalício, contanto que mantivesse sua boca idiota fechada.

— Os empresários da defesa têm um nome?

— Tem um cara chamado Crispin. Começou uma empresa nova e imensa com dinheiro americano. Profissionais top de linha; a cara do futuro, segundo Shorty. O exército que fosse à merda.

— E de acordo com Jeb?

— Absolutamente nada profissionais. Oportunistas, ele os chamou, e disse que Shorty era mais um. Shorty queria que ele se juntasse aos outros, se você consegue acreditar. Tentaram aliciar Jeb assim que a missão acabou. Para calá-lo. Agora eles mandavam Shorty para tentar novamente. Trouxeram para Jeb uma puta carta de acordo, tudo digitado para ele. Tudo que ele tinha a fazer era assinar, devolver as fotos e se juntar à empresa, e o céu era o limite. Eu poderia ter dito a Shorty para se poupar da viagem e do nariz quebrado, mas ele não escutaria porra nenhuma. Na verdade, odeio esse desgraçado. Ele acha que é um presente de Deus para as mulheres. Queria me passar a mão por todo lado sempre que Jeb não estava olhando. Além disso, ele me escreveu uma carta melosa de condolências, suficiente para vomitar.

Da gaveta que guardava os recortes de jornal, ela sacou uma carta escrita à mão e a empurrou para Toby.

Querida Brigid,

Sinto muito em ouvir as más notícias sobre Jeb, da mesma forma que sinto muito por tudo ter terminado tão mal entre nós. Jeb foi o Melhor dos Melhores, sempre será, não importando as velhas brigas, ele sempre estará em minha Memória como sei que estará na sua. Além disso, Brigid, se você estiver apertada de Dinheiro de alguma maneira, Ligue para o número de celular em anexo e eu resolverei sem falta. Fora isso, Brigid, eu lhe peço gentilmente que remeta sem demora duas Fotos emprestadas que são de minha propriedade Pessoal. Endereço de envio anexado.

Nunca um luto maior, do velho camarada de Jeb, acredite,

Shorty.

Gritos de discussão do lado de fora da porta da frente: Danny dando um chilique, Harry argumentando em vão. Brigid faz menção de pegar as fotos de volta.

— Não posso ficar com elas?

— Não pode porra nenhuma!

— Posso copiá-las?

— Tudo bem. Vá em frente. Copie — responde ela, mais uma vez sem um momento de hesitação.

O Homem de Beirute pousa as fotografias bem esticadas na mesa de jantar e, ignorando o conselho que deu a Emily apenas alguns dias atrás, copia as fotos em seu BlackBerry. Devolvendo as fotos, ele espia a carta de Shorty acima do ombro de Brigid e depois copia o número do telefone em seu caderno.

— Qual é o outro nome de Shorty? — pergunta ele, enquanto o barulho do lado de fora aumenta.

— Pike.

Ele escreve *Pike* também, por garantia.

— Ele me ligou no dia anterior — diz ela.

— *Pike* ligou?

— *Danny, cale a porra da boca, pelo amor de Deus!* Jeb ligou, o que você acha? Terça-feira, nove horas da manhã. Harry e Danny tinham acabado de sair numa excursão escolar. Eu pego o telefone, é Jeb como eu nunca ouvi nos últimos três anos. "Encontrei minha testemunha, Brigid, a melhor que se poderia imaginar. Eu e ele vamos esclarecer essa história de uma vez por todas. Livre-se de Harry e, assim que eu terminar, vamos recomeçar tudo: você, eu e Danny, como nos velhos tempos." Era nesse nível de depressão que ele estava algumas horas antes de explodir sua maldita cabeça, Sr. Bell.

*

Se uma década de vida diplomática ensinou alguma coisa a Toby, foi tratar todas as crises como normais e solucionáveis. No táxi de volta para Cardiff, sua mente era um caldeirão de medos mesclados por Kit, Suzanna e Emily, e estava de luto por Jeb e questionando o momento e o método de seu assassinato, e a cumplicidade da polícia no encobrimento; mas externamente ele era o mesmo passageiro bom de papo e Gwyneth era a mesma motorista boa de papo. Foi só quando chegou a Cardiff que analisou suas disposições exatamente como se tivesse passado a viagem preparando, coisa que, no fundo, tinha feito.

Ele estava sob investigação? Ainda não, mas as palavras de advertência de Charlie Wilkins não se perderam nele. Em Paddington, comprou a passagem de trem em dinheiro. Pagou a Gwyneth em dinheiro e lhe pediu que o deixasse e o buscasse na rotatória. Guardou para si a identidade da pessoa que visitaria, mesmo sabendo que era uma causa perdida. Mais que provável, ao menos um dos vizinhos de Brigid deve ter sido orientado a vigiar e avisar a polícia e, neste caso, uma descrição de sua aparência pessoal deve ter sido relatada, embora, com alguma sorte, a incompetência da polícia garantiria que a notícia levaria tempo para viajar.

Precisando de mais dinheiro do que havia considerado, ele não teve opção a não ser tirar um pouco de uma máquina, anunciando assim sua presença em Cardiff. Há alguns riscos que é preciso correr. Numa loja de eletrônicos a poucos passos da estação, ele comprou um novo disco rígido para seu computador e dois celulares de segunda mão, um preto, um prata, com chips pré-pagos e garantia de baterias totalmente carregadas. No mundo dos eletrônicos baratos, segundo lhe foi ensinado em seus cursos de segurança, esses celulares eram conhecidos como "tijolos quentes" pela tendência de seus proprietários a eliminá-los depois de algumas horas.

Numa cafeteria favorecida pelos desempregados de Cardiff, ele pediu uma xícara de café e um pedaço de bolo e os levou para uma mesa de canto. Contente porque o som de fundo se adequava ao seu objetivo, ele digitou o número de Shorty no tijolo quente cor de prata e pressionou o verde. Este era o mundo de Matti, não de Toby. Mas ele já havia caminhado no fio da navalha e a dissimulação não lhe era estranha.

O telefone tocou e tocou e Toby já estava se conformando que cairia na caixa postal, quando uma voz masculina agressiva ladrou para ele:

— Pike falando. Estou no trabalho. O que você quer?

— Shorty?

— Isso, Shorty. Quem está falando?

A própria voz de Toby, mas sem o verniz das Relações Exteriores:

— Shorty, aqui é Pete do *South Wales Argus*. Muito prazer. Escute, o jornal está preparando uma matéria de duas páginas sobre Jeb Owens, que infelizmente cometeu suicídio na semana passada, como você provavelmente sabe. *Morte de nosso herói desconhecido*, coisa do gênero. Entendemos que você era um grande companheiro dele, não? Quero dizer, o maior companheiro. Seu meia-armador, esse tipo de coisa. Você deve estar muito abalado.

— Como você conseguiu esse número?

— Ah, bem, temos os nossos métodos, não? Olhe, o que gostaríamos de saber... o que meu editor gostaria de saber é: podemos fazer uma entrevista falando do grande soldado que Jeb foi, Jeb como visto por seu melhor amigo, esse tipo de coisa, uma entrevista de página inteira? Shorty? Você ainda está aí?

— Qual é o seu outro nome?

— Andrews.

— Essa entrevista é com ou sem identificação?

— Bem, nós *gostaríamos* que fosse pública, naturalmente. E cara a cara. Nós *podemos* fazer um trabalho sigiloso, mas é sempre uma pena. Obviamente, se há questões de confidencialidade, vamos respeitá-las.

Outro longo silêncio, com a mão de Shorty sobre o bocal do telefone.

— Quinta-feira está bom?

Quinta? O meticuloso funcionário do exterior repassa mentalmente sua agenda de compromissos. Dez da manhã, reunião departamental. Meio-dia e meia, almoço de trabalho na Londonderry House com os agentes de ligação intrasserviços.

— Quinta-feira está ótimo — respondeu categoricamente. — Que local você tem em mente? Sem chance de você poder vir ao País de Gales, imagino.

— Londres. Golden Calf Café, Mill Hill. Onze horas da manhã. Pode ser?

— Como faço para reconhecê-lo?

— Eu sou um anão, não sabia? Meio metro com minhas botas postas. E venha sozinho, sem fotógrafos. Quantos anos você tem?

— Trinta e um — respondeu Toby rápido demais, e gostaria de não ter respondido.

*

Na viagem de trem de volta para Paddington, novamente usando o celular prata, Toby enviou sua primeira mensagem de texto para Emily: *necessito consulta o mais rápido possível por favor me informe neste número o número antigo fora de serviço, Bailey.*

De pé no corredor, ele ligou para o consultório dela para garantir e caiu na secretária eletrônica de fora de expediente:

— Mensagem para a Dra. Probyn, por favor. Dra. Probyn, quem fala é seu paciente Bailey pedindo uma consulta esta noite. Por favor, me ligue de volta neste número, pois meu número antigo não funciona mais. Obrigado.

Durante uma hora depois disso, teve a impressão de que não pensou em mais nada a não ser Emily: o que equivale a dizer que pensou em tudo, desde a deserção de Giles Oakley em diante, mas para onde quer que sua mente fosse, Emily ia junto.

A resposta à mensagem de texto, por mais estéril que parecesse, levantou seu ânimo acima de qualquer coisa que poderia ter imaginado:

Estou em turno até meia-noite. Chame o ambulatório ou a unidade de triagem.

Sem assinatura. Nem mesmo um E.

Em Paddington, já passava das oito da noite quando desceu, mas naquele ponto ele já possuía uma nova lista de suprimentos operacionais: um rolo de fita adesiva, papel de embrulho, meia dúzia de envelopes acolchoados A5 e uma caixa de lenços de papel. O jornaleiro no saguão da estação estava fechado, mas na Praed Street ele conseguiu comprar tudo de que precisava e adicionou uma sacola reforçada, créditos para os celulares e um soldadinho de plástico da guarda real para sua coleção.

O soldado em si era supérfluo entre os requisitos. O que Toby precisava era da caixa de papelão em que ele vinha.

*

Seu apartamento em Islington era no primeiro andar, numa fileira de casas geminadas do século XVIII, idênticas, salvo a cor de suas portas dianteiras, a condição dos batentes das janelas e a qualidade das cortinas. A noite estava seca e excepcionalmente quente. Tomando a calçada oposta à sua casa, Toby primeiro passou reto, observando discretamente em busca dos clássicos sinais indicativos: o carro estacionado com ocupantes, os transeuntes nas esquinas conversando em celulares, os homens de macacão falsamente acocorados diante de quadros de força. Como de costume, sua rua continha tudo isso e muito mais.

Cruzando para o seu lado, ele entrou na casa e, depois de subir as escadas e destrancar a porta da frente tão silenciosamente quanto sabia como, ficou parado no corredor. Surpreso ao descobrir o aquecimento ligado, ele lembrou que era terça-feira e, às terças, a faxineira portuguesa Lula vinha das três às cinco, então talvez ela tenha sentido frio.

Ao mesmo tempo, o calmo anúncio de Brigid de que sua casa tinha sido profissionalmente revistada de cima a baixo ainda estava com ele, e era apenas natural que uma sensação de irregularidade o acompanhasse enquanto ia de quarto em quarto, farejando o ar em busca de cheiros estranhos, cutucando coisas, tentando — sem conseguir — lembrar como as havia deixado, abrindo armários e gavetas sem nenhum efeito. Em seus cursos de treinamento em segurança, Toby soube que os profissionais que faziam revistas filmavam seu próprio progresso a fim de garantir que colocariam tudo de volta onde encontraram, e ele os imaginou fazendo o mesmo em seu apartamento.

Mas ele teve um verdadeiro arrepio apenas quando foi recuperar o cartão de memória que, três anos antes, havia colado atrás da fotografia emoldurada de seus avós maternos no dia do casamento. O quadro estava pendurado onde sempre estivera: num pedaço morto do corredor, entre a sala e o banheiro. Ao longo dos anos, toda vez que pensava em movê-lo, não conseguia encontrar um lugar mais escuro ou menos chamativo e, no fim, deixava o cartão onde estava.

E o cartão de memória ainda estava lá agora, protegido sob camadas de fita adesiva industrial: nenhum sinal exterior de que havia sido tocado. O problema era: o vidro da foto tinha sido *espanado* e, para os padrões de Lula, era a primeira vez em todos os tempos. Não só o vidro, mas a moldura. E não só a moldura, ainda por cima, mas o *alto* da moldura, que se situava bem acima do alcance natural da diminuta Lula.

Ela subiu numa cadeira? Lula? Contra todo o hábito anterior, ela foi acometida de um ataque de esfregação? Toby estava a ponto de ligar para ela — só para cair numa gargalhada de desdém por sua própria paranoia. Por acaso ele realmente esqueceu que Lula tirou folga em cima da hora e foi temporariamente substituída por sua amiga Tina, infinitamente mais eficiente e estatuesca, de completos 1,80m de altura?

Ainda sorrindo para si mesmo, fez o que tinha posto na cabeça que faria antes que ela começasse a procurar cabelo em ovo. Removeu a fita adesiva e levou o cartão de memória para a sala de estar.

*

O computador era uma fonte de preocupação para Toby. Ele sabia — algo em que foi religiosamente instruído — que nenhum computador *jamais* seria um esconderijo seguro. Por mais fundo que você pense que enterrou seu tesouro secreto, um analista de hoje, com tempo na mão, vai desenterrá-lo. Por outro lado, a substituição do disco rígido antigo pelo novo que ele comprou em Cardiff também tinha seus riscos: por exemplo, como explicar a presença de um disco novo em folha sem nada dentro? Mas qualquer explicação, por mais improvável, soaria muito melhor do que as vozes de Fergus Quinn, Jeb Owens e Kit Probyn de três anos atrás, como registradas poucos dias ou mesmo horas antes do lançamento desastroso da *Operação Vida Selvagem*.

Primeiro recuperar a gravação secreta das profundezas do computador. Toby o fez. Em seguida, fazer mais duas cópias em cartões de memória diferentes. Ele fez isso também. Próximo, remover o disco rígido. Equipamentos essenciais para a operação: uma chave de fenda fina, conhecimento técnico rudimentar e dedos hábeis. Sob pressão, Toby possuía todos. Agora vamos ao descarte do disco rígido. Para isso ele precisaria da caixa do soldadinho e dos lenços de papel para acolchoamento. Como destinatário, escolheu sua amada tia Ruby, uma advogada que trabalhava em Derbyshire sob o nome de casada e, portanto, segundo seus cálculos, não rastreável. Um breve bilhete — Ruby não esperaria mais que isso — pedia a ela para guardar o objeto com sua vida, explicações viriam depois.

Fechar a caixa, endereçar a Ruby.

Em seguida, para aquele dia fatídico que ele rezava que jamais nascesse, enviar dois dos envelopes acolchoados para si mesmo, posta-restante, aos postos centrais do correio de Liverpool e Edimburgo, respectivamente. Corta para visões de Toby Bell em fuga, chegando ofegante ao balcão da central de correios de Edimburgo com as forças das trevas correndo em seu encalço.

Restava o terceiro, o original, o cartão de memória ainda não consignado. Em seus cursos de segurança, sempre havia um jogo de esconde-esconde:

Pois bem, senhoras e senhores, vocês têm esse documento altamente secreto e comprometedor em suas mãos e a polícia secreta está batendo à sua porta. Vocês têm exatamente noventa segundos a partir de agora antes que comecem a revistar seu apartamento.

Descontar os lugares em que você pensa inicialmente: ou seja, atrás da cisterna NÃO, sob a tábua solta do piso NÃO, no lustre NÃO, no congelador ou na caixa de primeiros socorros NÃO, e absolutamente NÃO, obrigado, pendurado do lado de fora da janela da cozinha num pedaço de barbante. Então, onde? Resposta: no lugar mais óbvio em que você consegue pensar, entre seus companheiros mais óbvios. Na última gaveta da cômoda, atualmente contendo toda uma tralha misturada, desde CDs dos tempos de Beirute, fotos de família, cartas de antigas namoradas e — sim, até um punhado de cartões de memória com rótulos escritos à mão em suas caixas de plástico. Um deles chamou sua atenção: *FESTA DE GRADUAÇÃO UNI, BRISTOL*. Removendo a etiqueta, Toby a colou em torno do terceiro cartão de memória e o atirou na gaveta com o resto da bagunça.

Ele então levou a carta de Kit para a pia da cozinha e pôs fogo, espalhou as cinzas e fez descer pelo cano abaixo. Para garantir, fez o mesmo com a cópia do contrato do carro alugado na estação Bodmin Parkway.

Satisfeito com o progresso até agora, Toby tomou banho, trocou de roupa, pôs os dois tijolos quentes no bolso, guardou os envelopes e o pacote na bolsa e, observando o velho e bom conselho do Departamento de Segurança de jamais aceitar o primeiro táxi que se apresenta, pegou não o segundo, mas o terceiro táxi, e deu ao motorista o endereço de um minimercado no Swiss Cottage, onde ele por acaso sabia que funcionava um balcão de correios noturno.

E no Swiss Cottage, quebrando a corrente mais uma vez, tomou um segundo táxi para a estação Euston e um terceiro para o East End de Londres.

*

O hospital surgiu da escuridão como o casco de um navio de guerra, janelas acesas, pontes e escadarias vazias para as atividades. O pátio superior era ocupado por um estacionamento e uma escultura de aço de cisnes entrelaçados. Ao nível do chão, ambulâncias descarregavam nas macas vítimas embaladas em cobertores vermelhos, enquanto profissionais de saúde em roupas médicas faziam uma pausa para o cigarro. Ciente de que câmeras de vídeo o observavam de cada teto e poste de luz, Toby se fazia passar por um paciente de ambulatório e caminhava aparentando cautela.

Seguindo as macas, ele entrou num corredor claro que servia como espécie de ponto de coleta. Em um banco estava um grupo de mulheres com véus; em outro, três homens bem velhos com quipás, curvados sobre seus terços. Próximo deles havia um grupo de judeus chassídicos em oração comunitária.

A recepção oferecia Aconselhamento e Encaminhamento de Pacientes, mas não havia ninguém. Uma placa apontava para Recursos Humanos, Planejamento de Funcionários, Saúde Sexual e Acompanhamento Infantil, mas nada do lugar para onde ele precisava ir. Um aviso exclamava: PARE! VOCÊ PROCURA A ENFERMARIA DA EMERGÊNCIA? Mas, se procurava, não havia ninguém lá para dizer o que fazer em seguida. Selecionando o corredor mais claro e amplo, passou audaciosamente por cubículos cortinados até chegar a um homem negro e idoso sentado diante de uma mesa na frente de um computador.

— Estou procurando pela Dra. Probyn — anunciou ele. E uma vez que a cabeça grisalha não levantou: — Provavelmente no ambulatório. Poderia estar na triagem. Ela ficará até meia-noite.

O rosto do velho era cruzado de marcas tribais.

— Nós não damos nenhum nome, filho — respondeu ele após estudar Toby por um tempo. — Triagem, isso fica ali, virando à esquerda, duas portas depois. Ambulatório, você tem que voltar para o saguão, pegar o corredor de Emergência. — E vendo que Toby sacou seu celular: — Não adianta ligar, filho. Celulares não funcionam aqui. Lá fora é outra história.

Na sala de espera da triagem, trinta pessoas sentadas fitavam a mesma parede vazia. Uma mulher branca e severa com um macacão verde e uma chave eletrônica pendurada no pescoço estudava uma prancheta.

— Fui informado de que a Dra. Probyn precisa me ver.

— Ambulatório — respondeu ela para a prancheta.

Sob as faixas de triste luz branca, mais filas de pacientes encaravam uma porta fechada dizendo AVALIAÇÃO. Toby pegou uma senha e se sentou com eles. Um letreiro luminoso dava o número do paciente a ser avaliado. Alguns levavam cinco minutos, outros apenas um. De repente ele era o próximo e com seus cabelos castanhos presos num rabo de cavalo e sem maquiagem, Emily o encarava por trás de uma mesa.

Ela é médica, ele vinha dizendo a si mesmo desde o início da tarde, para se tranquilizar. É endurecida para isso. Vê a morte todos os dias.

— Jeb cometeu suicídio um dia antes do marcado para ir à casa de seus pais — começa ele sem preâmbulos. — Deu um tiro na cabeça com uma pistola. — E uma vez que ela não disse nada: — Onde podemos conversar?

A expressão dela não mudou, mas congelou. As mãos fechadas subiram para o rosto até que as juntas dos dedos se comprimiam contra os dentes. Ela só falou depois de se recompor:

— Nesse caso, eu entendi tudo errado a respeito dele, não foi? — disse ela. — Eu pensei que ele era uma ameaça para o meu pai. Não era. Ele era uma ameaça para si mesmo.

Mas Toby está pensando: eu também não entendi nada a *seu* respeito.

— Alguém tem alguma ideia da *razão* por que ele se matou? — pergunta ela, procurando por distanciamento, sem encontrar.

— Não houve nenhum bilhete, nenhum último telefonema — responde Toby, procurando seu próprio distanciamento. — E ninguém em quem ele confiava, até onde a esposa sabe.

— Ele era casado então. Pobre mulher — finalmente, a médica contida.

— Uma viúva e um filho pequeno. Nos últimos três anos, ele não pôde viver com eles e não pôde viver sem eles. De acordo com ela.

— E nenhum bilhete de suicídio, você diz?

— Aparentemente não.

— Ninguém culpado? Nem o mundo cruel? Ninguém mesmo? Simplesmente se matou. Desse jeito?

— Parece que sim.

— E ele se matou pouco antes do momento de se sentar com meu pai e se preparar para publicar tudo o que ambos passaram?

— Parece que sim.

— O que não é exatamente lógico.

— Não.

— Meu pai já sabe?

— Não por mim.

— Pode me esperar lá fora, por favor?

Ela pressiona um botão em sua mesa para chamar o próximo paciente.

*

Enquanto caminhavam, eles se mantinham conscientemente distantes, como duas pessoas que brigaram e estão esperando para fazer as pazes. Quando precisava falar, ela falava com raiva:

— A morte dele é notícia *nacional*? Na imprensa, na televisão e assim por diante?

— Só o jornal local e o *Evening Standard*, até onde sei.

— Mas poderia crescer a qualquer momento?

— Suponho que sim.

— Kit lê o *Times*. — E numa súbita lembrança: — E minha mãe escuta rádio.

Um portão que deveria estar trancado mas não estava levava a um pedaço descuidado de um parque público. Um grupo de garotos com cães estava sentado sob uma árvore fumando maconha. Numa ilha entre pistas ficava um longo complexo de apenas um andar. A placa dizia CENTRO DE SAÚDE. Emily precisou dar a volta por ele, verificando se havia janelas quebradas, enquanto Toby seguia atrás dela.

— Os garotos acham que guardamos drogas aqui — disse ela. — Nós dizemos que não, mas eles não acreditam.

Eles entraram nos baixios de tijolos da Londres vitoriana. Sob um céu estrelado e sem nuvens, fileiras de casas corriam em pares, cada uma com sua chaminé exagerada, cada uma com um jardim frontal dividido no meio. Emily abriu um portão. Uma escada externa levava a uma varanda de primeiro andar. Ela subiu. Toby a seguiu. Sob a luz da varanda, ele viu um feio gato cinzento sem uma pata dianteira se esfregando contra seu pé. Emily destrancou a porta e o gato correu na frente dela. Ela entrou após o gato e esperou por Toby.

— Comida na geladeira, se estiver com fome — disse ela, desaparecendo no que ele presumiu ser o quarto. E enquanto a porta se fechava: — Essa gata maluca pensa que eu sou veterinária.

*

Ela está sentada, a cabeça nas mãos, encarando a comida intocada na mesa à frente. A sala de estar é vazia ao nível da abnegação: uma cozinha mínima de um lado, um par de velhas cadeiras de pinho, um sofá deformado e a mesa de pinho que também é o espaço de trabalho. Alguns livros de medicina, uma pilha de revistas africanas. E, na parede, uma fotografia de Kit em traje diplomático completo, apresentando sua carta de credenciais a uma volumosa chefe de Estado caribenha enquanto Suzanna observa sob um grande chapéu branco.

— Você tirou essa foto? — perguntou Toby.

— Por Deus, não. Havia um fotógrafo oficial.

Da geladeira, ele resgatou um pedaço de queijo holandês e alguns tomates, e do congelador, pão fatiado que ele torrou. E três quartos de uma garrafa de cerveja velha que, com a permissão dela, Toby derramou em dois copos verdes. Ela vestira um camisolão sem forma e chinelos, mas manteve o cabelo preso. O camisolão está abotoado até os tornozelos. Ele se surpreende com o quão alta ela é, apesar dos sapatos baixos. E como sua caminhada é imponente. E como seus gestos parecem desajeitados à primeira vista, quando na verdade, parando para pensar, são elegantes.

— E aquela médica que não é médica? — pergunta ela. — Que ligou para Kit para dizer que Jeb está vivo, quando não está? Isso não impressionaria a polícia?

— Não no atual estado de espírito deles. Não.

— Kit também está correndo o risco de cometer suicídio?

— Absolutamente não — responde ele com firmeza, tendo feito a mesma pergunta a si mesmo desde que deixou a casa de Brigid.

— *Por que* não?

— Porque, enquanto acreditar na história da falsa médica, ele não apresenta nenhuma ameaça. Esse foi o propósito da chamada da falsa médica.

Então, pelo amor de Deus, vamos deixar que eles pensem que conseguiram. Sejam *eles* lá quem forem.

— Mas Kit *não* acredita nisso.

O assunto já estava coberto, mas ele torna a repassá-lo, por ela:

— E disse isso alto demais, felizmente apenas para as pessoas mais próximas e queridas, e para mim. Mas fingiu acreditar ao telefone e tem que continuar fingindo agora. Trata-se apenas de ganhar tempo. De ficar na encolha por alguns dias.

— Até o quê?

— Estou montando um caso — revela Toby, com mais coragem do que sente. — Tenho pedaços do quebra-cabeça, preciso de mais. A viúva de Jeb tem fotografias que podem ser úteis. Eu tirei cópias. Ela também me deu o nome de alguém que talvez possa ajudar. Eu marquei de vê-lo. Alguém que foi parte do problema original.

— *Você* fez parte do problema original?

— Não. Apenas um espectador culpado.

— E depois que organizar seu caso, o que acontecerá com você?

— Demitido, o mais provável — diz ele e, num esforço para se aliviar, estende a mão para o gato, que durante todo esse tempo ficou sentado aos pés dela. O gato o ignora. — A que horas seu pai se levanta de manhã?

— Kit acorda cedo. Mamãe dorme mais.

— Cedo sendo o quê?

— Lá pelas seis.

— E os Marlow, e quanto a eles?

— Ah, eles estão de pé no romper da aurora. Albert tira leite para a Fazenda Phillips.

— E qual é a distância entre a Quinta e a casa dos Marlow?

— Nenhuma distância. É o velho chalé da Quinta. Por quê?

— Acho que Kit deveria ser informado sobre a morte de Jeb o mais breve possível.

— Antes que ele ouça de qualquer outra pessoa e faça uma cagada?

— Se você coloca dessa forma...

— Coloco.

— O problema é que não podemos usar o telefone fixo da Quinta. Ou o celular dele. E certamente nada de e-mails. Essa é também a opinião de Kit. Ele deixou isso bem claro quando me escreveu.

Ele fez uma pausa, esperando que Emily falasse, mas o olhar dela permaneceu pregado nele, desafiando-o a prosseguir.

— Por isso estou sugerindo que você chame a Sra. Marlow logo pela manhã e peça a ela que dê um pulo na Quinta e traga Kit para o telefone do chalé. Isso supondo que você gostaria de dar a notícia a ele pessoalmente, em vez de me deixar fazê-lo.

— Que mentira eu digo a ela?

— Há um problema com a linha da Quinta. Você não está conseguindo falar diretamente. Sem pânico, mas há algo especial que você precisa falar com Kit. Acho que você poderia usar um desses. São mais seguros.

Ela pega o tijolo quente preto e, como alguém que nunca viu um celular antes, revira o aparelho especulativamente entre seus longos dedos.

— Se isso facilita as coisas, eu posso ficar por perto — diz ele, tomando o cuidado de apontar para o raquítico sofá.

Ela olha para ele, olha para o relógio: duas da manhã. Ela busca um edredom e um travesseiro no quarto.

— Mas você vai sentir muito frio — objetou ele.

— Eu vou ficar bem — responde ela.

6

Uma teimosa névoa córnica havia se estabelecido no vale. Já faz dois dias que nenhum vento oeste consegue afastá-la. Por direito, as janelas arqueadas de tijolos do estábulo que Kit converteu em escritório deveriam estar cobertas de folhas novas. Em vez disso, eram tapadas pelo branco cadavérico de uma mortalha: ou assim parecia a Kit enquanto ele perambulava pela sala de arreios em sua agitação, assim como há três anos ele tinha dado voltas por seu odiado quarto-prisão em Gibraltar, esperando pela convocação às armas.

Eram seis e meia da manhã e ele ainda estava usando as botas longas que tinha colocado para atravessar o pomar às pressas ao chamado da Sra. Marlow para atender o telefonema de Emily, com o argumento espúrio de que ela não conseguia falar pelo telefone da Quinta. A conversa, se podemos chamá-la assim, continuava agora com ele, ainda que fora de sequência: em parte informação, em parte exortação, e no todo uma facada nas entranhas.

E assim como em Gibraltar, aqui nos estábulos ele murmurava e amaldiçoava a si mesmo, a meia-voz: *Jeb. Jesus Cristo, homem. Que absurdo total... Nós estávamos avançando... Tudo para seguir em frente* — tudo isso entremeado com imprecações de *canalhas, canalhas assassinos, sanguinários* e similares.

— Você tem que ficar quieto, pai, pelo bem da mamãe, não apenas pelo seu. E pela viúva de Jeb. É só por alguns dias, pai. Apenas acredite no que quer que a psiquiatra de Jeb disse a você, mesmo que ela não seja psiquiatra de Jeb. Pai, eu vou passar para o Toby. Ele pode dizer isso melhor do que eu.

Toby? Que diabos ela está fazendo com aquele malandro Bell às seis da manhã?

— Kit? Sou eu. Toby.

— Quem atirou nele, Bell?

— Ninguém. Foi suicídio. Oficial. O legista assinou o laudo, a polícia não está interessada.

Bem, eles tinham obrigação de estar interessados! Mas ele não disse isso. Não naquele momento. Ele não sentia que falava *coisa nenhuma* naquela hora além de *sim* e *não*, e *oh, bem, sim, certo, entendo.*

— Kit — Toby novamente.

— Sim. O que foi?

— Você me disse que estava esboçando um documento em antecipação para a visita de Jeb à Quinta. Seu próprio relato do que aconteceu há três anos, segundo sua perspectiva, além de um memorando de sua conversa com ele em seu clube, para ele assinar. Kit?

— O que há de errado com isso? Verdade absoluta, toda a maldita coisa — retruca Kit.

— Não há nada de errado com ele, Kit. Tenho certeza de que será extremamente útil quando chegar a hora de dar um passo. Só que: poderia por favor encontrar um lugar inteligente para guardá-lo por alguns dias? Fora do caminho do mal. Não em um cofre ou em qualquer lugar óbvio. Talvez no sótão de um dos alpendres. Ou talvez Suzanna tenha alguma ideia. Kit?

— Ele foi enterrado?

— Cremado.

— Um pouco rápido demais, não? Quem os convenceu disso? Mais papo furado, ao que parece. *Cristo todo-poderoso.*

— Pai?

— Sim, Em. Ainda aqui. O que foi?

— Pai? Apenas faça o que Toby diz. Por favor. Não faça mais perguntas. Simplesmente não faça nada, encontre um lugar seguro para a sua obra e cuide da mamãe. E deixe que Toby faça o que tem a fazer por aqui, porque ele está realmente trabalhando nisso em todos os aspectos.

Aposto que está, esse malandro do cacete — mas ele consegue não dizer isso, o que é surpreendente, dado que, com o suspeitoso Bell lhe dizendo o que ele deve ou não fazer e Emily apoiando-o incondicionalmente, e a Sra. Marlow com o ouvido na porta da sala, e o pobre Jeb morto com uma bala na cabeça, ele poderia ter dito qualquer coisa monstruosa.

*

Lutando para conservar a sanidade, Kit volta ao início mais uma vez.

Ele está de pé na cozinha da Sra. Marlow com suas botas e a máquina de lavar roupa funcionando; ele diz a ela para desligar a maldita coisa ou ele não vai conseguir ouvir uma palavra.

Pai, é Emily falando.

Eu sei que é Emily, pelo amor de Deus! Você está bem? O que está acontecendo? Onde você está?

Pai, tenho uma notícia realmente triste para você. Jeb está morto. Você está ouvindo, pai? Pai?

Santo Deus.

Pai? Foi suicídio, pai. Jeb atirou em si mesmo. Com a própria pistola. Em sua caminhonete.

Não, ele não fez isso. Absurdo completo. Ele estava vindo para cá. Quando?

Na terça-feira à noite. Uma semana atrás.

Onde?

Em Somerset.

Ele não pode ter feito isso. Você está me dizendo que ele se matou naquela noite? Aquela falsa médica me ligou na sexta-feira.

Temo que sim, pai.

Ele já foi identificado?

Sim.

Por quem? Não pela maldita médica falsa, imagino?

Pela esposa.

Cristo todo-poderoso.

*

Sheba estava choramingando. Inclinando-se para ela, Kit lhe fez um afago de conforto, depois fitou a distância enquanto ouvia as palavras de despedida que Jeb lhe murmurou na escadaria do clube na primeira luz da manhã:

Você começa a pensar que foi abandonado, às vezes. Jogado no lixo, digamos. Além disso, a criança e a mãe caídas lá, em sua cabeça. Você se sente responsável, sabe? Bem, eu não sinto mais isso, sinto? Então, se não se incomoda, Sir Christopher, eu vou lhe dar um aperto de mão.

Oferecendo a mão com a qual supostamente atirou em si mesmo. Um aperto firme, junto a *Então nos vemos na sua casa quarta-feira, primeira coisa*, e eu prometendo dar uma de chef e fazer ovos mexidos para o café da manhã, que ele disse ser seu prato favorito.

E não me chamava de Kit, mesmo eu dizendo a ele para fazê-lo. Ele não achava respeitoso, não com Sir Christopher. E eu dizendo que, primeiro de tudo, nunca mereci uma maldita condecoração. E ele se culpando por horrores que nunca cometeu. E agora é acusado de outro horror que não cometeu coisa nenhuma: a saber, matar a si mesmo.

E o que me convidam a fazer a respeito? Nada e coisa nenhuma. Que vá e esconda o documento em algum palheiro, que deixe tudo com o safado do Bell e que cale minha boca idiota.

Bem, talvez eu já tenha me calado por tempo demais.

Talvez seja isso o que há de errado comigo. Muito disposto a explodir por coisas que não importam porra nenhuma, e não disposto o bastante para fazer algumas perguntas difíceis como: *o que realmente aconteceu lá nas pedras ao pé das casas?* Ou: *por que estão me dando um confortável posto de aposentadoria no Caribe quando há meia dúzia de caras acima de mim que merecem mil vezes mais que eu?*

O pior de tudo: era a própria filha quem lhe dizia para calar a boca, influenciada pelo jovem Bell, que parece ter um tino para acender uma vela para Deus e outra para o diabo e se safar bem com isso e — a raiva fervendo nele novamente — se safar bem com a velha Em também, e para *convencê-la, totalmente contra o bom senso pelo que ela conta*, a meter o nariz em assuntos dos quais ela não sabe absolutamente nada, exceto o que entreouviu ou pescou da mãe e que não deveria ter ouvido.

E só para constar: se era para *alguém* abrir para a velha Em o jogo sujo da *Operação Vida Selvagem* e os problemas relacionados, não tinha que ser o safado do Bell, cuja única qualificação, ao que parece, é espionar seu ministro, e não tinha que ser Suzanna. *Tinha que ser a porra de seu próprio pai, em seu próprio tempo e à sua própria maneira.*

E com esses pensamentos descoordenados retumbando furiosamente em sua cabeça, ele marchou de volta pelo pátio enevoado para casa.

*

Empregando toda a discrição possível para não despertar Suzanna de seu sono da manhã, Kit se barbeou e vestiu um terno escuro de negócios, em oposição à peça de passeio que vestira erroneamente para aquele merda do Crispin, cujo papel no caso Kit pretendia arrastar para a luz do dia mesmo que lhe custasse sua pensão e sua condecoração.

Examinando-se no espelho do armário, ponderou se devia adicionar uma gravata preta em respeito a Jeb e decidiu: muito demonstrativo, envia a mensagem errada. Com uma chave antiga que recentemente adicionara a seu molho, ele abriu uma gaveta da mesa do comandante e extraiu o envelope no qual havia guardado o frágil recibo de Jeb e, abaixo dele, uma pasta marcada PROJETO contendo seu documento manuscrito.

Parando por um momento e quase para seu alívio, ele descobriu que estava chorando lágrimas férvidas de tristeza e raiva. Um rápido olhar sobre o título de seu documento, no entanto, restaurou seu ânimo e sua determinação:

"*Operação Vida Selvagem*, parte I: relato de testemunha ocular pelo representante ativo do ministro de Sua Majestade em Gibraltar, à luz de informações adicionais fornecidas pelo comandante de campo, Forças Especiais do Reino Unido."

A parte II, com o subtítulo "Testemunho ocular do comandante de campo", permaneceria para sempre pendente, então a parte I teria que fazer o trabalho dobrado.

Avançando suavemente entre guarda-pós até o quarto, ele fitou sua esposa adormecida com vergonha e fascínio, mas tomou muito cuidado para não acordá-la. Ganhando a cozinha — e o único telefone da casa no qual era possível falar sem ser ouvido do quarto — ele se pôs a trabalhar com uma precisão digna do safado Bell.

Ligar para a Sra. Marlow.

Ele liga, mantendo a voz baixa; e sim, claro, ela ficará mais que feliz em passar a noite na Quinta, contanto que seja o que Suzanna quer, porque isso é o mais importante, não? — e o telefone da Quinta voltou a funcionar, porque está soando perfeitamente bem para *ela*?

Ligar para Walter e Anna, amigos chatos, mas queridos.

Ele liga e acorda Walter, mas nada nunca incomoda Walter. Sim, é claro que ele e Anna ficarão felizes em aparecer esta noite e se certificar de que Suzanna não se sinta negligenciada se Kit não puder chegar de seu compromisso profissional até amanhã, e Suzanna está assistindo a *Sneakers* na Sky? Porque eles estão.

Respirar fundo, sentar-se à mesa da cozinha, escrever sem parar como em seguida, sem autoedição, sem riscar passagens, sem notas nas margens etc.:

Querida Suki,

Muitas coisas surgiram em relação a nosso amigo soldado enquanto você estava dormindo, e o resultado final é que tenho que viajar a Londres em caráter de urgência. Com sorte, toda a coisa me estará esclarecida a tempo de pegar o trem das cinco de volta, mas, se não, vou tomar o trem-leito da noite, mesmo que não consiga uma cabine.

A caneta começou a correr em sua mão, e ele deixou:

Adorada, eu amo você absurdamente, mas chegou a hora de me erguer e fazer diferença, e se você pudesse conhecer as circunstâncias, con-

cordaria plenamente. Na verdade, você faria esse trabalho mil vezes melhor que eu, mas é hora de me alçar ao seu padrão de coragem em vez de me esquivar das balas.

E, embora a última linha lhe parecesse mais alarmante que o resto numa revisão, não havia tempo para um segundo texto se ele quisesse pegar o trem das oito e quarenta e dois.

Levando a carta para cima, ele a deitou sobre os guarda-pós em frente à porta de seu quarto e a prendeu com um cinzel de sua bolsa de ferramentas de lona desbotada.

Parando na biblioteca, encontrou um envelope A4 não utilizado de seu último posto, grafado com *A serviço de Sua Majestade*; inseriu nele seu documento e lacrou com quantidades generosas de selante, da mesma maneira que havia selado sua carta ao jovem Bell na semana anterior.

Dirigindo através da paisagem enluarada e ventosa de Bodmin Moor, ele gozou de sentimentos de libertação e leveza. Contudo, sozinho entre rostos desconhecidos na plataforma da estação, foi acometido de um impulso de correr para casa enquanto ainda havia tempo, pegar a carta de volta, colocar suas roupas velhas e dizer a Walter, Anna e à Sra. Marlow que por fim não havia necessidade de se incomodar. Mas com a chegada do expresso para Paddington, este estado de espírito também passou, e logo, em seu assento, ele se servia de um café da manhã inglês completo, mas com chá, e não café, porque Suzanna se preocupava com o coração dele.

*

Enquanto Kit disparava a caminho de Londres, Toby Bell estava rigidamente sentado à sua mesa no novo escritório, tratando da mais recente crise na Líbia. Sua lombar tinha espasmos quase terminais, pelo que ele agradecia ao sofá de Emily, e ele se mantinha em atividade através de uma dieta de analgésicos, restos de uma garrafa de água com gás e lembranças desconexas de suas últimas horas juntos no apartamento dela.

A princípio, após lhe fornecer o travesseiro e o edredom, ela se recolheu ao quarto. Mas muito rapidamente estava de volta, vestida como antes, e ele estava ainda mais desperto e menos confortável do que estava quando ela o deixou.

Sentando-se fora do alcance, ela o convidou a descrever sua viagem ao País de Gales em maiores detalhes. De muita boa vontade, ele aquiesceu. Ela precisava dos detalhes sombrios, e ele deu: o sangue espirrado que não tinha a menor possibilidade de ter espirrado naquele lugar e acabou por ser chumbo vermelho, ou não; a preocupação de Harry em obter o preço mais alto pela caminhonete de Jeb; o uso adjetival impiedoso da palavra "porra" por Brigid e seu enigmático relato do último e alegre telefonema de Jeb após o encontro com Kit no clube, pedindo-lhe que largasse Harry e que se preparasse para o seu regresso.

Emily ouviu pacientemente, ainda mais com seus grandes olhos castanhos, que à meia-luz da madrugada adquiriam uma desconcertante imobilidade.

Ele então contou sobre a briga de Jeb com Shorty pelas fotografias e como Jeb as escondera depois, e como Brigid as encontrara, e como ela deixou que Toby as copiasse em seu BlackBerry.

Por insistência dela, Toby mostrou as fotos a Emily, e viu seu rosto congelar da mesma forma como havia congelado no hospital.

— Por que você acha que Brigid confiou em você? — perguntou ela, ao que ele só pôde responder que Brigid estava desesperada e provavelmente chegara à conclusão de que ele era confiável, mas isso não pareceu satisfazer Emily.

Em seguida, ela precisava saber como ele havia arrancado o nome e o endereço de Jeb das autoridades, ao que Toby explicou, embora sem identificá-lo pelo nome, que Charlie e a esposa eram velhos amigos seus e que ele havia feito um favor para sua filha musicista.

— E, ao que parece, ela realmente é uma violoncelista muito promissora — acrescentou ele irrelevantemente.

Por isso, a pergunta seguinte de Emily lhe pareceu totalmente irracional:

— Você dormiu com ela?

— Deus, não! Isso é um ultraje! — retrucou ele, genuinamente chocado. — O que diabos fez você pensar isso?

— Minha mãe disse que você já teve várias mulheres. Ela perguntou sobre você para outras esposas do Ministério.

— Sua mãe? — repetiu Toby, indignado. — Ora, e o que as esposas dizem de *você*, pelo amor de Deus?

Ambos riram, ainda que embaraçosamente, e o momento passou. E depois disso, tudo que Emily queria saber era quem havia assassinado Jeb, supondo que ele de fato tinha sido assassinado, o que por sua vez levou Toby a uma condenação consideravelmente inarticulada das entranhas do Estado, e daí a uma denúncia do sempre crescente círculo de interventores não governamentais vindos do mercado financeiro, da indústria e do comércio, que estavam recebendo informações altamente sigilosas negadas a grandes extensões de Whitehall e Westminster.

E, enquanto concluía esse atravancado monólogo, ele ouviu as badaladas das seis, e neste momento já estava sentado no sofá, não mais deitado, o que permitiu que Emily se sentasse a seu lado, contida, com os celulares em cima da mesa à frente.

A pergunta seguinte dela tem um tom de inspetora de escola:

— Então o que você espera arrancar de Shorty quando encontrá-lo? —interroga ela, e aguarda enquanto ele pensa numa resposta, o que é mais difícil porque não tem uma; e, ademais, não disse a ela, por medo de assustá-la, que se encontraria com Shorty em pessoa sob o frágil disfarce de jornalista, antes de se revelar com sua verdadeira identidade.

— Eu vou ter que ver para que lado ele pula — diz Toby, fleumático. — Se Shorty estiver tão devastado pela morte de Jeb como diz estar, talvez esteja disposto a tomar o lugar de Jeb e testemunhar para nós.

— E se ele não estiver disposto?

— Bem, imagino que apenas vamos apertar as mãos e partir.

— Isso não parece típico de Shorty, pelo que você me conta — responde ela severamente.

E, neste ponto, um silêncio sobrepuja a conversa, durante o qual Emily baixa os olhos e cola as pontas dos dedos sob o queixo em contemplação, e ele supõe que ela esteja se preparando para o telefonema que está prestes a fazer ao pai, por meio da Sra. Marlow.

E, quando ela estende a mão, ele presume que é para pegar o celular preto. Mas, em vez disso, o que ela pega é a mão dele, e a detém solenemente entre ambas as suas como se medisse seu pulso, mas não exatamente; depois, sem comentário ou explicação, ela a deixa cuidadosamente de volta no colo de Toby.

— Enfim, deixe para lá — murmura ela para si mesma com impaciência, ou para Toby; ele não tem total certeza.

Será que ela busca o conforto dele neste momento de crise, e é orgulhosa demais para pedir?

Ela está dizendo que pensou sobre ele e decidiu que não está interessada, e assim lhe soltou a mão?

Ou o que ela buscava em sua ansiedade era a mão imaginária de um amante presente ou passado? — que era a interpretação que ele ainda favorecia quando já estava diligentemente sentado à nova mesa no primeiro andar do Ministério das Relações Exteriores e o celular prata no bolso do paletó anunciou num arroto estridente que havia uma mensagem de texto para ele.

Neste momento, Toby não estava vestindo seu paletó. Ele estava pendurado nas costas da cadeira. Então teve que se virar e pescar o aparelho com bem mais entusiasmo do que teria empregado se não soubesse que Hilary, sua formidável segunda em comando, estava parada na soleira da porta necessitando sua atenção urgente. No entanto, ele persistiu no movimento e, com um sorriso que pedia a paciência dela, extraiu o celular do bolso, procurou o desconhecido botão para apertar, apertou e, ainda sorrindo, leu a mensagem:

Papai escreveu uma carta insana para minha mãe e está no trem para Londres.

*

A sala de espera do Ministério das Relações Exteriores era uma masmorra sem janelas de cadeiras espinhosas, mesas de vidro e revistas ilegíveis sobre as capacidades industriais da Grã-Bretanha. Na porta se plantava um corpulento homem negro num uniforme marrom com dragonas amarelas e, à mesa, uma matrona asiática sem expressão usando o mesmo uniforme. Os colegas detentos de Kit incluíam um prelado grego barbudo e duas senhoras indignadas de certa idade que estavam ali para se queixar do tratamento recebido pelas mãos do consulado britânico em Nápoles. Naturalmente, era um ultraje absoluto que um ex-membro das fileiras do Serviço — e um chefe de missão ainda por cima — fosse obrigado a esperar ali, e no devido tempo ele daria a conhecer suas opiniões nos locais corretos. No entanto, ao desembarcar em Paddington, ele prometera se manter cortês, mas decidido, conservar o juízo em todos os momentos e, no interesse da causa maior, ignorar quaisquer pedras e flechas que viessem em sua direção.

— Meu nome é *Probyn* — dissera-lhes ele alegremente no portão da frente, apresentando sua carteira de motorista caso precisassem de verificação. — *Sir Christopher Probyn*, ex-alto comissário. Ainda posso me considerar funcionário? Aparentemente, não posso. Bem, não importa. Como vão vocês?

— Procurando por?

— O subsecretário permanente; mais conhecido hoje em dia, pelo que sei, como diretor-executivo — acrescentou ele com condescendência, tomando o cuidado de esconder sua visceral aversão à corrida do Gabinete rumo à mentalidade empresarial. — Eu sei que é um pedido ambicioso e sinto não ter um horário marcado. Mas tenho um documento bastante sensível para ele. Na falta dele, seu secretário particular. Bastante confidencial, lamento, e bastante urgente — tudo isso pronunciado alegremente através de um buraco de 15 centímetros numa parede de vidro blindado, enquanto, do outro lado, um jovem sisudo numa camisa azul com divisas digitava detalhes num computador.

— *Kit* é como eles provavelmente me conhecem no Gabinete Privado. Kit *Probyn*. Você tem *certeza* de que não figuro entre os funcionários? Probyn com Y.

Mesmo depois que eles o revistaram com um detector que parecia uma raquete elétrica, tomaram seu celular, guardaram-no num armário com chaves numeradas e vidro frontal, ele continuou totalmente calmo.

— Vocês colegas passam tempo integral aqui ou também cuidam de outros edifícios governamentais?

Nenhuma resposta, mas ele ainda assim não se abalou. Mesmo quando tentaram colocar as mãos em seu precioso documento, continuou cortês, embora implacável.

— Território proibido, lamento, meu velho, com todo o respeito. Você tem seu dever a fazer, eu tenho o meu. Fiz toda a viagem desde a Cornualha para entregar pessoalmente este envelope, e entregá-lo é o que eu farei.

— Só queremos passá-lo pelo raio X, senhor — disse o homem após trocar olhares com seu colega. Assim, Kit vigiou benignamente enquanto eles operavam sua engenhoca e depois agarrou o envelope de volta.

— E quem você queria ver *era* o diretor-executivo em pessoa, sim, senhor? — inquiriu o colega, com algo que Kit poderia facilmente confundir com ironia.

— Na verdade, sim — respondeu ele alegremente. — E ainda é. O grande chefe em pessoa. E se vocês puderem passar essa mensagem para cima com rapidez eu ficaria muito agradecido.

Um dos homens saiu do cubículo. O outro ficou e sorriu.

— Então o senhor veio de trem, foi?

— Eu vim.

— Fez boa viagem?

— Muito, muito obrigado. Bastante agradável.

— Esse é o melhor jeito. Minha esposa é de Lostwithiel, na verdade.

— Esplêndido. Uma verdadeira garota córnica. Que coincidência.

O primeiro homem voltou; mas apenas para escoltar Kit à sala sem rosto onde ele agora estava sentado, e onde estivera sentado na última meia hora, fervendo internamente, mas decidido a não demonstrar.

E agora sua paciência era finalmente recompensada, pois quem chegava saltitando até ele e sorrindo como uma colegial era nada mais nada menos que Molly Cranmore em pessoa, sua amiga de longa data das Contingências Logísticas, usando um crachá e um molho de chaves eletrônicas em volta do pescoço, esticando as mãos e dizendo:

— Kit Probyn, que surpresa adorável, adorável! — enquanto Kit em troca dizia:

— Molly, meu Deus, logo *você*, pensei que estivesse aposentada há *séculos*, o que *você* está fazendo aqui?

— Cuidando dos colegas, querido — confidenciou ela num tom feliz. — Encontro todos os nossos velhos garotos e garotas sempre que precisam de uma mão amiga ou caem no esquecimento, o que não é o seu caso *de maneira alguma*, seu sortudo, você está aqui a trabalho, eu sei. Pois *bem*. Que *tipo* de trabalho? Você tem um documento e quer entregá-lo pessoalmente a Deus. Mas não pode porque Deus está voando num cisne para a África... *muito bem-merecido*, posso acrescentar. Uma *grande* pena, porque tenho certeza de que ele vai ficar furioso quando souber que perdeu sua visita. É sobre o quê?

— Temo que se trate de algo que não posso dizer nem mesmo a você, Molly.

— Então eu posso levar seu documento até o Gabinete Particular e encontrar o servo correto para lidar com ele? Não posso? Nem se eu prometer não deixá-lo fora das minhas vistas nesse meio-tempo? Nem assim. Oh, querido — confirmou ela, enquanto Kit continuava a balançar a cabeça. — Ele por acaso tem um nome, o seu envelope? Algo que possa fazer badalar os sinos no primeiro andar?

Kit pesou a questão internamente. Um nome de capa, afinal, era o que dizia ser. Ele está lá para cobrir coisas. Ah, mas seria um nome de capa *em si mesmo* algo a ser coberto? Se sim, então teria de haver nomes de capa para nomes de capa, *ad infinitum*. Ao mesmo tempo, a ideia de cuspir a santificada palavra *Vida Selvagem* na presença de um prelado grego e duas senhoras iradas era mais do que ele podia suportar.

— Então, por favor, diga a eles que preciso falar com o representante de maior autoridade — disse ele, abraçando o envelope contra o peito.

Estou chegando lá, pensou Kit.

*

Enquanto isso, Toby buscava refúgio instintivo no Parque St. James. Com o celular prata pressionado na orelha, ele está acocorado sob o mesmo plátano do qual, apenas três anos antes, despachara seu apelo inútil a Giles Oakley, informando que uma Louisa fictícia o largara e pedindo conselhos. Agora ele está ouvindo Emily, e observando que a voz dela está tão calma quanto a sua própria.

— Como ele estava vestido? — pergunta ele.

— Com toda a pompa. Terno escuro, os melhores sapatos pretos, a gravata favorita e uma capa de chuva azul-marinho. E sem bengala, o que a mamãe toma como um mau presságio.

— Kit contou à sua mãe que Jeb está morto?

— Não, mas eu contei. Ela está abalada e com muito medo. Não por si mesma, por Kit. E, como sempre, é prática. Ela confirmou com a estação Bodmin. A Land Rover está no estacionamento e eles acham que meu pai comprou um bilhete diário de idoso, ida e volta, primeira classe. O trem saiu na hora de Bodmin e chegou na hora a Paddington. E ela ligou para o clube dele. Se ele aparecer, poderiam por favor pedir a ele para telefonar para ela? Eu disse a ela que isso não era o bastante. Se ele aparecer, *eles* deveriam chamá-la. Ela disse que ligaria novamente para lá. Depois vai me ligar.

— E Kit não fez contato desde que saiu de casa?

— Não, e não atende o celular.

— Ele já fez esse tipo de coisa antes?

— De se recusar a falar conosco?

— De dar um escândalo, de sumir sem avisar; de tomar as rédeas da situação, sei lá.

— Quando meu querido ex-companheiro foi embora com uma nova namorada e metade da minha hipoteca, meu pai fez um cerco ao apartamento deles.

— E depois o que ele fez?

— Era o apartamento errado.

Resignado a voltar à sua mesa, Toby ergue os olhos apreensivos para as grandes janelas em arco de seu Ministério das Relações Exteriores. Juntando-se à massa sisuda dos funcionários públicos de terno preto que subiam e desciam Clive Steps, ele sucumbe à mesma onda de náusea nervosa que o afligira naquela linda manhã primaveril de domingo, havia três anos, quando veio aqui para buscar sua gravação ilícita.

No portão da frente, ele assume um risco calculado:

— Me diga, por favor — exibindo seu crachá ao guarda de segurança —, um membro aposentado chamado *Sir Christopher Probyn* veio hoje, por acaso? — E para ser útil: — P-R-O-B-Y-N.

Aguarde enquanto o guarda consulta o computador.

— Aqui não. Poderia ter entrado por outros lugares. Ele tinha hora marcada, afinal?

— Não sei — diz Toby e, de volta a seu posto, retoma as deliberações de seu departamento sobre que perspectiva adotar sobre a Líbia.

*

— Sir Christopher?

— O próprio.

— Eu sou Asif Lancaster do Departamento do diretor-executivo. Como vai, senhor?

Lancaster era um homem negro, falava com sotaque de Manchester e parecia ter 18 anos, embora, aos olhos de Kit, a maioria das pessoas hoje em dia também pareça. Em todo caso, ele simpatizou com o rapaz de imediato. Se o Gabinete finalmente abrisse suas portas para os Lancaster do mundo, ponderava Kit vagamente, então certamente ele poderia esperar um ouvido mais receptivo quando lhes dissesse algumas verdades sobre seu manejo da *Operação Vida Selvagem* e suas consequências.

Eles chegaram a uma sala de reuniões. Poltronas. Mesa longa. Aquarelas do Lake District. Lancaster estendendo a mão.

— Escute, há uma coisa que preciso perguntar — disse Kit, mesmo agora ainda não muito disposto a se separar de seu documento. — Você e sua gente têm acesso a dados sobre a *Vida Selvagem*?

Lancaster olhou para ele, depois para o envelope, e depois se permitiu um sorriso irônico.

— Creio que posso dizer com segurança que temos — respondeu ele e, removendo o envelope suavemente das mãos entregues de Kit, desapareceu numa sala adjacente.

*

Segundo o Cartier de ouro dado de presente por Suzanna em seu 25º aniversário de casamento, passaram-se mais noventa minutos até que Lancaster abrisse a porta para admitir o prometido assessor jurídico e seu ajudante. Nesse ínterim, Lancaster apareceu nada menos que quatro vezes, uma vez para oferecer café a Kit, outra para trazê-lo e duas vezes para assegurar que Lionel estava estudando o caso e viria para cá "tão logo ele e Frances tivessem compreendido a totalidade da papelada".

— Lionel?

— Nosso segundo assessor jurídico. Passa metade de sua semana na Casa Civil e a outra metade conosco. Ele me diz que foi adido jurídico auxiliar em Paris quando você era conselheiro comercial lá.

— Ora, ora, *Lionel* — diz Kit, alegrando-se ao recordar um jovem digno e de bico calado, cabelos louros e sardas, que considerava questão de honra dançar com as mulheres mais sem graça das festas.

— E Frances? — pergunta ele, esperançoso.

— Frances é a nossa nova diretora encarregada da segurança, que está sob a égide do diretor-executivo. Também advogada, acredito — sorriso. — Trabalhava em empresa privada até que viu a luz e agora está feliz conosco.

Kit gostou desta informação, uma vez que, de outra forma, não lhe teria ocorrido que Frances era feliz. A postura dela ao se sentar diante dele do outro lado da mesa lhe pareceu positivamente fúnebre: graças também a seu terno profissional preto, os cabelos curtos e sua aparente recusa de olhá-lo nos olhos.

Por outro lado, apesar de haver mais de vinte anos, Lionel continuava sendo o mesmo sujeito decente e até caxias. É verdade, as sardas haviam cedido lugar a manchas de idade e o cabelo louro desbotara num cinza desconfortável. Mas o sorriso sem culpa estava intocado, e o aperto de mãos era tão vigoroso como sempre. Kit lembrou que Lionel costumava fumar um cachimbo e supôs que ele havia parado.

— Kit, que demais ver você — declarou ele, trazendo seu rosto um pouco mais perto do que Kit buscara em seu entusiasmo. — Como vai a bem merecida aposentadoria? Deus sabe que estou ansioso pela minha! E as coisas maravilhosas que ouvimos sobre sua temporada no Caribe, por sinal! — Voz mais baixa: — E Suzanna? Como vai *aquilo* tudo? Melhorando um pouco?

— Muitíssimo. Sim, ótimo, obrigado, *grande* melhora — respondeu Kit. E bruscamente, como um adendo: — Um pouco ansiosos para acabar com isso, francamente, Lionel. Nós dois estamos. Foi uma espécie de calvário. Especialmente para Suki.

— Sim, bem, é claro que estamos *absolutamente* conscientes disso, e *mais* do que gratos por seu documento extremamente útil, para não dizer *oportuno*, e por trazer a coisa à nossa atenção sem... digamos... sem sacudir o barco — disse Lionel, já não tão econômico, acomodando-se à mesa. — Não estamos, Frances? E claro — rapidamente abrindo um arquivo e revelando uma fotocópia do manuscrito de Kit — ficamos *imensamente* sensibilizados. Quero dizer, só podemos *imaginar* o que você passou. E Suzanna também, pobre menina. Frances, creio que estou falando por nós dois?

Se estava, Frances, nossa diretora encarregada da segurança, não dava nenhum sinal disso. Ela também folheava uma fotocópia do documento de Kit, mas tão intensa e lentamente que ele começou a se perguntar se ela estava decorando.

— Suzanna chegou a assinar alguma declaração, Sir Christopher? — perguntou ela, sem levantar a cabeça.

— Declaração de *quê*? — inquiriu Kit, pela primeira vez não apreciando o *Sir Christopher*. — Assinou o *quê*?

— Uma declaração pela Lei de Segredos Oficiais — com a cabeça ainda enterrada no documento —, afirmando que está ciente de seus termos e de suas penalidades. — E para Lionel, antes que Kit pudesse responder: — Ou não fazíamos isso para cônjuges e relações estáveis no tempo dele? Eu esqueço quando isso começou, precisamente.

— Bem, acho que não estou totalmente certo disso também — respondeu Lionel prontamente. — Kit, qual é a *sua* opinião sobre isto?

— Não faço ideia — rosnou Kit. — Nunca a vi assinar *qualquer* documento desse tipo. Ela certamente nunca *me* disse que havia assinado algum. — E à medida que a fúria nauseante que ele vinha suprimindo há tanto tempo vinha à tona: — Que diabos importa o que ela assinou ou deixou de assinar? Não é *minha* culpa que ela saiba o que sabe. Nem dela tampouco. A garota está desesperada. *Eu* estou desesperado. Ela quer respostas. Todos queremos.

— Todos? — repetiu Frances, erguendo o rosto pálido para ele numa espécie de alarme frígido. — Quem são *todos* nessa equação? Está nos dizendo que existem outras pessoas cientes do conteúdo deste documento?

— Se existem, não é obra *minha* — respondeu Kit com raiva, virando-se para Lionel em busca de alívio masculino. — E nem de Jeb. Jeb não era língua solta, ele observava as regras. Não foi à imprensa nem fez nada dessas coisas. Continuou estritamente dentro do campo. Escreveu a seu MP, seu regimento, e provavelmente para vocês, até onde eu sei — terminou, em acusação.

— Sim, bem, é tudo *muito* doloroso e *muito* injusto — concordou Lionel, tocando delicadamente o alto de seus cabelos frisados com a palma da mão aberta, como se para consolá-los. — E creio que posso dizer que nós fizemos esforços muito sérios nos últimos anos para chegar ao fundo disto que obviamente foi um... como podemos chamar, Frances? Um episódio *muito* controverso, *muito* complexo, multifacetado.

— *Nós* sendo quem? — grunhiu Kit, mas a pergunta pareceu não ser ouvida.

— E todos têm sido muito úteis e prestativos... você não concorda, Frances? — continuou Lionel, e transferiu a mão ao lábio inferior para um toque consolador. — Quero dizer, até os *americanos*, que normalmente são muito estritos com esse tipo de coisa... E, claro, não tinham *nenhum* lugar oficial, muito menos *extra*oficial, vieram com uma declaração *muito* clara, distanciando-se de qualquer *sugestão* de que a Agência teria fornecido apoio em ação... pelo que ficamos devidamente agradecidos, não ficamos, Frances?

E voltando-se novamente para Kit:

— E, claro, nós *de fato* fizemos um inquérito. Internamente, óbvio. Mas com a devida diligência. E, como resultado, o pobre Fergus Quinn caiu sobre sua própria espada, o que foi *absolutamente* a medida correta a se tomar no momento, e acho que, Frances, você partilharia deste ponto de vista. Mas hoje em dia, quem *faz* a coisa certa? Quero dizer, quando *pensamos* nos políticos que *não* abdicaram e que deveriam ter feito, o pobre Fergus aparece como um cavaleiro brilhante. Frances, creio que você tinha uma questão?

Frances tinha:

— O que eu não entendo, Sir Christopher, é o que este documento tem a intenção de *ser*? É uma acusação? Um depoimento de testemunha? Ou simplesmente uma minuta do que alguém lhe disse, e que você relatou ao estilo pegar-ou-largar, sem nenhum compromisso de sua própria parte de qualquer maneira?

— Ele é o que é, pelo amor de Deus! — devolveu Kit, sua ira agora totalmente acesa. — A *Operação Vida Selvagem* foi uma cagada absoluta. Total. A inteligência de base era um monte de papo furado, duas pessoas inocentes foram mortas a tiros e houve um período de três anos de encobrimento por todas as partes envolvidas; incluindo, eu suspeito fortemente, por *este* lugar. E o único homem que estava disposto a falar encontrou uma morte prematura, o que pede um exame muito sério. *Seríssimo* — terminou, quase ladrando.

— Sim, bem, acho que poderíamos apenas categorizar como *documento de relato não solicitado*, na verdade — murmurou Lionel, prestativo, para Frances.

Mas Frances não seria apaziguada:

— Será que eu estaria exagerando, Sir Christopher, se sugerisse que todo o peso do seu testemunho contra o Sr. Crispin e outros é derivado do que Jeb Owens lhe contou no horário entre as onze e as cinco daquela noite em seu clube? Por hora estou excluindo o dito *recibo* que Jeb passou à sua esposa e que vejo que o senhor adicionou como um anexo de algum tipo.

Por um momento, Kit pareceu perplexo demais para falar.

— E quanto à *droga* do meu testemunho? Eu *estava* lá, não estava? *Na* encosta! *Em* Gibraltar. O homem do ministro no local. Ele queria meu parecer. Foi o que dei a ele. Não me diga que ninguém estava gravando o que era dito e respondido. *Não há caso para entrar*. Minhas palavras, em alto e bom som. E Jeb concordou comigo. Todos concordaram. Shorty, cada sujeito entre eles. Mas eles receberam a ordem de entrar, então entraram. Não porque são paus-mandados. Mas porque isso é o que fazem soldados decentes! Por mais idiotas que sejam as ordens. Coisa que eram. *Idiotas*. Não há motivos racionais? Não importa. Ordens são ordens — concluiu, para dar ênfase.

Frances examinava outra página do documento de Kit:

— Mas é certo que tudo o que você *viu* e *ouviu* em Gibraltar se conjuga precisamente com o relatório que lhe foi posteriormente dado por aqueles que planejaram a operação e que estavam em posição de avaliar o resultado? Posição em que você patentemente não estava, não? Você não tinha absolutamente nenhuma ideia do resultado. Simplesmente tirou sua conclusão pelos outros. Primeiro você acredita no que os planejadores lhe dizem. Depois acredita no que Jeb Owens diz. Sem nenhuma prova mais substancial do que suas próprias preferências. Não estou certa?

E sem dar a Kit qualquer oportunidade de responder a esta pergunta, ela lança outra:

— Pode me dizer, por favor, quanto álcool consumiu antes de subir para o quarto naquela noite?

Kit hesitou, depois piscou várias vezes, como um homem que perdeu a noção de tempo e lugar e está tentando recuperá-la.

— Não muito — disse ele. — Logo passou. Estou acostumado a beber. Se recebe um choque daqueles, você fica sóbrio mais que rápido.

— Você dormiu minimamente?

— Onde?

— Em seu clube. Em seu quarto no clube. Durante a passagem daquela noite e da madrugada. Dormiu ou não?

— Como diabos eu poderia dormir? Nós passamos o tempo todo *conversando*!

— Seu documento sugere que Jeb o abandonou na aurora e se retirou do clube, não sabemos como. Você voltou a dormir depois que Jeb desapareceu de forma tão miraculosa?

— Para começo de conversa eu não dormi, então como poderia voltar a dormir? E a saída dele não foi *miraculosa*. Foi profissional. Ele é um profissional. Era. Conhecia todos os truques do ofício.

— E quando você acordou: abracadabra, ele não estava mais lá.

— Ele já havia ido embora, eu lhe disse! Não houve nenhum *abracadabra* nisso! Ele foi furtivo. O cara era um mestre nisso — como se propondo um conceito novo para ele.

Lionel interveio, o decente Lionel:

— Kit, de homem para homem: só nos diga o quanto você e Jeb beberam naquela noite... Dê uma ideia aproximada. Todo mundo enrola sobre o quanto realmente bebe, mas, se queremos chegar ao fundo disto, precisamos de toda a história, com os espinhos e tudo.

— Nós bebemos cerveja *quente* — respondeu Kit com desprezo. — Jeb tomou um gole e deixou a maior parte. Isso satisfaz vocês?

— Mas, na *verdade* — Lionel, agora fitando seus dedos de pelos ruivos, e não Kit —, se realmente contarmos, nós *estamos* falando de duas canecas de cerveja, não estamos? E Jeb, como você diz, não é exatamente um bebedor... ou não era, coitado. Então provavelmente você enxugou o resto. Verdade?

— Provavelmente.

Frances mais uma vez falava para suas anotações.

— Então, efetivamente, duas canecas de cerveja em cima da quantidade considerável de álcool que você já havia bebido durante e depois do jantar, para não mencionar duas doses duplas do Macallan 18 anos consumidas com Crispin no Connaught antes de você chegar ao clube. Calculando a soma, digamos 18 a vinte unidades. Também é possível tirar conclusões do fato de que, quando subornou o portador da noite, você especificou apenas um copo de cerveja. Com efeito, portanto, de que estava pedindo para si mesmo. Sozinho.

— Vocês andaram fuçando no meu *clube*? Isso é uma desgraça! É *claro* que pedi apenas um copo de cerveja! Vocês acham que eu queria dizer ao portador que havia um *homem* no meu quarto? Com quem vocês falaram, aliás? O secretário? Cristo todo-poderoso!

Ele apelava a Lionel, mas Lionel voltou a acariciar seus cabelos e Frances tinha mais a dizer:

— Nós também somos confiavelmente informados de que seria impossível para qualquer indivíduo, por mais furtivo que fosse, infiltrar-se nas instalações de seu clube, quer fosse pela entrada de serviço nos fundos, quer pela porta da frente, que são mantidas sob vigilância em todos os momentos, *tanto* pelo porteiro *quanto* pelo circuito interno de TV. Além do mais, todos os funcionários do clube são avaliados pela polícia e instruídos quanto à segurança.

Kit estava bufando, sufocando, lutando por lucidez, por moderação, pela doce racionalidade:

— Escutem aqui, vocês dois. Não venham me colocar contra a parede. Pressionem Crispin. Pressionem Elliot. Voltem aos americanos. Encontrem essa falsa médica que me disse que Jeb tinha enlouquecido quando ele já estava morto. — Engasgo. Respire fundo. Engula. — E encontrem Quinn, onde quer que ele esteja. Façam com que diga o que realmente aconteceu lá embaixo nas pedras atrás das casas.

Ele pensou que tinha acabado, mas descobriu que não:

— E façam um inquérito público decente. Busquem quem era aquela pobre mulher e sua filha e arranjem alguma indenização para seus parentes! E depois que tiverem feito isso, descubram quem matou Jeb na véspera do dia em que ele assinaria o meu documento e faria seu próprio relato. — E de forma um tanto errática: — E, pelo amor de Deus, não acreditem em qualquer coisa que aquele charlatão Crispin diz. O homem é um mentiroso até os cabelos.

Lionel terminou de afagar seu cabelo:

— Sim, bem, Kit, eu não quero fazer um grande alarde disso, mas, se o bicho pegar um dia, você estaria numa posição bastante insalubre, francamente. Uma investigação *pública* do tipo que você está correndo atrás... que poderia resultar, bem, do seu documento, está a anos-luz de distância do tipo de audiência que Frances e eu planejamos. Qualquer coisa considerada *minimamente* contrária à segurança nacional, como operações secretas bem-sucedidas ou não, rendições extraordinárias apenas planejadas ou de fato realizadas, métodos robustos de interrogatório, nossos ou mais particularmente dos americanos, tudo vai direto para a caixa de Sigilos Oficiais, lamento, e as testemunhas vão junto — erguendo os olhos respeitosamente para Frances, que é a deixa para ela aprumar os ombros e colocar as mãos na pasta aberta diante de si como se estivesse prestes a levitar.

— É meu dever avisá-lo, Sir Christopher — anuncia ela —, de que está numa posição das mais sérias. Sim, está compreendido, você participou de uma determinada operação muito sigilosa. Os autores se dispersaram. A documentação, fora a sua própria, é fragmentada. Nos poucos arquivos que *estão* disponíveis para este Ministério, nenhum nome dos participantes é mencionado, exceto um: o seu. O que na verdade significa que, em qualquer investigação *criminal* que resultasse deste documento, o *seu* nome predominaria como o mais alto representante britânico no local, e você teria de responder em conformidade. Lionel? — voltando-se afavelmente para ele.

— Sim, bem, temo que esta seja a má notícia, Kit. E a boa notícia está, francamente, muito difícil de encontrar. Desde o seu tempo, temos um novo conjunto de regras para casos em que questões sensíveis estão envolvidas. Algumas já em vigor; outras, nós acreditamos, iminentes. E, muito infelizmente, a *Vida Selvagem* realmente faz disparar muitos alarmes. O que significa, temo, que qualquer inquérito teria de acontecer a portas fechadas. Se o inquérito se concluir a seu desfavor e se você optar por abrir um processo, o que naturalmente seria do seu direito, então a audiência resultante seria conduzida por um grupo escolhido a dedo e muito cuidadosamente preparado de advogados aprovados, alguns dos quais obviamente dariam o máximo de si para falar a *seu* favor e outros *não tão* a favor. E *você*, o *autor* do processo, como dizem bastante eufemisticamente, temo que você seria retirado do tribunal enquanto o governo apresentasse seu caso ao juiz, sem a inconveniência de um desafio direto de sua parte ou de seus representantes. E sob as regras atualmente em discussão, o *fato* mesmo de que uma audiência está acontecendo pode por si só ser mantido em segredo. Como obviamente seria o julgamento, neste caso.

Após um triste sorriso de preâmbulo para mais um lote de más notícias, e um tapinha em seu cabelo, Lionel continuou:

— E ademais, como Frances coloca tão *apropriadamente*, se *um dia* houver um processo criminal contra você, qualquer procedimento aconteceria em *total* sigilo até que uma sentença fosse proferida. O que equivale a dizer,

Kit, lamento — permitindo-se outro sorriso de empatia, embora não muito claro se pela lei ou por sua vítima —, por mais *draconiano* que pareça, que Suzanna não *necessariamente* saberia que você está sob julgamento, presumindo por hora que você *estivesse*. Ou pelo menos não até que você tenha sido considerado culpado; presumindo, mais uma vez, que fosse. *Haveria* uma espécie de júri; mas é claro que seus membros teriam de ser fortemente avaliados pelos serviços de segurança antes da seleção, o que obviamente faz crescer *bastante* as probabilidades contra alguém. E *você*, de *sua* parte, *teria* permissão de ver as provas contra você... ao menos por alto, digamos, mas temo que *não* poderia compartilhá-la com seus entes mais próximos e queridos. Ah, e sua denúncia por si só não seria uma defesa em absoluto, sendo que denúncias são, por definição, um negócio arriscado e talvez sigam sendo assim para sempre, na minha opinião pessoal. Eu estou deliberadamente contendo meus golpes aqui, Kit. Eu acho que Frances e eu sentimos que devemos isso a você. Não é, Frances?

— Ele está morto — murmurou Kit incoerentemente. E depois novamente, temendo não ter falado em voz alta: — Jeb está *morto*.

— Muito infelizmente, sim, ele está — concordou Frances, pela primeira vez aceitando um ponto do argumento de Kit. — Embora talvez não nas circunstâncias que você procura implicar. Um soldado doente se matou com sua própria arma. Infelizmente, esta é uma prática que tem aumentado. A polícia não tem motivos para suspeitar, e quem somos nós para questionar o julgamento deles? Enquanto isso, seu documento será mantido nos registros, na esperança de que nunca tenha que ser usado contra você. Eu confio que você partilha desta esperança.

*

Chegando ao pé da grande escada, Kit parece esquecer que caminho tomar, mas felizmente Lancaster está à disposição para guiá-lo aos portões de entrada.

— Qual era mesmo seu nome, meu caro? — pergunta-lhe Kit quando eles se dão as mãos.

— Lancaster, senhor.

— Você foi muito gentil — diz Kit.

*

A notícia de que Kit Probyn fora positivamente avistado na sala de fumantes de seu clube na Pall Mall — transmitida mais uma vez por texto pelo tijolo quente de Emily, graças a uma dica de sua mãe — chegou a Toby exatamente quando ele se instalava diante da longa mesa da sala de reuniões do terceiro andar para discutir a conveniência de se engajar em conversações com um grupo rebelde líbio. As desculpas que usou para saltar de seu assento e correr para fora da sala agora lhe escapavam. Ele se lembrava de puxar o celular prata do bolso à vista de todos — não teve alternativa — e ler o texto e dizer: "Oh, meu Deus, eu lamento muito", depois provavelmente algo sobre alguém morrendo, dado que a notícia da morte de Jeb ainda ocupava sua mente.

Ele se lembrava de haver corrido pelas escadas abaixo, passado por uma delegação chinesa que subia, depois corrido e caminhado os mil e tantos metros desde o Ministério até a Pall Mall, o tempo todo falando febrilmente com Emily, que abandonara sumariamente sua cirurgia da noite e se enfiara num metrô rumo ao Parque St. James. O secretário do clube, ela informou antes de desembarcar, ao menos honrou sua promessa de informar Suzanna no momento em que Kit aparecesse, ainda que não com a cortesia que se poderia esperar dele:

— Mamãe disse que ele fez meu pai parecer algum tipo de criminoso à solta. Aparentemente, a polícia andou por lá esta tarde, fazendo um monte de perguntas sobre ele. Disseram que tinha a ver com algo chamado *avaliação avançada*. Quanto ele bebeu e se houve um homem em seu quarto quando se hospedou no clube recentemente, se você acredita. E se ele subornou o porteiro noturno para servir comida e bebida a eles. Que diabos foi *isso* agora?

Ofegando por seus esforços e segurando o celular prata na orelha, Toby assumiu sua posição aprovada junto ao lance de oito degraus de pedra que levavam aos imponentes portais do clube de Kit. E de repente Emily estava correndo na direção dele — Emily como ele nunca tinha visto —, Emily a corredora, a rebelde liberta, sua capa de chuva esvoaçando, os cabelos escuros balançando às costas em contraste com o céu cinza-ardósia.

Eles subiram as escadas, Toby na frente. O saguão estava escuro e tinha cheiro de repolho. O secretário era alto e esquálido.

— Seu pai se recolheu à Long Library — informou ele a Emily num desanimado tom nasal. — Damas não podem entrar, lamento. A senhora tem permissão de transitar no andar de baixo, mas apenas depois das seis e meia da tarde. — E para Toby, após examiná-lo dos pés à cabeça: gravata, paletó, calças combinando: — O senhor está bem para entrar, contanto que seja convidado dele. Ele confirmará que o senhor é seu convidado?

Ignorando a pergunta, Toby se virou para Emily:

— Não há necessidade de que você fique fazendo hora por aqui. Por que não chama um táxi e espera nele até chegarmos?

Entre mesas de luz baixa, em meio a hordas de livros antigos, homens grisalhos bebiam e murmuravam cabeça a cabeça. Além deles, numa alcova entregue a bustos de mármore, Kit estava sentado, sozinho, curvado sobre um copo de uísque, os ombros trepidando ao ritmo inquieto de sua respiração.

— É o Bell — disse Toby em seu ouvido.

— Não sabia que você era um membro — respondeu Kit, sem levantar a cabeça.

— Não sou. Sou seu convidado. Então eu gostaria que você me pagasse uma bebida. Vodca, se não se importa. Dose grande — disse a um garçom. — Na conta de Sir Christopher, por favor. Tônica, gelo, limão. — Ele se sentou. — Com quem você andou falando no Ministério?

— Não é da sua conta.

— Bem, não tenho certeza disso. Você deu seu passo. É isso mesmo?

Kit, cabeça baixa. Longo trago de uísque:

— Bela merda de passo — murmurou.

— Você mostrou o documento para eles. O que vinha elaborando enquanto esperava por Jeb.

Com improvável rapidez, o garçom pôs a vodca de Toby à mesa, juntamente com a comanda de Kit e uma caneta esferográfica.

— Num minuto — disse Toby ao garçom bruscamente e esperou até que ele se retirasse. — Só me diga isto por favor: o seu documento fez, o seu documento *faz* qualquer menção a *mim*? Talvez você tenha achado necessário se referir a uma determinada gravação ilegal? Ou ao antigo secretário particular de Quinn. Você fez isso, Kit?

A cabeça de Kit ainda baixa, mas rolando de um lado para outro.

— Então você não se referiu a mim? É isso mesmo? Ou você só está se recusando a responder? Nenhum Toby Bell? Em *nenhum* lugar? Nem por escrito nem em suas conversas com eles?

— *Conversas!* — retorquiu Kit com uma risada rouca.

— Você mencionou ou não minha participação nisso? Sim ou não?

— Não! Não mencionei! O que acha que eu sou? Um dedo-duro, além de um idiota?

— Eu vi a viúva de Jeb ontem. No País de Gales. Tive uma longa conversa com ela. Ela me deu algumas pistas promissoras.

A cabeça de Kit finalmente se ergueu e, para seu constrangimento, Toby viu lágrimas depositadas na beira dos olhos avermelhados.

— Você viu *Brigid*?

— Sim. Isso mesmo. Vi Brigid.

— Como ela é, pobre menina? Cristo todo-poderoso.

— Tão corajosa quanto o marido. O garoto também é ótimo. Ela me pôs em contato com Shorty. Marquei um encontro com ele. Me diga novamente. Você realmente não me citou? Se citou, eu vou entender. Eu só preciso ter certeza.

— *Não*, repetindo, *não*. Santo Deus, quantas vezes tenho que dizer?

Kit assinou a comanda e, recusando o braço oferecido de Toby, pôs-se de pé com dificuldade.

— Que diabos você está fazendo com a minha filha, aliás? — inquiriu, quando se viram inesperadamente cara a cara.

— Estamos nos dando bem.

— Bem, não faça o que aquele merda do Bernard fez.

— Ela está esperando por nós.

— Onde?

Mantendo uma das mãos em alerta, Toby escoltou Kit na viagem através da Long Library até o saguão, passando pelo secretário e descendo as escadas até onde Emily estava esperando com o táxi: não dentro dele, conforme as instruções, mas de pé na chuva, estoicamente segurando a porta aberta para o pai.

— Vamos direto a Paddington — disse ela, após instalar Kit firmemente no táxi. — Kit precisa de algo sólido antes do remédio da noite. E quanto a você?

— Há uma palestra na Chatham House — respondeu Toby. — Esperam que eu faça uma aparição.

— Então nos falamos mais tarde, à noitinha.

— Claro. Vejamos como as coisas se assentam. Boa ideia — concordou, consciente do olhar perplexo de Kit fixado neles de dentro do táxi.

Ele mentiu para ela? Não exatamente. Havia uma palestra na Chatham House e ele realmente era esperado, mas não tinha intenção de comparecer. Instalada atrás do celular prata no bolso do paletó — ele podia senti-la espetando sua clavícula — havia uma carta em papel-cartão de uma casa bancária de nome ilustre, entregue em mãos e com recebimento assinado na entrada principal do Ministério das Relações Exteriores às três daquela tarde. Em fonte eletrônica e negrito, ela solicitava a presença de Toby a qualquer momento entre agora e meia-noite na sede da empresa, em Canary Wharf.

Era assinada por G. Oakley, vice-presidente.

*

O vento gelado da noite açoitava o Tâmisa, quase limpando o fedor de cigarro que pairava em cada arcada romana falsa e portal de estilo nazista. Sob o brilho de sódio das luminárias Tudor, corredores de camisa vermelha, secretárias em uniformes pretos da cabeça aos pés, homens marchando com corte de cabelo militar e pastas pretas finas como papel passavam uns pelos outros como figuras mascaradas em uma dança macabra. Diante de cada torre iluminada e em cada esquina, seguranças dentro de jaquetas volumosas o examinavam. Selecionando um ao acaso, Toby mostrou o endereço na carta.

— Deve ser Canada Square, amigo. Bem, eu *acho* que é, só estou aqui há um ano — com um rompante de gargalhada que seguiu Toby pela rua.

Ele passou sob uma passarela e entrou num shopping 24 horas que oferecia relógios de ouro, caviar e casarões no lago de Como. Em um balcão de cosméticos, uma moça bonita com ombros nus o convidou a sentir seu perfume.

— Você por *algum* acaso não saberia onde posso encontrar a Atlantis House, sabe?

— Quer comprar? — perguntou ela docemente, com um sorriso polonês de incompreensão.

Um arranha-céu surgiu diante dele, todas as luzes cintilando. Na frente, uma cúpula sobre pilares. No piso, uma estrela maçônica de mosaico dourado. E em volta do domo azul, a palavra *Atlantis*. Na parte de trás da cúpula, um par de portas de vidro com baleias gravadas que sussurraram e se abriram com sua aproximação. Atrás de um balcão de granito, um homem branco, corpulento, entregou-lhe um clipe cromado e um cartão de plástico com seu nome.

— Elevador do centro e não há necessidade de apertar nenhum botão. Tenha uma boa noite, Sr. Bell.

— Você também.

O elevador subiu, parou e se abriu em um anfiteatro estrelado de arcos brancos e ninfas celestes em relevo no gesso branco. Do meio do firmamento em domo pendia um conjunto de conchas iluminadas. Abaixo delas — ou, como pareceu a Toby, do meio delas — um homem marchava vigorosamente em sua direção. Iluminado por trás, ele era alto, até ameaçador, mas à medida que avançava diminuía, até que, em sua recém-descoberta glória executiva, Giles Oakley se plantou diante de Toby: o sorriso espinhoso do empreendedor, o corpo afinado da perpétua juventude, a bela cabeça de cabelos escuros e dentes perfeitos.

— Toby, meu querido, *que* prazer! E em *tão* pouco tempo. Estou emocionado e honrado.

— Prazer em vê-lo, Giles.

*

Uma sala com ar-condicionado toda em jacarandá. Sem janelas, sem ar fresco, sem dia ou noite. Quando enterrei minha avó, este foi o lugar onde nos sentamos e conversamos com o coveiro. Uma mesa e um trono de jacarandá. Abaixo deles, para simples mortais, uma mesa de centro de jacarandá e duas cadeiras de couro com braços de jacarandá. Sobre a mesa, uma bandeja de jacarandá para o antiquíssimo Calvados, a garrafa não exatamente cheia. Até ali, eles mal se olharam nos olhos. Em negociação, Giles não faz isso.

— Então, Toby. Como vai o amor? — perguntou ele alegremente enquanto Toby declinava do Calvados e observava Oakley servindo-se de uma dose.

— Bem, obrigado. Como está Hermione?

— E o grande livro? Pronto e espanado?

— Por que estou aqui, Giles?

— Pela mesma razão por que você veio, com certeza — Oakley, fazendo um beicinho de insatisfação pelo ritmo indecoroso das coisas.

— E que razão é essa?

— Uma certa operação secreta, visionada há três anos, mas, felizmente, *como ambos sabemos*, nunca executada. Poderia ser *esta* a razão? — perguntou Oakley com falsa jovialidade.

Mas a chama do diabrete havia se apagado. As rugas outrora risonhas em torno da boca e dos olhos estavam voltadas para baixo em permanente rejeição.

— Você quer dizer a *Vida Selvagem* — sugeriu Toby.

— Se você quer alardear segredos de Estado por aí, sim. *Vida Selvagem.*

— *Vida Selvagem* foi mais do que executada. Assim como duas pessoas inocentes. Você sabe tão bem quanto eu.

— Se *eu* sei ou se *você* sabe não interessa para nada. O que está em questão é se o mundo sabe, e se deveria saber. E a resposta para essas duas perguntas, meu querido, como deve ser cristalino até para um cego, muito mais para um diplomata treinado como você, é muito clara: não, obrigado, nunca. O tempo não cura nesses casos. Eles se tornam infectos. Para cada ano de negação oficial britânica, conte centenas de decibéis de indignação moral popular.

Satisfeito com este floreio retórico, Oakley sorriu sem alegria, recostou-se e esperou pelos aplausos. E uma vez que nenhum veio, ele se serviu de um trago do Calvados e continuou casualmente:

— Pense nisso, Toby: um bando de mercenários americanos, ajudado pelas Forças Especiais britânicas sob disfarce e financiado pela direita evangélica republicana. E, para acabar, a coisa toda idealizada por uma obscura corporação de defesa em conluio com um grupo de inflamados neoconservadores da liderança em rápida dissolução do New Labour. E o dividendo? Os cadáveres destroçados de uma mulher muçulmana inocente e sua filha bebê. Veja como *isso* será tratado no mercado de mídia! Quanto à pequena e galante Gibraltar, com sua tão sofrida população multiétnica: os gritos para devolvê-la à Espanha vão nos ensurdecer por décadas à frente. Se já não ensurdecem.

— E daí?

— Como é?

— O que você quer que eu faça?

De repente, o olhar de Oakley, tantas vezes fugidio, fixou-se em Toby numa súplica inflamada:

— Não se trata de *fazer*, meu querido! *Pare* de fazer. Desista imediatamente e para sempre! Antes que seja tarde demais.

— Tarde demais para *quê*?

— Para a sua carreira! O que mais? Desista dessa busca moralista pelo inencontrável. Vai destruir você. Se torne novamente o que você foi antes. Tudo será perdoado.

— Quem diz que será?

— Eu digo.

— E quem mais? Jay Crispin? Quem?

— Que importa *quem* mais? Um consórcio informal de homens e mulheres inteligentes e fiéis aos interesses de seu país é o bastante para você? Não seja *criança*, Toby.

— Quem matou Jeb Owens?

— Matou? Ninguém. *Ele* se matou. Ele atirou em si mesmo, pobre homem. Havia anos que estava perturbado. Ninguém disse isso a você? Ou a verdade é muito inconveniente para você?

— Jeb Owens foi assassinado.

— Bobagem. Um absurdo espetacular. O que o leva a dizer isso? — O queixo de Oakley se erguendo em desafio, mas a voz não mais tão segura de si.

— Jeb Owens foi baleado na cabeça por uma arma que não era dele, com a mão errada, apenas um dia antes de uma reunião com Probyn. Ele estava transbordando de esperança. Estava tão cheio de esperança que telefonou para a esposa afastada na manhã do dia em que foi morto para dizer a ela como estava cheio de esperança e como eles poderiam recomeçar suas vidas. Quem quer que o assassinou arranjou alguma atriz de segunda categoria para fingir que era uma médica; um médico, na verdade, mas ela não sabia disso, infelizmente; e passar um trote para a casa de Probyn *depois* da morte de Jeb com a feliz mensagem de que Jeb estava vivo e definhando num hospital psiquiátrico e não queria falar com ninguém.

— Quem contou tamanho disparate a você? — mas o rosto de Oakley tinha muito menos certeza que seu tom de voz.

— A investigação da polícia foi liderada por diligentes oficiais à paisana da Scotland Yard. Graças ao empenho deles, nem uma única pista foi seguida. Não houve exame forense, pularam toda uma série de formalidades e a cremação aconteceu com velocidade antinatural. Caso encerrado.

— Toby.

— O que é?

— Presumindo que esta seja a verdade, é novidade para mim. Eu não tinha a menor ideia disso, juro. Eles me disseram...

— *Eles? Quem são eles?* Quem caralho são *eles*? *Eles* disseram *o quê*? Que o assassinato de Jeb estava resolvido e que todo mundo podia ir para casa?

— Meu entendimento era e ainda é de que Owens se matou num acesso de depressão ou frustração, ou do que quer que o pobre homem sofria... *espere!* O que você está fazendo? *Espere!*

Toby estava parado à porta.

— Volte. Eu insisto. Sente-se — a voz de Oakley perto de se embargar. — Talvez eu tenha sido enganado. É possível. Suponhamos. Suponhamos que você esteja certo em tudo o que diz. Pelo bem do debate. Me diga o que você sabe. Tem que haver argumentos contrários. Sempre há. Nada está escrito em pedra. Não no mundo real. Não pode ser. Sente-se aqui. Nós não terminamos.

Sob o olhar suplicante de Oakley, Toby se afastou da porta, mas ignorou o convite para se sentar.

— Me diga de novo — ordenou Oakley, por um momento recuperando algo de sua antiga autoridade. — Eu preciso de começo, meio e fim. Quais são suas fontes? Tudo boato, sem nenhuma dúvida. Não importa. Eles o mataram. Esses *eles* por quem você está tão alterado. Nós supomos isto. E uma vez que supomos isto, o que então concluímos desta suposição? Me permita dizer a você — as palavras saltando em fôlegos difíceis —, concluímos decisivamente que chegou o momento para você retirar sua cavalaria da linha de frente; uma retirada temporária, tática, ordenada, digna, enquanto há tempo. Um esfriamento. Uma trégua, permitindo que ambos os lados considerem suas posições e esfriem os ânimos. Você não fugirá de uma luta; sei que não é seu estilo. Você poupará sua munição para outro dia; para quando seja mais forte e tenha mais poder, mais tração. Apresente seu caso agora e você será um pária para o resto de sua vida. *Você*, Toby! De todas as pessoas! Isso é o que você será. Um pária que mostrou suas cartas cedo demais. Não foi para isso que você foi posto na Terra; eu sei disso, melhor que ninguém. O país inteiro está clamando por uma nova elite. Implorando por ela. Por gente como você, homens de verdade, os verdadeiros homens da Inglaterra, incorruptos; claro, sonhadores também, mas com os pés no chão. Bell é coisa fina, eu disse a eles. Mente límpida, e com coração e corpo para acompanhá-la. Você nem sequer sabe o significado do amor verdadeiro. Não um amor como o meu. Você está cego para ele. Inocente. Sempre foi. Eu sabia disso. Eu entendi. E eu amei você por isso. Um dia, pensei, ele virá para mim. Mas eu sabia que você nunca faria isso.

Mas neste momento Giles Oakley já falava a uma sala vazia.

*

Deitado em sua cama, na escuridão, o celular prata na mão direita, Toby escuta os gritos noturnos da rua. Espere até que ela esteja em casa. O trem-leito deixa Paddington às onze e quarenta e cinco. Eu verifiquei e ele saiu na hora certa. Ela odeia tomar táxis. Ela odeia fazer qualquer coisa pela qual os pobres não podem pagar. Então, espere.

Ele aperta o verde de qualquer maneira.

— Como foi em Chatham House? — pergunta ela, sonolenta.

— Eu não fui.

— Então o que você fez?

— Visitei um velho amigo. Um bate-papo.

— Sobre algo em particular?

— Isso e aquilo. Como está o seu pai?

— Eu o entreguei ao funcionário. Mamãe vai buscá-lo no trem, na chegada.

Um som de correria, rapidamente suprimido. Um murmúrio abafado de "Sai daqui!"

— Aquela gata maluca — explicou ela. — Toda noite ela tenta subir na minha cama e eu tenho que enxotá-la. Quem você achou que era?

— Eu não ousei imaginar.

— Papai está convencido de que você tem planos para mim. Ele está certo?

— Provavelmente.

Longo silêncio.

— Que dia é amanhã? — perguntou ela.

— Quinta-feira.

— Você vai encontrar o sujeito. Sim?

— Sim.

— Eu tenho clínica. Termina por volta do meio-dia. Depois alguns atendimentos em domicílio.

— Talvez à noite, então — disse ele.

— Talvez. — Longo silêncio. — Alguma coisa deu errado hoje à noite?

— Só com meu amigo. Ele achava que eu era gay.

— E você não é?

— Não. Acho que não.

— E você não sucumbiu por educação?

— Não que eu me lembre.

— Bem, então isso está resolvido, não é?

Continue falando, ele queria dizer a ela. Não precisa ser sobre suas esperanças e sonhos. Qualquer assunto velho serve. Apenas siga falando até que eu consiga tirar Giles da minha cabeça.

7

Toby acordou mal, com sentimentos que precisava rejeitar e outros que precisava urgentemente reviver. Apesar das palavras consoladoras de Emily, o que ele tinha consigo ao despertar era o rosto angustiado e a voz suplicante de Oakley.

Eu me prostituí.

Eu não sabia.

Eu sabia, e dei corda para ele.

Eu não sabia, e deveria saber.

Todo mundo sabia, menos eu.

E com mais frequência: depois de Hamburgo, como eu pude ser tão idiota — dizendo a mim mesmo que cada homem tem direito a seus apetites e que, no fim das contas, ninguém se machucou além de Giles?

Ao mesmo tempo, ele empreendia uma avaliação dos danos pelas informações que Oakley revelou, ou deixou de revelar, sobre a medida em que suas viagens extramuros estavam comprometidas. Se Charlie Wilkins, ou o certo amigo na Met, era a fonte de Oakley, coisa que Toby dava praticamente como certo, então a viagem a Gales e seu encontro com Brigid foram vazados.

Mas as fotografias não estavam vazadas. O caminho para Shorty não estava vazado. Sua visita à Cornualha vazou? Possivelmente, pois a polícia, ou suas versões, se metera por todo o clube de Kit e a esta altura presumivelmente já estava ciente de que Emily viera para resgatá-lo na companhia de um amigo da família.

Neste caso, e *agora*?

Neste caso, apresentar-se a Shorty sob o disfarce de um jornalista galês e pedir que ele se torne um delator talvez não seja o curso de ação mais sábio a seguir. Talvez seja na verdade um ato de loucura suicida.

Então por que não abandonar a coisa toda e tapar o sol com a peneira, seguir o conselho de Oakley e fingir que nada disso aconteceu?

Ou, em linguagem direta, pare de se castigar com perguntas sem respostas e vá para Mill Hill para o encontro com Shorty, porque uma testemunha que está disposta a se manter viva e falar é tudo que você precisa. Ou Shorty dirá que sim e nós faremos juntos o que Kit e Jeb planejavam fazer, ou Shorty dirá que não e sairá correndo para contar a Jay Crispin que bom menino ele é, e o teto virá abaixo.

Mas, não importando qual dessas coisas aconteça, Toby finalmente levará a batalha até o inimigo.

*

Chamando Sally, sua assistente. Cai na caixa postal. Ótimo. Finja um tom de sofrimento suportado com bravura:

— Sally. Aqui é Toby. Meu maldito siso está incomodando, creio. Estou marcado com a fada dos dentes daqui a uma hora. Então ouça. Eles não poderão contar comigo para a reunião desta manhã. E talvez Gregory possa me substituir no banquete da Otan. Desculpas a todos, ok? Eu vou mantê-la informada. Desculpe mais uma vez.

Depois, a dúvida visual: o que um ambicioso jornalista de província veste numa visita a Londres? Ele se decidiu por jeans, tênis e um casaco leve, e — um toque esperto em sua opinião —, um conjunto de esferográficas para acompanhar o bloco de notas de sua mesa.

Mas, ao pegar seu BlackBerry, ele se conteve, lembrando que o aparelho continha as fotografias de Jeb, que também eram de Shorty.

Toby decidiu que era melhor ir sem ele

*

O Café & Doceria Golden Calf ficava a meio caminho na avenida, espremido entre um açougueiro *halal* e uma delicatéssen *kosher*. Em suas janelas iluminadas de rosa, bolos de aniversário e de casamento se acotovelavam com suspiros do tamanho de ovos de avestruz. Um corrimão de bronze separava o café da loja. Toby viu tudo isso do outro lado da estrada antes de entrar numa rua lateral para completar sua pesquisa de carros estacionados, vans e multidões de consumidores matutinos que enchiam as calçadas.

Aproximando-se do café pela segunda vez, agora do mesmo lado, Toby confirmou o que havia observado em sua primeira passagem: que a seção do café não tinha clientes àquela hora. Selecionando o que seus instrutores chamavam de mesa do guarda-costas — num canto, de frente para a entrada —, ele pediu um cappuccino e esperou.

Na loja do outro lado do corrimão de bronze, clientes armados com pinças de plástico recheavam suas caixas de papel com doces, fazendo fila ao longo do balcão e pagando suas contas no caixa. Mas nenhum se qualificava como Shorty Pike, 1,90m — *Mas Jeb o agarrou por baixo, dobrou seus joelhos e depois quebrou seu nariz enquanto ele caía.*

Onze horas se tornaram onze e dez. Ele amarelou, concluiu Toby. Ou julgaram Shorty um risco e ele está plantado numa caminhonete com a cabeça estourada pela mão errada.

Um homem calvo, corpulento, com uma pele olivácea esburacada e pequenos olhos redondos, examinava cobiçosamente do lado de fora da vitrine: primeiro os bolos e os doces, depois Toby, agora os bolos novamente. Sem piscar, ombros de halterofilista. Terno escuro estiloso, sem gravata. Agora ele se afastava. Estaria fazendo um reconhecimento? Ou estava pensando que se regalaria com um doce de creme, mas depois mudou de ideia pelo bem de sua silhueta? Então Toby percebeu que Shorty estava sentado a seu lado. E que

Shorty deve ter feito hora o tempo todo no banheiro dos fundos do café, que era algo em que Toby não pensou e deveria ter pensado, coisa que Shorty claramente fez.

Ele parecia mais alto que seus 1,90m, provavelmente porque estava sentado ereto, com as mãos enormes semientrelaçadas sobre a mesa. Ele tinha cabelos pretos e oleosos, cortados rente na parte de trás e nas laterais, e faces altas de estrela de cinema com o sorriso embutido. Sua pele escura era tão brilhante que parecia ter sido esfregada com uma escova para unhas após o barbear. Havia uma pequena cicatriz no centro do nariz, então talvez Jeb tivesse deixado sua marca. Ele estava vestindo uma camisa de brim azul bem passada com bolsos abotoados, um para os cigarros, o outro para um pente saliente.

— Então você é Pete, certo? — perguntou ele pelo canto da boca.

— E você é Shorty. O que posso oferecer a você, Shorty? Café? Chá?

Shorty ergueu as sobrancelhas e passou os olhos lentamente pelo café. Toby se perguntou se ele era sempre tão teatral, ou se ser alto e narcisista fazia alguém se comportar daquela maneira.

E, enquanto ponderava sobre isso, teve outro vislumbre, ou pensou que tivera, do mesmo homem careca e corpulento que debatera consigo mesmo sobre a compra de um doce de creme, que passou rápido pela vitrine da loja com um ar de visível casualidade.

— Vou dizer uma coisa a você, Pete — disse Shorty.

— O que foi?

— Eu não me sinto exatamente confortável em estar aqui, francamente, se para você tanto faz. Eu gostaria que fosse um pouco mais privado, sabe? Longe da massa enlouquecedora, como dizem.

— Onde você quiser, Shorty. Você decide.

— E você não está dando uma de esperto, está? Digamos, você não tem um fotógrafo escondido na esquina, ou algo assim?

— Estou limpo como um cristal e sozinho, Shorty. Você na frente — observando como as gotas de suor se formavam na testa de Shorty e como sua mão tremia quando ele abriu o bolso da camisa em busca de um cigarro antes de repousá-la de novo na mesa sem nenhum. Sintomas de abstinência? Ou só uma noite pesada nos bares?

— Só que eu tenho meu carro novo virando a esquina, sabe? É um Audi. Eu estacionei cedo, em todo caso. Então, quero dizer, o que poderíamos fazer, poderíamos ir a algum lugar como o parque de recreação, ou outro lugar, e conversar lá, onde não somos perceptíveis, já que eu sou um pouco chamativo. Uma conversa completa e franca, como eles dizem. Para o seu jornal. O *Argus*, não?

— Isso.

— É um grande jornal, o *Argus*, ou digamos... apenas local, ou é, tipo, mais nacional, o seu jornal?

— Local, mas estamos on-line também — respondeu Toby. — Então no fim das contas é um número de leitores bastante decente.

— Bem, isso é bom, não? Então você não se importa? — grande fungada.

— Com o quê?

— Que a gente não fique aqui?

— Claro que não.

Toby foi ao balcão para pagar pelo seu cappuccino, o que levou algum tempo, e Shorty seguiu atrás dele como a próxima pessoa da fila, com o suor escorrendo livremente por seu rosto.

Mas, quando Toby concluiu seu pagamento, Shorty avançou na frente dele até a entrada, fingindo ser um guarda-costas, com os longos braços afastados das laterais do corpo para abrir caminho.

E, quando Toby pisou na calçada, lá estava Shorty, esperando, pronto para guiá-lo através da massa de compradores: mas não antes que Toby, olhando para a esquerda, avistasse novamente o careca robusto com um fraco por doces e bolos, desta vez de pé na calçada, de costas para ele, falando com outros dois homens que pareciam igualmente determinados a evitar seu olhar.

E, se houve um momento em que Toby contemplou sair em disparada, foi este, porque toda sua formação lhe dizia: não hesite, você viu a armação clássica, confie nos seus instintos e corra agora, porque daqui a uma hora ou menos você estará acorrentado a um radiador sem os sapatos.

Mas seu desejo de ver até o fundo deve ter sobrepujado essas reservas, porque ele já deixava Shorty pastoreá-lo até a esquina, entrando numa rua de mão única onde um Audi azul brilhante realmente estava estacionado no lado esquerdo, com um Mercedes sedã preto estacionado diretamente atrás dele.

E mais uma vez seus instrutores teriam argumentado que se tratava de mais um cenário clássico: um carro de sequestro e um carro de apoio. E quando Shorty pressionou o controle remoto a 1 metro de distância e abriu a porta *traseira* do Audi para ele, e não a porta do passageiro, e ao mesmo tempo comprimiu o punho no braço de Toby e o homem robusto e seus dois companheiros surgiram na esquina, qualquer dúvida residual na mente de Toby provavelmente morreu no local.

Ao mesmo tempo, seu respeito próprio o obrigou a protestar, ainda que apenas levemente:

— Você quer que eu vá no banco de *trás*, Shorty?

— Eu tenho mais meia hora de vaga no medidor, não é? Uma pena desperdiçá-la. Podemos muito bem ficar aqui e conversar. Por que não?

Toby ainda hesitou, como tinha razão de fazer, pois certamente a coisa normal para uma dupla de homens que querem conversar em particular num carro, longe daquilo que Shorty insistia em chamar de massa enlouquecedora, era sentar na frente.

Mas ele entrou de qualquer maneira e Shorty subiu a seu lado, momento no qual o careca robusto deslizou para o banco do motorista vindo da calçada e trancou todas as quatro portas, enquanto no espelho retrovisor da direita, seus dois amigos se instalaram confortavelmente no Mercedes.

O careca não ligou o motor, mas tampouco virou a cabeça para olhar para Toby, preferindo estudá-lo pelo espelho retrovisor à sua frente em rápidas piscadelas de seus olhinhos redondos, enquanto Shorty se fixava ostensivamente nos transeuntes do lado de fora.

*

O careca colocou as mãos no volante, mas com o motor desligado e o carro imóvel, isso parecia estranho. São mãos poderosas, muito limpas e adornadas com anéis incrustados. Como Shorty, o careca dá uma impressão de higiene regimental. Seus lábios no espelho são muito rosados e ele tem que umedecê-los com a língua antes de falar, o que sugere a Toby que, como Shorty, ele está nervoso.

— Senhor, eu acredito que tenho a singular honra de receber o Sr. Toby Bell do Ministério das Relações Exteriores de Sua Majestade. Está correto, senhor? — pergunta ele com um pedante sotaque sul-africano.

— Creio que está — concorda Toby.

— Senhor, meu nome é Elliot, sou um colega de Shorty aqui. — Ele está recitando: — Senhor, ou Toby se posso me dar tal atrevimento, fui instruído a apresentar os cumprimentos do Sr. Jay Crispin, a quem temos o privilégio de servir. Ele deseja que nos desculpemos de antemão por qualquer desconforto que tenha suportado até agora, e lhe garante suas boas intenções. Ele o aconselha a relaxar, e visiona um diálogo construtivo e amigável imediatamente após a chegada ao nosso destino. Você gostaria de falar pessoalmente com o Sr. Crispin no atual momento?

— Não, obrigado, Elliot. Acho que estou bem como estou — responde Toby, igualmente cortês.

Renegado greco-albanês, costumava chamar a si mesmo de Eglesias, ex-Forças Especiais da África do Sul, matou um sujeito em um bar de Jo'burgo e veio para a Europa para cuidar da saúde? Esse *tipo de Elliot?* Oakley está perguntando enquanto eles saboreiam seu Calvados após o jantar.

— Passageiro a bordo — relatou Elliot em seu microfone, e ergueu o polegar no espelho lateral para informar o Mercedes preto na traseira.

— Triste pelo pobre Jeb, então? — comenta Toby em tom de conversa para Shorty, cujo interesse pelos transeuntes apenas se intensifica.

Mas Elliot é instantaneamente informativo:

— Sr. Bell, senhor, todo homem tem seu destino, todo homem tem seu tempo designado, é o que eu digo. O que está escrito nas estrelas está escrito. Ninguém pode se safar. Está confortável aí no banco de trás, senhor? Nós motoristas às vezes ficamos com a melhor parte, na minha opinião.

— Muito confortável realmente — diz Toby. — E quanto a você, Shorty?

*

Eles rumaram para o sul e Toby se absteve de mais conversas, o que provavelmente foi sábio de sua parte porque as únicas perguntas que conseguia imaginar eram como saídas de um pesadelo, por exemplo: "Você teve parte pessoalmente no assassinato de Jeb, Shorty?" Ou: "Nos diga, Elliot, o que você realmente *fez* com os corpos daquela mulher e de sua filha?" Eles desceram pela Fitzjohn's Avenue e se aproximavam das lagoas exclusivas de St. John's Wood. Seria por acaso "o bosque" a que Fergus Quinn se referira em sua obsequiosa conversa com Crispin na gravação roubada?

"... tudo bem, sim, mais ou menos quatro... o bosque me atrai mais... mais privado..."

Dentro de pouco tempo, ele vislumbrou um quartel do Exército guardado por sentinelas britânicas com rifles automáticos; depois, uma casa de tijolos anônima guardada por fuzileiros dos Estados Unidos. Uma placa dizia SEM SAÍDA. Mansões de tetos verdes custando 5 milhões ou mais. Muros altos de tijolos. Magnólias em flor. Botões de cerejeira caídos como confetes de cada lado da estrada. Dois portões verdes, já abrindo. E, no retrovisor do carona, o Mercedes preto chegando perto o bastante para encostar.

*

Ele não esperava tanta brancura. Eles circundaram um círculo de cascalho contornado por pedras caiadas. Agora estão parando diante de uma casa branca e baixa rodeada por gramados ornamentais. O pórtico branco de estilo Palladio é grandioso demais para a casa. Câmeras de vídeo os observam nos galhos das árvores. Estufas falsas de vidro fumê se prolongam de cada lado. Um homem de anoraque e gravata mantém a porta do carro aberta. Shorty e Elliot descem, mas, por obstinação, Toby decide esperar até ser buscado. Depois, por vontade própria, sai do carro e casualmente se espreguiça.

— Bem-vindo a Castle Keep, senhor — diz o homem de anoraque e gravata, o que Toby está inclinado a tomar como algum tipo de brincadeira até que vê um escudo de bronze montado junto à porta da frente, retratando um castelo como uma peça de xadrez encimado por um par de espadas cruzadas.

Ele sobe os degraus. Dois homens pedem desculpas para revistá-lo, tomam posse de suas canetas, do bloco de repórter e do relógio de pulso, depois o conduzem através de uma arcada eletrônica e dizem:

— Teremos tudo isso esperando pelo senhor após seu encontro com o chefe.

Toby decide adentrar um estado alterado. Ele não é prisioneiro de ninguém, é um homem livre caminhando por um corredor brilhante pavimentado com azulejos espanhóis e decorado com gravuras de flores de Georgia O'Keeffe. Veem-se portas de ambos os lados. Algumas estão abertas. Vozes alegres se derramam delas. É verdade, Elliot está caminhando a seu lado, mas Toby tem as mãos guardadas pudicamente às costas, como se estivesse a caminho da igreja. Shorty desapareceu. Uma bela secretária de saia preta longa e blusa branca desliza pelo corredor. Ela diz um "oi" casual para Elliot, mas seu sorriso é para Toby, e, sendo o homem livre que está determinado a ser, ele sorri de volta. Num escritório branco com um teto inclinado de vidro branco, uma recatada senhora de cabelos grisalhos, na casa dos 50, está sentada atrás de uma mesa.

— Ah, Sr. Bell. Muito bem. O Sr. Crispin *está* esperando pelo senhor. Obrigada, Elliot, acho que o chefe está ansioso por uma conversa homem a homem com o Sr. Bell.

E Toby, ele conclui, está ansioso por um homem a homem com o chefe. Mas, infelizmente, ao entrar no grandioso escritório de Crispin, sente apenas um anticlímax, uma recordação do anticlímax que vivenciou naquela noite há três anos, quando o fantasma obscuro que o assombrara em Bruxelas e Praga marchou para o gabinete de Quinn com Miss Maisie pendurada em seu braço e se revelou a mesma versão televisiva de qualquer executivo da classe oficial, 40 e poucos e beleza sem personalidade, que neste momento se levantava da cadeira com um teatro de agradável surpresa, de vergonha de garoto peralta e de boa camaradagem masculina.

— Toby! Bem, que maneira de encontrá-lo. Bastante estranha mesmo, devo dizer, posando como um babaca de província escrevendo o obituário do pobre Jeb. Em todo caso, imagino que você não podia dizer a Shorty que é das Relações Exteriores. Teria matado o sujeito de susto.

— Eu esperava que Shorty me contasse sobre a *Operação Vida Selvagem.*

— Sim, bem, foi o que imaginei. Shorty está um pouco abalado por Jeb, compreensivelmente. Não tem sido o mesmo, cá entre nós. Não que ele teria falado muito com você. Não por seus próprios interesses. Nem pelo interesse de ninguém. Café? Descafeinado? Chá de hortelã? Algo mais forte? Não é todo dia que eu sequestro um dos melhores de Sua Majestade. Até onde você chegou?

— Com o quê?

— Suas investigações. Pensei que era disso que estávamos falando. Você viu Probyn, viu a viúva. A viúva lhe passou Shorty. Você conheceu Elliot. Quantas cartas isso lhe deixa? Só estou tentando vê-las por cima do seu ombro — explicou Crispin agradavelmente. — Probyn? Foi-se o tempo. Não enxergou nem sombra. Todo o resto é pura boataria. Um tribunal riria daquilo. A viúva? De luto, paranoica, histérica: desconsiderar. O que mais você tem?

— Você mentiu para Probyn.

— Você teria feito o mesmo. Era conveniente. Ou o velho e bom MRE nunca ouviu falar de mentiras de conveniência? Seu problema é que você logo estará demitido, com coisa pior por vir. Pensei que eu talvez pudesse ajudar.

— Como?

— Bem, só para começar, que tal um pouco de proteção e um emprego?

— Na Ethical Outcomes?

— Oh, Cristo, aqueles *dinossauros* — diz Crispin, com uma risada para sugerir que se esquecera completamente da Ethical Outcomes até que Toby por acaso lhe fez lembrar. — Nada a ver com esta empresa, graças a Deus. Nós pulamos fora cedo. A Ethical fechou a conta e partiu completamente para o exterior. Quem detém as ações detém a responsabilidade. Absolutamente nenhuma conexão, visível ou não, com Castle Keep.

— E nenhuma Miss Maisie?

— Se foi há muito, Deus a abençoe. Despejando Bíblias nos pagãos da Somália, foi a última coisa que se ouviu falar.

— E seu amigo Quinn?

— Sim, bem, que triste para o pobre Fergus. Ainda assim, eu soube que seu partido está louco para tê-lo de volta agora que eles foram sacados do poder, uma vez que experiência ministerial anterior vale o peso em ouro, e tudo o mais. Contanto que ele renegue o New Labour e todas as suas obras, claro, o que ele fará com todo prazer. Queria entrar aqui conosco, cá entre nós. Pediu de joelhos, praticamente. Mas temo que, ao contrário de você, ele não cumpria as expectativas. — Um sorriso nostálgico pelos velhos tempos. — Há sempre o momento de definição quando você começa neste jogo: corremos o risco da operação e entramos, ou amarelamos? Você tem homens pagos de prontidão, treinados e loucos por ação. Tem inteligência no valor de meio milhão de dólares, suas finanças no lugar, pote de ouro dos investidores se concluir com êxito e apenas o suficiente de luz verde dos poderes constituídos para cobrir seu traseiro, mas não mais que isso. Ok, houve um ruído sobre nossas fontes de inteligência. Quando não há?

— E isso foi a *Vida Selvagem*?

— Bem por aí.

— E os danos colaterais?

— Devastadores. Sempre são. É indiscutivelmente a pior coisa sobre o nosso negócio. Toda vez que vou para a cama, eu penso nisso. Mas qual é a alternativa? Me dê um avião Predator e um par de mísseis Hellfire e eu lhe mostro o que são *verdadeiros* danos colaterais. Quer dar um passeio no jardim? Num dia como este, parece uma pena desperdiçar a luz do sol.

A sala onde estavam era parte escritório, parte solário. Crispin saiu ao ar livre. Toby não teve escolha senão segui-lo. O jardim era murado, longo e desenhado em estilo oriental, com caminhos de pedrinhas e água descendo por um canal de ardósia numa lagoa. Uma chinesa de bronze sob um chapéu *hakka* apanhava peixes para sua cesta.

— Já ouviu falar de uma pequena corporação chamada Rosethorne Protection Services? — perguntou Crispin acima do ombro. — Valor de cerca de 3 bilhões de dólares americanos na última estimativa?

— Não.

— Bem, eu deveria estudar mais sobre eles, porque eles nos possuem; por enquanto. Em nossa atual taxa de crescimento, seremos nossos majoritários em alguns anos. Quatro, no máximo. Sabe quantos corpos quentes empregamos em todo o mundo?

— Não. Temo que não.

— Em tempo integral, seiscentos. Escritórios em Zurique, Bucareste, Paris. Tudo desde proteção individual a segurança domiciliar, a contrainsurgência, a quem está espionando sua empresa, a quem está trepando com sua esposa. Alguma noção do tipo de pessoas que mantemos em nossa folha de pagamento?

— Não. Me conte.

Crispin deu meia-volta e, evocando lembranças de Fergus Quinn, começou a contagem nos dedos na cara de Toby.

— Cinco chefes de serviços de inteligência estrangeiros. Quatro ainda em serviço. Cinco ex-diretores da inteligência britânica, todos com contratos em vigor com a Velha Firma. Mais chefes de polícia e seus adjuntos do que você poderia contar. Acrescente um ou outro funcionário de Whitehall que quer fazer um trocado por fora, além de algumas dúzias de senadores e parlamentares, e é uma mão bastante forte.

— Tenho certeza de que é — respondeu Toby educadamente, percebendo que algum tipo de emoção adentrou a voz de Crispin, ainda que parecesse mais o triunfalismo de uma criança que de um homem adulto.

— E, caso você ainda tenha alguma dúvida de que sua bela carreira nas Relações Exteriores está acabada, tenha a gentileza de me seguir — continuou ele afavelmente. — Por favor?

*

Eles estão parados numa sala sem janelas como um estúdio de gravação, com paredes isoladas com juta e TVs de tela plana. Crispin toca um extrato da gravação roubada de Toby em alto volume, a parte em que Quinn está pressionando Jeb:

"... *Então o que estou dizendo, Jeb,* é que *aqui estamos, na contagem regressiva para o dia D já soando em nossos ouvidos;* você *como soldado da rainha,* eu *como ministro da rainha...*"

— Suficiente, ou mais? — indaga Crispin e, não recebendo resposta, desliga de qualquer maneira e se senta numa cadeira de balanço muito moderna junto ao aparelho de som enquanto Toby se lembra de Tina: Tina, a faxineira portuguesa temporária que substituiu Lula quando esta tirou folga de repente; Tina, que era tão alta e consciente que limpou a fotografia de casamento dos meus avós. Se eu estivesse postado no exterior, jamais me ocorreria que ela *não* trabalhava para a polícia secreta.

Crispin se embala como alguém num balanço, ora inclinado para trás, ora pousando suavemente com ambos os sapatos no tapete espesso.

— Que tal se eu soletrar? — pergunta ele, e soletra de qualquer jeito. — No que diz respeito ao velho MRE, você está fodido. A qualquer momento que eu decida enviar essa gravação, eles vão chutá-lo para fora. Diga *Vida Selvagem* alto o bastante para eles e os pobres coitados ficam de joelho mole. Veja o que aquele idiota do Probyn recebeu pelo trabalho que se deu.

Abandonando a casualidade, Crispin freou sua cadeira de balanço e franziu a testa teatralmente para um ponto a meia distância:

— Pois bem, vamos passar para a segunda parte da nossa conversa, a parte construtiva. Aqui temos um pacote para você, é pegar ou largar. Nós trazemos nossos próprios advogados internos, fazemos um contrato padrão. Mas somos flexíveis, não somos idiotas, tomamos cada caso segundo seus próprios méritos. Estou alcançando você? Difícil dizer. Também sabemos tudo a seu respeito, obviamente. Você tem seu apartamento, tem um pouco de seu avô, não muito, não exatamente uma grana do tipo foda-se, mas não vai morrer de fome. O MRE atualmente lhe paga 58 mil ao ano, subindo para 75 no ano que vem se você mantiver sua barra limpa; nenhuma grande dívida pendente. Você é hétero, trepa por aí quando pode, mas nada de esposa e filhos para amarrá-lo. Que continue assim por muito tempo. O que mais você tem que gostamos? Um bom histórico de saúde, desfruta do ar livre, está em forma, é de sólida ascendência anglo-saxã, de nascimento baixo, mas ascendeu na escala social. Tem três línguas e um currículo Classe A em cada país onde você serviu à Sua Majestade, e podemos lhe dar um salário inicial que é o dobro do que ela está pagando. Temos um cheque de boas-vindas de 10 mil esperando por você no dia em que entrar como vice-presidente executivo, carro de sua escolha, todos os acessórios, seguro-saúde, viagem em classe empresarial, despesas de entretenimento. Esqueci alguma coisa?

— Sim, na verdade, esqueceu.

Talvez para evitar o olhar de Toby, Crispin se permite uma volta de 360 graus nas rodas de sua moderníssima cadeira de balanço. Mas, quando ele volta, Toby está lá, ainda encarando-o.

— Você ainda não me disse por que tem medo de mim — proclama ele, num tom de curiosidade, mais que desafio. — Elliot preside um fiasco em Gibraltar, mas você não o demite, você o mantém onde pode vê-lo. Shorty pensa que talvez queira ir a público, então você também o contrata, mesmo sendo ele um cocainômano. Jeb queria *muito* ir a público e não pulou em seu barco, por isso teve que ser "suicidado". Mas o que *eu* tenho para ameaçá-lo? Porra nenhuma. Então por que estou recebendo uma oferta que não posso recusar? Não faz sentido para mim. Talvez faça para você.

Percebendo que Crispin prefere não comentar, prossegue:

— Ou seja, minha leitura da sua situação seria esta: a morte de Jeb foi longe demais e quem quer que andou protegendo você até agora está começando a esfriar quanto a protegê-lo no futuro. Você me quer fora do caso porque, enquanto eu estiver dentro, sou um perigo para seu conforto e sua segurança. E na verdade essa é uma razão boa o suficiente para que eu siga nele. Então faça o que quiser com a gravação. Mas meu palpite é de que você não vai fazer nada porque está cagado de medo.

*

O mundo entrou em câmera lenta. Para Crispin também? Ou apenas para Toby? Pondo-se de pé, Crispin garante tristemente a Toby que ele entendeu tudo tão, tão errado. Mas sem ressentimentos e, talvez quando Toby for alguns anos mais velho, ele entenderá a forma como o mundo real funciona. Eles evitam o constrangimento de apertar as mãos. E Toby gostaria de um carro para casa? Não, obrigado. Toby prefere ir caminhando. E ele caminha. Retorna pelo corredor O'Keeffe com seus mosaicos, passa pelas portas semiabertas com homens e mulheres jovens como ele sentados diante de seus computadores ou curvados sobre seus telefones. Ele recebe seu relógio de pulso, canetas esferográficas e o bloco dos educados homens à porta, depois caminha por todo o círculo de cascalho e atravessa a entrada com os portões abertos, sem nenhuma visão de Elliot ou Shorty, do Audi que o trouxe até aqui ou do carro de apoio que o seguiu. Ele continua andando. De alguma forma, é mais tarde do que pensava. O sol da tarde é quente e suave, e as magnólias, como sempre em St. John's Wood nesta época do ano, são um deleite perfeito.

*

Toby nunca soube em nenhum detalhe, naquele momento ou depois, como passou as horas seguintes, ou quantas horas foram. Que ele passou sua vida em revista sequer é preciso dizer. O que mais um homem pode fazer enquanto caminha por St. John's Wood até Islington contemplando o amor, a vida e a morte e o provável fim de sua carreira, para não mencionar a prisão?

Segundo seus cálculos, Emily ainda estava em cirurgia e, portanto, ainda era muito cedo para ligar para ela, e ele não sabia o que diria se ligasse, e em todo caso tomara a precaução de deixar o celular prata em casa e absolutamente não confiava em cabines telefônicas, mesmo quando funcionavam.

Assim, ele não ligou para Emily; e Emily mais tarde confirmou que ele de fato não ligou.

Não há dúvida de que parou em alguns bares, mas apenas pela companhia de pessoas comuns, uma vez que em crise ou desespero ele se recusava a beber, e tinha a sensação de estar sob ambas as condições. Uma notinha de pagamento mais tarde surgiu no bolso de seu casaco, indicando que havia comprado uma pizza com queijo extra. Mas não dizia quando e onde havia comprado e não tinha nenhuma lembrança de ter comido.

E certamente, lutando com seu desgosto e sua raiva e determinado como sempre a reduzi-los a um nível administrável, deu a devida atenção ao conceito da banalidade do mal de Hannah Arendt e se lançou num debate interno sobre onde Crispin entrava no esquema de mundo dela. Crispin, em sua própria percepção, seria apenas um dos fiéis servos da sociedade, obedecendo a pressões de mercado? Talvez fosse assim que Crispin via a si mesmo, mas Toby não. Até onde Toby sabia, Jay Crispin era o típico adolescente congelado num terno sob medida, sem raízes, amoral, plausível, semieducado, de fala suave, com um desejo insaciável por dinheiro, poder e respeito, não importando de onde os sacava. Até aí, tudo bem; ele já havia conhecido Crispins em estágios embrionários em todos os ofícios e todos os países onde havia servido: só que nunca até agora havia conhecido algum que deixara sua marca como comerciante em pequenas guerras.

Em um desanimado esforço por encontrar desculpas para Crispin, Toby até se perguntou se, no fundo, o homem era apenas completamente estúpido. Como explicar a palhaçada que foi a *Operação Vida Selvagem*? E dali, Toby se perdeu numa discussão com a afirmação grandiosa de Friedrich Schiller de que a estupidez humana era aquilo que os deuses combatiam em vão. Não é verdade, na opinião de Toby, e não é desculpa para ninguém, seja deus ou homem. O que os deuses e todos os seres humanos razoáveis combatiam em vão não era a estupidez coisa nenhuma. Era a pura e desmedida indiferença pelos interesses de todos, exceto os próprios.

E, até onde se poderá saber, era nesta direção que sua mente adejava quando entrou em casa, subiu as escadas até seu apartamento, abriu a porta e estendeu a mão para o interruptor de luz, apenas para ter uma massa de pano molhado enfiada em sua garganta e as mãos puxadas para as costas e amarradas com fita plástica e, possivelmente — embora ele jamais poderia ter certeza, uma vez que nunca viu ou encontrou depois e só lembrava dela vagamente por seu cheiro de cola —, um pedaço de lona de qualidade prisional passado sobre sua cabeça como um prelúdio para a pior surra que poderia ter imaginado.

Ou talvez — apenas um adendo — a lona estava lá para marcar algum tipo de área proibida para seus agressores, porque a única parte de seu corpo que eles deixaram intacta acabou sendo seu rosto. E, se houve alguma pista, na hora ou depois, de quem estava administrando o espancamento, foi a desconhecida voz masculina sem qualquer sotaque regional identificável dizendo "Não marquem o filho da puta" em tom de autoconfiante comando militar.

Os primeiros golpes foram sem dúvida os mais dolorosos e surpreendentes. Quando os agressores lhe deram uma chave de braço, ele achou que sua coluna se partiria e que depois seria o pescoço. E houve um período em que eles decidiram estrangulá-lo, mas mudaram de ideia no último momento.

Mas foi a saraivada de socos no estômago, rins, virilha e depois na virilha novamente o que pareceu interminável, e o que lhe pareceu foi que ela continuou depois que perdeu a consciência. Mas não antes que a mesma voz não identificada soprasse em seu ouvido no mesmo tom de comando:

— Não pense que acabou, garoto. Isso é só o aperitivo. Lembre-se disso.

*

Eles poderiam tê-lo deixado no tapete do corredor ou atirado no chão da cozinha e largado lá, mas, quem quer que fossem, tinham suas normas. Precisaram deitá-lo com o cuidado respeitoso de agentes funerários, tiraram seus tênis e seu casaco e se certificaram de que havia um jarro de água e um copo a seu lado na mesa de cabeceira.

Seu relógio de pulso dizia cinco horas, mas fazia algum tempo que dizia o mesmo, então ele supôs que o relógio havia sofrido danos colaterais durante a escaramuça. A data estava parada entre dois números e certamente quinta-feira foi o dia que ele marcou para encontrar Shorty e, portanto, o dia em que ele foi sequestrado e levado para St. John's Wood, e talvez — mas quem poderia ter certeza? — hoje fosse sexta-feira, caso em que sua assistente Sally se perguntaria por quanto tempo mais seu siso seguiria incomodando. A escuridão na janela sem cortinas sugeria noite, mas se era noite só para ele ou para todo mundo era algo que parecia pender na balança. Sua cama estava coberta de vômito e havia vômito no chão, tanto antigo quanto recente. Ele também tinha uma lembrança de meio rolar, meio rastejar até o banheiro para vomitar no lavatório, apenas para descobrir, como tantos montanhistas intrépidos antes dele, que a viagem para baixo era pior que a jornada para cima.

Os sons de gente e tráfego na rua abaixo de sua janela estavam baixos, mas novamente precisava saber se isso era uma verdade geral ou confinada somente a ele. Certamente os sons que estava recebendo eram sons abafados, em vez da variedade barulhenta da noite — supondo que era de fato noite.

Portanto, a solução mais racional talvez fosse: um amanhecer cinzento e ele estava deitado ali havia qualquer coisa entre, digamos, 12 e 14 horas, cochilando e vomitando ou simplesmente lidando com a dor, que era uma atividade em si mesma, sem relação com a passagem do tempo.

Foi também a razão pela qual só agora, em etapas, Toby identificava e gradualmente localizava o alarido que soava embaixo de sua cama. Era o celular prata uivando para ele. Ele o escondera entre as molas e o colchão antes de sair para encontrar Shorty, e por que diabos o deixara ligado era outro mistério para ele, como aparentemente era para o tijolo quente, pois seu uivo estava perdendo convicção e logo não haveria uivo nenhum.

Razão pela qual achou necessário reunir todas as forças restantes, rolar para fora da cama e desabar no chão, onde, ainda que em sua mente apenas, passou algum tempo morrendo até esticar o braço para as molas, passar um dedo em torno delas e se erguer com a mão esquerda, enquanto a mão direita — que estava dormente e provavelmente quebrada — se debateu em busca do celular, encontrou-o e o apertou contra o peito, no mesmo momento em que a mão esquerda se soltou e ele caiu de volta ao chão.

Depois disso, foi só uma questão de apertar o verde e dizer "oi" com toda a vivacidade que conseguiu reunir. E quando nada foi respondido e sua paciência se esgotou, ou sua energia, ele disse:

— Eu estou bem, Emily. Um pouco cansado, só isso. Só não apareça. Por favor. Estou sujo — o que queria dizer que ele estava profundamente envergonhado de si mesmo; Shorty foi um fracasso; ele não conseguiu realizar nada, a não ser levar a grande surra de uma vida; ele fez merda assim como o pai dela; e pelo andar da carruagem a casa estava sob vigilância e ele era a última pessoa na Terra que ela deveria visitar, quer fosse em sua capacidade como médica ou como qualquer outra coisa.

Depois, ao desligar, percebeu que ela não poderia vir de qualquer maneira, porque não sabia onde ele morava; nunca havia mencionado nada além de dizer que ficava em Islington, e Islington cobria alguns quilômetros quadrados de densas áreas residenciais, portanto, estava seguro. E ela também, gostasse ou não. Ele podia desligar o maldito aparelho e cochilar, coisa que fez, só para ser acordado de novo, não pelo celular, mas por batidas estrondosas na porta da frente — batidas, ele suspeitava, não por mão humana, mas com um instrumento pesado — que só pararam para dar lugar à voz erguida de Emily, soando muito como sua mãe.

— Estou parada na sua porta da frente, Toby — dizia ela, bastante desnecessariamente, já uma segunda ou terceira vez. — E se você não abrir logo eu vou pedir que seu vizinho de baixo me ajude a invadir seu apartamento. Ele sabe que eu sou médica e ouviu batidas pesadas que soavam pelo teto. Você está me ouvindo, Toby? Estou apertando a campainha, mas ela não está tocando, até onde consigo ouvir.

Ela estava certa. Tudo que a campainha emitia era um arroto deselegante.

— Toby, pode por favor vir até a porta? Basta responder, Toby. Eu realmente não quero arrombar. — Pausa. — Ou tem alguém aí com você?

A última destas perguntas foi demais para ele, então ele disse "estou indo" e se certificou de que a braguilha estava fechada antes de rolar para fora da cama novamente e atravessar a passagem meio claudicando, meio rastejando sobre o lado esquerdo, que era o lado relativamente confortável.

Alcançando a porta, se pôs numa posição semiajoelhada por tempo suficiente para tirar a chave do bolso, enfiá-la na fechadura e virá-la duas vezes com a mão esquerda.

*

Na cozinha reinava um severo silêncio. Os lençóis rolavam tranquilamente na máquina de lavar. Toby estava sentado quase na vertical em seu roupão e Emily, de costas para ele, aquecia uma lata de sopa de frango que comprara, junto de suas próprias receitas da farmácia.

Ela despiu e banhou o corpo nu de Toby com distanciamento profissional, observando sem comentar seus genitais brutalmente inchados. Ela auscultou seu coração, tomou seu pulso, passou as mãos sobre o abdome, buscou fraturas e ligamentos danificados, parou nas lacerações quadriculadas em torno do pescoço, onde eles quiseram estrangulá-lo e depois desistiram, colocou bolsas de gelo em suas contusões e lhe deu paracetamol para a dor, e o ajudou a claudicar pelo corredor enquanto segurava seu braço esquerdo em torno do próprio pescoço e por cima do ombro, e com o braço direito segurava o quadril direito.

Contudo, até agora as únicas palavras que tinham trocado foram do gênero "por favor, tente ficar quieto, Toby" ou "isso pode doer um pouco" e, mais recentemente, "me dê a chave da porta e fique exatamente onde está até eu voltar".

Agora ela faria as perguntas difíceis.

— Quem fez isso com você?

— Eu não sei.

— Você sabe *por que* fizeram isso com você?

Como aperitivo, pensou ele. Para me avisar. Para me punir por ser intrometido e para me impedir de ser intrometido no futuro. Mas era uma resposta muito convoluta e muito a dizer, então não disse nada.

— Bem, quem quer que tenha feito isso deve ter usado um soco inglês — declarou ela, quando se cansou de esperar.

— Talvez apenas anéis nos dedos — sugeriu ele, lembrando-se das mãos de Elliot no volante.

— Eu preciso de sua permissão antes de chamar a polícia. Posso chamá-los?

— Não adianta.

— Por que não adianta?

Porque a polícia não é solução, é parte do problema. Mas, novamente, é algo que não se pode explicar com facilidade, então melhor deixar para lá.

— É bem possível que você esteja sofrendo de uma hemorragia interna do baço, que pode ser um risco para a vida — continuou Emily. — Eu preciso levá-lo a um hospital para um exame.

— Eu estou bem. Estou inteiro. Você deveria ir para casa. Por favor. Eles podem voltar. Honestamente.

— Você *não* está inteiro, e precisa de tratamento, Toby — rebateu ela asperamente; a conversa poderia ter continuado ao longo destas linhas improdutivas se a campainha da porta da frente não escolhesse esse momento para emitir seu ronco da caixa de metal enferrujada acima da cabeça de Emily.

Ela parou de mexer a sopa e olhou para a caixa, depois olhou interrogativamente para Toby, que começou a dar de ombros, mas achou melhor parar no meio.

— Não responda — disse ele.

— Por que não? Quem é?

— Ninguém. Ninguém bom. Por favor.

E ao vê-la pegando as chaves da casa do quadro e começando a avançar para a porta da cozinha:

— Emily. É minha casa. Só deixe tocar!

Já estava tocando de qualquer maneira: um segundo ronco, mais longo que o primeiro.

— É uma mulher? — perguntou ela, ainda na porta da cozinha.

— Não tem mulher *nenhuma*!

— Eu não posso me esconder, Toby. E não posso ser medrosa desse jeito. Você atenderia se estivesse bem e eu não estivesse aqui?

— Você não conhece essa gente! Olhe para mim!

Mas ela se recusava a ficar impressionada.

— Seu vizinho do andar de baixo provavelmente quer perguntar como você está.

— Emily, pelo amor de Deus! Não se trata de bons vizinhos!

Mas ela já havia ido.

De olhos fechados, ele prendeu a respiração e escutou.

Ele ouviu sua chave virando; ouviu a voz dela, depois uma voz masculina muito mais suave, como uma voz abafada na igreja; não uma voz que ele reconhecesse em seu estado exaltado de alerta, embora sentisse que deveria.

Ele ouviu a porta da frente se fechando.

Emily saiu para falar com o homem.

Mas quem diabos é ele? Será que ele *puxou* Emily para fora? Eles estão voltando para pedir desculpas ou para terminar o trabalho? Ou acharam que talvez tivessem me matado por engano e Crispin os mandou de volta para descobrir? No arrepio de terror que se apossava dele, todas as alternativas eram possíveis.

Ainda lá fora.

O que ela está fazendo?

Será que ela pensa que é à prova de balas?

O que fizeram com ela? Os minutos passam como horas. *Jesus Cristo!*

A porta da frente se abre. Fecha novamente. Passos lentos, deliberados, aproximando-se pelo corredor. Não dela. Definitivamente não são de Emily. Muito pesados, no mínimo.

Eles a agarraram e agora estão vindo me pegar!

Mas por fim eram os passos de Emily: Emily sendo hospitalar e determinada. Quando ela reapareceu, Toby já havia se levantado da cadeira e estava usando a mesa para se escorar até a gaveta da cozinha e pegar uma faca. Ele a viu de pé na soleira da porta, parecendo intrigada e segurando um embrulho de papel pardo fechado com barbante.

— Quem era?

— Não sei. Ele disse que você vai saber do que se trata.

— Puta que pariu!

Pegando o pacote, virou as costas para ela — na verdade, com a inútil intenção de protegê-la no caso de uma explosão — e se pôs a tatear o pacote febrilmente, buscando detonadores, cronômetros, pregos ou qualquer outra coisa que talvez tivessem pensado em adicionar para efeito máximo, da mesma forma que abordou a carta noturna de Kit, mas com um maior senso de perigo.

Porém, depois de uma longa pesquisa, tudo o que pôde sentir foi um maço de papel e um clipe.

— Como ele era? — perguntou ele, sem fôlego.

— Baixo. Bem-vestido.

— Idade?

— Por volta dos 60.

— Me diga o que ele disse: as palavras dele.

— "Eu tenho um pacote aqui para meu amigo e ex-colega, Toby Bell." Depois algo sobre ter vindo para o endereço certo...

— Eu preciso de uma faca.

Ela entregou a faca que Toby vinha tentando alcançar e ele abriu o pacote exatamente como abrira a carta de Kit, descendo pela lateral, e tirou dele uma fotocópia manchada de um arquivo das Relações Exteriores estampado com advertências de segurança em preto, branco e vermelho. Ele ergueu a capa e se viu incrédulo, fitando um punhado de páginas reunidas por um clipe e escritas na caligrafia pura e inconfundível que o seguira de posto em posto nos últimos oito anos. E, acima delas, como uma carta de abertura, uma única folha de papel liso, mais uma vez pela mesma mão conhecida:

Meu querido Toby,

Meu entendimento é de que você já tem o prelúdio, mas não o epílogo. Aqui, um pouco para minha vergonha...

Ele não leu mais. Enfiando a nota embaixo do documento, examinou avidamente a primeira página:

OPERAÇÃO VIDA SELVAGEM — CONSEQUÊNCIAS E RECOMENDAÇÕES

Neste ponto, seu coração batia tão rápido, sua respiração era tão irregular que ele se perguntava se, afinal, estava prestes a morrer. Talvez Emily se perguntasse o mesmo, porque ela caiu de joelhos junto dele.

— Você abriu a porta. E *depois*? — gaguejou ele, freneticamente folheando as páginas.

— Eu abri a porta — gentilmente agora, para tranquilizá-lo —, ele estava parado ali. Pareceu surpreso ao me ver e perguntou se você estava em casa. Disse que era um ex-colega e amigo seu e que tinha esse pacote para você.

— E *você* disse?

— Eu disse que sim, que você *estava* em casa. Mas que não se sentia bem e eu era a médica que lhe dava assistência. E que eu não achava que você deveria ser perturbado, e perguntei se eu poderia ajudar com alguma coisa.

— E *ele* disse? Conte!

— Ele perguntou do que você estava sofrendo. Eu disse que lamentava, mas não estava autorizada a dizer sem sua permissão, mas que você estava tão confortável quanto se poderia esperar na pendência de maiores exames. E que eu estava prestes a chamar uma ambulância, o que realmente estou. Está me ouvindo, Toby?

Ele estava ouvindo, mas também estava revirando as páginas fotocopiadas.

— Depois o *quê*?

— Ele pareceu um pouco abalado, começou a dizer algo, olhou para mim novamente; um tanto fixamente, eu achei. E depois perguntou se poderia saber meu nome.

— Diga as palavras exatas. As verdadeiras palavras dele.

— *Jesus*, Toby. — Mas ela disse, de qualquer maneira: — "Seria muita impertinência de minha parte se eu lhe perguntasse seu nome?" Satisfeito?

— E você disse o seu nome. Você disse Probyn?

— Dra. Probyn. O que você queria que eu dissesse? — encontrando o olhar de Toby. — Médicos são *públicos*, Toby. Médicos de verdade dão seus nomes. Seus nomes *reais*.

— Como ele reagiu?

— "Então queira, por favor, dizer a ele que admiro seu gosto para aconselhamento médico", o que eu achei um pouco fresco da parte dele. Depois ele me entregou o pacote. Para você.

— E *eu*? Como ele me mencionou?

— "Para *Toby*!" Como diabos você acha que ele mencionou você?

Buscando freneticamente a nota que havia enfiado sob as páginas, ele leu o resto da mensagem:

... você não ficará surpreso em saber que, por fim, concluí que a vida empresarial não está em consonância comigo, e portanto me concedi um prolongado posto em partes distantes.

Seu como sempre,
Giles Oakley.

PS.. Em anexo um cartão de memória contendo o mesmo material. Talvez você o reúna àquele que imagino que já tem em sua posse. G.O.

PPS.: Posso também sugerir que, o que quer que se proponha a fazer, que faça rapidamente, uma vez que há todos os sinais de que outros podem agir antes de você? G.O.
PPPS.: Eu me absterei do prezado costume diplomático de renovar minhas garantias da mais alta estima, pois sei que cairiam em ouvidos moucos. G.O.

E, numa cápsula de plástico transparente colada na parte superior da página, lá estava: um cartão de memória cuidadosamente grafado com "MESMO DOCUMENTO".

*

Ele estava parado na janela da cozinha, sem saber como foi parar lá, esticando o pescoço para ver a rua. Emily estava a seu lado, com uma das mãos em seu braço para segurá-lo firme. Mas de Giles Oakley, o diplomata que faz tudo pela metade e que finalmente foi até o fim, nenhum sinal. Mas o que aquela van de seguradora estava fazendo, estacionada a apenas 30 metros do outro lado da rua? E por que era preciso três homens enormes para trocar o pneu dianteiro de um Peugeot?

— Emily, por favor. Faça algo para mim.

— Depois que eu levá-lo ao hospital.

— Mexa na última gaveta daquela cômoda lá e encontre o cartão de memória da minha festa de formatura na Universidade de Bristol. Por favor.

Enquanto ela procurava, ele se escorou pela parede até chegar à mesa. Com a mão intacta, ligou o computador e nada aconteceu. Ele verificou o cabo, o interruptor de corrente, tentou reiniciar. Nada ainda.

Enquanto isso, a busca de Emily foi recompensada. Ela encontrou o cartão de memória e o ergueu para o alto.

— Eu tenho que sair — disse ele, arrebatando indelicadamente o cartão dela.

Seu coração disparava novamente. Sentia náuseas, mas estava lúcido e preciso.

— Me ouça, por favor. Há uma loja chamada Mimi's na Caledonian Road. Em frente há um estúdio de tatuagem chamado Divine Canvas e um restaurante etíope. — Por que tudo parecia tão claro para ele? Ele estava morrendo? Pela forma como ela o encarava, era provável.

— E daí? — perguntou ela. Mas ele voltou os olhos para a rua.

— Me diga primeiro se eles ainda estão lá fora. Três trabalhadores conversando entre si sobre sabe Deus o quê.

— As pessoas na rua falam sobre nada o tempo todo. E quanto ao Mimi's? Quem é Mimi?

— É um cyber café. Preciso de sapatos. Eles invadiram meu computador. E meu BlackBerry para pegar os contatos. Gaveta superior esquerda da minha mesa. E meias. Vou precisar de meias. Depois veja se os homens ainda estão lá.

Emily pegou o casaco, que estava amassado, mas fora isso intacto, e colocou o BlackBerry no bolso do lado esquerdo. Ela o ajudou a colocar as meias e os sapatos e verificou para ver se os homens ainda estavam lá. E estavam. Ela desistiu de dizer "Você não pode fazer isso, Toby" e o ajudou a atravessar claudicando o corredor.

— Você tem certeza de que o Mimi's atende a esta hora? — perguntou ela, num esforço para ser casual.

— Apenas me leve até embaixo. Depois vá. Você já fez tudo. Você foi ótima. Desculpe pela bagunça.

*

A escada poderia ter sido um pesadelo menor se eles tivessem chegado a um acordo sobre onde Emily deveria se colocar: acima dele para ajudar a guiar seus passos ou embaixo para pegá-lo se caísse? Na opinião de Toby, embaixo era uma estupidez, ela nunca poderia suportar o peso e eles terminariam no térreo, um por cima do outro. Emily replicou que, se ele começasse a cair, gritar de trás em seu ouvido não o seguraria.

Mas essas conversas iam e vinham em fragmentos no meio do trabalho de carregá-lo para baixo e para a rua, e de depois especular — ambos agora —

por que havia uma policial uniformizado plantado na esquina da Cloudesley Road; afinal, hoje em dia, quem conseguia ver um guarda solitário parado numa esquina, parecendo benigno? E — Toby desta vez — por que a suposta equipe da seguradora *ainda* não havia trocado o maldito pneu? Mas qualquer que fosse a explicação, ele precisava que Emily saísse das vistas e dos ouvidos, livre de tudo aquilo, pelo bem dela, por favor, porque a última coisa no mundo que queria era transformá-la em cúmplice, coisa que ele explicou muito clara e extensamente.

Por isso, quando se preparava para se lançar à Copenhague Street para uma disparada ladeira abaixo, ele se surpreendeu ao descobrir que ela não só havia permanecido a seu lado, mas que na verdade o guiava e provavelmente o mantinha de pé também, com uma das mãos segurando seu antebraço com força nada donzelesca e o outro braço preso como ferro em torno de seu torso, mas de alguma forma evitando as contusões, o que o fez lembrar que agora ela conhecia muito bem a geografia de seu corpo.

Eles estavam no cruzamento quando Toby se deteve de repente.

— *Merda*.

— O que é uma merda?

— Não lembro.

— Não lembra o *que*, pelo amor de Deus?

— Se o Mimi's fica à esquerda ou à direita.

— Espere por mim aqui.

Ela o apoiou num banco e ele esperou, nauseado, enquanto ela fazia uma investigação rápida e voltava com a notícia de que o Mimi's ficava a um pulo à esquerda.

Mas ela precisava de sua promessa primeiro.

— Nós vamos para o hospital assim que isso estiver feito. Fechado? *Certo*, qual é o problema?

— Eu não tenho um puto centavo.

— Bem, eu tenho. Um monte.

Estamos discutindo como um casal de velhos, pensou ele, e jamais sequer nos beijamos no rosto. Talvez ele tenha dito isso em voz alta, porque ela estava sorrindo quando abriu a porta para uma loja minúscula, mas escrupulosamente limpa, com um grande balcão de compensado logo ao entrar e ninguém por trás dele, um bar nos fundos vendendo café e refrescos e, na parede, um cartaz oferecendo para atualizar seu PC, verificar as condições da máquina, recuperar dados perdidos e eliminar qualquer vírus hostil. E sob este cartaz, seis cabines de computadores e seis clientes plantados diante deles, quatro homens negros e duas mulheres loiras. Nenhuma cabine livre, então tiveram de encontrar um lugar para se sentar e esperar.

E assim ele se sentou diante de uma mesa e esperou enquanto Emily buscava dois chás e falava com o gerente. Depois ela veio e se sentou na frente de Toby, segurando suas mãos sobre a mesa — não totalmente, ele queria acreditar, por razões médicas — até que um dos homens saiu de seu banquinho, deixando uma cabine livre.

A cabeça de Toby girava e os dedos da mão direita estavam em mau estado, por isso foi Emily quem terminou inserindo os cartões de memória enquanto ele lhe passava os endereços do seu BlackBerry: *Guardian*, *The New York Times*, *Private Eye*, Reprieve, Channel 4 News, BBC News, ITN e finalmente — não exatamente como piada — o Departamento de Imprensa e Informação do Ministério das Relações Exteriores de Sua Majestade.

— E um para meu pai — disse ela, e digitou o endereço de e-mail de Kit de memória, apertou "enviar" e incluiu uma cópia para sua mãe, caso Kit ainda estivesse fazendo birra em seu canto e não andasse abrindo e-mails. Depois, tardiamente, Toby se lembrou das fotografias que Brigid deixou que ele copiasse em seu BlackBerry e insistiu que Emily também as enviasse.

E Emily ainda estava fazendo isso quando Toby ouviu uma sirene uivando e a princípio pensou que era a ambulância chegando para buscá-lo e que Emily de alguma forma havia conseguido chamar uma quando ele não estava escutando, talvez no apartamento quando foi para fora conversar com Oakley.

Depois concluiu que ela não poderia ter feito isso sem contar para ele, porque se havia uma coisa certa sobre Emily era que ela não tinha um pingo de malícia em seus ossos. Se Emily dizia "vou chamar uma ambulância quando terminarmos nosso trabalho no Mimi's", era só então que ela chamaria uma ambulância, nem um segundo antes.

Então pensou: é atrás de Giles que eles estão vindo, Giles se atirou embaixo de um ônibus; porque quando um homem como Giles diz que está prestes a se conceder um posto prolongado em partes distantes, e em seu estado mental esfacelado, você pode interpretar de qualquer maneira que quiser.

Em seguida, começou a passar por sua mente que, ao ativar seu BlackBerry para obter os e-mails e enviar as fotos de Brigid, enviou um sinal que poderia ser rastreado por qualquer um com o equipamento necessário — por um instante, ele volta a ser o Homem de Beirute — e, se eles estivessem dispostos a tanto, poderiam disparar um míssil na direção do sinal e explodir a cabeça do infeliz usuário.

As sirenes se multiplicaram e adquiriram um tom mais enfático, intimidante. No início, pareciam chegar de uma única direção. Mas, à medida que o coro se elevava a um uivo e os pneus dos carros cantavam na rua, Toby já não sabia ao certo — ninguém podia saber ao certo, nem mesmo Emily — de que direção estavam vindo.

Agradecimentos

Meus agradecimentos a Danny, Jessica e Callum, por dar vida às minhas pesquisas em Gibraltar; aos Drs. Jane Crispin, Amy Frost e John Eustace, pelo aconselhamento em assuntos médicos; ao jornalista e escritor Mark Urban, por compartilhar tão generosamente sua experiência militar; ao escritor, ativista e fundador da openDemocracy, Anthony Barnett, por me educar nas atividades do New Labour em seus dias finais; e a Clare Algar e seus colegas da instituição humanitária Reprieve, por me instruir nos mais recentes ataques do governo britânico à nossa liberdade, quer sejam implementados ou planejados.

Acima de tudo, devo agradecer a Carne Ross, ex-funcionário britânico do exterior e fundador e diretor da Independent Diplomat, instituição sem fins lucrativos que, com seu exemplo, demonstrou os perigos de dizer uma verdade delicada ao poder. Sem o exemplo de Carne diante de mim e seus vitais conselhos em meu ouvido, este livro teria sido mais pobre.

Este livro foi composto na tipologia Minion Pro,
em corpo 11/15,5, e impresso em papel off-white
no Sistema Cameron da Divisão Gráfica
da Distribuidora Record.